La escala

LA ESCALA

MILES HIGH CLUB

T L Swan

TRADUCCIÓN DE
Eva García Salcedo

CHIC

Primera edición: enero de 2021
Título original: *The Stopover*

Esta edición se ha hecho posible mediante un acuerdo contractual con Amazon Publishing, www.apub.com, en colaboración con Sandra Bruna Agencia Literaria.

Diseño de cubierta: @blacksheep-uk.com

Publicado por Chic Editorial
C/ Aragó, n.º 287, 2.º 1.ª
08009, Barcelona
chic@chiceditorial.com
www.chiceditorial.com

ISBN: 978-84-17972-38-7
THEMA: FR
Depósito Legal: B 19752-2020
Preimpresión: Taller de los Libros
Impresión y encuadernación: Black Print
Impreso en España — *Printed in Spain*

Quisiera dedicar este libro al alfabeto,
pues sus veintiséis letras me han cambiado la vida.
Me encontré a mí misma en esas veintiséis letras,
y ahora estoy viviendo mi sueño.
La próxima vez que digáis el alfabeto,
recordad su poder.
Yo lo hago todos los días.

Capítulo 1

—Apártate —gruñe una voz a mi espalda.

Sorprendida, me giro hacia el hombre que hace cola detrás de mí.

—Perdona —digo, azorada—. ¿Querías pasar?

—No. Quiero que los imbéciles del mostrador se den prisa, que voy a perder el vuelo —responde con desprecio, y huelo el alcohol que emana de él—. Qué asco de gente.

Me giro hacia delante. Estupendo, un borracho en la cola de facturación. Lo que me faltaba.

El aeropuerto de Heathrow está a reventar. El mal tiempo ha retrasado la mayoría de los vuelos y, si soy sincera, no me importaría que retrasaran el mío también. Así podría dar media vuelta, volver al hotel y dormir una semana.

El horno no está para bollos.

Oigo que el hombre se gira y empieza a quejarse con los que tiene detrás. Pongo los ojos en blanco. ¿Acaso hace falta ser tan maleducado?

Me paso los siguientes minutos escuchándolo despotricar, bufar y refunfuñar hasta que no puedo más. Me doy la vuelta para mirarlo.

—Van lo más rápido que pueden. No hace falta ponerse así —le suelto.

—¿Cómo dices? —grita mientras dirige su ira hacia mí.

—Ser educado no cuesta nada —digo entre dientes.

—¿Que ser educado no cuesta nada? —chilla—. ¿Qué eres? ¿Profesora? ¿O es que te gusta tocar los huevos?

Lo fulmino con la mirada. Se va a enterar. Me he pasado las últimas cuarenta y ocho horas en el infierno. He cruzado medio planeta para ir a una boda a la que también ha asistido mi ex, que se ha pasado todo el tiempo en brazos de su nueva novia. Ahora mismo podría arrancarle la cabeza a alguien.

Que no me toque las narices.

Vuelvo la vista al frente. Me hierve la sangre.

Le da una patada a mi maleta. Me giro.

—Ya vale —le espeto.

Me mira a los ojos y me estremezco al notar su aliento.

—Haré lo que me salga de los cojones.

Veo que llegan los de seguridad. No le quitan ojo. El personal ha visto lo que está pasando aquí y han pedido refuerzos. Finjo una sonrisa.

—Deja de darle patadas a mi maleta, por favor —le pido con amabilidad.

—Le daré patadas a lo que me salga de los cojones.

Levanta la maleta y la tira.

—Pero ¿se puede saber qué te pasa? —chillo.

—Eh —grita el hombre que tenemos detrás—. Deja sus cosas. ¡Seguridad!

Don ebriedad y alteración del orden público le pega un puñetazo a mi salvador y se enzarzan en una pelea.

Los guardias llegan corriendo de todos los rincones y me apartan mientras el tío se pone a lanzar puñetazos y gritar palabrotas. No necesitaba esto precisamente hoy.

Cuando al fin lo tienen bajo control, se lo llevan esposado. Un guardia muy amable recoge mi maleta.

—Lo lamento mucho. Acompáñeme —dice mientras desengancha la cuerda de la fila.

—Gracias. —Sonrío avergonzada a los de la fila. No me gusta saltarme la cola, pero, llegados a este punto, me da igual—. Qué bien.

Lo sigo tímidamente hasta el mostrador. Allí, un chico levanta la vista y sonríe de oreja a oreja.

—Hola.

—Hola.

—¿Estás bien? —me pregunta.

—Sí, estoy bien. Gracias por preguntar.

—Atiéndela —le ordena el guardia de seguridad al vendedor de billetes. Nos guiña el ojo y desaparece entre la multitud.

—Identificación, por favor —me pide el hombre.

Saco el pasaporte del bolso y se lo entrego. Mira la foto y sonríe. Es la peor foto del mundo, en serio.

—¿Salgo en los más buscados? —pregunto.

—Puede. ¿Esta eres tú? —dice, y se ríe.

Sonrío, avergonzada.

—Espero que no o estoy en un buen lío.

Escribe mis datos.

—Vale. Vas a Nueva York con...

Deja de escribir y lee.

—Sí. A poder ser no con ese tío.

—Ese no va a ir a ningún sitio hoy —repone mientras continúa escribiendo a una velocidad vertiginosa—. Aparte de al calabozo.

—¿Qué hace alguien emborrachándose antes de ir al aeropuerto? —pregunto—. Ni siquiera había pasado aún por los bares del aeropuerto.

—Te sorprendería lo que se ve por aquí —masculla, y suspira.

Sonrío. Qué majo es este chico.

Me imprime la tarjeta de embarque.

—Te he subido de categoría.

—¿Cómo?

—Te he pasado a primera clase como gesto de disculpa por lo que le ha hecho a tu maleta el tío ese.

Abro los ojos como platos.

—No hace falta, en serio —tartamudeo.

Me entrega el billete y sonríe de oreja a oreja.

—Disfruta de tu vuelo.

—Muchas gracias —exclamo entusiasmada.

Me guiña un ojo. Me dan ganas de darle un abrazo, pero no lo voy a hacer, obviamente. Fingiré que me pasan cosas geniales como esta todos los días.

—Gracias otra vez —digo, y sonrío.

—Tienes acceso a la sala VIP. Está en la primera planta. Invita la casa. Que tengas un buen viaje. —Tras una última sonrisa, mira a la cola y dice—: Siguiente, por favor.

Paso los controles de seguridad con una sonrisa tonta.

Primera clase, justo lo que necesitaba.

Tres horas después, subo al avión como una estrella de *rock*. Al final, no he ido a la sala VIP porque, bueno…, estoy hecha un cuadro. Llevo una coleta alta, mallas negras, un jersey holgado de color rosa y deportivas, pero me he retocado un poco el maquillaje, ya es algo. Si hubiese sabido que me iban a subir de categoría, habría intentado estar a la altura y me habría puesto algo elegante para no parecer una vagabunda. Total, ¿qué más da? Tampoco es que me vaya a encontrar con alguien que conozca.

Le entrego mi billete a la azafata.

—Vaya por el pasillo izquierdo y gire a la derecha.

—Gracias.

Miro mi billete mientras avanzo y veo mi asiento.

1B.

Vaya, no tengo ventanilla. Llego a mi asiento, y el hombre que hay junto a la ventanilla se vuelve hacia mí. Me mira con unos ojazos azules y sonríe.

—Hola.

—Hola.

Ay, no. Estoy sentada al lado del hombre con el que sueñan todas las mujeres… Solo que este está más bueno.

Estoy hecha un asco. ¡Qué mala pata!

Abro el compartimento superior y él se pone de pie.

—Te echo una mano.

Me quita la maleta y la coloca en su sitio con cuidado. Es alto y corpulento, lleva vaqueros azules y una camiseta blanca. Huele a la mejor loción de afeitado del mundo.

—Gracias —murmuro mientras me paso la mano por la coleta para desenredarme el pelo. Me flagelo mentalmente por no llevar algo decente.

—¿Quieres sentarte aquí? —me pregunta.

Me lo quedo mirando sin entender nada.

Señala el asiento que hay al lado de la ventanilla.

—¿No te importa? —pregunto sorprendida por su gesto.

—Qué va —sonríe—. Viajo mucho. Quédatelo tú.

Fuerzo una sonrisa.

—Gracias.

Es como si me hubiese dicho «sé que te han subido de categoría, pobre persona sin hogar, y me das pena».

Me siento y miro nerviosa por la ventanilla con las manos cruzadas en el regazo.

—¿Vuelves a casa? —me pregunta.

Me giro hacia él. Por favor, no me hables. Me pones nerviosa solo con estar ahí sentado.

—No, he venido a una boda. Ahora voy a Nueva York porque tengo una entrevista de trabajo. Solo estaré allí un día, y después cogeré un vuelo a Los Ángeles, que es donde vivo.

—Ah —musita, y sonríe—. Entiendo.

Me quedo mirándolo un momento. Ahora es cuando tendría que preguntarle algo yo.

—¿Tú… vas a casa? —pregunto.

—Sí.

Asiento. No sé qué más decir, así que me decanto por la opción aburrida y miro por la ventanilla.

La azafata trae una botella de champán y copas.

Copas. ¿Desde cuándo las aerolíneas te dan un vaso como Dios manda?

Ah, sí, primera clase. Cierto.

—¿Una copa de champán antes de despegar, señor? —le pregunta la azafata. Veo que en su identificador pone que se llama Jessica.

—Me encantaría. —Sonríe y se vuelve hacia mí—. Que sean dos, por favor.

Frunzo el ceño mientras nos sirve dos copas de champán y le pasa una a él y otra a mí.

—Gracias —digo, y sonrío.

Espero a que Jessica no pueda oírme.

—¿Siempre pides bebidas para los demás? —pregunto.

Diría que le ha sorprendido que haya sido tan directa.

—¿Te ha molestado?

—Para nada —resoplo. Vaya con el pijo este, se cree que puede pedir por mí—. Pero me gusta pedirme mis propias bebidas.

Sonríe.

—Vale, pues las próximas las pides tú.

Levanta su copa hacia mí, sonríe con suficiencia y da un sorbo.

Diría que le hace gracia verme enfadada.

Lo miro inexpresiva. Podría ser la segunda víctima de mi matanza de hoy. No estoy de humor para que un viejo podrido de dinero me mangonee. Le doy un sorbo al champán mientras miro por la ventanilla. A ver, tampoco es que sea viejo. Tendrá unos treinta y tantos. Me refiero a que es viejo comparado conmigo, que tengo veinticinco. De todas formas, da igual.

—Me llamo Jim —se presenta mientras extiende la mano para estrecharme la mía.

Ahora tengo que ser educada. Le doy la mano.

—Hola, Jim. Me llamo Emily.

Le brillan los ojos con picardía.

—Hola, Emily.

Tiene unos ojos de ensueño, grandes y azules. Podría sumergirme en ellos. Pero ¿por qué me mira así?

El avión empieza a moverse despacio y yo miro los auriculares y luego el reposabrazos. ¿Dónde los enchufo? Son de alta tecnología, como los que usan los *youtubers* pedantes. Ni siquiera tienen cable. Miro a mi alrededor. Parezco tonta. ¿Cómo los conecto?

—Van por Bluetooth —me interrumpe Jim.

—Ah —mascullo. Me siento tonta. Claro que van por Bluetooth—. Cierto.

—¿Nunca has ido en primera clase? —inquiere.

—No. Me han subido de categoría. Un chalado borracho ha tirado mi maleta por los aires. Creo que le he dado pena al chico del mostrador.

Le dedico una sonrisa torcida.

Se humedece los labios como si algo le hiciese gracia y da un sorbo al champán. No deja de mirarme. ¿En qué estará pensando?

—¿Qué? —le pregunto.

—A lo mejor el chico del mostrador pensó que eras preciosa y te subió de categoría para intentar impresionarte.

—No se me había ocurrido.

Doy un sorbo al champán mientras trato de disimular mi sonrisa. Qué cosas dice este hombre.

—¿Eso es lo que harías tú? —pregunto—. Si trabajaras en el mostrador, ¿subirías de categoría a las mujeres para impresionarlas?

—Por supuesto.

Esbozo una sonrisita.

—Impresionar a una mujer que te atrae es crucial —prosigue.

Lo miro fijamente mientras me esfuerzo para que mi cerebro no se pierda. ¿Por qué parece que está coqueteando?

—Y dime... ¿Cómo impresionarías a una mujer que te atrae? —pregunto, fascinada.

Me mira a los ojos.

—Ofreciéndole el asiento que hay al lado de la ventanilla.

Saltan chispas entre nosotros. Me muerdo el labio para que no se me escape una sonrisa tonta.

—¿Intentas impresionarme? —pregunto.

Me dedica una sonrisa lenta y *sexy*.

—¿Qué tal lo estoy haciendo?

Esbozo una sonrisita. No sé qué responder.

—Lo único que digo es que eres atractiva, ni más ni menos. No le busques más. Era una afirmación, no una pregunta.

—Ah.

Me quedo mirándolo. No tengo palabras. ¿Qué contesto a eso? Era una afirmación, no una pregunta. ¿Qué? No le busques más. Qué raro es este tío... pero qué bueno está.

El avión coge velocidad para despegar y yo me aferro a mis reposabrazos y cierro los ojos con fuerza.

—¿No te gustan los despegues? —pregunta.

—¿Tengo pinta de que me gusten?

Me estremezco mientras me agarro como si me fuera la vida en ello.

—A mí me encantan —responde con total naturalidad—. Me encanta la fuerza que sientes a medida que acelera. Cómo la gravedad te empuja hacia atrás.

¿Alguien me explica por qué todo lo que dice suena tan erótico?

Madre mía, necesito echar un polvo… ya.

Exhalo y miro por la ventanilla a medida que ascendemos más y más. No estoy de humor para que este chico se ponga lindo hoy. Estoy cansada, tengo resaca, voy hecha un cristo y mi ex es un capullo. Quiero dormir y no despertar hasta el año que viene.

Decido que veré una película. Echo un ojo a las opciones que aparecen en pantalla.

Jim se acerca y dice:

—Las grandes mentes piensan igual. Yo también voy a ver una peli.

Finjo una sonrisa. «Solo deja de ser tan *sexy* y de invadir mi espacio. Seguro que estás casado con una vegana a la que le van el yoga, la meditación y esas cosas».

—Qué bien —mascullo.

Tendría que haber ido en turista. Así, al menos, no habría tenido que respirar el aroma de este hombre tan guapo durante ocho largas horas sin sexo.

Deslizo las películas por la pantalla y luego hago una selección de lo que me gustaría ver.

Cómo perder a un chico en 10 días.

Orgullo y prejuicio.

Cuerpos especiales.

Jumanji… En esta sale la Roca, así que tiene que ser buena.

Notting Hill.

La proposición.

50 primeras citas.

El diario de Bridget Jones.

Pretty Woman.

Algo para recordar.

Magic Mike XXL.

Sonrío a la pantalla. He puesto todas mis favoritas en cola. Este vuelo va a ser una gozada. Aún no he visto la secuela de *Magic Mike*, así que podría empezar por esa. Miro a ver cuál ha escogido Jim. Justo sale el título.

Lincoln.

Buf, política. ¿A quién le divierte ver eso? Tendría que haber imaginado que sería un tío aburrido.

Cuando levanta la mano para tocar la pantalla, veo el reloj que lleva. Un Rolex enorme de color plata. Y encima está forrado.

Típico.

—¿Qué vas a ver? —me pregunta.

Ay, no. No quiero que piense que soy una pánfila.

—Aún no lo he decidido —contesto.

Vete por ahí. Quiero ver a tíos desnudándose.

—¿Qué vas a ver tú? —pregunto.

—*Lincoln*. Llevo mucho tiempo queriendo verla.

—Qué rollo —digo.

Mi comentario le hace sonreír.

—Ya te diré.

Se pone los auriculares para ver la peli y yo vuelvo a desplazarme por mis opciones. Me muero de ganas de ver *Magic Mike XXL*. ¿Importa si mira? Qué vergüenza, no. Parezco una necesitada.

¿A quién quiero engañar? Estoy necesitada. Hace más de un año que no veo a un hombre desnudo.

Pongo *La proposición*. Cambiaré una fantasía por otra. Siempre he soñado con tener a Ryan Reynolds de asistente personal. Empieza la peli y sonrío a la pantalla. Me encanta esta película. Da igual cuántas veces la vea, siempre me río. Me parto con la abuela.

—¿Estás viendo una peli romántica? —me pregunta.

—Una comedia romántica —contesto.

Qué cotilla es este hombre, por Dios.

Sonríe como si fuese mejor que yo.

—¿Más champán? —pregunta la azafata.

Ojos Azules me mira.

—Va, es tu oportunidad para pedir lo que quieras.

Lo miro fijamente.

—Que sean dos, por favor.

—¿Qué te gusta de las comedias románticas? —pregunta sin dejar de mirar su peli.

—Que los hombres no hablan mientras veo una peli —le susurro a mi copa de champán.

Sonríe de oreja a oreja para sí.

—¿Qué te gusta de...? —Me callo porque ni siquiera sé de qué trata *Lincoln*—. ¿Las películas de política? ¿Que son un rollo?

—Me gustan las historias reales, independientemente del tema.

—Y a mí —replico—. Por eso me gustan las pelis románticas. El amor es real.

Ahoga una risa mientras bebe como si le hiciese gracia.

Lo miro.

—¿A qué viene eso?

—Las comedias románticas son lo más alejado que hay de la realidad. Seguro que también lees novelas románticas de pacotilla.

Lo miro sin emoción en el rostro. Creo que odio a este hombre.

—Pues sí. Y para que lo sepas, después de esta peli, voy a ver *Magic Mike XXL* para ver a tíos buenorros quitarse la ropa. —Enfadada, le doy un sorbo al champán y añado—: Y pienso pasarme toda la peli sonriendo, independientemente de lo que opines.

Se ríe a carcajadas. Su risa es profunda, fuerte y hace que note mariposas en el estómago.

Me vuelvo a poner los auriculares y finjo que me concentro en la pantalla. Pero soy incapaz: he hecho el ridículo y me he puesto colorada.

Se acabó la cháchara.

Dos horas después, me dedico a mirar por la ventanilla. La peli se ha acabado, pero su aroma sigue ahí. Me envuelve y me incita a pensar en cosas en las que no debería pensar.

¿Cómo huele tan bien?

No sé qué hacer para no parecer incómoda, así que decido que me echaré una siesta y que me pasaré las próximas horas durmiendo, pero antes tengo que ir al baño. Me levanto.

—Perdona.

Jim mueve un poco las piernas, pero no lo bastante para que quepa, por lo que tengo que pasar por encima de él. Me tropiezo y para no caerme, le pongo la mano en el muslo; es grande y robusto.

—Lo siento —tartamudeo avergonzada.

—No importa —dice, y sonríe con suficiencia—. En serio.

Me quedo mirándolo un segundo. ¿Eh?

—Hay una razón para que me comporte así.

Frunzo el ceño. ¿Qué significa eso? Salgo y voy al baño. Me paseo para estirar un poco las piernas mientras reflexiono sobre lo que ha dicho. Estoy perpleja, no se me ocurre nada.

—¿Qué has querido decir con eso? —pregunto mientras vuelvo a sentarme.

—Nada.

—¿Me has cedido tu asiento para que tuviese que pasar por encima de ti?

Ladea la cabeza.

—No, te he cedido mi asiento porque sabía que lo querías. Que hayas tenido que pasar por encima de mí ha sido un añadido.

Lo miro mientras me esfuerzo por responder. ¿Son imaginaciones mías? Los hombres ricos mayores que yo no suelen hablarme así… Para nada.

—¿Estás coqueteando conmigo, Jim? —pregunto.

Me obsequia con una sonrisa lenta y *sexy*.

—No sé. ¿Tú qué crees?

—He preguntado yo primero. Y no contestes a mi pregunta con otra pregunta.

Sonríe con suficiencia mientras vuelve a dirigir su atención a la pantalla.

—Ahora es cuando te tocaría coquetear a ti…, Emily.

Noto que me estoy poniendo roja de la vergüenza. Intento disimular mi sonrisa tonta.

—Yo no coqueteo. O me gusta un tío o no me gusta —digo.

—Ah, ¿sí? —indaga como si le fascinase—. ¿Y cuánto tardas en tomar esa decisión después de conocer a un hombre?

—Al instante —miento. No es verdad, pero voy a fingir que sí. Fingir seguridad en mí misma es mi superpoder.

—¿En serio? —susurra mientras la azafata pasa por nuestro lado—. Disculpe, ¿podría traernos dos más, por favor?

—Ahora mismo, señor.

Vuelve a mirarme a los ojos.

—Va, dime, ¿qué es lo primero que has pensado de mí?

Finjo que busco a Jessica.

—Es posible que necesites algo más fuerte para oír esto, Jim. Porque no te va a gustar.

Se ríe a carcajadas y yo lo miro sonriendo de oreja a oreja.

—¿Qué te hace tanta gracia? —pregunto.

—Tú.

—¿Por qué yo? —digo mientras frunzo el ceño.

—Por lo recta que eres.

—Como si tú no lo fueses, don «que sean dos».

Llegan nuestras copas y me pasa la mía sonriendo. No deja de mirarme mientras prueba la suya.

—¿Qué hacías en Londres?

—Buf —pongo los ojos en blanco—. He ido a la boda de una amiga, pero, si te soy sincera, desearía no haberlo hecho.

—¿Por?

—Me he encontrado a mi ex con su nuevo ligue, y él ha sido excesivamente cariñoso con ella para molestarme.

—Y le ha funcionado, está claro —añade mientras me señala con su copa.

—Mmm —mascullo, y doy un sorbo a mi bebida con cara de asco—. Solo un poco.

—¿Cómo es la chica?

—Rubia de bote, labios operados, tetas de silicona, pestañas postizas y bronceado de cabina. Vamos, todo lo contrario a mí.

—Mmm.

Me escucha con atención.

—Vamos, una *barbie* facilona.

Se ríe entre dientes.

—A todo el mundo le gustan las *barbies* facilonas.

Lo miro con cara de asco.

—Ahora es cuando tendrías que decir que los hombres odian a las *barbies* facilonas. ¿No sabes el protocolo que hay que seguir para entablar una conversación en un avión o qué?

—Es evidente que no. —Frunce el ceño mientras piensa en lo que acabo de decir—. ¿Por qué tendría que seguirlo?

Abro mucho los ojos para enfatizar mi razonamiento.

—Para ser amable.

—Ah, es verdad —accede, y me mira como si se dispusiera a mentir—. Emily, a los hombres les dan asco las *barbies* facilonas.

Sonrío mientras le hago un gesto con la copa.

—Gracias, Jim.

—Aunque… —hace una pausa—. Si la chupan bien…

¡Qué diantres!

Se me mete el champán por la nariz y me ahogo. Es lo último que esperaba que dijese.

—Jim —consigo balbucear mientras escupo el champán.

Se ríe mientras me pasa sus servilletas y me limpio la barbilla.

—Los hombres como tú no hablan de mamadas —exclamo entre toses.

—¿Por qué no? —pregunta, incrédulo—. ¿Y a qué te refieres con hombres como yo?

—Serios y ese rollo.

Me mira inexpresivo.

—Define «y ese rollo».

—Pues eso, mayores, ricos y mandones.

Le brillan los ojos. Está disfrutando con esto.

—¿Y qué te hace pensar que soy rico y mandón?

Exhalo de manera exagerada.

—Pareces rico.

—¿Por?

—Tu reloj sofisticado. El corte de tu camisa. —Le miro los zapatos—. Nunca he visto unos así. ¿De dónde los has sacado?

—De una tienda —replica, y se mira el reloj—. Y el reloj me lo regaló una antigua novia.

Pongo los ojos en blanco.

—Seguro que es vegana y le va el yoga.

Sonríe con suficiencia.

—Sé cuál es tu tipo de chica.

—No me digas —musita, y se acerca más a mí—. Por favor, continúa. Este análisis de personajes es fascinante.

Sonrío mientras la vocecilla de mi subconsciente grita que deje de beber.

—Doy por hecho que vives en Nueva York.

—Correcto.

—En un piso.

—Afirmativo.

—Y diría que trabajas en una empresa pija.

Sonríe; le gusta este juego.

—Puede.

—A lo mejor tienes novia o… —me interrumpo, y miro hacia abajo—. No llevas alianza; quizá le pongas los cuernos a tu mujer cuando viajas por trabajo.

Se ríe por lo bajo.

—Tendrías que dedicarte a esto. Qué precisión. Estoy asombrado.

A mí también me gusta este juego. Sonrío de oreja a oreja.

—¿Qué piensas tú de mí? —pregunto—. ¿Qué ha sido lo primero que has pensado cuando me has visto?

—Veamos… —Piensa en la respuesta—. ¿Quieres la versión políticamente correcta?

—No. Quiero la verdad.

—Vale. Bueno, en ese caso, me fijé en que tenías las piernas largas y un cuello esbelto. Un hoyuelo en la barbilla. Y que eres la mujer más atractiva que he visto en mucho tiempo, y cuando sonreíste, me puse de pie.

Sonrío con dulzura mientras el aire gira entre nosotros.

—Entonces hablaste… y lo arruinaste todo.

¿Qué?

Me echo a reír.

—¿Cómo que lo arruiné todo? ¿Cómo?

—Eres mandona y tienes un punto sarcástico.

—¿Y qué hay de malo en eso? —tartamudeo, indignada.

—Que yo también soy mandón y sarcástico —dice, y se encoge de hombros.

—¿Y?

—Pues que no quiero salir conmigo mismo. Me gustan las chicas dulces y recatadas, las que hacen lo que yo digo.

—Bah. —Pongo los ojos en blanco—. Las que limpian la casa y tienen sexo los sábados.

—Exacto.

Me río y choco mi copa con la suya.

—No estás mal para ser un viejo aburrido con zapatos raros.

Se ríe.

—Y tú no estás mal para ser una jovencita arrogante y *sexy*.

—¿Quieres ver *Magic Mike XXL* conmigo? —pregunto.

—Vale, pero que sepas que yo también fui *stripper*, así que esto no es nuevo para mí.

—¿En serio? —inquiero, e intento que no se me escape una sonrisa—. ¿Te mueves bien en la barra?

Me mira a los ojos.

—Mi trabajo en el poste es el mejor del país.

Saltan chispas entre nosotros. Tengo que concentrarme para que el alcohol no me haga decir alguna guarrada.

Toca la pantalla, le da a *Magic Mike XXL* y yo... sonrío de oreja a oreja. Este hombre es imprevisible.

No hay nada como volar en primera.

Seis horas después

—Vale, siguiente pregunta. El sitio más raro en el que lo has hecho —susurra.

Sonrío con suficiencia.

—No puedes preguntarme eso.

—Sí puedo. Lo acabo de hacer.

—Es de mala educación.

—¿Quién lo dice? —Mira a su alrededor—. Solo es una pregunta, y nadie nos oye.

Jim y yo nos hemos pasado el vuelo hablando, susurrando y riendo.

—Mmm —digo como si reflexionara en voz alta—. Esta es complicada.

—¿Por qué?

—Porque estoy pasando por un período de sequía. Ya casi ni recuerdo cómo era.

—¿Cuánto hace? —pregunta con el ceño fruncido.

—Pues... —Miro al techo mientras pienso—. Llevaré sin sexo... año y medio.

Me mira horrorizado.

—¿Cómo?

—Es patético, ¿no? —pregunto, y me estremezco.

—Mucho. Tendrás que esforzarte más. Son estadísticas muy malas.

—Lo sé —repongo, y me entra la risa tonta. Madre mía, qué pedo llevo—. ¿Y yo por qué te cuento esto? Solo eres un tío cualquiera al que he conocido en un avión.

—Que resulta que está muy interesado en el tema.

—¿Y eso por qué?

Se acerca para que no nos oigan las azafatas y me susurra:

—Alguien tan *sexy* como tú merece que se la follen tres veces al día.

Lo miro de hito en hito mientras me recorre un escalofrío hasta la punta de los pies. Un momento. Este tío es demasiado mayor para mí y no es mi tipo.

Me mira a los labios y el aire se carga de electricidad.

—¿Cuánto tiempo te vas a quedar en Nueva York? —pregunta.

Saca la lengua y se humedece el labio inferior a cámara lenta. Casi puedo sentirlo entre mis…

—Una tarde. Tengo la entrevista hoy a las seis, y luego tomaré el último vuelo —susurro.

—¿Y no puedes cambiarlo?

¿Por qué?

—No.

Sonríe con suficiencia mientras me mira; está claro que se imagina algo.

—¿Qué? —digo, y sonrío.

—Ojalá estuviésemos en un *jet* privado.

—¿Y eso por qué?

Vuelve a mirarme los labios.

—Porque acabaría con tu sequía y te iniciaría en el Miles High Club.

Me imagino subiéndome encima de él aquí y ahora.

—Es Mile High Club, no Miles —susurro.

—No, es Miles —me corrige, y sonríe al tiempo que se le ensombrecen los ojos—. Créeme, es Miles.

Algo se desata dentro de mí, y de pronto me apetece decirle algo raro y loco. Me echo hacia delante y le susurro al oído:

—Nunca he follado con un desconocido.

Inhala con fuerza sin apartar sus ojos de los míos.

—¿Quieres follar con un desconocido? —murmura. Los dos estamos cada vez más calientes.

Lo miro fijamente. Esto no es propio de mí.

Este hombre me hace…

—No seas tímida. Si estuviésemos solos… —susurra, y hace una pausa para escoger sus palabras—. ¿Qué me darías, Emily?

Lo miro a los ojos. Tal vez sea el alcohol o la falta de sexo o saber que no lo volveré a ver en la vida… o que en el fondo me excitan estas cosas.

—A mí —susurro—. Me entregaría a mí misma.

Nos miramos a los ojos y, como si hubiese olvidado dónde estamos, se inclina hacia delante y me envuelve la cara con la mano. Qué ojos más azules. Su roce me excita de arriba abajo.

Deseo a este hombre.

Hasta el último centímetro de él.

—¿Una toalla caliente? —pregunta Jessica.

Nos separamos de un salto, avergonzados. ¿Qué pensarán de nosotros? Seguro que nos han visto coquetear descaradamente durante todo el viaje.

—Gracias —tartamudeo mientras acepto la toalla.

—Una ventisca está azotando Nueva York y vamos a sobrevolar la ciudad hasta que podamos aterrizar —nos informa.

—¿Y si no podemos? —pregunta Jim.

—Haremos escala en Boston y pasaremos la noche allí. Los alojaríamos en un hotel, por supuesto. Lo sabremos en los próximos diez minutos. Los mantendré informados.

—Gracias.

Se va a la otra punta del avión y, cuando ya no puede oírnos, Jim se acerca y me susurra:

—Espero que caiga la del quince.

Noto mariposas en el estómago.

—¿Y eso por qué?

—Tengo planes para nosotros —susurra con aire sombrío.

Lo miro mientras espero a que me vuelva a funcionar el cerebro. Me he puesto en plan calientabraguetas, pero yo en realidad no soy así. Es fácil ser valiente y descocada cuando piensas que no va a pasar nada. Estoy sudando. ¿Y quién me mandaría beber tanto? Mira que hablarle de mi sequía… Esas cosas no se dicen, boba.

—¿Otra copa? —susurra Jim.

—No puedo, tengo una entrevista de trabajo esta tarde.

—No creo.

—No digas eso —tartamudeo—. Quiero el trabajo.

—Buenas tardes, pasajeros, les habla el comandante —se oye por megafonía.

Cierro los ojos. Mierda.

—Con motivo de la ventisca que se ha desatado en Nueva York, pasaremos la noche en Boston. Pondremos rumbo a Nueva York mañana temprano. Disculpen las molestias que esto les pueda causar, pero su seguridad es nuestra prioridad.

Lo miro a los ojos y él me obsequia con una sonrisa lenta y *sexy* y arquea una ceja.

Ay, madre.

Capítulo 2

—No te emociones tanto —dice con una sonrisita.

—Jim... —tartamudeo. A ver cómo se lo digo—. No soy la clase de chica que...

Y ahí lo dejo.

—¿Que folla en la primera cita? —acaba por mí.

—Exacto. —La crudeza de esa afirmación me da escalofríos—. No quiero que pienses...

—Lo sé. Por supuesto, ni se me ocurriría —repone—. No lo pienso.

—Vale —digo, aliviada—. Si he coqueteado contigo ha sido porque pensaba que una vez que aterrizásemos, no nos volveríamos a ver.

—Vale. —Sonríe como si algo le hiciese gracia.

—No es que no me gustes. Porque si fuese esa clase de chica, estaría como loca por ti. Follaríamos como...

Me callo mientras trato de dar con un símil.

—¿Conejos? —propone él.

—Exacto.

Levanta las manos.

—Entiendo; solo ha sido algo platónico.

Sonrío de oreja a oreja.

—Me alegro de que lo entiendas.

Siete horas después

Me estampa contra la pared mientras se esfuerza por subirme la falda y se ceba con mi cuello.

—La puerta —digo jadeando—. Abre la puerta.

Madre mía, nunca he sentido esta química con nadie. Hemos bailado, nos hemos reído y nos hemos besado en Boston, y, por alguna razón, estoy a gusto con él. Es como si hiciera estas cosas todos los días, como si fuese lo más natural del mundo. Lo raro es que parece que estemos haciendo lo correcto. Que la situación sea tan espontánea me envalentona. Este hombre es ingenioso, divertido y está más salido que el pico de una mesa, y, en mi opinión —que quizá esté afectada por el consumo de alcohol—, vale la pena correr el riesgo porque sé que jamás volveré a tener la oportunidad de estar con un hombre como él.

He muerto y he ido al cielo de las chicas malas.

Jim introduce la llave con torpeza y entramos a trompicones en mi habitación. Me tira encima de la cama.

Mi pecho sube y baja mientras nos miramos. El aire se carga de electricidad.

—No soy esa clase de chica —le recuerdo.

—Lo sé —susurra—. No quisiera corromperte.

—Pero hay una sequía... —musito—. Una sequía que ya dura mucho tiempo.

Levanta las cejas y jadeamos al unísono.

—Eso es cierto.

Lo miro un instante mientras intento que la excitación no me nuble la mente. Me palpita la entrepierna, que pide a gritos que me haga suya.

—Sería una pena que...

Y lo dejo ahí.

—Lo sé —dice, y se humedece los labios en señal de gratitud mientras me da un repaso de arriba abajo—. Una pena.

Cuando se quita la camisa, me quedo sin aire. Su pecho, de piel aceitunada, es ancho y musculoso. Un reguero de vello baja desde su ombligo y se interna en sus pantalones. Es moreno y sus ojos son de un azul reluciente, pero es la intensidad que se oculta tras ellos lo que hace que me muera de ganas de que me la meta. Su roce tiene algo que no he sentido nunca.

Es un macho dominante puro y duro. No hay duda de quién manda aquí.

Algo en él ha hecho que muestre una parte de mí que no sabía que existía. Soy consciente de que podría estar con quien quisiera.

Pero en este momento me quiere a mí.

Es innegable que tenemos química; es fuerte, verdadera y arrasa con todo. Apenas me ha tocado y ya sé que esta noche va a ser especial.

Quizá, por una vez, el destino me haya dado una buena baza.

Con sus ojos clavados en los míos, se desabrocha los pantalones a cámara lenta y se saca la polla. Es grande y la tiene dura, y mi pecho sube y baja mientras lo miro. El corazón me va a mil. No puedo creer que esté pasando esto.

Ay. Madre.

Se la acaricia poco a poco, y yo lo miro boquiabierta.

Ningún tío se ha tocado delante de mí.

Joder, me va a dar algo. Menuda envergadura.

Pone un pie en la cama y empieza a recrearse. Flexiona los brazos y los hombros mientras se la sacude con fruición. Mis entrañas se retuercen de placer al imaginar que soy yo quien se lo hace a él.

Esto es como ver porno en la vida real… solo que diez veces mejor.

¿Qué narices hago yo aquí? Soy una niña buena, y las niñas buenas no hacen cosas malas con hombres como este.

No nos juntamos con la misma gente, no vivimos en la misma ciudad, y es posible que no lo vuelva a ver jamás, pero eso me brinda una libertad que no esperaba. Puedo ser otra.

Lo que él quiera que sea.

Con los ojos fijos en los míos, tensa la mandíbula.

—Chúpamela, Emily —murmura en tono amenazante.

Bien, sí. Pensaba que no me lo iba a pedir nunca. Desesperada por complacerlo, me arrodillo al instante.

No sé nada de este tío, pero lo que sí sé es que quiero ser el mejor polvo de su vida. Me la meto en la boca como si fuese la campeona de garganta profunda. La agarro con fuerza y paso la mano por donde he usado los labios.

Ha pasado tanto tiempo que se me contrae la entrepierna y siento que voy a tener un orgasmo solo con saborear su líquido preseminal.

—Joder, qué rico —murmuro con la boca rodeando su miembro—. Me voy a correr de lo bien que sabes.

Echa la cabeza hacia atrás y cierra los ojos.

—Desnuda. Quiero verte desnuda —gruñe por la necesidad.

Me baja de la cama y en menos que canta un gallo, mi falda y mis bragas están en el suelo. Me quita la camisa por encima de la cabeza y se deshace de mi sujetador.

Entonces, se queda quieto y, a cámara lenta y con las manos apretadas a los costados, me mira de arriba abajo. Me come con los ojos. Hace que me arda la piel.

Mi mundo deja de girar. Estoy plantada delante de él, desnuda y vulnerable, a la espera de recibir su aprobación.

Esto es nuevo para mí. Nunca he estado con un hombre tan dominante y autoritario. Sus ojos, su voz, cada toque me recuerdan con quién estoy y cuánto significa su placer para mí.

Quiero estar a la altura del desafío. Me invade la imperiosa necesidad de satisfacerlo.

Cuando vuelve a mirarme a los ojos, los suyos arden de deseo. Una corriente subterránea de oscuridad y ternura fluye entre nosotros. Quizá haya olvidado cómo un hombre mira a una mujer cuando cada ápice de su ser la desea. Porque juro por Dios que no he visto esa mirada en mi vida.

—Túmbate —murmura.

Mi cara se contorsiona en una mueca de terror.

Me estrecha entre sus brazos y me besa con pasión mientras me acuna el rostro con las manos.

—¿Qué pasa? —susurra.

—Hace… Hace mucho… —digo con la voz entrecortada.

—Iré con cuidado —musita con dulzura, lo que espanta mis temores.

Se apodera de mi boca y, despacio, mete la lengua y succiona lo justo.

Por poco me fallan las rodillas.

Me tumba y me separa las piernas. Sonríe con aire enigmático mientras va depositando besos por todo mi cuerpo.

Miro al techo en un intento por calmar mi respiración, que se ha vuelto irregular. Ni todo el alcohol del mundo podría haberme preparado para esto. Me levanta las piernas, se pone mis pies sobre los hombros y me separa más las rodillas.

Estoy totalmente abierta para él, que me toma sin reservas y chupa con fuerza.

Doy un respingo.

—¡Ah! —grito.

Pero en vez de apiadarse de mí, me mete tres dedos y los mueve con frenesí.

Joder, ¿no podemos ir más despacio?

Su lengua está en mi clítoris y sus dedos en mi punto G. ¿Qué narices pasa aquí? Mi cuerpo tiembla como una marioneta... Su marioneta.

Este hombre es un dios.

Se me elevan las piernas solas. Cuando el orgasmo arrasa conmigo como si fuese un tren de mercancías, me convulsiono.

Habrá tardado cinco segundos. Madre mía, qué vergüenza. Que no se te note. Él suelta una risita como si estuviese orgulloso y yo me tapo los ojos con el brazo para que no me vea la cara.

Me aparta el brazo y me sujeta del mentón para acercarme a su rostro.

—No te escondas de mí, Emily. Nunca —ordena.

Lo miro a los ojos. Este tío no se anda con chiquitas. Es demasiado intenso.

—Contéstame.

—¿Qué quieres que te diga? —susurro.

—Di que sí para que sepa que lo entiendes.

El aire cruje entre nosotros.

—Sí —musito—. Lo entiendo.

—Buena chica —susurra, y vuelve a besarme. Su lengua es suave y me acaricia a la perfección. De nuevo, las piernas se me abren solas. Se incorpora y saca cuatro condones de la cartera. Abre uno y me lo da—. Pónmelo.

Lo acepto, le beso con ternura el pene y se lo pongo.

—Qué mandón eres. —Sonrío con suficiencia.

Él sonríe de oreja a oreja. Se tumba, me pone encima de él y acerca mi rostro al suyo.

—Primero me follarás tú —murmura contra mis labios—, y cuando ya hayas entrado en calor, te follaré yo.

Sonrío.

—Yo solo follo una vez y luego me duermo, grandullón.

Me obsequia con una sonrisa lenta y *sexy*.

Me siento a horcajadas encima de él y nos besamos con más pasión. La polla le toca la barriga. Se la agarra, me sujeta de las caderas y me baja.

Auch, escuece; es grande.

—Ay —gimoteo.

—Tranquila —susurra—. Muévete de lado a lado.

Me acaricia los pechos mientras me mira con asombro.

Le sonrío.

—¿Qué?

—Desde que te he visto subir al avión he querido tenerte así.

Me entra la risa tonta.

—¿Siempre consigues lo que quieres?

—Siempre.

Me coge de las caderas y me baja de golpe. Ahogamos un grito de placer.

Dios... Es...

—Joder, cómo te noto —masculla con los dientes apretados.

Sin dejar de mirarme a los ojos, me sube y me baja poco a poco. Noto hasta la última vena de su miembro.

Mientras me mira con los ojos entornados, me inclino hacia delante y lo beso con dulzura.

—¿Tienes idea de lo bien que encajas dentro de mí? —susurro, y le paso la lengua por la boca, que está abierta.

Pone los ojos en blanco.

—Qué buena estás, joder.

Me agarra de los huesos de la cadera y me baja hasta metérmela entera. La sensación es tan abrumadora que no puedo evitar soltar una carcajada.

—Métemela más. Dámelo todo —le ruego.

Me encanta que pierda el control. Me alucina. Entonces, como si estuviésemos en un universo paralelo, pego la boca a su cuello y succiono con fuerza mientras me muevo.

Sisea y, como si se hubiese desatado del todo, me alza y me tumba en la cama. Se pone mis piernas encima de los hombros y me la mete hasta el fondo con tanto ímpetu que me quedo sin aire.

Sonrío. Conque le gusta que le digan guarradas, ¿eh? Pues resulta que es mi especialidad.

Que empiece el juego.

Le acaricio la cara con las manos.

—Qué polla más gorda tienes. ¿Vas a hacer que chorree para mí? —susurro mientras me contraigo a su alrededor—. Noto cómo late.

Me dedica una sonrisa lenta y *sexy* mientras me embiste.

—Me voy a quitar el condón y me voy a correr en esa boca tan sucia que tienes.

—Sí, por favor.

Me río mientras me empotra con fuerza, y en un momento de lucidez, gira la cabeza y me besa con ternura el tobillo. Nos miramos mientras algo íntimo fluye entre nosotros. Una cercanía impropia de las circunstancias.

—Como me sigas mirando así —susurro para quitarle hierro al asunto—, te hago otro chupetón.

Abre mucho los ojos.

—Me cagaré en ti como tenga alguna marca.

Me río a carcajadas cuando veo el moretón que tiene en el cuello. Madre mía, he leído demasiadas novelas románticas de vampiros.

—¿Tu mami te va a echar la bronca? —digo para chincharlo.

Se ríe y me la clava en el punto justo. Gimo. ¡Dios! Este hombre conoce el cuerpo de una mujer.

Cada toque está perfectamente medido y magnificado. Sabe perfectamente cómo llevarme al cielo. Me levanta de la cadera y traza círculos amplios, y mi cuerpo toma la iniciativa porque tengo que correrme. Ya.

—Fóllame —le suplico—. Bendíceme con esa polla tuya. Más fuerte. ¡Más fuerte, no pares!

Cierra los ojos a causa del placer y me embiste a ritmo de pistón. Me aferro a él lo más fuerte que puedo mientras me convulsiono. Él se mantiene en mi interior y grita con la cara enterrada en mi cuello. Noto cómo se le mueve el pene cuando se corre.

Empapados en sudor y pegados el uno al otro, jadeamos. El corazón nos va a mil. Entonces sonríe contra mi mejilla como si hubiese recordado algo.

—¿Qué?

—Bienvenida al Miles High Club, Emily.

Se me escapa una risita y lo beso.

—No hay nada como volar en primera.

Jim me obsequia con una sonrisa de lo más sensual mientras estoy tumbada en la cama tal y como Dios me trajo al mundo. Él está vestido y tiene la maleta en la puerta.

—Tengo que irme.

Hago un mohín y alargo los brazos.

—No, no me dejes —le digo en broma con voz quejumbrosa.

Se ríe entre dientes y me coge en brazos por última vez. No vamos en el mismo avión a Nueva York; su vuelo sale antes que el mío. Me besa con cariño.

—Vaya noche —susurra.

Sonrío mientras entierra la cara en mi cuello y me da un mordisquito en la clavícula.

—No voy a poder caminar en un mes. Qué digo en un mes, en un año —mascullo en tono seco.

Doy un respingo cuando me muerde en el pezón. Entonces me mira de nuevo a los ojos. Le acuno ese rostro tan bello que tiene.

—Me lo he pasado muy bien esta noche.

Esboza una sonrisita.

—Y yo.

Le toco el chupetón que tiene en el cuello, y sus dedos van hacia él también.

—¿En qué diantres pensabas?

—No sé qué me ha dado. —Me río como una tonta—. Tu polla me ha convertido en una salvaje.

Vuelve a morderme.

—¿Cómo me subo yo ahora a un avión con esta cosa gigante en el cuello? —dice a modo de regañina—. Con la de reuniones importantes que tengo esta semana…

Nos echamos a reír, pero en cuanto me mira le cambia la cara. No estoy de broma, no quiero que se marche. Este hombre es todo lo que no estoy buscando, pero, de alguna forma, cumple con todos los requisitos.

¿Y si no vuelvo a verlo en la vida?

¿Cómo voy a seguir adelante después de esta noche? ¿Cómo voy a borrarla de mi memoria y fingir que nunca ha pasado? Enfadada conmigo misma, cierro los ojos. Por eso no tengo líos de una noche. No estoy hecha para el sexo sin compromiso; no soy así y nunca lo seré.

Pero detesto que él sí.

—Llevo una bufanda en la maleta. ¿La quieres? —pregunto.

—Sí —contesta al segundo.

Salgo de la cama y rebusco en la maleta. Aprovecha que estoy de espaldas y se planta detrás de mí. Me sujeta de las caderas y me provoca con las suyas. Me pongo de pie y me giro para mirarlo.

—Lo digo en serio, quédate esta noche también.

Me acaricia el rostro con un dedo y me levanta la barbilla sin dejar de mirarme a los ojos.

—No puedo —susurra. Es como si sus ojos quisieran decirme algo.

¿Le espera alguien en casa? ¿Por eso no me ha pedido mi número? Me embarga la inquietud. No estoy hecha para esto de los líos de una noche.

Me vuelvo, saco la bufanda y se la doy. Es de color crema, de cachemira y tiene mis iniciales.

E. F.

Las compañeras de tenis de mi madre me la regalaron cuando acabé la universidad. Me encanta..., pero bah, qué más da.

Frunce el ceño al ver las letras bordadas. Se la quito de las manos y se la pongo de manera que le tape el moretón. Sonrío con suficiencia mientras lo miro. Ni siquiera sabía hacer un chupetón. Pues sí que me habré dejado llevar.

—¿Qué significa la F? —pregunta.

—Feladora profesional —digo, y sonrío para disimular mi decepción. No quiero que sepa que me ha sentado mal lo último que ha dicho.

Se ríe entre dientes y, sin una pizca de delicadeza, me toma en brazos y vuelve a llevarme a la cama.

—Qué descripción más apropiada.

Me agarra una pierna, se la lleva a la cintura y nos recreamos con el último beso que nos damos.

—Adiós, mi hermosa conejita —susurra.

Le paso los dedos por el pelo mientras contemplo su rostro.

—Adiós, Ojos Azules.

Se acerca la bufanda a la nariz e inspira.

—Huele a ti.

—Póntela cada vez que te vayas a hacer una paja —murmuro y sonrío con dulzura—. Imagina que soy yo quien hace todo el trabajo.

Le brillan los ojos de la emoción.

—Para alguien que no se ha liado con nadie en dieciocho meses, eres una ninfómana de categoría.

Se me escapa una risita.

—Volveré a mi sequía. Se está bien ahí… y puedo caminar sin ayuda.

Se le descompone el semblante. Me da la sensación de que quiere decirme algo, pero que se está conteniendo.

—Vas a perder el vuelo —le apremio, y finjo una sonrisa.

Volvemos a besarnos y lo abrazo con fuerza. Qué pasada de hombre, Dios.

Se queda ahí plantado, y tras un último repaso a mi cuerpo desnudo, se da la vuelta y se va.

Miro la puerta por la que se acaba de ir y sonrío con tristeza.

—Sí, ten mi número —susurro al aire.

Pero no lo ha querido. Se ha ido.

Doce meses después

Exhalo y me llevo la mano al corazón mientras me planto en la acera y miro el rascacielos de cristal que tengo delante. Me suena el móvil; la pantalla se ilumina con el nombre de mi madre.

—Hola, mamá —digo, y sonrío.

Pienso en mi preciosa madre. Tiene una melena rubia perfecta, ni una arruga, y siempre va impecablemente vestida. Si cuando tenga su edad estoy la mitad de bien que ella, habré triunfado en la vida. Ya la echo de menos.

—Hola, cielo. Llamaba para desearte suerte.

—Gracias. —Doy golpecitos con la punta de los pies, incapaz de estarme quieta—. Estoy tan nerviosa que he vomitado esta mañana.

—Te van a coger, tranquila.

—Jo, eso espero —exhalo con pesadez—. He tenido que pasar seis entrevistas para conseguir este trabajo, y recorrer medio país.

Pongo cara de asustada.

—¿He hecho lo correcto, mamá?

—Claro. Es el trabajo de tus sueños. Y así te alejas de Robbie. Te vendrá bien poner tierra de por medio.

Pongo los ojos en blanco.

—No metas a Robbie en esto.

—Estás saliendo con un hombre que no tiene trabajo y vive en el garaje de sus padres. No entiendo qué ves en él.

—Es que no le sale nada —suspiro.

—Pues si no le sale nada, ¿por qué no se va contigo a Nueva York?

—No le gusta Nueva York. Es demasiado bulliciosa para él.

—Por Dios, Emily, ¿oyes cómo lo justificas? Si te quisiera, iría allí y te animaría a cumplir tu sueño, dado que él no tiene ninguno.

Exhalo con fatiga. Yo misma he pensado eso mismo, pero no lo reconocería ni harta de vino.

—¿Me has llamado para estresarme por lo de Robbie o para desearme suerte? —pregunto, cortante.

—Para desearte suerte. Suerte, cariño. Demuéstrales de qué pasta estás hecha.

Me muevo nerviosa mientras miro el imponente edificio que se cierne sobre mí.

—Gracias.

—Esta noche te llamo para que me hagas un informe completo.

—Vale —accedo y sonrío—. Entro ya.

—A por ellos, tigresa —me anima, y cuelga.

Miro el edificio y las elegantes letras doradas que hay encima de las enormes puertas dobles de la entrada.

MILES MEDIA

Exhalo y relajo los hombros.

—Vale, tú puedes.

Es la oportunidad de las oportunidades. Miles Media es el mayor imperio de medios de comunicación de Estados Unidos y uno de los más grandes del mundo, con más de dos mil empleados solo en Nueva York. Mi fascinación por el periodismo empezó cuando estaba en octavo y presencié un accidente de tráfico mientras volvía del instituto. Como era la única testigo, tuve que dar parte a la policía, y cuando más tarde se descubrió que el coche era robado, el periódico local vino a entrevistarme. Ese día me sentí como una estrella de *rock*. En ese momento, se prendió una chispa en mí que nunca se apagó. Me saqué la carrera de Periodismo e hice prácticas en las mejores empresas del país. Pero siempre tuve la mira puesta en Miles Media. Sus historias superan con creces las de los demás; ningún otro medio las publicaría. Me he postulado para todas las vacantes que ha habido en los últimos tres años y nunca me habían contestado hasta hace nada. Y aun así he tenido que pasar por seis entrevistas para que me ofreciesen el puesto, así que por tu madre no la cagues.

Me cuelgo la tarjeta de identificación y miro el móvil.

No hay llamadas perdidas. Robbie ni siquiera me ha escrito para desearme suerte. Hombres...

Me dirijo a recepción. El guardia de seguridad de la entrada comprueba mi identificación y me da un código para que pueda subir a mi planta. El corazón me va a mil cuando me meto en el ascensor con todos los pijos. Pulso el número cuarenta. Me miro en el reflejo de las puertas. Llevo una falda de tubo negra que me llega por la pantorrilla, medias negras transparentes, tacones de charol y una blusa de seda de manga larga color crema. Mi intención era parecer profesional y elegante. No sé si lo habré conseguido; ojalá que sí. Me paso la mano por la coleta conforme el ascensor sube. Miro de reojo a mis acompañantes. Los hombres van con trajes caros y las mujeres parecen megaprofesionales y van pintadas hasta las cejas.

Mierda, tendría que haberme puesto un pintalabios fuerte. Me compraré uno en el descanso para comer. Cuando se abren las puertas en mi planta, salgo como si me fuera a comer el mundo.

Fingir seguridad en mí misma es mi superpoder, y hoy no pienso parar hasta que lo borde.

Eso o moriré en el intento.

—Hola —digo, y sonrío a la mujer de aspecto amable que aguarda en recepción—. Me llamo Emily Foster. Empiezo hoy.

Ella sonríe de oreja a oreja.

—Hola, Emily, me llamo Frances. Soy jefa de planta —me estrecha la mano—. Encantada de conocerte.

Parece maja.

—Te acompañaré a tu mesa.

Echa a andar. Me fijo en lo grande que es la oficina. Las mesas se dividen en grupos de cuatro o seis y están separadas por tabiques.

—Como sabes, cada planta pertenece a una sección de la empresa —explica mientras camina—. De la uno a la veinte están internacional y revistas. De la treinta a la cuarenta, actualidad, y más arriba están los de la tele.

Asiento, nerviosa.

—En las dos últimas plantas solo están los jefes, por lo que no podrás acceder allí con tu tarjeta. Tenemos la costumbre de hacer una visita guiada por el edificio a los nuevos empleados, y Lindsey, de recursos humanos, vendrá y te acompañará a las dos en punto de esta tarde.

—Vale, genial. —Sonrío cuando siento que la seguridad en mí misma se queda en la moqueta.

Madre mía, qué profesional es esto.

—La mayoría empiezan en la planta cuatro y van subiendo, así que felicidades por empezar en la cuarenta. Es asombroso —me dice con una gran sonrisa.

—Gracias —digo, nerviosa.

Me conduce a un grupo de cuatro escritorios que hay junto a la ventana y saca una silla.

—Tu mesa.

—Vaya.

Me quedo blanca. Quien mucho abarca poco aprieta. Nada más sentarme, noto cómo el pánico empieza a apoderarse de mí.

—Hola, me llamo Aaron —dice un hombre mientras toma asiento a mi lado. Me estrecha la mano con una gran sonrisa—. Tú debes de ser Emily.

—Hola, Aaron —musito.

Me siento una inepta total.

—Te dejo con Aaron. Estarás bien —me indica Frances, y sonríe.

—Gracias.

—Que tengas un buen día —se despide, y vuelve a su mesa.

Miro el ordenador mientras el corazón me late desbocado.

—¿Estás emocionada? —pregunta Aaron.

—Estoy muerta de miedo —susurro mientras me vuelvo hacia él—. Nunca he estado en un puesto así. Normalmente, encuentro las historias con mis colegas.

Me sonríe con cariño.

—No te preocupes, todos estamos igual el primer día. No te habrían dado el puesto si no confiasen en ti.

Esbozo una sonrisa torcida.

—No quiero decepcionar a nadie.

Me cubre la mano con la suya.

—Eso no va a pasar. Este equipo es muy bueno y nos ayudamos mucho los unos a los otros.

Miro su mano.

—Uy. —Se da cuenta de que estoy incómoda y la aparta—. Soy gay y me encanta tocar a la gente. Si ves que invado tu espacio, me lo dices, que yo no me corto un pelo.

Sonrío. Agradezco su sinceridad.

—Vale —digo, y veo que la gente llega—. ¿Cuánto llevas aquí?

—Cuatro años. Me encanta —exclama moviendo los hombros para darle énfasis—. Es el mejor trabajo que he tenido en mi vida. Me mudé de San Francisco por él.

—Yo de California —digo, y sonrío orgullosa.

—¿Has venido sola? —pregunta.

—Sí —respondo y me encojo de hombros—. He alquilado un pisito de un solo dormitorio. Llegué el viernes.

—¿Y qué has hecho este *finde?* —pregunta.

—Flipar por lo de hoy.

Se ríe.

—No te preocupes. Todos hemos pasado por lo mismo.

Miro a las dos sillas vacías.

—¿Con quién más trabajamos?

—Con Molly. —Señala la silla que tengo delante—. Ella ficha a las nueve y media. Es madre soltera y tiene que llevar a los niños al cole.

Sonrío. Me parece bien.

—Y con Ava, que seguro que salió anoche y por eso llega tarde.

Sonrío y pongo los ojos en blanco.

—Se pasa el día de fiesta y nunca está en su mesa; siempre se las ingenia para estar en otro sitio.

—Hola —saluda una chica. Llega corriendo por el pasillo y se sienta en su silla. Para cuando me extiende la mano, está jadeando—. Me llamo Ava.

Le estrecho la mano y sonrío.

—Yo soy Emily.

Ava es más joven que yo. Es muy guapa, lleva el pelo corto en tono miel y su maquillaje es espectacular. Es muy moderna, muy neoyorquina.

—Enciende el ordenador y te enseñaré qué programas usamos —me dice Aaron.

—Vale —acepto, y me concentro en mi tarea.

—*Bua,* Aaron —exclama Ava—. Anoche conocí al tío más *sexy* del mundo.

—Y vuelta la burra al trigo —suspira Aaron—. Conoces al tío más *sexy* del mundo todas las noches.

Caigo en la cuenta de que estoy sonriendo al escucharlos.

—No, esta vez es en serio, lo juro.

Miro a Aaron, que sonríe con suficiencia y pone los ojos en blanco como si ya hubiese oído eso antes.

Ava se pone a trabajar y Aaron me explica cómo van los programas mientras yo tomo notas.

—A las diez nos llegan las historias.

Escucho con atención.

—Nosotros, como periodistas, tenemos que leerlas, decidir si se les puede sacar chicha o no y si vamos a documentarnos al respecto.

Frunzo el ceño.

—¿Y cómo tomáis esa decisión?

—Apostamos por lo que nos interesa —interviene Ava—. A ver, es obvio que las noticias de última hora son importantes, pero no nos pagan por eso.

Lee un correo.

—Por ejemplo, tres cafeterías a dos manzanas de distancia han cerrado esta semana. —Pone los ojos en blanco—. En serio, ¿a quién le importa? Esto no es noticia.

Se me escapa una risita.

—Tengo una —dice Aaron, que procede a leerla—: «Un conductor que viajaba a doscientos cincuenta kilómetros por hora se ha saltado un control policial. La persecución acabó cuando...

Ava asiente.

—¿Ves? Esto sí.

—Esta me la guardo.

Escribe algo y guarda el archivo en una carpeta.

—Entonces, ¿esto cómo va? —pregunto.

—A ver, nosotros recopilamos historias, hablamos de lo que ha encontrado cada uno y hacemos una lista. Investigas tus historias, y para las cuatro o así ya tienes que haber preparado unas cuantas para que salgan en las noticias del día siguiente. Se las enviamos a Hayden, que a su vez se las envía a redacción. Obviamente, si nos llega una buena, esa tendrá prioridad sobre el resto y saldrá en las noticias al momento.

Frunzo el ceño a medida que voy escuchando.

—Entonces, ¿cada uno recibe sus historias con su encabezado?

—Sí. Otros compañeros de esta planta nos las envían al correo.

Echo un vistazo a los demás empleados.

—Estamos al tanto de lo que vende y de lo que de verdad es noticia —añade Ava—. Es el trabajo más chulo del mundo.

Sonrío. Quizá sí pueda hacerlo.

—Abre tu bandeja de entrada —me indica Aaron, que abre algo en mi ordenador que no deja de pitar mientras yo observo.

—¿Todo eso son posibles historias? —pregunto con el ceño fruncido.

—Sí —dice, y me guiña el ojo con aire juguetón—. Espabila, que no paran.

Sonrío emocionada.

—Pero asegúrate de que todos los datos estén bien. Nada cabrea más a los de arriba que encontrar algo mal. Te meterás en un buen lío.

—Entendido.

Justo cuando vuelvo de almorzar, me suena el teléfono.

—Hola, Emily, soy Lindsey, de recursos humanos. Te recojo en cinco minutos —dice una voz muy amable.

Me estremezco. ¡Ostras, es verdad, la visita guiada!

—Vale, gracias.

Cuelgo.

—Tengo que hacer la visita guiada —les susurro a mis compañeros.

—No pasa nada —dice Aaron sin dejar de leer el correo.

—Tengo muchos encabezados —tartamudeo—. No puedo seguiros el ritmo.

—No te preocupes, no pasa nada —me dice a modo de consuelo.

—¿Y si se me escapa un bombazo?

—No te va a pasar eso, tranquila. Echaré un vistazo a tus correos mientras no estés.

—¿En serio?

—Pues claro. No se espera que lo sepas todo el primer día.

—Tienes que ir arriba —indica Ava, que hace una mueca.

—¿Qué hay arriba? —pregunto.

—Los despachos de los altos cargos.

—¿Y son majos?

—No, son más malos que la hostia, y es muy probable que te despidan ahí mismo.

—¿Cómo?

—Bah, chorradas —exclama Aaron, que pone los ojos en blanco—. Lo que pasa es que no… —Se le descompone el gesto mientras elige sus palabras—. No se andan con chiquitas. Si te tienen que decir algo, te lo van a decir alto y claro. No están para aguantar tonterías.

—¿Y quiénes son? —susurro.

—Bueno, el señor Miles no estará. Nunca está. Creo que está en Londres.

—¿El señor Miles? —pregunto con los nervios a flor de piel.

—El jefazo.

—Sí, sé quién es. Como todo el mundo, creo. Aunque nunca lo he visto. Son él y sus hermanos, ¿no?

—Sí, la familia Miles dirige el cotarro. Él y sus tres hermanos.

—¿Y están todos arriba? —susurro mientras me retoco con el pintalabios que me he comprado durante la pausa del almuerzo. Un poco de valentía no me vendrá mal.

—Tú no digas tonterías y ya está —me aconseja Ava.

Abro los ojos como platos.

—¿Por ejemplo? ¿Qué es una tontería para ellos?

Me estoy empezando a asustar de verdad.

—Tú no abras la boca, haz la visita y no le cuentes nada a la de recursos humanos.

—¿Por?

—Porque tienen contacto directo con los de arriba. Lo de la visita es solo una pantomima para evaluar tu personalidad en las dos horas que te tendrá dando vueltas.

—Ay, madre.

Suspiro.

—Hola. Emily, ¿no? Soy Lindsey.

Me giro para ver a una mujer rubia muy guapa. Al instante me pongo de pie y extiendo la mano.

—Hola.

Sonríe a mis compañeros.

—En marcha. Empezaremos por la planta uno e iremos subiendo.

Me despido de mis colegas con gesto nervioso y la sigo hasta el ascensor.

Allá vamos.

Hora y media después

—Y este es el gimnasio del que disfruta nuestro personal.

Echo un vistazo a la sala. Es grande, estilosa y está en la planta sesenta.

—Caray.

—Está abierto desde las seis de la mañana hasta las seis y media de la tarde. Obviamente, está más concurrido antes de que empiece la jornada laboral, pero también puedes venir a la hora de almorzar. Muchos adelantan o retrasan su almuerzo para que no haya tanta gente cuando vengan.

Este sitio es una pasada. Una cafetería en el segundo piso que ocupa toda la planta, un cine, un gimnasio, una oficina de correos, una planta para frikis. Lo han pensado todo al detalle.

—Vale, sigamos —dice Lindsey con una sonrisa—. A continuación, vamos a subir a los despachos de los altos cargos.

Me entran retortijones mientras volvemos al ascensor.

Lindsey entra y mira los botones.

—Anda, mira, estás de suerte.

Frunzo el ceño con aire inquisitivo.

—El señor Miles está aquí.

Finjo una sonrisa.

—Te lo presentaré primero.

Ay, madre.

«No hables ni digas tonterías», me recuerdo. Nerviosa, retuerzo los dedos delante de mí mientras subimos a la última planta. Se abren las puertas, salgo del ascensor y me paro en seco.

¡Vaya!

Mármol blanco hasta donde alcanza la vista, ventanales hasta el techo y lujosos muebles de cuero blanco.

—Hola, Sammia —saluda Lindsey con una sonrisa mientras yo miro a mi alrededor con cara de pasmo.

Este lugar es alucinante.

La mujer de recepción deja de mirar la pantalla y sonríe amablemente.

—Hola, Lindsey.

—Te presento a Emily. Es nueva y ha empezado hoy en la planta cuarenta.

Sammia me estrecha la mano.

—Encantada de conocerte, Emily.

—¿El señor Miles acepta visitas? —pregunta Lindsey.

—Sí —sonríe—. Le diré que estás aquí.

Le va a decir que estoy aquí. Socorro.

Lindsey encorva los hombros como si también estuviera nerviosa.

Sammia levanta el auricular.

—Señor Miles, tenemos a un nuevo miembro del personal deseando conocerle en recepción. —Calla un momento y sonríe—. Sí, señor.

Cuelga.

—Ya puedes pasar.

—Por aquí.

Lindsey me hace pasar por una sala de juntas. Hago ruido al caminar. ¿Por qué no hacen ruido los zapatos de Lindsey?

Mañana mismo me compro unos zapatos con suela de goma.

Cruzamos la sala y vamos por otro pasillo acompañadas por el repiqueteo constante de mis tacones. Me molesta hasta a mí. Parezco un caballo. Me dan ganas de quitármelos y tirarlos a la basura. Tranquilízate e intenta aparentar profesionalidad.

Llegamos ante unas puertas dobles de color negro. Lindsey llama. Se me va a salir el corazón del pecho.

Tú no digas ninguna tontería y ya está.

—Adelante —dice una voz grave.

Lindsey abre las puertas y entro al despacho.

Unos ojos azules que me resultan familiares me miran tras un escritorio de caoba. Me detengo en seco.

¿Qué?

—Emily Foster, te presento al señor Miles —dice Lindsey.

Lo miro. No puedo hablar. Me he quedado sin aire.

Enarca las cejas y se recuesta en su silla con una sonrisa.

—Hola, Emily.

No deja de mirarme con esos ojos enormes; los mismos ojos azul oscuro que me hipnotizaron hace doce meses.

Es él.

Capítulo 3

Madre mía.

Se pone de pie y avanza hasta mí para estrecharme la mano.

—Jameson Miles.

Es él, el tío con el que hice escala, el que no me pidió el número. Me quedo mirándolo. Se me ha frito el cerebro.

No me lo puedo creer. ¿Él es el jefazo?

—Emily, háblale de ti al señor Miles —me insta Lindsey.

—Ah —musito, distraída, y le estrecho la mano—. Me llamo Emily Foster.

Su mano es fuerte y cálida, y al instante recuerdo cómo me tocó. Aparto la mía como si me hubiera dado un calambre.

Me mira a los ojos con picardía, pero su rostro no trasluce emoción alguna.

—Bienvenida a Miles Media —dice con calma.

—Gracias —murmuro con voz ronca.

Miro a Lindsey. Madre mía, ¿sabrá que soy una guarra con la boca sucia que se tiró al jefe del jefe de nuestro jefe?

—Me encargo yo a partir de aquí. Emily saldrá en un momento —anuncia el señor Miles.

Lindsey frunce el ceño y me mira.

—Pero…

—Espera fuera —ordena.

Mierda.

—Sí, señor. —Se va zumbando hacia la puerta.

Nada más cerrarla, vuelvo mi atención a él.

Es alto, moreno y no existe una persona a quien le siente mejor un traje que a él. Sus ojos azules no abandonan los míos.

—Hola, Emily.

Nerviosa, retuerzo los dedos delante de mí.

—Hola.

«No te pidió el número. Mándalo a la mierda».

Alzo el mentón en actitud desafiante. Tampoco quería que me llamase.

Le brillan los ojos. Se sienta en el escritorio y cruza los pies. Le miro los zapatos. Recuerdo esos zapatos ostentosos y caros.

—¿Le has hecho un chupetón a algún pobre incauto que has conocido en un avión últimamente? —pregunta.

¡La madre que lo trajo! Se acuerda. Noto que me estoy poniendo roja. No puedo creer que hiciera eso. Mierda, mierda, mierda.

—Sí, anoche, precisamente. —Hago una pausa dramática—. En el vuelo a Nueva York.

Aprieta la mandíbula y enarca una ceja. No parece impresionado.

—Entonces, ¿no eres Jim? —pregunto.

—Para algunas personas soy Jim.

—Para tus rollos de una noche, querrás decir.

Se cruza de brazos como si estuviera molesto.

—¿A qué viene eso?

—¿A qué viene qué? —replico.

Vuelve a arquear la ceja. Me dan ganas de zarandearlo. Echo un vistazo a su lujoso y sofisticado despacho. Es excesivo. Desde aquí se ve toda Nueva York. En la sala de estar hay una barra llena hasta los topes, taburetes de cuero alineados delante y una mesa para reuniones. Un pasillo conduce a un baño privado y, más al fondo, se adivinan otras salas.

Se toquetea el labio inferior mientras me evalúa, y es como si me tocase de arriba abajo. Madre mía, qué guapo es. Durante este último año he pensado en él a menudo.

—¿Qué haces en Nueva York? —pregunta.

—Trabajar para Miles Media.

Se me pasa una idea por la cabeza y frunzo el ceño al recordar algo que me dijo entonces.

«Bienvenida al Miles High Club…».

Dios, y yo pensando que se refería al club de los que han practicado sexo en un avión… y resulta que se refería a las mujeres que se habían acostado con él.

Miles… Él es Miles… ¿Y hay un club?

Joder. El mejor polvo de mi vida fue solo un rito de iniciación para ingresar en un club de lo más sórdido.

Durante los últimos doce meses, el recuerdo de la noche que pasamos juntos ha sido algo especial que he atesorado con cariño. Este hombre despertó algo en mí que ni yo misma sabía que existía, y ahora me entero de que soy una de tantas. Qué decepción. Se me parte el alma. Tenso la mandíbula para no cantarle las cuarenta y hacerle el mismo daño que él me ha hecho a mí.

Cabrón.

Como no me vaya pronto, me van a acabar echando, y eso que solo es mi primer día.

—Me alegro de volver a verte —digo.

Finjo una sonrisa y, con el corazón a mil, me giro, abandono su despacho y cierro la puerta al salir.

—¿Ya estás? —pregunta Lindsey, y sonríe.

—Sí —contesto al tiempo que asiento con la cabeza.

Pasamos por recepción hasta llegar al ascensor y regresamos a mi planta.

—No te sulfures —me consuela Lindsey con ternura.

La miro con gesto inquisitivo.

—Es borde y desabrido, pero su mente no tiene parangón.

Igual que su miembro viril.

—Ah, vale —murmuro mirando el suelo—. Está bien saberlo.

—¿Te ha dicho algo?

—No —miento—. Ha sido muy educado.

Lindsey sonríe.

—Deberías sentirte una privilegiada. Jameson Miles no es educado con nadie.

—Vaya —digo frunciendo el ceño. Se abre la puerta y salgo corriendo para eludir la conversación—. Muchas gracias por enseñarme las instalaciones.

—De nada, y si tienes algún problema relacionado con recursos humanos, llámame de inmediato.

—Lo haré. —Le estrecho la mano. ¿Formar parte del club de tías a las que se ha cepillado Miles se considera un problema relacionado con recursos humanos?—. Muchas gracias.

Voy a mi mesa y, sin que me vean, abro el cajón y cojo el móvil.

—Ahora vuelvo.

Me encierro en el baño, me aseguro de estar a solas y busco «Jameson Miles» en Google.

Cierro los ojos mientras espero a que se cargue la información. El corazón me retumba. «Que no esté casado, por favor, que no esté casado...».

Esa duda lleva atormentándome todo este tiempo; esa y por qué ni siquiera fingió que quería mi número. Sentí que habíamos conectado, pero se calló algo. Y no sé por qué, luego intuí que estaba casado... o que tenía novia.

Lo que me convierte en una guarra. Nunca he estado con un tío que tuviese pareja, y las mujeres que lo hacen de forma consciente me dan asco.

De haber sabido que no podría sacármelo de la cabeza, no me habría acercado a él aquella noche.

«Jameson Grant Miles es un empresario e inversor estadounidense. A sus treinta y siete años, Miles es el hijo mayor del magnate de la comunicación George Miles hijo y el nieto de George Miles. En 2012 se hizo con el control del imperio familiar, Miles Media Holdings Ltd., y heredó las inversiones en televisión, cine y varias empresas más. Es el expresidente ejecutivo de Publishing and Consolidated Media Holdings, que posee intereses en una amplia gama de plataformas, y el expresidente ejecutivo de Netflix.

En mayo de 2018, se estimó que el patrimonio neto de Miles ascendía a los cinco mil millones y medio de dólares, lo que lo situaba entre los cien estadounidenses más ricos del mundo junto con sus tres hermanos».

Arrea. Sigo.

«Vida personal. Celoso de su intimidad, siente predilección por las mujeres hermosas. Entre 2011 y 2015, salió con Claudia Mason. Se desconoce si ha tenido pareja desde entonces».

Me pongo la mano en el pecho y suspiro de alivio. Menos mal. Hago clic en el enlace de Claudia Mason. ¿Quién es? Me salen un montón de imágenes y siento que la seguridad en mí misma se va por el desagüe.

«Claudia Mason (treinta y cuatro años) es una empresaria inglesa y un icono de la moda.

Mason es una periodista británica. Es la jefa de redacción de la edición británica de la revista *Vogue,* así como la editora más joven de la historia de esta edición. Tomó las riendas de *Vogue* en 2014. Mason es una de las voces más citadas del país en cuanto a tendencias. Además de trabajar para *Vogue,* Mason ha escrito artículos para Miles Media y ha publicado diez libros.

Vida personal.

Mason es la mayor de cinco hermanos y es hija del político francés Marcel Angelo.

Estuvo prometida con el heredero mediático Jameson Miles, con quien salió de 2011 a 2015, pero, según ella, la relación terminó a causa del trabajo de ambos y de sus compromisos en diferentes partes del mundo. Actualmente, sale con Edward Schneider, un abogado que reside en Londres».

Prometida… ¿Estuvieron prometidos?

Exhalo con pesadez y cierro la búsqueda con cara de asco. Pues claro que salieron juntos.

Me estoy deprimiendo. Por Dios, es la editora de la edición británica de *Vogue.* No puedo competir con eso. He tardado tres años enteros en conseguir un puesto de poca monta en Miles Media. Me lavo las manos y me atuso el pelo delante del espejo. Tampoco es que importe.

Tengo novio, y Jameson Miles no significa nada para mí. Vuelvo a mi mesa hecha una furia. Noto un fuego en el estómago. Tampoco es que lo vaya a ver en la oficina. Me desplomo en mi asiento.

—¿Qué tal la visita? —pregunta Aaron.

—Bien. —Sonrío mientras abro mi bandeja de entrada.

—¿Has ido hasta arriba?

—Sí.

Echo una ojeada a los tropecientos mil correos que me han llegado en las dos horas que he estado fuera. Madre mía, qué montón de noticias.

—¿Y cómo son los despachos? —inquiere Aaron—. Son otra historia, ¿no? Con su mármol blanco ahí…

Me humedezco los labios en un intento por aparentar normalidad.

—Sí.

—No llegué a ver los despachos de los jefes cuando empecé —dice Molly—. No recibía visitas aquel día.

La miro.

—Yo entré pero no estaba —interviene Aaron.

—¿Quién? ¿Jameson, dices? —pregunto como si la conversación no fuera conmigo.

—Sí. ¿Lo has visto?

—Sí —digo, y abro un correo—. Lo he conocido.

Y me lo he tirado unas cuantas veces.

—¿Ha sido un cerdo asqueroso? —pregunta Molly, frunciendo el ceño—. La gente le tiene un miedo que no veas.

—No, ha sido majo. He estado en su despacho. Parecía majo.

—¿Has estado en su despacho con él? —pregunta Aaron frunciendo el ceño.

—Sí —respondo, y sigo escribiendo.

«Dejad de hablar de él, por favor».

—¿Qué planes tenéis para esta noche? —pregunta Molly—. Los niños se quedan con su padre y yo me voy a poner ciega a *pizza* y cerveza. A la mierda la dieta y el gimnasio.

—Me apunto —dice Aaron.

—¿En serio? —inquiero con una sonrisa.

No me puedo creer que me propongan salir el primer día.

—Claro, ¿por qué no? ¿Tienes otra cosa que hacer? —pregunta Molly.

—Teniendo en cuenta que sois las únicas personas que conozco en Nueva York, ¿qué otros planes podría tener? —respondo encogiéndome de hombros, feliz de la vida.

—Pues a comer y beber se ha dicho —exclama Molly sin dejar de teclear.

Estoy leyendo los correos pendientes cuando veo que uno es de Jameson Miles.

¿Cómo?

Miro a mi alrededor con sentimiento de culpa y lo abro. Seguramente será el típico mensaje de bienvenida que se le envía a todo el mundo.

Emily:
Preséntate en mi despacho mañana a las ocho en punto para una reunión privada.
Diles a los de seguridad que te he citado yo. Te llevarán a mi planta en un momento.

Jameson Miles
Director ejecutivo de Miles Media
Nueva York

—¿Pero qué es esto? —susurro.
—¿Eh? —pregunta Molly.
—Nada —tartamudeo mientras minimizo la pantalla.
Mierda. ¿Qué pretende? «Hazte la tonta».
Le contesto.

Estimado señor Miles:
¿Le gustaría que fuese con mis compañeros?

Emily

Doy golpecitos a la mesa con el boli y, nerviosa, echo un vistazo a mi alrededor mientras espero a que conteste.

Emily:
No. No quiero ver a tus compañeros ni quiero que le hables a nadie de nuestra reunión.
Esta reunión es privada.

Jameson Miles
Director ejecutivo de Miles Media
Nueva York

Abro mucho los ojos. Ay, madre. ¿Cómo que «privada»? ¿Qué rayos significa eso?

Me pellizco el puente de la nariz. A mí también me hacen falta una buena *pizza* y un trago de cerveza. Ojalá fuesen ya las cinco.

El bar es un hervidero de actividad y hay mucho ruido, pero a duras penas soy capaz de borrar la sonrisa tonta que se me pone al ver a la gente que acaba de salir del trabajo. Estoy sentada en un banco con Molly y Aaron en un bar deportivo, y me siento superneoyorquina.

Es lunes por la noche, he salido y me parece estar con lo mejor de lo mejor.

—Yo solo digo —masculla Molly mientras mastica su *pizza*— que si te has pasado todo el fin de semana sin verlo y a él le resulta indiferente, hay un problema.

—A lo mejor estaba liado —se mofa Aaron.

—A lo mejor es idiota —resopla Molly.

Estamos hablando del nuevo novio de Aaron y, no sé por qué, me siento lo bastante cómoda como para levantarle el ánimo contándole mi situación.

—Pues a ver qué os parece esto. —Trago y añado—: A ver quién es más idiota. Estoy saliendo con el tío por el que llevo colada desde que tenía trece años. Una estrella del fútbol que solo se interesó por mí cuando se lesionó. Estuvimos unos cuantos meses muy bien, pero luego le entró una crisis existencial. —Le doy un trago a mi cerveza—. No ve más allá del fútbol. Está en el paro y no tiene un objetivo en la vida. Vive en el garaje de sus padres y se cargó su coche hace poco. —Meneo la cabeza en señal de fastidio y saco el móvil del bolso—. No quiere venir a vivir conmigo porque no le gustan las ciudades bulliciosas. No me ha llamado esta mañana para desearme suerte, y ahora son —Miro el reloj— las diez menos veinte y ni siquiera se ha molestado en llamar para ver qué tal me ha ido el primer día.

Gimen horrorizados.

—¿Qué demonios haces con él? —exclama Aaron con una mueca.

Pongo los ojos en blanco mientras doy un trago a mi cerveza y me encojo de hombros.

—Yo qué sé.

Se ríen entre dientes.

—Yo solo quiero echar un polvo como Dios manda —suspira Molly—. Cada vez que veo a alguien que me llama la atención, estoy con los niños y no puedo lanzarme.

Frunzo el ceño.

—¿No quieres presentarles a ningún hombre?

—¡Quita, quita! Si ya les están haciendo la vida imposible a su padre y a su novia.

Aaron se ríe como si recordara algo.

—¿Qué pasa? —pregunto.

Molly sonríe con suficiencia.

—Son más malos los dos…

Me da la risa tonta.

—¿Qué edad tienen?

—Mischa tiene trece y Brad, quince —explica Molly—. Y se han propuesto amargarnos la existencia a no ser que volvamos a estar juntos.

—¿Y eso? —inquiero, y me río.

—A Brad lo han expulsado dos veces este curso, y Mischa se me está descarriando también. Hace unos fines de semana, se fueron a dormir con un amigo a casa de su padre mientras él y su novia salían a cenar.

Frunzo el ceño a medida que escucho.

—Se emborracharon con el minibar de su padre y le rajaron las bragas a su novia.

Aaron se echa a reír y yo la miro horrorizada.

—Y… —Hace una pausa y le da un trago a su bebida—. Cuando su padre les preguntó al respecto, dijeron que se le habían podrido las bragas porque su vagina estaba contaminada.

Me parto de risa.

—No te creo.

Ella menea la cabeza con fastidio.

—Ojalá fuese una broma.

Aaron echa la cabeza hacia atrás y se ríe.

—Eso es un clásico. ¡Qué malvados! Me encantan.

—No, es una pesadilla —replica Molly sin emoción en la voz.

—¿Por qué te divorciaste? —pregunto.

—Pues no lo sé, la verdad. —Se lo piensa un momento—. Se nos apagó la llama. Trabajábamos mucho y acabábamos reventados, así que nunca teníamos ganas de sexo. Y entre los niños, la hipoteca... —Se encoge de hombros—. No salíamos por la noche ni éramos atentos el uno con el otro. No sé el momento exacto en el que acabó todo. Nos distanciamos y punto.

—Qué pena —digo, y suspiro.

—Me contó que había conocido a una chica en el trabajo. No habían pasado a mayores, y me dijo que me lo contaba porque quería luchar por nosotros y volver a lo que teníamos antes.

—¿Y no luchaste? —pregunto.

—No —suspira con tristeza—. Ni yo ni él. Nos fuimos cada uno por su lado. En ese momento fue muy duro. —Reflexiona unos segundos—. Ahora me arrepiento. Es un buen hombre. Y en retrospectiva, creo que muchos de los problemas que teníamos eran culpa de la edad. Mantener encendida la llama era cosa de los dos, pero no nos dimos cuenta hasta que fue demasiado tarde. —Sonríe con dulzura—. Somos muy buenos amigos.

Mmm... Guardamos silencio.

—Menos mal que tienes unos hijos que le rajan las bragas a tus rivales —dice Aaron con una sonrisa.

Nos reímos todos a carcajadas.

—Que tiene la vagina contaminada. ¿De dónde habrán sacado eso?

Me pruebo el vestido negro por encima y me miro en el espejo. Mmm... Lo dejo con la percha sobre la cama. Me pruebo la falda y la chaqueta grises.

¿El negro?

Mierda. ¿Qué narices te pones cuando quieres estar *sexy* sin que parezca que quieres ir *sexy?* Son las once y aquí estoy, decidiendo cómo iré a la reunión de mañana con el señor Miles. ¿Para qué querrá verme?

Creo que iré con el vestido negro. Lo pongo en la silla. Cojo los zapatos de charol y los coloco debajo del vestido.

¿Qué pendientes? Mmm... Aprieto los labios mientras me lo pienso. Perlas. Sí, al contrario que los dorados, las perlas no gritan «fóllame». Las perlas son pendientes apropiados para ir a trabajar.

Bien.

Me lavaré el pelo y me lo rizaré por la mañana. Me miro en el espejo y me hago una coleta alta. Sí, una coleta alta. Le gustan las coletas altas. «Para».

Me siento en el borde de la cama y echo un vistazo a mi pisito. Solo tiene un dormitorio y está en la planta treinta. Es pequeño y pintoresco, pero a la vez es moderno y el edificio es bonito. No es a lo que estoy acostumbrada; esto de vivir sola y salir a tomar algo un lunes por la noche me resulta muy ajeno. Cojo el móvil y leo los mensajes. Mis tres mejores amigas me han escrito esta noche para ver qué tal me había ido el día. Mi madre también. En cambio, Robbie no.

Me invade una oleada de tristeza. ¿Qué nos pasa? A lo mejor debería llamarlo. Al fin y al cabo, la que se ha ido soy yo. Marco su número. Da señal. Al cabo de un rato, lo coge.

—Eh.

—Hola —digo con una sonrisa—. ¿Qué tal?

—Aquí, durmiendo —masculla—. ¿Qué hora es?

Me cambia la cara mientras miro la hora.

—Perdona.

—No pasa nada. Mañana te llamo.

Se me cae el alma a los pies.

—Vale. —Hago una pausa—. Perdón por despertarte.

—Adiós.

Y cuelga.

Exhalo con pesadez.

—El primer día muy bien, gracias por preguntar —mascullo.

Con el corazón dolorido y el estómago revuelto, me meto en la cama y sonrío en la oscuridad al recordar mi noche con Jim.

He pensado en él muchas veces cuando estoy sola por la noche. Sin ninguna duda, el mejor polvo de toda mi vida. Pero tampoco hace falta que se entere nadie; con saberlo yo me basta y me sobra. Y mañana lo voy a ver. Noto retortijones en el estómago. A ver qué me dice.

Jameson

Me siento a la mesa y reviso el expediente de Emily Foster. Leo sus datos personales, sus notas, sus referencias y, por último, su carta de solicitud.

¿Este era el trabajo para el que se iba a entrevistar hace doce meses?

Me llaman por el interfono.

Es seguridad, en la planta baja. Me miro al espejo y pulso un botón. Al instante, aparece una pantalla.

—¿Sí?

—La señorita Emily Foster desea verlo, señor.

Ahí está. Sonrío al verla.

—Que suba.

El guardia la acompaña hasta el ascensor. Voy a recepción. Al poco, se abren las puertas y la veo.

—Hola —digo con una sonrisa de suficiencia.

—Hola —susurra. Parece nerviosa.

Le hago un gesto para que vaya a mi despacho.

—Pasa.

Camina delante de mí, por lo que se me van los ojos a su trasero. Lleva un vestido negro ajustado, medias transparentes y tacones altos. Su coleta oscila de un lado al otro. Me dan ganas de cogerla y… «Para».

—Toma asiento —le indico mientras yo me acomodo en mi silla.

Se sienta con el bolso en el regazo y me mira a los ojos.

Me giro en la silla sin dejar de mirarla. Es tan guapa como recordaba, y un aura sexual muy potente emana de ella como un arma oculta.

Melena oscura, ojos marrones y labios carnosos y follables. He pensado en ella a menudo; ha sido imposible olvidarla.

Ninguna me ha cabalgado como ella, ni antes ni después ni nunca.

El chupetón que me hizo en el cuello no fue lo único con lo que me marcó aquella noche.

—¿Querías verme? —pregunta en voz baja.

Su voz tiene un efecto físico en mí. Recuerdo las guarradas que me decía y lo mucho que me puso que me las dijera con esa voz tan dulce.

—Sí —digo mirándola a los ojos—. Quería verte.

Hacía tiempo que no estaba con una mujer que no tuviese ni idea de quién era. Por extraño que parezca, no necesitaba ser nadie esa noche.

Con ser Jim bastaba.

—¿Y bien?

Me recuesto en mi silla, molesto con su actitud. La mayoría de las mujeres no dejan de halagarme. Ella, en cambio, no.

—¿Qué haces en Nueva York? —pregunto en un intento por entablar una conversación educada.

—Ya me lo preguntaste ayer —me suelta—. Ve al grano.

—Pues te lo pregunto otra vez. Relájate.

Entorna los ojos como si estuviera molesta.

Me acerco a la mesa.

—¿Qué te pasa? —pregunto con desprecio.

—Tú. Tú eres lo que me pasa.

—¿Yo? —exclamo, ofendido—. ¿Qué te he hecho yo?

—¿Vas a decirme algo relacionado con el trabajo o no, Jim?

La fulmino con la mirada.

—Eres muy maleducada.

—Y tú muy rico.

—¿Y?

Se encoge de hombros.

—¿Qué significa eso? —espeto.

—Nada —dice, y endereza la espalda—. Si no vas a decirme nada relacionado con el trabajo, me voy.

Aprieto la mandíbula mientras la miro fijamente; hay tensión en el ambiente.

—¿Quedamos esta noche?

—No —contesta sin dejar de mirarme a los ojos.

—¿Por qué no?

—Porque soy una persona profesional y no tengo intención de mezclar negocios y placer.

Hago un esfuerzo para no sonreír. Cada vez me interesa más esta chica.

—¿Cómo estás tan segura de que sería placer?

—La historia tiende a repetirse —susurra mientras se le van los ojos a mis labios.

Me la imagino desnuda encima de mí. Noto que se me está poniendo dura e inhalo fuerte.

—La historia será generosa conmigo, puesto que tengo la intención de escribirla.

—¿Citando a Winston Churchill, señor Miles? —musita.

Sonrío, divertido por su inteligencia.

—Hay que mirar a los hechos porque ellos te miran a ti.

—Nunca me preocupo por la acción, sino por la inacción —responde sin vacilar.

—Exacto. Así que, como compañero de fatigas de Churchill, te exijo que cenes conmigo esta noche.

Emily sonríe y se pone de pie.

—No puedo.

—¿Por?

—Porque me voy a lavar el pelo.

—¿Por qué lavártelo cuando podrías ensuciártelo?

Se encoge de hombros como si nada.

—No me interesas. No eres mi tipo.

Ay. Le doy vueltas a sus palabras mientras la miro.

Aprieto los labios sin dejar de mirarla a los ojos. Es la primera vez que me rechazan con tanta rotundidad.

—Vale. Tú te lo pierdes.

—Tal vez —dice, y se da la vuelta—. Aunque me alegro de volver a verte. Debes de estar muy orgulloso de tus logros.

Me levanto y corro a abrirle la puerta. Me mira, y yo cierro el puño y lo pego al costado para no tocarla.

—Adiós, Emily.

—Adiós —susurra ella mientras el aire se arremolina entre nosotros. Y con una sonrisa añade—: Gracias por darme trabajo.

Asiento una sola vez. «No es el único trabajo que tengo para ti».

Se mete en el ascensor y yo cierro de un portazo y vuelvo a mi despacho hecho una furia.

Que no soy su tipo... ¿Desde cuándo?

Apunto con el mando al monitor de seguridad y lo vuelvo a encender.

—Quiero ver la planta cuarenta —le pido al control de voz.

La pantalla parpadea y aparece una imagen del piso cuarenta. Veo que sale del ascensor.

—Síguela.

Veo cómo cruza el pasillo y se sienta en su mesa.

—Vete a esa zona —ordeno.

La pantalla parpadea y sale ella. La oficina está vacía. Está mirando algo en el móvil. Cruza las piernas y yo me acerco a la pantalla. Se le ve el muslo por la raja del vestido. Me estoy excitando solo de verla.

Qué buena está, joder.

Está buscando algo.

—Amplía —ordeno.

La cámara amplía la imagen y entorno los ojos en un intento por leer lo que está buscando en Google.

«Jameson Miles».

Me recuesto con una sonrisa. Bingo.

Capítulo 4

Emily

—¿Y esta? —pregunta Aaron con una sonrisa—. Bombero buenorro salva a gatito de irse por el desagüe.

—Te la compro —digo.

—Y yo —replica él con una sonrisita de suficiencia.

—¿Qué vais a hacer este fin de semana? —pregunta Molly sin dejar de trabajar.

—Nada —contesta Aaron—. Con suerte ver a Paul.

—Yo tampoco tengo nada —suspiro.

Molly aparta la vista de la pantalla.

—Pensaba que te ibas a casa a ver a tu novio.

Me encojo de hombros.

—Sí, iba a ir, pero hemos hablado cuatro minutos en diez días y no me ha llamado ni una vez.

Doy una vuelta en la silla mientras pienso en lo deprimente que es mi situación.

—Rompe con él y líate con Riccardo.

Pongo los ojos en blanco. Riccardo trabaja en nuestra planta, y estos días ha estado deambulando cerca de mi mesa y dándole a la lengua.

—Le molas —masculla Molly—. Se pasa el día aquí revoloteando como una mosca.

—Qué pena —Sonrío al verlo hablar con otros— porque no está nada mal.

Riccardo es italiano, y es tan alto, moreno y atractivo como cabría esperar y más. Por desgracia, su personalidad no es ni la mitad de bonita que su cara. Se burla de la gente y habla de sí mismo en tercera persona.

—Buf —resopla Aaron, que abre los ojos con asco—. ¿Y de qué hablaríais?

—No hablaría con él; le pondría una mordaza en la boca y se lo follaría, tonto —explica Ava sin dejar de mirarlo. Y añade en un susurro—: Seguro que la tiene como un toro.

Nos entra la risa a todos.

—¿Y tú qué haces este fin de semana? —pregunto a Ava.

—Irá a ver si pilla a algún ricachón —dice Aaron.

—Ya ves.

Me vuelvo hacia ella.

—¿Y eso qué significa?

—Que voy a las mismas discotecas que los tíos con pasta.

—¿Por? —pregunto frunciendo el ceño.

—Me niego a acabar con uno que esté tieso.

Se me desencaja la mandíbula del horror.

—Entonces… ¿te casarías con un tío solo por dinero?

—No —dice mientras se encoge de hombros—. Puede. —Aparta la vista de la pantalla y susurra—: Ay, no, que viene.

Llega Riccardo y se sienta en la esquina de mi mesa. La jefa de planta se ha cogido el día libre, por lo que ni se molesta en fingir que trabaja.

—Hola —saluda con una sonrisa.

—Hola —respondo sin emoción.

«Vete, que solo haces el ridículo».

—A Riccardo le apetecía ver a su compi favorita.

Miro al estúpido ser humano que tengo delante.

—¿Por qué hablas de ti en tercera persona? —pregunto.

Aaron se ríe disimuladamente mientras finge que no escucha.

—Riccardo se pregunta por qué nunca vas a verlo a su mesa.

—A Emily le gusta hacer su trabajo —mascullo sin emoción.

—Ah. —Se ríe y me señala con el dedo—. A Riccardo le gusta tu estilo, Emily.

Me pongo a trabajar y él se queda ahí sentado hablando solo. Apenas respira. De vez en cuando, nos miramos los cuatro sin dar crédito a lo tonto que es este tío.

Por el rabillo del ojo, veo que las puertas del ascensor se abren y, al instante, alguien vuelve corriendo a su mesa. ¿Eh? Aparto la vista de la pantalla y veo que Jameson Miles viene a grandes zancadas hacia mi escritorio. Mira con odio a Riccardo.

Todo el mundo se levanta para fisgonear y, cuando ven quién es, se vuelven a sentar del miedo.

¿Qué narices hace este aquí?

Veo que se planta delante de mi mesa como a cámara lenta. Riccardo casi se traga la lengua al verlo. Se pone en pie de inmediato.

—Señor Miles —tartamudea—. Hola, señor.

—¿Qué haces? —gruñe el señor Miles.

—Estaba enseñando a nuestra nueva empleada —balbucea—. Le presento a Emily.

Aaron me mira a los ojos horrorizado.

—Sé muy bien quién es Emily Foster y con qué frecuencia visitas su mesa. Primer y último aviso —gruñe—. Vuelve a tu sitio y que no te pille merodeando por aquí otra vez.

Riccardo se queda blanco.

—Sí, señor —susurra.

El señor Miles lo fulmina con la mirada y aprieta la mandíbula con ira.

—Vete. Ya.

Riccardo vuelve casi corriendo a su mesa y yo miro a la hermosa criatura que tengo ante mí.

Traje gris, camisa blanca y corbata de cachemira. Es el porno de oficina en persona.

—Emily, a mi despacho. Ya —me ordena hecho un basilisco.

Se va al ascensor sin esperar a que conteste siquiera.

Me trago el nudo que se me ha formado en la garganta mientras me pongo en pie.

Aaron, Ava y Molly me miran con cara de espanto.

—¿Pero qué acaba de pasar aquí? —masculla Aaron moviendo los labios mientras me aprieta la mano en señal de compasión.

Exhalo con pesadez y sigo al dios de oficina con las miradas de mis compañeros sobre mí. Las puertas del ascensor se cierran.

Jameson las fulmina con la mirada y yo retuerzo los dedos con actitud nerviosa mientras subimos. Madre mía, me va a despedir. El cabrón de Riccardo me ha metido en un lío. Es todo culpa suya.

Si ni le estaba hablando...

Llegamos a la última planta y se abren las puertas. De nuevo, se aleja a paso airado. Dudo. ¿Espera que lo siga o qué? No soy su cachorrita.

¡Será engreído! ¿Quién se ha creído que es?

Le esbozo una sonrisa falsa a la recepcionista y lo sigo echando chispas. Me aguanta la puerta y lo rozo al pasar. Cierra con pestillo.

—¿Qué haces? —me suelta.

—¿Es una pregunta trampa? —digo, y extiendo los brazos—. Pues estar en tu despacho. ¿A ti qué te parece?

—Me refiero a por qué narices coqueteas descaradamente con el imbécil ese de abajo —exige saber.

Se me desencaja la mandíbula.

—No estaba coqueteando.

—Y una mierda. Lo he visto con mis propios ojos.

—¿Cómo? —le suelto—. No me digas que me has traído aquí para regañarme por hablar con otro empleado en horario laboral.

—No te pago para que te tiren los tejos —gruñe.

Pongo las manos en jarras mientras noto cómo me hierve la sangre.

—Escúchame bien. —Levanto un dedo—. Primero. Me va a tirar los tejos quien quiera.

Entorna los ojos e imita mi pose.

—Segundo. —Y levanto otro dedo—. Eres mi jefe y, como tal, no tienes nada que decir sobre mi vida amorosa.

—Ja —dice, y resopla mientras pone los ojos en blanco en señal de desagrado.

—Y tercero. —Levanto un tercer dedo—. Acabo de llegar y no tengo amigos, así que no pretenderás que sea maleducada con alguien amable, ¿no?

—En horario de trabajo, no —gruñe.

—¿En serio me has traído aquí para decirme eso? —pregunto con el ceño fruncido.

—No —brama—. Quiero saber por qué no quieres salir conmigo.

Se me descompone el gesto.

—¿Lo dices en serio? —susurro.

—Completamente en serio.

El ambiente cambia y pasamos de la ira a otra cosa.

—Porque no voy a arriesgarme a perder mi trabajo si lo nuestro no funciona.

Se me queda mirando.

—¿La entrevista que tenías hace doce meses era aquí?

No contesto al instante. Va a pensar que soy una pringada.

—Sí.

—¿Cuánto llevas intentando trabajar aquí?

—Tres años —digo, y resoplo—. Así que perdóname por no querer desperdiciar la oportunidad por un rollo de una noche.

—¿Por qué crees que te despediría?

—¿No es lo que hacen los directores ejecutivos cuando cortan con sus secretarias? ¿Echarlas?

Frunce el ceño sin dejar de mirarme.

—No sabría decirte, nunca me ha atraído ninguna compañera. Además, este sitio es lo bastante grande como para que no nos crucemos.

—¿Aún te atraigo? —pregunto en un susurro.

—Sabes que sí, y solo es una cena —me suelta—. Nadie tiene por qué enterarse, y te aseguro que no te despediría a la mañana siguiente.

—Entonces… —digo, y me miro las manos mientras trato de averiguar qué narices pretende—. ¿Sería tu secretito?

Se acerca tanto que nuestras caras están a escasos centímetros. Nos miramos a los ojos.

Saltan chispas entre nosotros y noto que me estoy excitando.

—¿Salías con alguien la noche que estuvimos juntos? —pregunto.

—¿Qué te hace pensar eso?

—No me pediste el número.

Me brinda una sonrisa lenta y *sexy* mientras me coloca un mechón detrás de la oreja.

—¿Acaso te lo piden todos? —inquiere en un tono más bajo y *sexy*.

—Sí, suelen pedírmelo.

—No buscaba nada por aquel entonces, y no soy de los que dice que va a llamar si no tengo la intención de hacerlo.

Me pasa el pulgar por el labio inferior mientras miro absorta sus ojos azules.

—Esta noche —susurra.

Su aliento me hace cosquillas. Sonrío con dulzura. Mira que es…

—Te paso a buscar. Cena en mi restaurante italiano favorito…

Y lo deja ahí como si imaginase algo más.

Qué nervios. Se acerca más y sonrío. Me besa con ternura mientras me coge del mentón. Cierro los ojos y me pongo de puntillas.

Robbie… ¿Qué mosca me ha picado?

Maldito sea el tío este. ¿Qué hechizo me habrá echado para que haga las cosas más inapropiadas? Como tener un rollo de una noche y olvidar que ya estoy con alguien… o respirar.

Madre mía, que tengo novio. Mierda.

—Lo siento si te has hecho ilusiones —murmuro mientras me aparto de él—. Pero tengo novio.

La cara le cambia.

—¿Cómo?

—Ya, ya lo sé. —Me estremezco—. Pues… Pues… —Niego con la cabeza porque no sé qué decir para salir del paso—. Pues eso, que tengo novio y no puedo salir contigo.

—Déjalo —me suelta.

—¿Qué? —digo con voz ronca.

—Ya me has oído. Déjalo —masculla mientras avanza de nuevo hacia mí.

Retrocedo para que haya distancia entre nosotros.

—¿Estás loco o qué?

—Tal vez.

—No puedo dejar a mi novio por una noche de sexo.

—Claro que puedes.

—Jameson… —Me paso las manos por el pelo—. ¿Se te va la pinza o qué?

—Es posible —dice, y me da una tarjeta de visita—. Llámame y te recojo.

JAMESON MILES
MILES MEDIA
212-639-8999

Miro la tarjeta con la cabeza hecha un lío. Lo miro a los ojos. Sé que para él lo de esta noche es solo un rollo más.

Un rollo que podría mandar al traste mis planes de futuro y comprometer mi carrera profesional. Me he dejado la piel para estar aquí y no pienso mandarlo al garete por pasar una noche con un golfo. Lo más curioso es que no me pareció un golfo cuando estuvimos juntos, pero cuanto más lo conozco, más me doy cuenta de que no sabía nada de él.

Lo peor es que sé que Jameson Miles es la clase de droga a la que no me conviene engancharme.

El recuerdo de la noche que pasamos juntos basta por sí solo.

—Lo siento, no puedo. —Me dispongo a irme. El cuerpo me grita que dé media vuelta. Entonces reparo en algo y me detengo en seco. Me vuelvo hacia él—. ¿Cómo lo sabías?

Alza el mentón y lo miro a los ojos.

Deshago el camino que había andado.

—¿Cómo sabías que Riccardo estaba en mi mesa?

Busco por la sala, pero solo veo un espejo en la pared.

—¿Aquí hay cámaras? —pregunto.

—No te preocupes por eso.

—Claro que me preocupo —digo con desdén—. Tengo derecho a saberlo si me afecta a mí.

Coge un mando y pulsa un botón.

—Enséñame la planta cuarenta —ordena.

El espejo se convierte en una pantalla de televisión. Parpadea varias veces y entonces se ve mi oficina. Veo a Aaron, a Molly y… mi mesa.

¡Qué diantres!

—¿Me has estado espiando? —exclamo con un grito ahogado—. ¿Por qué?

—Porque me pone —suelta sin dejar de mirarme a los ojos.

Me coge la mano y la lleva a la entrepierna. Noto lo dura que la tiene debajo de sus pantalones de vestir.

Me quedo sin aire mientras lo miro. No puedo evitarlo y le acaricio el miembro.

Nos miramos mientras el deseo se adueña de nuestros cuerpos.

—No puedo —susurro.

Me acaricia la cara.

—Te deseo.

—Uno no siempre consigue lo que desea —musito.

—Yo sí —asegura, y, a cámara lenta, me lame desde la clavícula hasta el cuello y me susurra al oído—: Rompe con él.

Se me eriza el vello de la espalda y, abrumada por el efecto físico que tiene en mí, retrocedo.

Se recoloca el paquete sin dejar de mirarme.

—Tengo que volver al trabajo —digo con voz queda.

Me fulmina con la mirada. Su rostro inexpresivo contrasta con mi pecho, que sube y baja mientras lucho contra mi excitación. Necesito reunir todo mi autocontrol para no abalanzarme sobre él aquí y ahora.

La tiene tan dura... Qué desperdicio.

No.

Me giro, salgo, tomo el ascensor y, antes de darme cuenta, ya vuelvo a estar en mi planta. El corazón me late desbocado; estoy alucinando. Es probable que sea lo más excitante que me ha pasado nunca.

Claramente alterada, me desplomo en mi silla.

—Madre mía —susurra Aaron.

Molly se acerca.

—¿Qué ha pasado?

—No tengo ni idea —murmuro mientras se me van los ojos al techo. ¿Dónde están las cámaras?

Recuerdo el ángulo que he visto en la pantalla y miro en esa dirección. Ahí está. Una redondita negra de cristal. Como sé que me estará mirando, le lanzo una mirada asesina.

Siento que me mira. ¿En qué estará pensando mientras lo hace?

Me invade una oleada de emoción de lo más inoportuna al imaginármelo ahí arriba con su miembro tieso mirándome.

Me entran ganas de quitarme la ropa, tumbarme en la mesa y abrirme de piernas para darle un buen motivo para mirar. ¿Oirá lo que decimos? ¿La cosa esa tendrá micro?

—¿Qué ha pasado? —susurra Aaron.

—Ahora no puedo hablar. Hay cámaras —murmuro con la cabeza gacha—. Nos tomamos algo fuerte luego y os cuento.

—Joder —susurra Molly mientras vuelve a su sitio.

—Maldito Riccardo —dice Ava, y resopla—. Va a conseguir que nos echen a todos. ¿Por qué no se lo habrá llevado a él?

—Ya, tío, ¿por qué será?

Abro la bandeja de entrada y reviso el correo mientras trato de serenarme.

Yo sé por qué. Porque Jameson Miles no quiere follarse a Riccardo; quiere follarme a mí.

Me muerdo el labio inferior para disimular mi sonrisa de pervertida.

Qué divertido es vivir aquí.

Son las cinco y media, acabamos de salir del trabajo y nos hemos parado delante de Miles Media mientras decidimos dónde iremos a cenar. Esto es rarísimo, es como si además de mi puesto hubiese conseguido tres amigos nuevos y opciones ilimitadas. Todas las noches son sábado en Nueva York.

Tenemos edades diferentes, estilos de vida diferentes, pero, por alguna razón, nos llevamos estupendamente. Ava ha quedado y no vendrá con nosotros, pero Aaron y Molly están aquí conmigo.

—¿Qué os apetece cenar? —pregunta Molly mientras busca un restaurante en el móvil.

—Algo grasiento y que engorde. Paul no me ha llamado —dice Aaron, y suspira—. Paso de él, tío.

—¿Lo vas a dejar ya? —inquiere Molly, que resopla y pone los ojos en blanco—. Seguro que está con otro. Además, tú estás más bueno que él.

Un hombre con traje negro abre la puerta y nos giramos los tres. Jameson Miles sale con otro hombre. Están tan metidos en su conversación que no se fijan en nadie.

—¿Quién es ese? —susurro.

—Uno de sus hermanos, Tristan Miles. Se encarga de las adquisiciones a nivel mundial —susurra Aaron sin quitarles el ojo de encima—. No pueden estar más buenos.

Desprenden carisma; son el poder personificado.

Todos se detienen a mirarlos.

Trajes caros y entallados, guapos a rabiar, cultos y ricos.

Me trago el nudo que se me ha formado en la garganta mientras los observo en silencio.

Como si se movieran a cámara lenta, se meten en el asiento trasero de la limusina negra que los espera. El chófer les cierra la puerta y vemos cómo se van.

Me dirijo a mis nuevos amigos.

—Necesito hablar con alguien urgentemente.

—¿Sobre qué? —pregunta Aaron, frunciendo el ceño.

—¿Sabéis guardar un secreto? —susurro.

Intercambian miradas.

—Claro.

—Pues vamos al bar —digo, y suspiro mientras entrelazo mis brazos con los suyos y cruzamos la calle de esta guisa—. No os vais a creer lo que os tengo que contar.

Molly llega con nuestras bebidas en una bandeja y se deja caer en su asiento.

—Va, cuenta. ¿Te ha puesto una falta?

Doy un sorbo a mi margarita.

—Mmm, qué rico —musito mientras examino el frío líquido amarillo.

Aaron da un sorbo a su bebida.

—Buf, qué asco de barman —dice con una mueca.

—Deja de quejarte, hombre —le suelta Molly—. Es como salir con mis hijos, leñe.

—Es que está muy fuerte —jadea mientras se atraganta—. Ya veo cómo te lo has pedido tú.

Molly vuelve a dirigirse a mí.

—Bueno, ¿qué? ¿Cuál es el secreto?

Los miro fijamente. Ay, madre, no sé si debería contarlo, pero es que necesito alguien con quien hablar.

—Prometedme que no diréis nada a nadie. Ni a Ava —pido.

—Que no —me dicen con los ojos en blanco.

—Vale —digo—. Recordáis que os conté que llevaba tres años intentando conseguir un puesto en Miles Media, ¿no?

—Sí.

—Vale, pues hace más o menos un año fui a una boda en Londres, y a la vuelta iba a venir directamente aquí a hacer una entrevista.

Aaron frunce el ceño mientras se concentra en mi historia.

—En el aeropuerto de Londres, al chalado que tenía detrás en la cola se le fue la pinza y se puso a darle patadas a mi maleta.

Ambos me miran confundidos.

—El caso es que un guardia me llevó al mostrador de facturación y le dijo al tío que había ahí que me atendiese. Total, que me subió a primera.

—Qué guay —exclama Aaron con una sonrisa al tiempo que alza su copa la mar de contento.

Me mentalizo para la siguiente parte de la historia.

—Estaba sentada al lado de un hombre. Bebimos champán y... —Me encojo de hombros—. A medida que bebíamos, nos fuimos soltando y acabamos hablando de nuestra vida sexual.

—¿Os echaron del avión? —pregunta Aaron con unos ojos como platos.

—No —digo, y doy un sorbo a mi bebida—. Pero no me habría extrañado.

Aaron se lleva la mano al pecho en señal de alivio.

—Luego se desató una ventisca en Nueva York que nos obligó a hacer escala en Boston y pasar la noche allí. El tío estaba... como un tren. —Sonrío al recordarlo—. No era mi tipo ni yo el suyo, pero no sé cómo acabamos haciéndolo como conejos toda la noche. El mejor polvo de mi vida.

—Me encanta esta historia —exclama Molly con una sonrisa—. Sigue.

—No lo volví a ver.

Le cambia la cara.

—¿No te llamó?

—No me pidió el número.

—Oh —musita Aaron con una mueca.

—Ya... Pues imaginad mi cara cuando me lo he encontrado esta semana en la oficina.

—¡¿Cómo?! —dicen los dos, y ahogan un grito.

—Ay, madre, que es el Riccardo de los cojones —espeta Aaron emocionado. Le da un lingotazo a su bebida—. No puedo con esta historia. No me digas que te lo zumbaste y te pasó una ETS porque no lo podré superar.

—Era Jameson Miles.

A Molly por poco se le salen los ojos de las órbitas.

—¡¿Cómo?!

—Es broma, ¿no? —pregunta Aaron, que ahoga un grito. Se le sube la bebida por la nariz y le da un ataque de tos.

Ambos me miran con los ojos muy abiertos.

—Cuando fui a su despacho durante la visita, echó a Lindsey para quedarse a solas conmigo.

Molly niega con la cabeza.

—¿Lo dices en serio?

Asiento.

—Me he quedado sin palabras —susurra.

—Ya ves. Madre mía, esto es de locos —dice Aaron mientras le da golpecitos en el brazo a Molly con entusiasmo—. ¿Y qué ha pasado?

—Me ha invitado a cenar.

—¡Qué cojones! —grita Molly bastante fuerte.

—Shhh —susurro, y miro a nuestro alrededor—. Baja la voz.

—Pero ¿vais en serio? —pregunta.

—Le he dicho que no.

—¡¿Cómo?! —grita ahora Aaron.

—Que bajéis la voz —exijo—. No puedo salir con él. Tengo novio.

—Tu novio es imbécil. Tú misma lo dijiste —balbucea Molly.

—Lo sé, pero yo no soy así. Nunca le pondría los cuernos a nadie.

Aaron niega con la cabeza.

—Yo por Jameson Miles haría lo que él quisiera.

—¿Verdad que sí? —conviene Molly—. ¿Y qué ha pasado hoy?

—Me ha llevado a su despacho y me ha acusado de dejarme tirar los tejos en horario laboral.

Se les desencaja la mandíbula.

—Y... —Hago una pausa. No creo que deba decirles que nos vigila. Eso me lo reservaré para mí.

Saco su tarjeta del monedero y la pongo en la mesa. Molly la coge y la mira.

—Hasta su nombre es *sexy* —dice, y luego lee en voz alta—: Jameson Miles. Miles Media. 212-639-8999.

—Le dije que no podía tener todo lo que deseara, y él dijo que sí, y acto seguido me lamió el cuello —digo sin pensar.

—¡¿Que te lamió el cuello?! —chilla Aaron—. Por el amor de Dios —jadea, y empieza a abanicarse con el menú—. Dime que vas a salir con él esta noche.

—No —respondo y me encojo de hombros—. No puedo. Además, es la forma más rápida de que me echen.

—Ningún trabajo vale tanto —me suelta Aaron—. No lo rechazaría ni por ser el puto presidente.

Nos da la risa tonta a todos, y entonces me empieza a vibrar el móvil.

—La madre que me parió —susurra Molly mientras mira mi móvil—. Es él.

—¿Qué? —tartamudeo al ver el número que ilumina la pantalla.

Molly sostiene en alto la tarjeta de presentación y comparamos los dígitos.

—No me lo puedo creer, es él.

Abro un montón los ojos. Mierda.

Capítulo 5

—Contesta, contesta —grita Aaron.

—¿Qué hago? —digo. Las manos me tiemblan de los nervios.

—Contesta, venga —me insta Molly mientras coge el móvil.

—No contestes —tartamudeo mientras intento quitárselo. Ella lo mueve de un lado al otro.

—Venga, va, contesta —me apremia.

Se lo arrebato de las manos y lo observo mientras vibra.

—No voy a contestar.

Aaron me quita el teléfono y contesta por mí.

—Hola —dice, poniendo voz de chica, y me lo pasa.

—¿Qué haces? —exclamo articulando solo con los labios.

—Hola, Emily —susurra Jameson con voz de terciopelo.

Abro un montón los ojos al ver las caras de asombro de mis amigos. Aaron se santigua como si estuviera en la iglesia y hace como que reza.

—Hola.

—¿Dónde estás? —pregunta.

—En un bar.

Miro a mi alrededor mientras me tapo la otra oreja con la mano para oírlo mejor. No le voy a decir dónde estoy exactamente porque voy hecha un asco. Contengo la respiración mientras escucho.

—Quiero verte.

Me muerdo el labio inferior. Me he quedado paralizada de los nervios. Molly me da un golpe en el brazo para sacarme del trance.

—Ya te he dicho que tengo novio —insisto—. No puedo verte.

—Madre mía —le dice Aaron a Molly solo con los labios mientras se tira del pelo.

—Y yo ya te he dicho que rompas con él.

—¿Quién te has creído que eres? —tartamudeo.

Aaron y Molly escuchan con atención.

—Sal a la calle, que no te oigo bien —brama.

Salgo fuera. Todo está en silencio.

—Mucho mejor —dice.

Echo un vistazo a los taxis dispuestos en fila.

—¿Qué quieres, Jameson?

—Ya sabes lo que quiero.

—Tengo novio.

—Y ya te he dicho qué hacer al respecto.

—No es tan sencillo.

—Sí lo es. Dame su número y te ahorro el trabajo.

Sonrío por lo descarado que es.

—No me pone nada lo arrogante que eres.

Qué mentira más gorda; nada más lejos de la realidad.

—Tú, en cambio, me pones un montón. Me he pasado el día empalmado. ¿Qué tal si vienes y acabas con mi sufrimiento?

Oigo los latidos de mi corazón. ¿Esto va en serio?

Un par de borrachos pasan por mi lado tambaleándose y me tengo que apartar para que no choquen conmigo.

—Perdona —gritan.

—Mañana me voy a California —confieso.

—¿A verlo?

—Sí.

—¿No ha venido contigo?

Arrugo la frente. Mierda. ¿Para qué habré dicho nada?

—No.

—Pues cuando lo veas, quiero que hagas algo por mí.

—¿El qué?

—Pregúntale si siente que se muere si no te toca.

Frunzo el ceño.

—¿Por qué le preguntaría eso? —susurro.

—Porque otro hombre sí —dice, y cuelga.

Me quedo embobada mirando el móvil. Noto que me hormiguea todo el cuerpo.

Madre mía.

Me tapo la boca. No puedo creer que me esté pasando esto.

Vuelvo al bar a trompicones y veo a mis dos amigos dando botes en la silla mientras esperan a que vuelva.

—¿Qué ha pasado? —gritan al unísono.

Me desplomo en mi asiento y me acicalo el pelo.

—Quería pedirme que fuera a su casa y acabase con su sufrimiento.

—Jodeeeer —grita Aaron—. ¿Me firmas un autógrafo?

—¿Vas a ir? —tartamudea Molly—. Dime que vas a ir.

Niego con la cabeza.

—No —reflexiono un momento—. Me ha dicho que le pregunte a mi novio si siente que se muere si no me toca.

Fruncen el ceño mientras escuchan.

—Porque otro hombre sí.

—¡¿Qué?! —chilla Molly—. Madre mía, aquí hace falta tequila.

Se levanta y va a la barra.

—¡¿Te ha invitado a su casa?! —grita Aaron.

Asiento con la cabeza.

—¿Sabes dónde vive?

—No.

—En Park Avenue, con vistas a Central Park.

—¿Cómo lo sabes?

—Por Google. Antes vivía en el One57 Billionaire Building, pero se fue a un apartamento en Park Avenue. Su casa valdrá unos cincuenta millones.

—Cincuenta millones —digo, y ahogo un grito—. ¿En serio? ¿Cómo va a valer algo cincuenta millones de dólares? No me entra en la cabeza.

Aaron se encoge de hombros.

—A mí tampoco. Tendrá váteres de oro o algo así.

Me entra la risa tonta al imaginarme a alguien sentado en un retrete de oro.

Molly vuelve a la mesa y me pasa un chupito de tequila.

—Bébete esto y luego vas y te lo follas como si no hubiera un mañana.

—No —espeto.

—¿Y qué piensas hacer? —pregunta—. ¿Te harás la dura?

—No voy a hacer nada. Volveré a casa y mañana iré a ver a Robbie —digo, y exhalo con pesadez—. Tenemos que arreglar lo nuestro, y con suerte se vendrá conmigo.

Aaron, decepcionado, pone los ojos en blanco.

—¿Y no podrías al menos emocionarte con nosotros por lo de Jameson Miles?

—No, no puedo. Y recordad, ni una palabra a nadie. —Doy un trago al chupito—. Sé muy bien lo que pasará con Jameson Miles. Nos acostaremos una vez, se buscará otra víctima y se inventará una excusa para despedirme. —Fastidiada, niego con la cabeza—. Me he dejado la piel por conseguir este puesto, y os recuerdo que estamos hablando del hombre que no quiso mi número la última vez que estuvimos juntos.

Aaron hace una mueca.

—Jo, ¿por qué eres tan sensata?

—Es una mierda, lo sé —suspiro.

Suena el móvil de Molly.

—Por favor, que sea Jameson Miles buscando un plan B —dice. Resopla y pone los ojos en blanco—. Hola.

Frunce el ceño.

—Ay, hola, Margaret. Sí, sé quién eres. Eres la madre de Chanel.

Escucha con una sonrisa hasta que de pronto le cambia la cara.

—¡¿Cómo?! —exclama con los ojos muy abiertos—. ¿En serio? —Se pellizca el puente de la nariz—. Sí. —Parece que no la deje hablar—. Entiendo que estés molesta.

Entorna los ojos y menea la cabeza.

—Lo siento mucho.

Aaron y yo nos miramos con expresión interrogante.

—¿Qué ha pasado? —articulo yo con los labios.

—¿Cómo de explícitos? —pregunta Molly. Abre los ojos como platos—. Madre mía, lo siento mucho. —Escucha—. No se lo digas al director, por favor. Te agradezco que me hayas llamado a mí primero.

Escucha con los ojos cerrados.

—Mis más sinceras disculpas. Gracias. Lo arreglaré, sí. Adiós.

—¿Qué? ¿Qué pasa? —pregunto.

Molly se lleva las manos a la cabeza.

—Madre mía. Era la madre de Chanel, mi hijo está coladito por ella. Pues resulta que le ha cotilleado el móvil a su hija y ha visto que se han estado enviando mensajes subidos de tono.

Me muerdo el labio para no sonreír.

—Bueno, eso es normal hoy en día, ¿no? —digo para intentar animarla—. Todos lo hacen.

—¿Qué edad tiene la chica? —pregunta Aaron.

—Quince —aúlla Molly.

Me entra la risa tonta. Madre mía, no me imagino lo que es criar a un adolescente hoy en día. Molly marca el número de su exmarido.

—Hola —dice con brusquedad—. Ve al cuarto de tu hijo, cógele el móvil y tíralo al váter. Está castigado de por vida.

Se para a escuchar.

Aaron y yo nos tronchamos de risa.

—Michael —dice, y respira hondo para calmarse—. Sé que han estado saliendo y que es probable que a ella le guste. Tiene quince años —susurra enfadada—. Como no le quites el móvil, voy yo y se lo rompo.

Cuelga sin pensar, apoya la cabeza en la mesa y finge que se la golpea una y otra vez.

Aaron y yo nos echamos a reír. Le toco la espalda a Molly.

—¿Quieres más tequila? —pregunto con cariño.

—Sí, por favor. ¡Y que sea doble! —grita enfadada.

Miro la mesa desde la barra y veo que Aaron se está tapando la boca porque no se aguanta la risa. Agacho la cabeza para que no se vea que estoy sonriendo.

Me meo… pero solo porque esto no me pasa a mí.

—Eh —saludo con una sonrisa cuando Robbie me abre la puerta.

—Eh, ¿qué pasa? —dice sonriente y me abraza—. Qué sorpresa.

—Ya. Es que te echaba de menos, así que he venido esta mañana para pasar la noche aquí.

—Adelante —me invita y me mete en su garaje adaptado.

Anoche no pegué ojo. Me preocupaban mis sentimientos, y no me quito de la cabeza al idiota de Jameson Miles. Me he levantado, he ido directa al aeropuerto y he tomado el primer vuelo. Echo un vistazo al diminuto estudio de Robbie y a las cajas de *pizza* vacías y a los vasos sucios que hay por ahí.

—¿Y qué has estado haciendo estos días? —pregunto.

—No mucho —contesta con una sonrisa.

Se tumba en la cama y da unos golpecitos a su lado. Me tumbo y me toca sin dejar de mirarme.

—¿Has ido a alguna entrevista esta semana? —pregunto.

—No, es que no me convencía nada.

Frunzo el ceño.

—Cualquier trabajo puede ser bueno, ¿no? —pregunto esperanzada.

—Estoy esperando a que aparezca el definitivo —dice, y me besa con ternura.

Lo miro fijamente. Noto su erección en la pierna.

—Ven conmigo a Nueva York. Hay mucho trabajo, y así podrías empezar de nuevo allí. Sería una buena oportunidad para descubrir la ciudad juntos.

Me quita la mano del pecho y se aleja de mí.

—No empieces otra vez. Ya te dije que no me voy a ir a Nueva York.

Me incorporo como un resorte.

—¿Por qué no? Aquí no tienes trabajo. ¿Qué te frena, eh? Dime.

—Me gusta vivir aquí. No tengo que pagar alquiler y mi madre me prepara la comida. Esto es un chollo. ¿Por qué me iría?

—Robbie, tienes veinticinco años.

—¿Qué quieres decir con eso? —espeta.

—¿No te apetece valerte por ti mismo y vivir algo diferente?

—No. Estoy bien aquí.

—Tienes que madurar —le suelto, y los dos nos levantamos.

—Y tú tienes que bajar de las nubes. No eres el ombligo del mundo.

—Quiero vivir en Nueva York —digo, y lo tomo de la mano para que trate de entenderlo—. Tendrías que verla. Te encantaría. No me he sentido igual en ningún otro sitio.

—Nueva York es tu sueño, Emily, no el mío. No me iré a vivir ahí.

Joder. Hay un abismo entre nosotros.

—¿Y cómo vamos a estar juntos si cada uno vive en una punta del país? —pregunto en voz baja.

Se encoge de hombros.

—Eso deberías haberlo pensado antes de solicitar el trabajo de mierda ese.

—No es un trabajo de mierda —exclamo, y le digo—: ¿No quieres apoyarme para que persiga mi sueño? ¿Vendrás a visitarme, al menos?

—Ya te lo dije, no me gustan las ciudades grandes.

—O sea, que me estás diciendo que a menos que venga yo a California, no nos vamos a ver.

Se encoge de hombros, se sienta y coge el mando de la Play.

—Es broma, ¿no? —estallo, furiosa—. ¿Me estás diciendo que he cogido un vuelo para que hablemos de nuestro futuro y que tú te vas a poner a jugar al Fortnite de las narices?

Robbie pone los ojos en blanco y empieza a jugar.

—No molestes, anda.

—¿Que no te moleste? —espeto—. ¡Que no quiero vivir en el garaje de tus padres, joder!

—Pues no lo hagas.

—Pero ¿a ti qué te pasa? —grito fuera de mí—. ¿Por qué quieres desperdiciar tu vida aquí? Tienes veinticinco años, Robbie. Madura.

Él pone los ojos en blanco.

—Si solo has venido a darme el coñazo, te podrías haber ahorrado el viaje.

Estoy que echo humo.

—Como salga por esa puerta hemos terminado.

Me mira a los ojos.

—Lo digo en serio —susurro—. Te quiero en mi vida, pero no voy a renunciar a mi felicidad porque seas tan vago como para no querer labrarte un futuro por ti mismo.

Tensa la mandíbula y vuelve la atención a su juego. Se pone a jugar.

Con el corazón desbocado por la rabia, rompo a llorar.

—Por favor, Robbie —susurro—. Ven conmigo.

Sin apartar los ojos de la pantalla, empieza a disparar con el mando.

—Cierra la puerta al salir.

Se pone los auriculares para no oírme.

Se me hace un nudo en la garganta cuando al fin veo lo que nuestra relación es en realidad.

Una farsa.

Miro detenidamente su cuarto mientras él juega a la consola, y sé que ha llegado el momento.

El momento de decidir qué merezco y qué quiero en la vida.

Si no quiere que lo salven, no puedo salvarlo.

Quiero a alguien dispuesto a madurar conmigo aunque ni siquiera sepa a dónde me llevará eso. Pero me niego a quedarme estancada en el garaje de sus padres.

Ya ni siquiera sé quién es él, pero sé que esta no soy yo.

La mujer que aspiro a ser vive en Nueva York y tiene el trabajo de sus sueños.

Me abruma la tristeza. Sé perfectamente lo que tengo que hacer.

Me acerco a él y le quito los auriculares.

—Me voy.

Me mira fijamente.

—Vales más que esto —susurro.

Se queda callado.

—Robbie —musito—. Eres mucho más que un as del fútbol. Créetelo. Busca ayuda. —Echo un vistazo a su cuarto—. Ya es tarde para nosotros, pero no para ti.

Baja la cabeza y mira al suelo. Lo tomo de la mano.

—Ven conmigo —susurro—. Por favor, Robbie, sal de aquí. Si no lo haces por mí, al menos hazlo por ti.

—Em, no puedo.

Se me llenan los ojos de lágrimas. Me agacho y lo beso con ternura. Le acaricio la barba incipiente y lo miro a los ojos.

—Espero que encuentres lo que te haga feliz —susurro.

—Tú también —musita con tristeza.

Me doy cuenta de que ni siquiera quiere luchar por la relación. Esbozo una sonrisa agridulce y, con las lágrimas deslizándose por mis mejillas, lo beso con ternura una última vez.

Me subo al coche de mi madre y me quedo mirando su casa un buen rato.

Ha sido mucho más fácil y mucho más duro de lo que pensaba.

Enciendo el motor y, poco a poco, me adentro en la carretera. Me seco las lágrimas con el antebrazo y la sensación de que acabo de cerrar un capítulo de mi vida.

A medida que me alejo con el coche, salgo de la vida de Robbie McIntyre.

—Adiós, Robbie —susurro—. Fue bonito mientras duró.

Lunes por la mañana

—¿Y qué cree usted que pasaría si le contara a la policía sus sospechas? —pregunto.

—Nada. Nada de nada —contesta la frágil anciana. Tendrá por lo menos noventa años. Tiene el pelo ondulado y cano y lleva un vestido de un bonito color malva—. Son unos inútiles.

Garabateo su respuesta en mi bloc de notas diligentemente. Hoy he decidido seguir mi instinto y hacer trabajo de campo. Últimamente, han pintado grafitis satánicos en las fachadas de las casas y, la de esta mujer en concreto, la han pintado tres veces. Como estaba harta de que la policía no hiciera nada, se ha puesto en contacto con Miles Media y, afortunadamente para mí, he sido yo quien ha descolgado el teléfono.

—Dígame cuándo empezó todo esto —pregunto.

—En noviembre —me explica, y hace una pausa mientras se esfuerza por recordar—. El 16 de noviembre fue la primera vez. Un mural enorme del mismísimo demonio.

—Vale —asiento, y dejo de mirar la libreta—. ¿Cómo era?

—Diabólico —murmura con la mirada perdida—. Diabólico y muy realista. Con unos colmillos enormes y sangre por todas partes.

—Debió de asustarse mucho.

—Sí. Esa noche robaron en una joyería que hace esquina, así que lo recuerdo bien.

—Vaya —digo con el ceño fruncido. Esto no lo había dicho antes—. ¿Cree que está relacionado?

Me mira sin comprender.

—Me refiero al grafiti y el robo —le aclaro.

—No lo sé. —Se calla un momento y hace una mueca de dolor—. No lo había pensado, pero ahora todo tiene sentido. La policía está metida en el ajo. —Empieza a pasearse—. Sí, sí, estoy segura —dice al tiempo que se da golpecitos en la coronilla mientras camina de un lado al otro.

Mmm... Aquí pasa algo. ¿Esta mujer está bien de la cabeza?

—¿Qué hizo cuando vio el grafiti?

—Llamé a la policía, pero me dijeron que no tenían tiempo para venir a ver un grafiti, que le hiciese una foto y la enviara por correo electrónico.

—¿Y lo hizo?

—Sí.

—¿Qué pasó luego?

—Mi hijo borró el grafiti con ácido, pero tres noches después, ahí estaba de nuevo. Solo que esta vez era el dibujo de un asesinato. Habían apuñalado a una mujer. El grafiti era tan elaborado que parecía un cuadro.

—Ajá. —La escucho y tomo notas—. ¿Y qué hizo esa vez?

—Fui a la comisaría y exigí que viniese alguien a ver mi casa. A mi vecino también le habían destrozado la suya.

—Vale —asiento mientras escribo su historia deprisa y corriendo—. ¿Cómo se llama su vecino?

—Robert Day Daniels.

Sorprendida por su nombre, dejo de mirar la libreta.

—¿Se llama Robert Day Daniels?

—¿O es Daniel Day Roberts? —dice cada vez más bajo mientras piensa—. Mmm...

La miro mientras espero a que me confirme cuál es.

—Se me ha olvidado el nombre —masculla, y se empieza a tirar del pelo como si le fuese a dar algo.

—No pasa nada. De momento, me quedo con «Robert Day Daniels» y luego podemos retomar el tema.

—Está bien —acepta con una sonrisa, feliz de que no la presione para que me diga el nombre correcto.

—¿Qué dibujaron en la casa de su vecino? —pregunto.

—Una estrella del diablo. Qué cosa más fea, por Dios.

—Entiendo. Y dígame, ¿qué hizo la policía esa vez?

—Nada. Ni siquiera se pasaron por aquí.

—Están muy ocupados —le aseguro sin dejar de escribir—. Hábleme de la última vez.

—Lo pintaron todo de rojo.

La miro sorprendida.

—¿Toda la casa?

—Toda la calle.

Empiezo a inquietarme.

—Qué raro —exclamo frunciendo el ceño.

Se acerca para que solo yo la oiga.

—¿Crees que es el demonio? —susurra.

—¿Cómo? —inquiero con una sonrisa—. No, seguro que solo son unos adolescentes haciendo de las suyas —digo para tranquilizarla—. ¿Se lo ha contado a alguien más?

—No, solo a Miles Media. Quiero que publiques la historia para que la policía tome cartas en el asunto. Me da miedo que se trate de algo más siniestro.

La tomo de la mano.

—Creo que tenemos material suficiente para seguir adelante con la historia.

—Gracias, cariño —me dice al tiempo que me aprieta la mano.

—¿Se le ocurre algo más que pueda ser relevante? —pregunto.

—Que vivo con miedo de que el demonio vuelva a atacar. Mis vecinos me han dicho que también quieren hablar contigo.

—Perfecto —respondo y le tiendo mi tarjeta—. Si se le ocurre algo más, llámeme.

—Eso haré —me asegura, y acepta la tarjeta.

Aprovecho que estoy en la zona y entrevisto a siete personas más. Todas las historias tienen relación. Definitivamente, tengo pruebas suficientes para seguir adelante. Vuelvo a la oficina, redacto el artículo y se lo entrego a Hayden. Esto huele a bombazo.

Me siento en mi mesa y me quedo mirando la pantalla del ordenador. Es lunes, son las cuatro de la tarde y estoy desanimada. Me siento culpable desde que volví anoche a Nueva York. Aunque sabía que a Robbie y a mí nos quedaban dos telediarios, siento que he acelerado las cosas y no he dejado que la relación siguiera su curso. Pero luego pienso que hacía meses que la cosa no tiraba, y que si acepté este puesto sabiendo que no vendría conmigo es porque, en el fondo, sabía que lo nuestro no tenía futuro.

—Está aquí el dios —susurra Aaron.

Levanto la vista.

—¿Cuál de ellos?

—Tristan Miles —susurra.

Miro por encima de la mampara de mi mesa y veo que está hablando con Rebecca, la jefa de planta.

Lleva un traje azul marino a rayas y el pelo perfectamente ondulado. Sonríe con aire distraído mientras habla. Tiene los dientes más blancos que he visto en mi vida y unos hoyuelos gigantescos.

—Rebecca se ríe como una colegiala —dice Aaron con picardía.

—Nunca se pasa por aquí —murmura Molly.

—¿A qué creéis que habrá venido? —susurra Aaron sin quitarle el ojo a tan bello espécimen.

—Pues a hacer su trabajo —contesto tajante—. No es por nada, pero trabaja aquí.

Cuanto más lo pienso, más convencida estoy de que he idealizado mi relación con Jameson Miles. No le gusto, solo está cachondo; hay una gran diferencia. Seguro que se habrá acostado con cinco mujeres desde que hablamos el viernes por la noche. No he sabido nada de él desde entonces… Tampoco es que me apetezca hablar con él.

No he roto con Robbie porque me lo haya ordenado Jameson; he roto con Robbie porque ha dejado de esforzarse. Si Jameson se entera de que hemos roto, pensará que es porque quiero acostarme con él… Y no es así.

Para nada. Hombres...

No les voy a decir a mis compañeros que lo hemos dejado. No quiero que la cosa se complique. Quiero darme un tiempo para procesarlo todo.

Tristan Miles dice algo y Rebecca se ríe. Se mete en el ascensor y todos volvemos al trabajo.

Me peleo con mi paraguas mientras camino afanosamente por la calle. Nueva York no es tan bonita cuando llueve. Cojo un ejemplar de la *Gazette* mientras espero a que el semáforo se ponga en verde y me lo guardo como puedo en el bolso. Lo leeré mientras espero a que me sirvan el café. Me suena el móvil.

—Hola —digo mientras me abro paso entre la multitud.

—Hola, Emily —saluda una voz familiar.

Frunzo el ceño, pues no la ubico.

—¿Quién es?

—Soy Marjorie. Hablamos ayer.

Mierda, la señora de los grafitis.

—Ah, sí, hola, Marjorie. Es que tengo problemas con la línea, por eso no te oía —miento.

—Es Danny Rupert.

—¿Cómo? —pregunto.

—Mi vecino, que se llama Danny Rupert. Ayer no me acordaba.

Hago una mueca y me entra un escalofrío. Que no haya ido a imprenta ya, por favor. Se me ha pasado por completo. Noto retortijones en el estómago por el pánico.

Mierda.

—Creo que el artículo ya ha ido a imprenta, Marjorie. Siento mucho no haber vuelto a comprobar ese dato contigo.

—No pasa nada. No importa, tranquila. Me sentía tonta por no acordarme y me apetecía decírtelo.

Se me contrae el estómago. ¡Claro que importa! No se puede publicar un artículo con los nombres mal escritos. Llamando al 101.

Joder.

Hincho las mejillas mientras me hundo cada vez más. Mierda. Esto no es un fallito de nada; es una cagada de las gordas.

—Gracias por llamarme, Marjorie. Te avisaré cuando llegue a la oficina y se publique el artículo.

Con suerte, eso será mañana y me dará tiempo a modificarlo.

Cuelgo. Me quiero morir. «A ver, céntrate».

Entro en la cafetería que hay delante de Miles Media y pido un café. Saco el periódico del bolso y lo estampo en la mesa.

No voy a durar mucho en este trabajo si sigo haciendo estas chapuzas. Estoy muy enfadada conmigo misma.

Hojeo el periódico y algo me llama la atención.

GRAFITIS SATÁNICOS EN NUEVA YORK

> La extraña aparición de grafitis en casas del West Village tiene en vilo a sus habitantes. Han pintado la casa de Marjorie Bishop hasta en tres ocasiones, pero la policía se niega a tomar medidas. Robert Day Daniels, vecino de Marjorie, también ha sido víctima de estos ataques.

Frunzo el ceño mientras leo el artículo. ¿Cómo es posible?

Marjorie me dijo que no se lo había contado a nadie más. Lo leo una y otra vez. Es casi lo que he escrito yo palabra por palabra. No entiendo nada.

¿Le dio a otro periodista el nombre mal? Marco su número. Responde al momento.

—Hola, Marjorie, soy Emily Foster.

—Ay, hola. ¡Qué rápida!

—Marjorie, ¿has hablado con algún otro periódico sobre la historia de los grafitis?

—No.

—¿No se lo has dicho a nadie? —pregunto con el ceño fruncido.

—A nadie. Mis vecinos y yo decidimos conjuntamente que solo queríamos que se hiciese eco de la noticia Miles Media. Así la policía nos escucharía seguro.

El corazón me va a mil. ¿Qué narices pasa aquí?

—Café para Emily —me gritan desde la caja.

—Gracias.

Cojo el café y salgo a la calle hecha un lío.

Es la una, hora de almorzar. Subo al último piso y voy a recepción.

—Hola —digo con una sonrisa nerviosa—. Vengo a ver al señor Miles. Es urgente.

Llevo todo el día devanándome los sesos y la única teoría que se me ocurre no me hace ninguna gracia. Tengo que hablar con Jameson.

La recepcionista rubia sonríe.

—Un momento, por favor. ¿Su nombre?

—Emily Foster.

—Señor Miles, Emily Foster desea verle —le informa por el interfono.

—Que pase —susurra con voz dulce pero firme.

Noto retortijones por los nervios. Sigo a la recepcionista por el pasillo. Los zapatos con suela de goma, ¡mierda! Pruebo a ir de puntillas para no hacer ruido al andar.

—Llama a la puerta del fondo.

El corazón me va a tope.

—Gracias —le digo con una sonrisa forzada.

Se pierde en el horizonte y yo me planto delante de la puerta, cierro los ojos y me preparo para lo que viene ahora. «Venga, llama».

Toc, toc, toc.

—Adelante —me invita Jameson.

Cierro los ojos con fuerza. Estoy de los nervios.

Abro la puerta y ahí está él con su traje azul marino, su camisa blanca, su pelo oscuro y sus penetrantes ojos azules. Parece un regalo del cielo. Tal vez lo sea.

—Hola, Emily —susurra mientras me mira con esos ojos tan *sexys*.

—Hola.

Jameson se levanta y nos miramos a los ojos. Hay tensión en el ambiente.

—Siéntate.

Me desplomo en la silla, y él hace lo propio en la suya y se recuesta sin dejar de mirarme.

—Quería comentarte algo —digo mientras me fijo en el vaso de *whisky* que tiene al lado. No sé qué habrá tenido que hacer para necesitar un *whisky*, pero ¿y el mío?

No me vendría mal un trago, o diez, ahora mismo.

Se reclina y sonríe como si algo le hiciese gracia.

—Mmm… —digo, y trago saliva. Tengo la boca seca—. Ha pasado algo que me va a meter en un buen lío seguro, pero siento que tienes que saberlo —suelto de carrerilla.

—¿Y es?

—He escrito mal un nombre en un artículo.

Jameson me mira a los ojos sin inmutarse.

—Pero lo más raro de todo —tartamudeo— es que justo hoy la *Gazette* ha publicado mi artículo con mi error.

—¿Cómo? —inquiere con el ceño fruncido.

—Yo qué sé, a lo mejor me equivoco, ni siquiera sé por qué te estoy diciendo esto, pero creo…

—¿Crees qué? —insiste.

—Estoy segura de que la *Gazette* no ha conseguido la historia por medios propios, y no es posible que cometiesen el mismo error que yo. La anciana del artículo se puso en contacto conmigo directamente porque solo quería hablar con Miles Media.

Le planto la *Gazette* delante. Lee el artículo y me mira como si estuviese asimilando mis palabras.

—¿Estás segura?

—Segurísima. Me he equivocado de nombre. —Se lo señalo—. Aquí.

Jameson, sumido en sus pensamientos, se acaricia el labio inferior mientras mira el periódico.

—Gracias. Hablaré de esto con Tristan. Ya te diré algo.

—Vale. —Me pongo en pie—. Lamento el error. No ha sido profesional por mi parte. No volverá a ocurrir.

Miro a Jameson y espero a que diga algo. ¿Eso es todo?

—Adiós, Emily —dice sin emoción en la voz.

Me está echando.

—Adiós.

Abatida, me giro y vuelvo a mi planta. No sé si habré hecho bien contándole mi teoría. Quizá solo me perjudique.

Son las cuatro. Me estoy tomando el café de la tarde cuando suena el teléfono. Lo cojo.

—Hola.

—Hola, Emily, soy Sammia. El señor Miles desea que subas a su despacho.

—¿Ahora? —pregunto, frunciendo el ceño.

—Si eres tan amable, sí.

—Vale, voy.

Diez minutos después, estoy llamando a su puerta.

—Adelante —dice.

Entro y lo veo sentado detrás de su mesa. Se le dibuja una sonrisa *sexy* nada más mirarme a los ojos.

—Hola.

Noto mariposas en el estómago.

—Hola.

—¿Qué tal el día? ¿Bien? —pregunta, y veo a cámara lenta cómo se humedece el labio inferior. Está distinto, más juguetón.

—¿Querías verme? —pregunto.

—Sí, he estado hablando con Tristan y nos gustaría proponerte un proyecto muy especial —dice mientras se recuesta en su silla.

—Ah, ¿sí?

—Sí. Queremos que publiques un artículo.

Me trago el nudo que se me ha formado en la garganta.

—Vale —accedo y me encojo de hombros—. ¿De qué se trata?

Jameson entorna los ojos con aire pensativo.

—Tal vez algo relacionado con los mordiscos.

Frunzo el ceño, confundida.

—¿Los mordiscos?

Intenta aparentar que está serio, pero en realidad se está riendo.

—Los mordiscos del amor.

Me quedo mirándolo hecha un lío. No entiendo nada.

Ay, madre. Está hablando del chupetón que le hice. ¡Cómo se atreve! ¡Mira que sacar ese tema!

Alzo la barbilla con gesto desafiante.

—Creo que estoy más preparada para escribir un artículo sobre la eyaculación precoz. Así podrías echarme una mano —replico con una sonrisa encantadora.

Le brillan los ojos. Disfruta con esto.

—Ah, ¿sí?

—Sí —contesto, seria—. Las noticias son mucho mejores cuando hay pruebas que las respaldan.

Pone cara de que le hace gracia mientras da un sorbo a su *whisky*. No sé qué estará maquinando esa cabecita suya esta tarde. Demasiados *whiskies,* quizá. Nos miramos fijamente. Me entran ganas de soltarle un «¿piensas en mí?», pero no puedo porque estamos trabajando y estoy fingiendo que no me interesa. No, corrijo: no estoy interesada, solo ligeramente fascinada. Hay una gran diferencia.

—¿Qué tal el fin de semana? —pregunta.

—Bien.

—¿Solo bien? —insiste arqueando una ceja.

Asiento con la cabeza.

—Sí.

No quiero decirle que he roto con Robbie, pero tampoco quiero mentirle.

—¿Volviste el domingo por la noche?

—Sí.

Me mira a los ojos. Noto que quiere preguntarme por Robbie y por mí, pero se está conteniendo.

—¿Qué tal el tuyo? —pregunto.

—Muy bien —contesta y me mira a los labios—. Me lo he pasado muy bien este fin de semana.

Frunzo el ceño. ¿«Muy bien» es «muy bien» y ya está o significa «me he pasado todo el fin de semana cepillándome a una diosa»?

Para.

—Lamento interrumpir —dice Tristan mientras entra como si nada. Sonríe amablemente y me estrecha la mano—. Soy Tristan.

Es algo más joven que Jameson. Su pelo es ondulado, castaño claro, y tiene los ojos grandes y marrones. Es muy diferente a Jameson, pero, a la vez, emana la misma fuerza.

—Yo soy Emily.

Me mira a los ojos.

—Hola, Emily.

Jameson y él se miran, y es entonces cuando comprendo que Tristan sabe lo que pasó entre Jameson y yo. Nerviosa, trago el nudo que se me ha formado en la garganta.

¿Por qué le habrá hablado de mí a su hermano?

Tristan mira el *whisky* de Jameson.

—¿Qué hora es? ¿Ya ha empezado la *happy hour?*

—Las cuatro y media. Y sí —contesta Jameson.

Tristan va a la barra y se sirve una copa de líquido ambarino. Me la enseña.

—¿Quieres?

—No, gracias. Estoy trabajando —contesto, nerviosa.

Jameson pone cara de que le hace gracia mientras se lleva el vaso a los labios.

A ver, ¿esa cara qué es? ¿Una sonrisilla condescendiente o casi una sonrisa? Este hombre es un enigma para mí.

Jameson se pone derecho y me mira fijamente a los ojos. Hay tensión en el ambiente.

—¿Querías verme? —insisto. No sé qué clase de reunión incluye *whisky*. A lo mejor debería tomarme una copa. «No, por Dios, no. Recuerda lo que hiciste la última vez que te emborrachaste con este hombre. Intentaste chuparle toda la sangre».

—Como te comentaba, nos gustaría que colaborases en un proyecto muy especial —dice Jameson.

Asiento mientras miro a uno y a otro.

—Bien. En vista a lo que me has contado esta mañana, queremos que escribas un artículo para que lo publiquemos.

Me trago el nudo que se me ha formado en la garganta.

—Vale —digo mirando a uno y a otro—. ¿De qué se trata?

—Proponlo tú —dice, y cuando se pasa la lengua por el labio inferior, me siento como si me lamiese de arriba abajo—. Estamos preparando un proyecto secreto, y quiero que colabores en él, pero necesito saber si puedes informar sobre algún tema.

—Sabes que sí. He trabajado cinco años en periódicos regionales.

—Esto es confidencial —explica Tristan—. Es fundamental que no se lo digas a nadie.

—No lo haré —aseguro mientras miro a uno y a otro.

—Llevamos tiempo pensando que alguien de tu planta está vendiendo nuestros artículos a la competencia para que ellos tengan la exclusiva. Lo que me has dicho esta mañana casi lo confirma.

—¿Cómo lo sabéis? —pregunto con curiosidad.

—Créeme, lo sabemos —contesta Jameson—. Nuestras acciones están bajando a la misma velocidad que nuestra credibilidad. Esto tiene que acabarse.

Frunzo el ceño mientras escucho.

—Queremos que te inventes una noticia y que la mandes como siempre. A ver si sale en los periódicos de la competencia.

Lo miro fijamente mientras me esfuerzo por no perder el hilo.

—¿Y sobre qué escribo?

—Sobre algo que vaya a vender. No tiene que ser verdad. Cuanto más falso, mejor, así será más fácil de identificar.

—¿Quién creéis que es? —pregunto, emocionada. Es mi oportunidad. Si lo hago bien, demostraré que soy una trabajadora valiosa. Ya no os digo si encima resuelvo el caso.

Me muerdo el labio inferior para que no se me escape una sonrisa. Tengo que fingir que me pasan cosas así de emocionantes todos los días.

—Ni idea, pero sabemos que no eres tú.

—¿Cómo estáis tan seguros?

—Porque empezó antes de que te incorporaras a la empresa —dice Jameson mientras se dirige a la barra.

—Vale. —Reflexiono un momento—. Lo haré. —Los miro alternativamente—. ¿Para cuándo lo queréis?

—Para mañana por la tarde, si no es mucho pedir.

—Sin problema.

—Tristan, Londres por la dos —se oye una voz por el interfono.

Se levanta y pulsa el botón.

—Espera, que voy a mi despacho.

—De acuerdo —responde la recepcionista.

—Lo siento, pero tengo que atender la llamada. Vamos a adquirir una nueva empresa. Mañana por la tarde seguimos hablando.

—Vale —digo con una sonrisa.

Me cae bien. Es más amable que su hermano.

Me estrecha la mano.

—Recuerda, ni una palabra a nadie. No me gustaría tener que despedirte —me dice con un guiño juguetón, pero tengo el presentimiento de que no bromea.

Frunzo el ceño. ¡Qué diantres!

—Claro.

—Me muero de ganas de leer tu artículo —añade.

Se va y cierra la puerta.

Me vuelvo hacia Jameson, que tiene los ojos más oscuros y un *whisky* en la mano. Se lo toma lentamente, y yo sonrío nerviosa mientras el corazón me late desbocado.

Arquea una ceja y da otro trago. El aire se carga de electricidad.

—Volveré a mi mesa —susurro.

Me mira como si quisiera decirme algo, pero, en vez de eso, guarda silencio.

—¿Desea algo más, señor? —susurro mientras me pongo de pie.

Deja el vaso en la mesa y se acerca a mí.

—Sí, la verdad es que sí.

Se detiene a escasos centímetros de mi cara. Lo miro fijamente.

Su cercanía me deja sin aire y, como si de una ola se tratase, la excitación nos ahoga.

—¿Lo notas? —musita.

Asiento porque es innegable.

—Me pones tanto que no me aguanto —susurra—. Desde que te vi en el avión.

Lo miro y me lo imagino tumbándome en su enorme escritorio.

Me acaricia con el índice. Primero la cara, luego el escote, la barriga y, por último, el pubis, y me agarra de la cadera.

—Tengo una petición.

—Dime —susurro, y cierro los ojos; siento que me derrito.

Acerca los labios a mi oreja sin llegar a tocarla. Su aliento me hace cosquillas y me pone el vello de la espalda de punta.

—Quiero que mañana te pongas la falda gris, la de la raja.

Frunzo el ceño mientras escucho.

—La blusa de seda blanca y el sujetador de encaje que llevas debajo.

Joder.

—Sin medias.

Mueve la mano sobre mi cadera y siento cómo se contrae mi sexo.

Me chupa la oreja.

—Quiero que te hagas una coleta para que pueda enrollármela y tirar de ella.

Me lo imagino tirándome del pelo y casi exploto.

Este hombre es un dios.

Lo miro fijamente.

—¿Algo más? —musito.

—Sí. —Se le oscurecen los ojos y me acaricia el labio inferior con el índice—. Quiero que esta noche cojas tu vibrador —añade con un susurro grave que me remueve las entrañas como no habría imaginado nunca.

Me separa los labios con el dedo y yo abro mucho los ojos. Me lo mete en la boca y, antes de que me dé cuenta, se lo estoy chupando. Se le ensombrecen los ojos mientras me mira, y esboza una sonrisa lenta y *sexy*.

—Quiero que te masturbes. Que te lo metas hasta el fondo…, despacio.

Madre del amor hermoso.

—¿Por qué haría eso? —musito.

—Porque sé que cuando te corras verás mi cara.

Me lame el cuello y me muerde la oreja; por poco me fallan las rodillas.

—Si haces tu trabajo, tendrás tu recompensa —me susurra al oído.

Entonces, se lanza a por mi cuello.

Soy como masilla en sus manos. Ni siquiera voy a fingir que quiero luchar contra esto… Sea lo que sea esto.

Me roza los labios con los suyos, pero entonces recula y doy un respingo. Jadeo mientras lo miro fijamente.

—Haz tu trabajo, Emily. Hasta mañana.

Me quedo mirándolo. Me está echando.

Frunzo el ceño cuando se gira y vuelve a sentarse como si no hubiese pasado nada.

Da un sorbo a su *whisky* sin dejar de mirarme a los ojos. Deja una llave de seguridad en el escritorio.

—Con esto podrás venir aquí.

¿Eh?

¿Y esto?

Cojo la llave y, con la cabeza hecha un lío, salgo de su despacho. Entro en el ascensor con el corazón latiendo a toda prisa.

Madre mía. Necesito autocontrol, y lo necesito ya.

Porque él va sobrado.

Capítulo 6

Estoy en la cafetería que hay enfrente de Miles Media. Me he dicho a mí misma que he venido a comprar algo para cenar, pero en el fondo quiero ver cómo se va. Quiero verle la cara, ver si está tan roja como la mía. No tiene gracia, estoy a punto de tener un orgasmo en público. ¿Cómo es posible que me excite tanto que me acaricie con un dedo por encima de la ropa? Este hombre me convierte en un charco, un charco húmedo, sentimental y maleable. No puedo resistirme a su toque.

Me he pasado doce meses fantaseando con Jim, el hombre divertido y despreocupado con el que pasé la noche. Y ahora que he conocido otra versión de él, no tengo tan claro si me gusta. A ver, que sí, que está buenísimo. Para mojar pan.

Pero ¿quién es Jameson Miles?

Me siento en la banqueta que hay junto a la ventana y veo llegar su limusina.

Me enderezo. El corazón me da un vuelco y contengo la respiración mientras veo cómo se abre la puerta. Sale lentamente, como una estrella de *rock*, y todos se vuelven a observarlo.

Don orgásmico.

Se sienta en la parte de atrás, el chófer le cierra la puerta y poco a poco se alejan.

Sigo la limusina hasta perderla de vista, y entonces me entra el bajón.

Me pregunto qué hará esta noche. Son casi las seis y media, es tarde y ya se ha ido todo el mundo. No me creo que me haya quedado aquí para ver cómo se marchaba. Qué pringada. Ya que estoy, podría cenar aquí. Total, en casa estoy sola. Estudio las opciones que hay en la carta cuando se abren las puertas de Miles Media y sale Tristan. Lo miro entrecerrando los ojos.

Está con una mujer. Es rubia, guapa y lleva un vestido de lana ajustado de color gris y botines altos de color negro. Se la ve moderna. Su coleta oscila al andar. Ella dice algo y él se parte de risa. Doblan la esquina, pero aún los veo. Tristan le toca el culo y la besa.

¿Quién será?

La coge de la mano y se pierden en el horizonte.

¿Trabajará en la empresa? Pensaba que no estaba permitido salir con los empleados. A lo mejor me equivocaba.

Quizá es un «tonto el último» y están todos con todos.

¿Seré la única con quien Jameson coquetea? ¿Hará que vaya alguna otra a su despacho?

Cierro los ojos, asqueada.

Para.

Madre mía, necesito una tila.

Rebusco en mi armario y saco la ropa de mañana. Es tarde. He estado redactando el artículo que me han pedido. Espero que esté todo bien. Mi plan es diferente esta vez. ¿Qué me pongo mañana? ¿Me pongo lo que me ha dicho Jameson?

Cojo la ropa que Jameson me ha pedido que me ponga y la extiendo sobre la cama. La miro.

La falda gris con la raja, la camisa de seda blanca. ¿Cómo sabe que me pongo un sujetador de encaje blanco con esta camisa? ¿Cómo sabe que tengo esto, siquiera?

Me espía.

Menudo tío. Cómo me manipula.

Tengo las hormonas revolucionadas y eso que apenas me toca.

Imaginad si lo hiciera.

Pienso en esta tarde, en cómo ha dibujado una línea en mi cuerpo con el dedo y en cómo me lo ha metido en la boca y se lo he chupado.

Sus palabras me vienen a la cabeza.

«Quiero que te masturbes. Que te lo metas hasta el fondo..., despacio».

Cierro los ojos cuando noto que me hierve la sangre de lo excitada que estoy. Quiere que piense en él mientras me corro.

Saco el vibrador de la mesita y lo miro.

—Es un sustituto muy frío, señor Miles —susurro en el silencio de la noche.

Me tienta llamarlo para decirle que venga él a hacer el trabajo.

Pero, obviamente, no lo voy a hacer. Apago la luz, me meto en la cama y me acaricio los pechos.

Cierro los ojos, abro las piernas e imagino que Jameson Miles está aquí, conmigo.

—¿Queréis ir a cenar luego? —les pregunto a Aaron y Molly.

—Vale, guay. Pero algo sano —sugiere Molly sin dejar de teclear—. Que como no adelgace, a este paso no voy a echar un polvo en la vida. —Teclea un poco más—. Pero a las ocho me voy, que tengo que ir a recoger a los niños.

—Sí, vale —dice Aaron, que suspira—. Me parece bien.

—Esta tarde tengo prácticas —respondo como si nada.

Dejan de mirar la pantalla y se centran en mí.

—¿Dónde?

—En dirección.

—Ay, madre —exclama Molly con una sonrisita—. ¿Te ha dicho algo?

Agacho la cabeza y miro a las cámaras.

—Luego os cuento.

—Madre mía, vivo por y para estas historias —susurra Aaron—. Dime que te lo has tirado en su mesa.

Me entra la risa tonta mientras acabo lo que estoy haciendo.

—Qué dices, anda. —Cojo mi carpeta de papel manila con mi noticia falsa—. Hasta luego.

Me miran con una sonrisita.

—Suerte.

Al cabo de cinco minutos, ya estoy en la última planta. Se me va a salir el corazón por la boca. No me he puesto la ropa que me dijo; no quiero parecer ansiosa.

¿Y qué le hace pensar que puede decirme qué ponerme?

Sammia sonríe nada más verme.

—Señor Miles, ya está aquí Emily Foster.

—Que pase —dice con voz aterciopelada.

Voy de puntillas por el pasillo de mármol mientras vuelvo a recordarme que tengo que comprar zapatos con suela de goma. ¿Por qué siempre se me olvida? Llamo a la puerta.

—Adelante.

Abro la puerta y lo veo sentado en su escritorio hablando por teléfono. Me mira a los ojos.

—Hola, Emily —saluda solo moviendo los labios.

—Hola —digo con una sonrisa mientras abrazo la carpeta.

—Toma asiento. —Señala una silla y levanta un dedo—. Un momento.

Sonrío y asiento mientras me pongo cómoda.

—Si eso lo entiendo, Richard. Que sí, que lo sé. —Calla un momento—. Me da igual que sea trabajadora. Se ha saltado el protocolo y eso tiene sus consecuencias.

Frunzo el ceño. ¿Con quién hablará?

—¡Richard! —espeta—. O la echas tú o lo hago yo. Y ambos sabemos quién será menos cruel.

Pone los ojos en blanco.

—Tristan ya lo sabe, sí —replica con brusquedad—. Pero el director ejecutivo soy yo, así que tienes dos horas para sacar a Lara Aspin del edificio o lo haré yo.

Y, con toda la rabia, cuelga.

Lo miro con los ojos muy abiertos. ¿Qué habrá hecho esa chica?

Se muerde el labio con rabia mientras me mira a los ojos.

—Tengo el artículo que me pedisteis —murmuro.

—Perfecto.

Me quita la carpeta, echa la silla hacia atrás y empieza a leer.

Hoy está diferente, está enfadado. Aunque a lo mejor solo se deba a la conversación que acaba de mantener.

Respira hondo y pasa las páginas, claramente frustrado.

—¿Está bien?

Alza las cejas como si no le convenciera.

Me muerdo el labio.

—Un seísmo no es que sea una noticia muy impactante que digamos, ¿no?

—¿Y sobre qué quieres que escriba? —tartamudeo—. No puedo mencionar a personas, lugares ni nada de eso porque es una noticia falsa. No quiero que nos demanden.

—Soy muy consciente de lo que es, señorita Foster.

—¿Qué te pasa hoy? —susurro.

Hojea el artículo.

—Nada —contesta sin dejar de leer—. Esto no servirá. Ya lo haré yo.

—Anoche me tiré cuatro horas escribiéndolo —murmuro.

Levanta la vista de los papeles y me encojo cuando me mira.

—Pues ¿de qué quieres que escriba? —pregunto.

—¡De lo que sea menos del clima, joder! —espeta, y cierra la carpeta de malas maneras y la deja encima de la mesa.

—Tristan, ven —dice por el interfono.

—Vale.

Me hago pequeñita. Madre mía, no veas cómo se pone cuando se enfada.

Tristan entra y Jameson exhala con pesadez.

—La señorita Foster ha escrito el artículo —indica señalando la carpeta.

—Genial —exclama Tristan con una sonrisa.

Lo coge y empieza a leerlo.

—Un seísmo no servirá —brama Jameson.

Tristan hace un mohín mientras lee.

—Pero es muy bueno —comenta.

«Mmm, definitivamente, me estoy pillando del hermano equivocado; el mío es idiota».

—Gracias —digo con una sonrisa falsa—. Con el debido respeto, Jameson, si le ponemos nombre al seísmo y decimos que se va a producir dentro de cuatro meses y que causará daños considerables, dará que hablar. Sin nombres que identificar, ni personas ni lugares. No sé de qué otra cosa podría haber escrito sin poner en peligro nuestra integridad.

—No hacemos esto para demostrar nuestra integridad —gruñe—, sino para ocultarla.

Me recuesto en la silla, molesta.

—Quiero que digas que el FBI está investigando un caso de asesinato. —Entorna los ojos con aire pensativo—. Invéntate un nombre y un asesinato falsos y di que están a punto de cerrarlo.

Me hierve la sangre.

—Si sabías lo que querías, ¿por qué no me lo dijiste ayer? —espeto—. Me pediste que escribiese sobre lo que me diese la gana y me he tirado cuatro horas escribiendo eso para vosotros.

Tristan esconde los labios para que no se le escape la sonrisa.

—Tengo cosas que hacer. Ya me diréis qué artículo publicamos al final —dice mientras se dirige a la puerta—. Gracias, Emily. Lo has hecho muy bien.

Y cierra.

Le lanzo una mirada asesina al idiota que tengo delante.

—A ver, ¿qué quieres que haga?

Me mira a los ojos con frialdad.

—Ya te dije ayer lo que quería que hicieses, pero no lo has hecho, ¿a que no?

Frunzo el ceño. ¿De qué habla? No entiendo nada.

No hace falta ser tan borde. Cojo la carpeta.

—Vale —espeto—. Redactaré un artículo falso sobre el falso asesinato de un falso director ejecutivo por parte de su falsa nueva empleada.

Me fulmina con la mirada.

—Con un hacha falsa —añado.

—Vale —replica con desprecio—. Pero asegúrate de que lleva una puta falda gris.

Se me desencaja la mandíbula. Está cabreado porque no me he puesto la ropa que me dijo.

¡Tendrá huevos el tío!

—No, no va a llevar una falda gris porque tú lo digas. Está desnuda porque se acaba de tirar al buenorro de su novio y justo después le ha cortado la polla al consentido de su jefe.

Pone mala cara.

Me levanto.

—Tendrás tu artículo a las cinco. Te lo enviaré por correo.

—No, me lo traerás en persona.

—Con el debido respeto, señor Miles —digo con una amable sonrisa—, no tengo ganas de volver a verlo hoy. Se lo llevaré a Tristan.

—Tú llévaselo a Tristan y ya verás lo que pasa —brama.

Me giro y salgo del despacho echando humo.

Será cabrón.

Son las cinco y media cuando tecleo la última palabra de mi artículo falso. Odio admitirlo, pero este es mejor que el anterior. Mis compis se han ido al bar, que es adonde voy yo. Se supone que tengo que llevarle el artículo al despacho, pero paso.

Que le den.

Hago clic en «enviar», apago el ordenador y recojo mis cosas.

Me suena el móvil y veo que aparece una J en la pantalla. Me guardé su número con la inicial por si me llamaba. Cuelgo y, consciente de que me está mirando, sonrío amablemente a la cámara.

No he roto con un egoísta para empezar a salir con otro.

Me llega un mensaje.

> Coge el puto teléfono.

Lo miro furiosa y contesto.

> No tenemos nada de que hablar.
> He acabado por hoy.
> Ya tienes tu artículo.
> Que te aproveche.

Su respuesta no se hace esperar.

> Es una llamada personal.

Qué asco de tío. Pongo los ojos en blanco y contesto.

Búscate a otra con falda gris para que te la chupe cuando y como quieras. No estoy interesada en el puesto.

Pongo el móvil en silencio, lo guardo en el bolso y sigo recogiendo.

Tomo el ascensor y bajo al vestíbulo, y me dirijo a la salida cuando veo a un guardia de seguridad al teléfono.

—Disculpe, señorita —me dice.

—¿Sí?

—Me han ordenado que le diga que espere aquí.

Mierda. Está de camino.

—Uy, no, no puedo. Lo siento. Dígale que lo siento —tartamudeo mientras lo rozo al pasar y salgo a la calle.

Doblo la esquina corriendo y, cuando dejo de ver al guardia, cruzo la calle y me meto en la cafetería en la que estuve ayer por la tarde para mirar desde aquí.

¿Qué querrá?

Me busco un sitio junto a la ventana y veo que Jameson sale como una exhalación y mira a un lado y a otro. Saca el móvil y llama a alguien. Me empieza a vibrar el móvil en el bolso.

Mierda. Voy a echar a perder esta oportunidad y me van a despedir.

¿Por eso han despedido a esa chica hoy? ¿Se acostaba con él y las cosas se pusieron feas? Mira a un lado y a otro y me vuelve a llamar. Dejo que suene.

Está que trina. Se abren las puertas de entrada y sale Tristan. Jameson le dice algo y Tristan se ríe.

¿Qué le habrá dicho?

Con el corazón a mil, veo que miran a un lado y a otro. Entonces, llega la limusina. Me vuelve a llamar y yo cierro los ojos. «Deja de llamarme».

Al fin, se meten en la limusina y se van. Desesperada, me paso la mano por la cara.

Su carácter y el mío son una mala combinación.

Sería mala idea juntarlos.

Una hora después

—¿A qué te refieres? —pregunta Molly con una mueca—. No lo entiendo.

—Es que vaya lío —digo, y suspiro.

—Volví a California, y como a Robbie le dio igual, corté con él. Pero no se lo he dicho a Jameson porque no quiero que piense que lo hice por él.

—Sí, si eso lo entiendo —dice—. Pero ¿por qué Jameson se ha portado como un imbécil?

—Porque Emily no se ha puesto la falda gris —interrumpe Aaron—. ¿No oyes o qué?

—Pero ¿por qué? —grita Molly—. Es que menuda tontería.

—Ya ves —exclamo con brusquedad.

—No es por la falda —explica Aaron mientras mastica—. Es cuestión de poder. Él quiere que ella haga lo que le pida.

Frunzo el ceño mientras escucho.

—¿Tú crees?

—Sigo sin pillarlo —dice Molly.

—Para él es algo simbólico. Quiere que se someta a él.

—Pues lo lleva claro —resoplo—. En serio, es idiota si cree que lo voy a hacer.

Molly pone los ojos en blanco.

—Me pide a mí que lleve una falda hecha de riñones y os digo yo que me la pongo —resopla mientras mira al infinito—. Hasta mataría a cincuenta hombres para conseguirlos.

Aaron se ríe entre dientes.

—¿Verdad que sí? Yo también. Creo que no hay nada que no haría por él —dice, y levanta las manos y añade—: Haría lo que fuese.

Pongo los ojos en blanco y nos quedamos un rato pensando.

—¿Sabes lo que haría si fuera tú? —dice Molly.

—¿Qué?

—Me pondría la falda gris mañana y pasaría de su culo.

La miro fijamente.

—Que sufra el muy cabrón.

—Eso —añade Aaron con una sonrisa de oreja a oreja—. Que vea cómo luces palmito.

Sonrío con suficiencia mientras me lo pienso.

—No es mala idea, eh.

Alzo la copa con una sonrisa.

—Por la operación «Guarrilla de oficina».

Molly sonríe al chocar su copa con la mía.

Esbozo una sonrisita sin dejar de mirarla.

—Que empiece el juego.

Entro en la oficina como una estrella de cine.

¿Piernas al aire? Hecho.

¿Sujetador de encaje blanco? Hecho.

¿Camisa de seda blanca? Hecho.

¿Coleta? Hecho.

¿Falda gris con una raja? Hecho, hecho y requetehecho.

—Buenos días —les digo a mis amigos con una sonrisa cuando llego a mi mesa.

Me miran y sonríen al ver que llevo el conjunto que me pidió Jameson. Aaron me guiña un ojo y vuelve a centrarse en la pantalla.

—¿Alguien quiere café? —pregunto.

—Yo, por favor —me dicen los dos.

Entro en la cocina seguida de Riccardo.

—Hola, guapa. Te estaba esperando.

Esbozo una sonrisa superfalsa. ¿Acaso hay un candidato mejor con el que fingir que coqueteo que el tío este?

—Hola —saludo con entusiasmo—. ¿Qué tal?

—Bien. —Mi entusiasmo lo hace sonreír—. Eh, perdón por meterte en un lío el otro día.

Sonrío y me toco la coleta.

—No te preocupes. Pero pásate a verme luego, ¿vale?

Los ojos le hacen chiribitas.

—Vale, trato hecho.

Vuelvo a mi mesa con tres cafés, abro el correo y me pongo a trabajar. Jameson me llamó seis veces anoche; no sé por qué.

No sé si quería disculparse o discutir, pero me niego a darle el gusto de cogerle el teléfono para que haga una cosa o la otra.

Voy a tener un buen día y no voy a pensar en Jameson Miles ni una vez.

Son las tres y la operación «Guarrilla de oficina» va viento en popa. Me he echado unas risas con todos los pringados del edificio. Ni siquiera sé si Jameson estará mirando, pero estoy a punto de subir la apuesta. Estoy de camino al despacho de Tristan para hablar del artículo que he escrito.

Se abren las puertas del ascensor y le sonrío amablemente a la recepcionista.

—Hola, vengo a ver a Tristan.

—Claro, un momento… —dice, frunciendo el ceño mientras intenta recordar mi nombre.

—Emily Foster.

—Eso, perdona. —Y por el interfono añade—: Tristan, Emily Foster ha venido a verte.

—Vale, que pase —dice alegremente.

—Ve a la sala de juntas principal, pero en vez de girar a la izquierda como si fueras al despacho de Jameson, tuerces a la derecha y cruzas el pasillo que hay en la otra punta.

—Gracias.

Hago lo que me ha dicho y me dirijo a la otra punta del edificio. Frunzo el ceño; hay cuatro puertas. Vacilo. ¿Qué puerta me ha dicho?

Mientras voy por el pasillo, veo una puerta abierta. Jameson está hablando con un hombre.

—Perdonen, ¿el despacho de Tristan? —pregunto.

La cara de Jameson es un poema.

—Al lado —contesta el otro hombre.

—Gracias —digo sonriendo amablemente.

Llamo a la puerta de Tristan.

—Pasa —dice.

Entro y cierro la puerta.

—Hola —saludo con una sonrisa.

—Hola, Emily. —Me sonríe con cariño mientras me señala la silla que hay delante de su mesa—. Toma asiento.

Nada más sentarme, me doy cuenta de que Tristan no me pone nada nerviosa. Ojalá estuviera igual con su hermano.

—Me preguntaba si has tenido un rato para leer el artículo que he escrito.

—Sí, sí. Me ha encantado. ¿Estás contenta tú también?

—Sí, creo que es mejor que el otro. No sé qué queréis que haga ahora.

Frunce el ceño.

—Tendremos que enviarlo como si te hubiese llegado a ti. ¿Has hablado con Jameson?

—Mmm…

Se abre la puerta y Jameson entra.

—Hola.

—Hablando del rey de Roma —dice Tristan con una sonrisa.

—Hola —saludo mientras vuelvo a dirigir la atención a Tristan.

Cuesta no mirar a Jameson cuando está en una habitación; se adueña de cualquier espacio.

Esto de hacerse la dura es más difícil de lo que parece.

—Emily ha venido a hablar del artículo que ha escrito.

—Ya veo.

Me mira y noto que una fuerza magnética me atrae hacia él.

—¿Estaba bien? —pregunto.

—Sí —musita mirándome a los ojos—. Muy bien.

—¿Lo enviamos como si le hubiese llegado a ella? —pregunta Tristan.

—Vale, sí —dice sin dejar de mirarme a los ojos.

Miro a uno y a otro.

—Vale. Lo mando y os digo qué pasa.

—Necesito que añadas una cosa. Está en mi ordenador. Ven y te la enseño —dice Jameson mirándome a los ojos.

Estoy de los nervios.

—Vale —accedo mientras me levanto.

Jameson extiende la mano.

—Las damas primero.

Me vuelvo hacia Tristan.

—Gracias. Adiós.

Tristan sonríe de oreja a oreja.

—Adiós. Que pases una buena tarde.

El fuego de la mirada de Jameson me quema el culo de camino a su despacho.

«Tú disimula. Nada de coqueteos ni tocamientos. Tú tranquila».

He venido a calentarle la polla. Ni más ni menos. Llegamos a su despacho y él abre la puerta. Paso por su lado y cierra con llave.

Me vuelvo hacia él, que se acerca a mí dolorosamente lento. Pone su cara a milímetros de la mía.

Nos miramos a los ojos y, sin mediar palabra, me coge de la coleta, se la enrolla en la mano y tira de ella.

—No pelees conmigo —musita, y acto seguido me lame los labios.

—No te portes como un imbécil —susurro.

Se inclina y me acaricia la pierna sin soltarme el pelo. Me lame el cuello, que estiro para él, y me coge del culo.

—Dime que ya no estás con el tío ese —me susurra al oído mientras me besa la oreja con ternura.

«Ah...». Esto no era lo que tenía en mente. Tendría que estar rechazándolo.

«Aborto misión...».

—Ya no estamos juntos —musito.

Se apodera de mis labios y me mete la lengua sin esfuerzo. Mis sentidos despiertan.

Lleva mi mano a su erección mientras pasamos a besarnos con frenesí. Me estampa contra la pared, me sube la falda y me mete los dedos por debajo de las bragas.

—Esta noche follamos —me dice con ojos oscuros.

Capítulo 7

—Jameson —susurro—. Compórtate.

Me bajo la falda.

Sonríe con la cara enterrada en mi cuello y me acerca más a él. Me roza los labios con los suyos mientras me acuna el rostro. Es un beso lento, largo y pausado, y, antes de darme cuenta, estoy de puntillas.

—¿Cenamos juntos? —musita.

—Mmm.

Sonrío mientras me acaricia la cara. Este beso no deja lugar a dudas. Es seductor, sensual y promete satisfacción sexual.

—¿A qué hora te recojo?

—Depende.

—¿De qué?

—De si te crees con derecho de decirme qué ponerme y qué hacer.

Sonríe con dulzura. El corazón me da un vuelco; no me ha sonreído así desde la noche que nos conocimos.

—Perdóname —susurra, y vuelve a besarme—. Solo quería que te pusieras mi conjunto favorito para mirarte embobado. —Se lanza a por mi cuello como si no pudiera contenerse—. No era mi intención ofenderte.

—¿Hace falta que seas tan borde conmigo? —susurro mientras me roza la mandíbula con los dientes.

—Así soy yo.

—El hombre que conocí en el avión era divertido y despreocupado.

Me sonríe mientras me aparta el pelo de la frente.

—Nuestro encuentro fue un lujo que no me he podido permitir nunca.

—¿Y eso?
—Tuve la oportunidad de ser anónimo.
Nos rozamos los labios y le acaricio la barba.
—¿Por qué aquí eres tan distinto? —susurro.
Se aparta de mí y se va a su mesa.
—Soy quien tengo que ser, Emily. Alguien divertido y despreocupado no puede dirigir un imperio con éxito.
Me quedo mirándolo con aire pensativo.
—Vale. En ese caso, supongo que debo declinar la invitación.
—¿Por?
—Porque yo quiero pasar la noche con Jim.
Me mira a los ojos.
—El director ejecutivo Jameson Miles no me interesa. Me importan un comino tu dinero o tu poder.
Se me queda mirando un buen rato, como si estuviera procesando lo que acabo de decir.
Me acerco a él y lo beso suavemente.
—Dile a Jim que me recoja a las siete —susurro, y le paso la lengua por los labios—. Lo echo mucho de menos.
Me mira con cariño.
—Veré qué puedo hacer.

Vuelvo a mi planta y me siento en mi silla.
—¿Cómo ha ido? —susurra Aaron sin dejar de teclear—. ¿Has hecho que suplique?
—Madre mía, se me da fatal lo de hacerme la dura —confieso, y suspiro.
—Como a todas —replica Molly con una sonrisita.
Enciendo el ordenador.
—Bueno, ¿qué? —susurra Aaron, que ha dejado de trabajar—. Cuenta.
—Saldremos a cenar esta noche —admito como si nada.
—Qué fuerte —susurra Molly, emocionada—. ¿Y qué te vas a poner?
—No sé —frunzo el ceño—. Algo muy *sexy*.

Me llevo la mano al corazón mientras intento que vaya más despacio. Miro el reloj que hay en la pared: las siete menos cinco.

Estará al caer.

Muevo las manos y paseo de un lado a otro.

—Tú tranquila. No te acuestes con él. Haz lo que quieras menos ponérselo fácil —me recuerdo en voz alta.

Vuelvo a mirarme en el espejo del baño y me retoco el pintalabios.

—Primero lo conoces y luego decides qué hacer en función de su personalidad y no de lo mucho que te pone.

Sonrío con suficiencia a la tonta que está hablando con su reflejo. Si su pene no fuera tan perfecto, no estaría pensando en eso. Entonces, ¿en qué pensaría?

Suena el móvil.

—Hola —contesto con el corazón latiendo con fuerza.

—Estoy abajo —susurra con voz grave y aterciopelada—. ¿Qué piso es?

—Ya bajo. Hasta ahora.

Vuelvo a mirarme en el espejo de cuerpo entero y me doy un último repaso. Llevo un vestido negro ajustado que me llega justo por debajo de las rodillas. Es de tirantes finos y enseña la espalda. Voy con tacones de aguja negros y bolsito a juego. Me he rizado el pelo como si fuera una estrella de Hollywood y me lo he recogido por un lado. Me he esmerado con el maquillaje: me he sombreado los ojos de color gris y me he pintado los labios de rojo fuerte.

Y, por supuesto, me he depilado hasta el último centímetro de piel… por si acaso.

Tomo el ascensor, y nada más llegar al vestíbulo, lo veo por el cristal de la puerta de entrada. Lleva una chaqueta deportiva azul marino, vaqueros azules y camiseta blanca. Parece salido de una revista.

Me quedo sin aire al verlo. Sonrío cuando se gira hacia mí.

—Hola —dice con una sonrisa.

—Hola.

Me mira de arriba abajo y me da la mano.

—Estás preciosa.

—Gracias —musito con una sonrisa tímida.

Nos miramos… y ahí está otra vez la electricidad que nos rodea cuando estamos solos.

—¿Qué quieres hacer? —pregunta, mirándome a los labios.

Sonrío. Este es Jim. Jameson no me preguntaría qué quiero hacer.

—¿No dijiste algo de un italiano?

Me besa lo justo como para ponerme de puntillas. Le rodeo el cuello con los brazos y nos quedamos mirándonos a los ojos en plena calle.

—Me pones mucho, Emily Foster —susurra.

Sonrío mientras le paso los dedos por el pelo.

—¿Te has recorrido la ciudad entera para liarte conmigo en plena calle? —pregunto en tono inocente.

—No —dice, y sonríe con suficiencia—. Pero ahora que estoy aquí, es lo único que me apetece hacer.

Nos besamos de nuevo, despacio, con ternura; mi excitación vuela más alto que un Boeing 747.

Noto su miembro en la barriga. Sonrío de oreja a oreja.

—¿Qué pasa?

—¿Él también viene? —pregunto.

Se ríe entre dientes.

—Es que le gusta dejarse caer si andas cerca.

—Yo no diría que se deja caer, precisamente.

Le brillan los ojos de un modo que no puedo explicar.

—Por aquí —dice y me toma de la mano.

—¿Vamos andando? —pregunto sorprendida.

—Me han traído. Luego vendrán a recogernos. Cogeremos un taxi para ir al restaurante.

—Vale.

Doblamos la esquina y nos subimos al taxi que para Jameson.

—A Waverly Place, por favor.

—Enseguida —dice el taxista, que se incorpora al tráfico.

—¿Cuánto llevas viviendo en Nueva York? —pregunto.

—Toda la vida.

—¿Tus padres viven aquí? —No me imagino creciendo en una ciudad como esta.

—Sí, pero estudié fuera.

—¿Dónde?

—En muchos sitios hasta acabar en Aspen.

Me quedo mirándolo. ¡Caramba!

—¿E ibas solo?

—No, iba con mis hermanos —dice, y me besa en el dorso de la mano con una sonrisa dulce.

Lo miro fijamente. Venimos de mundos muy diferentes. Ni siquiera entiendo cómo se ha criado.

—¿A qué viene esa cara? —pregunta.

—A mí ni siquiera me dejaban quedarme a dormir en casa de mis amigas.

—Mi familia siempre nos ha inculcado que seamos independientes.

Se me ocurre algo gracioso. Sonrío.

—¿Qué?

—Si llevas viviendo solo desde que tenías… —dejo la frase suspendida y espero a que conteste.

—Doce años.

—Debes de tener la inteligencia emocional de un nonagenario, ¿no?

Echa la cabeza hacia atrás y se ríe a carcajadas.

—El «debes» es la clave —dice. Y añade con ojos brillantes—: ¿Y tú?

—Mmm… —Frunzo el ceño con aire pensativo—. Emocionalmente, creo que tendría unos treinta años.

—¿Y físicamente? —pregunta con una sonrisita.

—Uy, dieciocho —digo, y me río—. No tengo mucha experiencia.

Me mira a los ojos; hay fuego en su mirada.

—¿Y tú? —susurro.

—Soy más de acciones que de palabras —dice con una sonrisa lenta y *sexy*—. Pero estaría encantado de hacerte una demostración.

Me entra la risa tonta mientras el taxi se detiene.

—No lo dudo.

Bajamos del taxi y a los dos minutos entramos de la mano en un restaurante llamado Babbo. Por fuera, da la sensación de que es un *minipub* inglés superbonito y pintoresco, pero por dentro es mucho más grande de lo que parece. El local es oscuro y sombrío, y las lámparas doradas crean ambiente. Hay jarrones gigantes con flores frescas por todas partes. Parece muy romántico.

—Hola, señor Miles —dice el hombre del mostrador con una sonrisa—. Por aquí, si son tan amables.

Jameson me coge de la mano y me lleva a un rincón. El camarero me retira la silla para que me siente.

—Gracias.

—¿Desean algo de beber para abrir el apetito?

—Sí —dice Jameson mientras examina detenidamente la carta de vinos—. ¿Tinto? —me pregunta.

—Me da igual —digo al tiempo que me encojo de hombros y sonrío nerviosa.

—Pues tráiganos una botella de la bodega de Henschke.

—Estupendo, señor. ¿Qué vino?

—Un Hill of Roses, por favor —contesta mientras cierra la carta.

El camarero desaparece y nos deja solos.

—Doy por hecho que sabes qué vino has pedido.

—Solo voy a restaurantes en los que tienen el vino que me gusta. Así que sí, supongo que entiendo de vino —dice mientras nos sirve agua a cada uno.

—Ya veo —digo, y con una sonrisita de superioridad añado—: Eres uno de esos.

Él sonríe.

—Puede.

Nos resistimos a dejar de mirarnos.

—No me creo que seas el puñetero jefe.

Se ríe entre dientes y apoya la cara en la mano.

—Pensaba que querías quedar con Jim esta noche.

—Sí, quería... Digo, quiero.

—¿Y qué hacemos hablando de jefes?

—No sé —digo con una sonrisita.

El camarero vuelve con la botella de vino. Sirve un chorrito en una copa. Jameson lo prueba.

—Está bien.

El camarero nos sirve a los dos y desaparece.

Jameson alza su copa y brindamos. Le doy un sorbo. Es suave, pero intenso.

—Mmm —musito, y comento—: Estoy impresionada.

—Tengo muy buen gusto —dice con una sonrisa. Se vuelve a poner serio y añade—: En todo.

Sonrío tímidamente; lo dice por mí.

—Háblame del último fin de semana —me pide.

—No hay mucho que contar.

—¿Rompiste con él?

—Se veía venir desde hacía tiempo.

—¿No eras feliz?

—No. Hacía meses que no.

—¿Cómo se llama? ¿A qué se dedica?

—No te voy a decir cómo se llama —espeto—. Es un empresario de éxito muy guapo —miento.

Por cómo bebe sin dejar de mirarme, sé que le ronda la cabeza otra cosa.

—¿Qué? —pregunto.

—¿Has pensado en mí?

—Sí —digo con una sonrisa dulce—. ¿Y tú?

—La verdad es que sí —dice mientras me mira a los ojos.

—¿Y qué has pensado?

Esboza una sonrisa lenta y *sexy*.

—¿Qué?

—No quieres saberlo.

—Claro que quiero —digo con una sonrisa—. Dime.

—He pensado que seguramente eres el mejor polvo que he echado en toda mi vida —dice mirándome a los labios.

Saltan chispas entre nosotros.

—Incluso ahora, cada vez que estoy en una habitación contigo, es como si mi cuerpo tuviera vida propia.

El tiempo se detiene mientras nos miramos.

Toma un sorbo de vino lentamente.

—Cuando te miro… solo pienso en una cosa —murmura—. No puedo evitarlo. Es casi primitivo.

¡Primitivo!

—Me está costando mucho controlarlo —susurra en tono amenazante.

Joder, este hombre es harina de otro costal, pero todas las señales me indican que huya lo más rápido que pueda. Si con una noche ya me marcó, ¿qué no harán dos?

Nos miramos a los ojos. Estoy muy caliente. De pronto, ya no me apetece hacerme la dura. Me da igual si no nos conocemos. Me dan igual los riesgos. Este hombre tiene algo que yo necesito, y lo voy a tomar sin pedir permiso, vaya que sí.

—Tendríamos que pedir —susurro.

Abre la carta con prisa.

—¿Qué quieres?

—Lo que tarde menos.

Una hora después, me arrastra de la mano.

—Tengo el coche aquí.

Se gira, me estrecha entre sus brazos y me besa con fiereza. Sonrío cerca de sus labios. La forma en que nos hemos reído y hemos hablado durante la cena de esta noche me ha recordado al Jim de la escala, al hombre del avión que estaba interesado en saberlo todo de mí y de mi vida. Como si él también hubiese sentido lo mismo, por poco nos liamos en mitad de un restaurante lleno de gente. No se equivoca: la atracción es enfermiza.

—Va, rápido —susurro cerca de sus labios.

Una cosa es salir a cenar con un hombre guapísimo, y otra es imaginarte debajo de la mesa chupándosela sin parar.

No sé si es porque me ha dicho que soy el mejor polvo que ha echado en toda su vida, pero… Bua, quiero sorprenderlo. Me muero por desnudarlo. Quiero volver a ser la chica que me hizo ser en Boston. La he echado de menos.

Doblamos la esquina y veo la limusina negra aparcada cerca del bordillo. Me detengo en seco.

—¿Qué pasa? —pregunta con el ceño fruncido.

—¿Ha venido la limusina?

—Sí. ¿Y?

Me quedo mirándolo un buen rato.

Pone los ojos en blanco y abre la puerta de atrás.

—Pasa.

Me subo y a los dos segundos ya estoy sentada a horcajadas encima de su regazo con el vestido por la cintura. La mampara está subida para darnos intimidad. La tiene dura. Me sujeta de las caderas y mueve mi sexo de un lado al otro sin dejar de besarme. Me toca el culo y luego la espalda de arriba abajo mientras yo voy a mi ritmo.

Se le oscurecen los ojos. Me mete los dedos por debajo de las bragas y me acaricia los pliegues.

—Joder —susurra—. Podría correrme solo de notar lo cachonda que estás.

Bajo más para que me los meta hasta el fondo. Se le relaja la mandíbula mientras me observa. No sé si me habrán echado pastillas en la bebida esta noche, pero antes de que me dé cuenta, estoy en el suelo desabrochándole los pantalones cual ninfómana.

Refunfuña cuando lo empujo y le separo las piernas con fuerza.

Nos miramos a los ojos mientras le chupo la puntita y saboreo el líquido preseminal que gotea del glande. Me acaricia la cara y yo me la meto hasta la garganta mientras él me aprieta el rostro.

—Joder —gruñe en un susurro mientras se le tensa la barriga—. Joder, Emily.

Muevo la mano con ganas y empiezan a darle espasmos. Se va a correr.

Quiero que se corra rápido, con fuerza; que se deje llevar. Quiero que esta noche sea mío.

Complacerlo me hace sentir realizada. Me gusta esta nueva faceta. Quiero ser así siempre.

—Emily —gruñe mientras me agarra del pelo—. Hemos llegado.

Coge la manija antes de que el chófer intente abrir.

Me siento como puedo y él se abrocha los pantalones. Estamos jadeando. Nos falta el aire.

¡Vaya! Este hombre me convierte en una salvaje.

Se vuelve hacia mí y sonríe con satisfacción mientras me peina.

—¿Qué tal si entramos?

Nos besamos con ternura sin dejar de mirarnos. Nos resistimos a despegarnos.

—Me alegro de volver a verte, Emily Foster —susurra.

Me humedezco los labios y me vuelvo a sentar a horcajadas encima de él.

—Me alegro de volver a saborearte, Jameson Miles —susurro mientras restriego mi sexo encima de él.

Me sujeta de las caderas para que me esté quieta.

—Para —me ordena—. Para, en serio.

—Quiero que te corras en tu coche —le susurro al oído, y acto seguido le doy un mordisco—. Fóllame aquí y ahora.

—Joder.

Me aparta y abre la puerta. El chófer agacha la cabeza como si no supiera qué estábamos haciendo aquí dentro.

—Gracias —dice Jameson mientras me ayuda a salir y entra resueltamente en el edificio.

Nos metemos en el ascensor y el empleado mantiene la vista al frente. Estoy jadeando y me palpita la entrepierna, que no deja de chorrear.

Debo de estar hecha un cuadro.

Los ojos de Jameson están oscuros mientras mira las puertas cerradas con fijeza.

Madre mía, lo necesito.

Se abren las puertas y me tira de la mano. Me hace caminar de espaldas a su casa sin dejar de besarme en los labios.

—¿No entramos así en la habitación la última vez? —pregunto con una sonrisa mientras me coge en brazos.

—Más o menos.

Me baja y miro a mi alrededor. No doy crédito.

—No veas, Jim —susurro, aturdida.

—¿Qué pasa? —inquiere, frunciendo el ceño.

—¿Esta es tu casa? —pregunto mientras contemplo la sala.

Se lanza a por mi cuello y me chupa y me lame la clavícula totalmente concentrado.

El apartamento es grande y moderno. Los ventanales llegan hasta el techo y se ven las luces de Nueva York desde cualquier ángulo. Las lámparas están colocadas estratégicamente para dar una sensación de confort. En mi vida he estado en un sitio más bonito… y más ajeno.

Los suelos son de parqué claro y los sofás y sillones están tapizados con cuero y terciopelo. En el salón hay una chimenea con un espejo bañado en oro encima y una alfombra antigua preciosa.

—Deja de mirar la casa y mírame a mí —exige cogiéndome de la cara para que lo mire.

Lo miro a los ojos.

—¿Qué pasa? —murmura.

—Tu casa.

—¿Qué pasa con mi casa?

—Vienes de un mundo muy diferente al mío —susurro.

—¿Y qué más da? —me dice con la mirada clavada en la mía—. Te deseo y tú me deseas a mí. ¿Qué importa el resto?

Pasamos a besarnos con desesperación cuando me estampa contra la pared y me arranca el vestido con un solo gesto. Le quito la chaqueta, la camiseta y le desabrocho los pantalones. Les da una patada.

Nos miramos fijamente. Los dos estamos en ropa interior, jadeando y deseando tener una unión más profunda.

Es como la mañana de Navidad… solo que mejor.

Lo siguiente que sé es que me lleva a rastras a su dormitorio y me tira en la cama. Me arranca la ropa interior. Me come con los ojos. No pierde detalle.

Y ahí está: la mirada ardiente de este hombre podría iluminar la tierra. Su forma de mirarme es algo que no he podido olvidar.

Hace que le rodee la cintura con las piernas y me la mete por entre mis pliegues hinchados.

Esboza una sonrisa *sexy* sin dejar de mirarme.

—Ya me acuerdo.

—¿De qué?

—De lo que significa la «F» de tu apellido.

—¿Y qué significa?

—Feladora profesional.

Me parto de risa.

—Ya no me acordaba.

—¿Cómo es posible que no te acuerdes? Tengo cada detalle de esa noche grabado a fuego en mi cabeza. —Me pasa un condón—. Pónmelo.

Le doy un besito en la punta y obedezco. Qué mandón es.

—¿Por ejemplo? —susurro.

Me tumbo y se me pone encima.

—Cómo me mirabas, el sabor de tu boca... —Me besa con más pasión—. Recuerdo cómo te aferrabas a mí con cada uno de tus músculos.

Le sonrío asombrada mientras le acaricio la barba. «Deja de ser tan maravilloso, por favor, o no podré lidiar bien con esto».

—Pero lo que más recuerdo es cómo me besabas.

Lo miro a los ojos.

—¿Cómo te besaba?

—Como si llevases toda la vida deseando hacerlo.

Me la mete más al fondo y noto una opresión en el pecho. Subo más las piernas.

—Puede que así fuera.

Nos miramos, él está dentro de mí y, aunque sé que esto solo es sexo y que no significa nada, da la sensación de que estamos compartiendo un momento íntimo y especial... Más íntimo y especial de lo que debería ser.

«Piensas demasiado. Basta».

—¿Vas a seguir de cháchara o me vas a follar ya? —le chincho para relajar el ambiente.

Se ríe entre dientes, la saca y, cuando me la vuelve a meter lo hace tan fuerte que me deja sin aire. Grito.

Ay, madre. Creo que acabo de despertar a la bestia.

Me la mete con las rodillas bien separadas, cada vez más fuerte, y con cada embestida me sube un poco más las piernas y me las separa.

Se queda quieto y me la mete más adentro. Echo la cabeza hacia atrás y dejo de pensar con claridad.

—Dios —gimoteo mientras me roza el cuello con los dientes—. Qué gusto.

Sigue haciendo eso tan rico y dibuja círculos con el pulgar en mi clítoris. Empiezo a temblar, y él me acaricia la cara y la acerca a la suya.

Nos miramos a los ojos mientras me arqueo y me retuerzo debajo de él.

—Mírame mientras te corres con mi polla dentro —ordena y se pone mis piernas en los hombros.

El cambio de postura hace que entre más. Convulsiono al ritmo de sus embestidas. Me la mete a toda velocidad. Lo agarro de los brazos y lo miro fijamente.

—Joder, sí —gruñe—. Joder... Joder...

Echa la cabeza hacia atrás y pega un grito cuando noto el inconfundible tirón y eyacula dentro de mí.

Estamos sudados. Se inclina y me da un beso tierno en los labios.

El corazón me late como loco mientras miro al techo, sin aliento. Descansa la cabeza en mi cuello y me recorre la clavícula con los labios.

¿Qué diantres ha sido eso? Eso no ha sido sexo; eso ha sido el apocalipsis.

Estoy acabada.

Me despierto y está oscuro. Las luces de la ciudad de Nueva York iluminan la estancia. Es tarde... o temprano. Serán las tres o las cuatro de la mañana. No cerramos las cortinas antes de irnos a la cama.

Vaya noche.

Nos devoramos el uno al otro; no dejamos ni las migas.

Lo miro fijamente mientras duerme bocarriba, exhausto. No sé lo que somos, pero sí sé que él es mi alma gemela en la cama... Si es que eso existe. Nos volvemos salvajes; no nos cansamos del otro.

No nos saciábamos. Si se despertase ahora, me pondría cachonda al instante, y sé que él también.

Tiene razón, esto es primitivo.

Tengo sed, así que salgo de la cama, me pongo su bata a toda prisa y voy a la cocina a por agua. Dejamos las lámparas encendidas, por lo que hay algo de luz. Ni siquiera recuerdo llegar al dormitorio.

Encuentro un vaso, me sirvo agua de la nevera y, cuando miro a mi alrededor, me quedo a cuadros. ¿Qué clase de cocina es esta? Si parece un restaurante.

Vuelvo al salón y observo la ciudad que hay mucho más abajo.

Miro el apartamento sin dar crédito. Aquí hay dinero.

Mucho dinero.

Solo el dormitorio ya es como mi casa entera. ¿Cuánto costará vivir aquí? Está toda la ropa tirada por el suelo. La recojo, la doblo y la dejo en la mesa de centro. Veo una luz en el suelo.

Frunzo el ceño y me agacho para coger el móvil de Jameson. Se le habrá caído del bolsillo mientras nos desnudábamos. Un mensaje ilumina la pantalla y aparece el nombre de Chloe.

> ¿Dónde estás?
> ¿Se ha alargado la reunión?

Me quedo mirando el móvil.

¿Quién es Chloe?

Jameson

Me despierto con el sonido del despertador y me estiro con una sonrisa. Estoy satisfecho y somnoliento.

Relajado por primera vez en mucho tiempo.

Qué noche… y qué mujer.

Me estiro para tocar a Emily y frunzo el ceño cuando reparo en que no está aquí. Estará en el lavabo. Duermo veinte minutos más y, cuando veo que no vuelve, me levanto.

—¿Emily? —la llamo mientras voy al baño.

No hay nadie.

Voy al salón.

—¿Emily? —grito.

Silencio.

—¿Dónde estará?

Miro a mi alrededor y veo que mi ropa está en la mesa de centro, doblada, pero que la suya… no está.

—¿Emily? —grito mientras doy una vuelta sobre mí mismo—. ¿Emily?

Aprieto la mandíbula, cada vez más furioso. La llamo al móvil cegado por la ira. El corazón me retumba. La adrenalina me corre por las venas.

—Hola —dice.

—¿Dónde demonios estás? —pregunto con desesperación.

Capítulo 8

Jameson

—Tenía que irme —tartamudea.

—¿Por?

—Porque quería estar temprano en la oficina.

—¿Y no se te ha ocurrido despertarme? —espeto—. Me sacas de mis casillas.

—Ahora no me vengas con tonterías. Me iré cuando me dé la gana.

Y cuelga.

Inhalo bruscamente. A mí no me cuelga nadie.

¡Nadie!

Aprieto la mandíbula y lanzo el móvil al sofá. ¡Qué mujer más desesperante, joder!

Entro en mi despacho, enciendo el portátil y me dispongo a mirar las grabaciones de la cámara de seguridad. Me siento mientras espero a que se carguen. Aparece una imagen de la puerta principal. Rebobino y veo cómo la cinta retrocede a toda pastilla. Cuando localizo a Emily, paro la grabación. ¿Qué hora era?

Las 3:58.

Conque tenía que estar temprano en la oficina, ¿eh?

¡Y una mierda!

Ha esperado a que me durmiera para salir por patas. Me reclino en la silla, estoy cada vez más enfadado.

—No sé a qué juegas, Emily Foster, pero no te lo permitiré. Si estás conmigo, estás conmigo. Y harás lo que yo te diga.

Cierro el portátil de un manotazo y subo las escaleras hecho una furia.

Si buscaba pelea, la ha encontrado.

Una hora después, salgo del edificio y me dirijo a mi limusina.

—Buenos días, señor Miles —saluda Alan con una sonrisa mientras me abre la puerta.

—Buenos días —digo al entrar.

Como de costumbre, hay un montón de periódicos apilados junto a mi asiento. Cojo mi café y emprendo el ritual de todas las mañanas. Se tardan cuarenta minutos en recorrer los veinte kilómetros que me separan de Miles Media, así que aprovecho ese tiempo para estudiar a la competencia. Hojeo la pila y elijo la *Gazette,* nuestro rival más acérrimo, y me fijo en la portada.

—El formato es horrible —murmuro por lo bajo mientras lo abro.

Leo las dos primeras páginas, y entonces llego a la tercera.

ÚLTIMA HORA

El Departamento de Policía de la Ciudad de Nueva York ha cerrado una investigación de alto secreto

En un principio, se creía que el asesino era un hombre al que la policía había apodado como Cara de Piedra, y al cual se le atribuyen más de 85 robos en viviendas en Brooklyn (Nueva York).

Pero tras los resultados de las pruebas de ADN, los investigadores ahora creen que quien cometió los crímenes fue el sospechoso conocido en otras regiones del país como el Asesino de la Cinta Roja.

«Así pues, concluimos que Cara de Piedra y el Asesino de la Cinta Roja son la misma persona», ha declarado Matthew Price, fiscal de distrito del condado de Brooklyn.

> Se busca a Cara de Piedra después de que la policía comprobase que su ADN estaba registrado en una página web de genealogía.
>
> Se le acusa de matar a cinco personas y violar a cuarenta y cinco en lo que la policía describe como «una oleada de delitos premeditados».
>
> Su apodo, el Asesino de la Cinta Roja, se debe a que siempre ata una cinta roja al cuello de sus víctimas después de matarlas.
>
> La policía ha localizado su paradero y se espera que lo detengan hoy mismo.

—Me cago en la puta.

Es la historia de Emily, solo que con otras palabras. Saco el móvil y llamo a Tristan. Me hierve la sangre.

—Hola.

—Página tres de la *Gazette* —espeto.

—Estás de coña.

—No.

—Joder —suspira—. Ahora nos vemos.

Cuelgo y me vibra el móvil. El nombre «Chloe» ilumina la pantalla. Rechazo la llamada.

Doy un sorbo al café y miro por la ventanilla, cada vez más asqueado. Que te engañen es una cosa, pero ¿que uno de tus propios empleados te traicione? Eso ya es otro nivel.

Cuando pille al responsable de esto, me las va a pagar con creces.

Media hora después, estoy en mi despacho con tres de mis personas favoritas. Mis hermanos.

—Hola —digo con una sonrisa de suficiencia—. Madre mía, estáis más feos que la última vez que os vi. No creía que fuera posible.

Se ríen entre dientes y nos abrazamos. Echo de menos a mis hermanos. Su puesto en la empresa les exige vivir en el Reino Unido; trabajan en las oficinas de Londres. Solo los veo una vez al mes, cuando viajo allí, igual que Tristan. Aunque él pasa más tiempo allí, por lo que está más con ellos.

Estampo la *Gazette* en mi mesa.

—¿Qué narices es esto?

—Joder —susurra Tristan mientras los tres se sientan en la mesa de juntas.

—¿Qué pasa aquí? —estalla Elliot—. Estoy alucinando.

Suspiro con pesadez.

—Tenemos una nueva empleada, Emily Foster.

Tristan esboza una sonrisita y yo pongo los ojos en blanco.

—¿Y? —pregunta Christopher.

—Publicó un artículo en su segundo día de trabajo, pero la fuente no estaba segura del nombre del sospechoso, así que puso uno provisional en el momento y pensó en comprobarlo cuando volviese a la oficina.

Fruncen el ceño mientras escuchan.

—Pero se le pasó.

—Joder, qué inútil —dice Elliot, que pone los ojos en blanco.

—No —dice Tristan—. Parece brujería. La *Gazette* publicó exactamente el mismo artículo al día siguiente... Y con el nombre erróneo.

Elliot y Christopher fruncen el ceño mientras escuchan.

—¿Cómo os habéis enterado? —pregunta Christopher.

—Nos conocimos hace un tiempo.

Y lo dejo ahí para no entrar en detalles.

—¿Sabéis quién es? —dice Tristan con una sonrisita.

—¿Quién? —pregunta Elliot, mirándonos alternativamente.

—¿Os acordáis del chupetón enorme que tuvo Jay hace tiempo?

Les cambia la cara.

—Venga ya.

Elliot se pellizca el puente de la nariz.

—Madre mía, no me digas más —dice, y se ríe a carcajadas—. ¿Cómo lo llamaste? La escala de la vergüenza.

—Tuve que ir con cuello alto dos putas semanas —digo, y suspiro indignado.

—¿Os acordáis de la cena solidaria que organizó mamá? —dice Tristan, que echa la cabeza hacia atrás y se ríe—. Y tú con el chupetón más grande que se haya visto jamás. —Se ríe solo de recordarlo—. Te pasaste toda la noche escondiéndote de mamá y tapándote el cuello. Qué risa, tío.

—Qué vergüenza. —Me estremezco solo de recordarlo—. Bueno, volvamos a lo que nos ocupa. —Fulmino a Tristan con la mirada por sacar el tema—. Emily, ese es su nombre, consiguió un trabajo aquí sin que yo lo supiera. Empezó hace tres semanas. Tuvo el percance con el nombre y me dijo que sospechaba que había gato encerrado. El mismo nombre erróneo no podía ser una coincidencia. —Miro a mis hermanos—. Están vendiendo nuestros artículos en el mercado negro.

—Me cago en la puta —dice Elliot.

—Los precios de nuestras acciones están cayendo porque ya no publicamos exclusivas.

Elliot niega con la cabeza en señal de frustración.

—Porque los periodistas a los que pagamos trabajan para la competencia —dice Tristan.

—Lo hemos comprobado esta semana. Le pedimos a Emily que escribiera un artículo falso y que lo enviara como siempre, y *voilà*. —Le doy un golpecito al periódico con los dedos—. He aquí la prueba. Página tres de la *Gazette*.

Miran el periódico con aire meditabundo.

—¿Y qué hacemos?

—Yo los echaría a todos —espeto.

—No, hay que hacerlo bien. Hay cien personas en esa planta, sin contar a los de informática y mensajería.

Los chicos se ponen a hablar de las opciones que tenemos.

—Dile a Richard del bufete que venga —pido por el interfono.

—Enseguida, señor.

—¿Y si Emily escribe otro artículo y lo seguimos más de cerca? —propone Elliot.

—No —digo, tajante—. No quiero volver a meterla en esto. No la quiero aquí.

Tristan esboza una sonrisita.

—Te voy a borrar esa sonrisa de la cara a golpes —le suelto.

—¿Te da miedo que te haga otro chupetón? —dice Elliot en broma—. Debe de ser muy buena chupando.

Todos se ríen.

Lo fulmino con la mirada.

—Corta el rollo. No estoy de humor hoy.

Llaman a la puerta.

—Adelante. —Richard entra—. Siéntate, por favor.

—¿En qué puedo ayudaros? —pregunta con una sonrisa.

—Tenemos motivos para creer que alguien de la sección de actualidad está vendiendo nuestros artículos a la competencia. ¿Cómo podemos enfrentarnos a esto de manera legal?

Richard frunce el ceño mientras nos mira.

—¿Estás seguro?

—Sí.

—Vale —exhala con aire pensativo—. Tienes que contratar los servicios de una agencia de investigación corporativa.

—¿Qué hacen? —pregunto.

—Se centran sobre todo en los negocios: comprueban que tus socios sean de fiar o que los acuerdos sean legítimos, investigan si pierdes o te roban información confidencial, calculan la probabilidad de que tu reputación esté dañada, cosas así.

—No —digo mientras me pongo en pie—. No quiero tener a alguien ajeno a la empresa husmeando por aquí. ¿Y si sale a la luz? Será peor para nuestra reputación.

—Con el debido respeto, Jameson, no veo que tengas alternativa —señala Richard.

—¿Conoces alguna agencia de esas? —pregunta Tristan.

—No. Pero puedo enterarme de quién contrata sus servicios.

—No me convence.

—Son profesionales. Se encargan de estas cosas a diario. Ni te enterarás de que están aquí —prosigue Richard.

—¿Cómo trabajan?

—Normalmente se hacen pasar por empleados para investigar sin levantar sospechas.

Pongo los ojos en blanco en señal de fastidio.

—Qué chorrada. Esto no es un capítulo de *MacGyver*.

Miro a mis hermanos y sé que no tengo alternativa. Admitámoslo, no hay otra forma de solucionar esto.

—De acuerdo.

Emily

Una hora antes

Me abro paso entre la multitud a marchas forzadas. No me acostumbraré nunca a que haya tanta gente en la acera, da igual cuánto tiempo viva aquí. Estoy agotada. Me he pasado la mitad de la noche acostándome con Jameson, pero no he vuelto a dormir desde que me fui de su casa a las cuatro. Qué pesadilla todo esto. ¿Y quién será Chloe?

Pido mi café helado y, mientras espero, compro la *Gazette* en el quiosco. La leeré durante el almuerzo. Me pregunto si tendrán alguna vacante porque creo que tendré que buscarme otro trabajo pronto. No puedo evitar pensar en Jameson. ¿Por qué siempre falla algo con los hombres que me gustan? Si fuese un tío normal, con una casa normal, un coche normal y sin mujeres escribiéndole por la noche, sería perfecto. En todos los sentidos.

Cierro los ojos y recuerdo cuando hicimos el amor anoche y nos besamos durante horas, y me invade la tristeza.

Detesto que conectemos tan bien a nivel físico.

«Solo es sexo, tonta». Un sexo que te llega al alma, que te deja sin palabras y que hace que te retuerzas de placer.

Supongo que Jameson Miles disfruta de eso con todas las mujeres con las que se acuesta. A los tíos les pasa eso.

Uf. Tomo mi café y, abatida, me dirijo a la oficina. No quiero pensar en él hoy, y mucho menos voy a contarle que sé lo de Chloe.

Sea quien sea.

Solo sé que si alguien te escribe en mitad de la noche para preguntarte dónde estás, ahí pasa algo. Pues todo suyo. Que se lo quede.

Seré muchas cosas, pero nunca robaré un novio.

¿Será posible? ¿Cómo se atreve a usarme para tener sexo? Noto el amargo sabor de la traición en los labios. Parecerá que soy valiente y todo lo que queráis, pero la verdad es que estoy molesta. Lo de anoche fue perfecto, más que perfecto, y luego tuvo que estropearlo todo.

Pensaba que estaba pasando la noche con Jim, pero en realidad no era otro que Jameson Miles. ¿Cómo no me di cuenta?

Subo a mi planta con fatiga y, derrotada, me desplomo en mi silla.

—Hola —digo.

—Eh —dice Aaron, que se gira hacia mí—. ¿Cómo ha ido?

Echo un vistazo a la cámara. ¿Estará mirando ahora?

—Bien —miento—. Esta noche tomamos algo y os cuento.

—¿Y qué vamos a tomar?

—Todo lo que se nos ponga por delante.

Le cambia la cara.

—Ah, a eso te referías con «bien».

—A eso mismo —mascullo sin emoción en la voz.

—¿Qué pasa aquí hoy? —susurra Aaron.

—¿A qué te refieres? —pregunto, mirando arriba.

—Tristan va todo el rato de acá para allá, y Jameson ha venido aquí y todo.

—¿Qué hora es? —Miro el reloj—. Solo son las nueve menos cuarto. Nunca vienen por aquí tan temprano.

—Ya.

—Mmm... —Veo que Tristan está hablando con la jefa de planta. Diría que parece serio—. ¿Crees que pasa algo?

—No lo sé. ¿Cabreaste al señor J anoche?

Sonrío con suficiencia.

—A lo mejor está montando un pollo ahí arriba.

—Es muy probable que me echen —digo alegremente mientras enciendo el ordenador.

Bien. Ojalá esté enfadado.

Dos horas después, alzo la vista y veo a dos hombres que no había visto nunca.

—¿Y esos? —susurro.

Molly los mira y le cambia la cara.

—Madre mía, gracias, Señor.

—¿Eh? —inquiero, frunciendo el ceño.

—Son Elliot y Christopher Miles. Vienen desde el Reino Unido. Habrá junta esta semana o algo así.

—¿Son los hermanos de Jameson? —pregunto con los ojos muy abiertos.

Sonríe distraída sin dejar de mirarlos.

—Sí. —Observa a Aaron, que también los mira descaradamente—. Me pido a Elliot.

—Perfecto, porque yo me pido a Christopher —susurra al instante.

—Organízanos una cita con ellos, por favor —susurra Molly.

—Vale, pero nos vamos turnando —añade Aaron—. Que yo los quiero a todos. No puedo elegir.

—¿Te imaginas? —murmura Molly—. Me pongo roja solo de pensarlo. —Se abanica la cara con su carpeta de papel manila sin dejar de observar a los hermanos—. Imagínatelos a todos en la cama turnándose tu cuerpo.

Pongo los ojos en blanco, asqueada.

—Yo creo que los estáis sobrevalorando.

Qué va. Miento como una bellaca. Pelo oscuro, altos, corpulentos, mandíbulas cuadradas y trajes de diseño propios de un *playboy*. Derrochan poder y belleza por los cuatro costados. Idiotas.

Jameson no ha venido a verme hoy. No he sabido nada de él y, siendo realistas, lo más seguro es que esté dándose el lote con Chloe en el sofá de su despacho mientras hablamos.

¿Cómo he podido ser tan tonta?

16:30

—Madre mía, ¿habéis leído el artículo de la *Gazette?* —dice Molly.

—No, ¿por?

—El Asesino de la Cinta Roja. Tengo miedo de coger el metro luego.

Me giro de inmediato.

—¿Cómo?

—Es uno de los artículos destacados de hoy. Lo estaba leyendo ahora en la web.

—Estás de coña, ¿no?

Busco el artículo en su página web y, efectivamente, ahí está, casi palabra por palabra... Mis palabras.

Horrorizada, me tapo la boca. Leo.

Ay, Dios, por eso han venido todos hoy; están haciendo control de daños.

Me quedo mirando la pantalla. Lo veo y no me lo creo. Echo un vistazo a mis compañeros. Se los ve tan tranquilos y profesionales a todos... ¿Quién habrá sido?

Ladrón de mierda.

—Tengo que ir a ver a alguien. Ahora vuelvo.

Tomo el ascensor casi corriendo y subo a la última planta. ¿Por qué no me ha dicho nada?

—Hola —digo mientras llego a recepción.

—Lo siento, pero ahora mismo está ocupado —dice la recepcionista.

—Me da igual.

Me dirijo al despacho de Jameson hecha un basilisco y llamo a la puerta.

—¿Sí? —brama.

Abro la puerta y lo veo sentado detrás de su mesa. Me mira a los ojos.

—¿Qué pasa? —me pregunta con frialdad.

Entro y cierro la puerta.

—He visto el artículo.

—¿Y?

—¿Por qué no me lo has dicho? Es mi artículo. Pensaba que al menos me lo dirías.

—Señorita Foster —dice con la mandíbula apretada, como si fuese una molestia para él—. No tengo tiempo para sus jueguecitos.

—¿Y eso qué significa?

—Significa que estoy muy ocupado —replica, y vuelve a teclear.

Me quedo mirándolo un momento. ¿Cómo?

—Cierre la puerta al salir.

Tendrá huevos. Se acuesta conmigo mientras sale con otra y tiene la osadía de tratarme así. Algo explota dentro de mí.

—¿Quién te crees que eres?

—Ya estamos otra vez —masculla por lo bajo.

—¿Qué? —grito indignada—. ¿Cómo que «ya estamos otra vez»? ¿Lo dices en serio?

Apoya la barbilla en la mano mientras me fulmina con la mirada.

—¿Y lo de anoche, qué? ¿Eh? —grito. Saltan todas las alarmas. Esto es lo peor que podría hacer, pero estoy desatada—. ¿Estás saliendo con otra? —tartamudeo—. ¿Quién es Chloe, Jameson?

Alza las cejas, se levanta y va hacia la puerta.

—Fuera.

—¿Cómo? —estallo, incrédula—. ¿Me estás echando?

—Estoy siendo profesional. Le sugiero que haga lo mismo —me dice mirándome de cerca.

—¿Sabes qué te digo? —susurro llorando de la rabia—. Que te vayas a la mierda.

Me mira furioso.

—No es que sea asunto tuyo, pero Chloe es mi masajista. Había quedado con ella anoche, pero no estuve en casa. Recibí sus mensajes horas después.

Lo miro con el corazón a mil.

—No vuelvas a fisgonearme el móvil en tu vida —masculla con desprecio mientras me da la espalda y vuelve a su mesa.

Lo miro con lágrimas en los ojos. Siento que... me ha utilizado.

—Pensaba que teníamos algo.

—Y yo —dice mirándome a los ojos con frialdad—. Pero te lo has cargado largándote como una cría esta noche.

Vuelve a centrarse en el ordenador.

—¿Te acuestas con tu masajista?

Me mira a los ojos.

—No es asunto tuyo. Ahora vete.

Capítulo 9

Salgo en tromba de su despacho, cruzo el pasillo y voy directa al baño de mujeres. Entro en el lavabo con ímpetu, me siento y me llevo las manos a la cabeza.

Estoy profundamente avergonzada. He perdido el control y me he puesto en evidencia. «Qué imbécil soy».

Oigo cómo me late el corazón. Estoy tan enfadada que no veo con claridad. Me vienen a la mente sus palabras: «Pero te lo has cargado largándote como una cría esta noche».

Buf.

Me caen lágrimas de la rabia, pero me las limpio nada más notarlas.

«No llores por él». Ni siquiera estoy molesta; estoy enfadada. Tengo que bajar sin que nadie me vea.

¿Y por qué estoy llorando?

Sé por qué. Porque necesito dormir y merezco que me traten mejor, por eso. Idiota. ¿Quién narices se cree que es?

Cuanto más tiempo esté aquí, peor. Me preparo para pasar por recepción: me lavo la cara, me seco los ojos y relajo los hombros.

«Estoy bien, muy bien, perfectamente. Jameson Miles no me afecta en absoluto». Salgo del baño y veo a Tristan doblando la esquina. Se le descompone el gesto cuando me ve.

—¿Emily? —pregunta con el ceño fruncido—. ¿Estás bien?

—Claro.

Paso por su lado echando humo.

—Ha tenido un mal día —me grita mientras me alejo.

Se me vuelven a humedecer los ojos.

«Ya... Pues yo también».

—¿Dónde estabas? —me pregunta Molly cuando vuelvo a mi mesa.

—He ido a ver a Riccardo —miento.

—A ver, ¿dónde os apetece ir esta noche?

—Ah. —Me estremezco. No se me ocurre nada peor—. En otra ocasión, chicos, lo siento. Necesito dormir.

—Pero queremos oír los detalles jugosos.

—Ah, eso… —Se me parte el alma. No quiero que sepan que soy la mayor pringada del mundo—. Al final no nos vimos. Me dejó plantada.

—¿Cómo? —pregunta Aaron con los ojos como platos.

—Da igual. Paso —digo, y me encojo de hombros como si nada.

Ojalá no les hubiese hablado de él.

—Vale, no pasa nada. Total, tengo que ahorrar —dice Aaron, que suspira mientras apaga el ordenador.

—¿Vienes? —me pregunta Molly.

—Tengo que acabar una cosa.

Enciendo otra vez el ordenador. Lo último que quiero es darle motivos para que me despida. Acabo el trabajo y, por fin, una hora después, apago el ordenador y bajo.

Salgo por la entrada principal y veo la limusina negra aparcada junto al bordillo.

Mierda.

Miro a mi alrededor, nerviosa. ¿Estará dentro? Joder, no quiero verlo. Cruzo la calle a toda prisa y me meto en mi refugio: la cafetería. Pido una bebida y me siento junto a la ventana.

Estupendo… Me paso la mano por la cara. En serio, ¿ahora qué? Esto es lo último que necesito.

—Ten —me dice el camarero con una sonrisa mientras me sirve mi té helado.

—Gracias.

Veo al chófer apoyado en la limusina y me acuerdo de anoche, cuando estaba de rodillas y él intentó abrir la puerta sin éxito porque el seguro estaba echado. Me pregunto cuánto llevará trabajando para él, cuánto habrá visto. Contesta al teléfono, se sube al coche y se va.

¿Eh? ¿Y Jameson? ¿Ya estaba dentro? ¿Por qué se ha ido?

Qué raro...

Las puertas de la entrada se abren y sale un grupo de hombres. Mierda, son ellos. Me tapo la cara con el menú y miro a escondidas.

Tristan, Elliot, Christopher, Jameson... y la rubia que estaba con Tristan la otra tarde. Es muy moderna y parece modelo por cómo va vestida. Los chicos se parecen mucho. Elliot es el que más se parece a Jameson por el pelo negro y los ojos, penetrantes y azules. En cambio, Christopher se parece más a Tristan porque ambos tienen el pelo más claro y rizado. Hablan mientras caminan. Jameson dice algo con una cara muy seria y todos se ríen a carcajadas.

¿Qué habrá dicho?

Doblan la esquina. Elliot le pone la mano en la espalda a Jameson con cariño. Hablan muy concentrados. Siguen caminando hasta que llegan a un bar de copas.

Me pellizco el puente de la nariz y cierro los ojos. Suspiro, triste.

Uf, a ver si el día se acaba pronto.

Es asombroso lo que hacen un fin de semana y un sueño reparador. El lunes entro en la oficina como la mujer más poderosa del mundo.

—Buenos días —me dice el guardia de seguridad con una sonrisa mientras paso por los controles de seguridad.

—Buenos días —respondo con una sonrisa—. ¿Verdad que hace un día precioso?

—Espléndido —contesta, y me guiña el ojo al pasar.

Que le den a Jameson Miles.

Sí, ¿qué pasa? Nos acostamos. Sí, ¿y qué? Estuvo bien. Pero ¿sabéis qué? Que me da igual.

No voy a permitir que empañe mi visión de Nueva York. Vine aquí para empezar una vida nueva y emocionante y, si soy sincera, las tres primeras semanas han sido alucinantes… Bueno, salvo la última. Pero voy a borrarla de mi mente, así que, técnicamente, no cuenta.

Pasaré página. Seguro que cuando eche la vista atrás dentro de un año me reiré y todo.

Llego a mi planta y me encuentro a Ava hablando con su amiga Renee cerca del ascensor.

—Hola.

—Hola —me dice Ava con una sonrisa—. ¿Qué tal?

—Bien. Muy bien, en realidad. ¿De qué hablabais?

—Estábamos decidiendo a dónde ir este fin de semana.

—Ah.

—Ven de fiesta con nosotras —me propone Ava.

—¿En serio?

—Claro. Ya verás lo bien que te lo vas a pasar.

—Pues ¿sabes qué te digo? Que me apunto —añado con una sonrisa.

—Genial. —Se guarda mi número en el móvil—. Normalmente quedamos los sábados a las ocho o las nueve.

—¿Para cenar primero? —pregunto.

—No —dice con una sonrisita de suficiencia—. Nos comemos unos macarrones con queso antes de salir y luego compramos bebidas supercaras. Prioridades.

Me río.

—Vale, me parece bien.

Me dirijo a mi mesa y veo que Aaron ya está trabajando.

—Hola.

—Hola —musita con tristeza.

—¿Qué pasa? —inquiero mientras me siento.

—Me volvió a dejar tirado anoche —dice y suspira—. Me estoy hartando ya.

—¿Se lo has dicho? —pregunto.

—No, o está trabajando o tiene cosas que hacer o me da una razón de peso. A lo mejor estoy viendo problemas donde no los hay.

—Es posible —comento—. Bueno, supongo que te alegrará saber que hoy estoy de mejor humor.

—¿En serio? —dice con una sonrisita—. ¿Cuál es tu secreto?

—Dormir —contesto—. Y la semana que viene, voy a empezar a ir al gimnasio de la tercera planta. ¿Te apuntas?

—Puede —dice con aire pensativo.

—Nos viciamos al *fitness* y nos ponemos buenorros.

Se ríe entre dientes.

—Venga, vale. ¿Te has chutado algo?

—El viernes fue un día de mierda, así que me he propuesto cambiar de actitud.

—Me alegro por ti.

Poco después llega Molly y deja el bolso encima de la mesa haciendo ruido.

—¿Alguno de vosotros quiere un niño?

Me entra la risa tonta.

—¿Qué ha hecho ahora?

—Uf. —Se desploma en la silla—. Os acordáis de que pillaron a Brad escribiéndose con la chica esa, ¿no? Pues le quité el móvil porque su padre no lo iba a hacer.

—Ajá.

—Vale, pues se enfadó, pero no tanto como cabría esperar.

—¿A qué te refieres?

—A que no me atosigó para que se lo devolviese, que sería lo normal, y encima se quiso acostar temprano.

Frunzo el ceño mientras escucho.

—Me olía a chamusquina, así que fui a ver si el móvil seguía donde lo había escondido, y así era. Y entonces se me ocurrió ver si aún tenía la tarjeta SIM.

Aaron, que ya sabe por dónde van los tiros, se ríe entre dientes.

—El muy granuja había sacado la SIM y se la había puesto a un móvil antiguo.

—Vaya.

—Entro en su cuarto sin llamar y, como era de esperar, está con el móvil. Lo esconde debajo de las sábanas. Se lo quito y me encierro en el baño para mirárselo. Empieza a aporrear la puerta, lo cual me dice que hay algo que no quiere que vea.

Abro los ojos como platos mientras escucho.

—No os lo vais a creer —dice con desprecio—. ¡La niñita esa le enviaba fotos desnuda!

Frunzo el ceño.

—Vaya vaya con la niña. Quince años y podría ser portada de la revista *Penthouse*.

Nos reímos por lo bajo.

—Espera, que hay más —prosigue—. Cuando le estoy cotilleando el móvil, llega un mensaje de ella.

—¿Y qué ponía?

—«Me he hecho la depilación brasileña. Como tú querías. ¿Te gusta?».

Se me desencaja la mandíbula.

—¡Increíble!

No puedo evitarlo y me parto de risa.

—A mí también me parecería gracioso si no fuera mi hijo —susurra.

—Entonces, Brad montó en cólera y me dijo que como llamase a los padres de Chanel, le arruinaría la vida porque su reputación quedaría manchada para siempre y no podría volver a clase —exclama, y le da un golpetazo al teclado.

—Eso es verdad —apunta Aaron—. No puedes llamar a su madre.

—O sea que ella puede llamarme a mí, pero yo no puedo llamarla a ella —tartamudea.

—No sé —susurro—. Seguramente, yo tampoco la llamaría.

—¿Y qué harías tú? —pregunta.

—Yo le compraría una caja de condones.

Molly me mira con los ojos muy abiertos.

—Imagínate que la deja preñada —añado.

—Ay, madre. —Se pasa la mano por la cara—. No puedo con los chicos. Más tontos y no nacen.

—No os podéis ni imaginar la cantidad de testosterona que acumula un adolescente —dice Aaron como si nada—. Yo con quince años me hacía cuatro pajas al día.

Molly y yo esbozamos una mueca.

—¿Cuatro al día? —tartamudeo.

—¿Las chicas no? —pregunta, sorprendido.

—No —decimos las dos al unísono.

—Qué asco dais los tíos —susurro, y simulo un escalofrío.

Me suena el teléfono de la mesa.

—Hola —digo.

—Hola, Emily, soy Sammia, la asistente del señor Miles.

¿Qué querrá?

—Hola.

—El señor Miles me ha pedido que te diga que te espera en su despacho en una hora para una reunión.

—Hoy estoy muy ocupada. ¿Me harías el favor de decirle al señor Miles que, sintiéndolo mucho, no podré asistir?

—Me ha dicho que es obligatorio que vayas y que ya ha hablado con tu jefa de planta para que te dé permiso.

Pongo los ojos en blanco. Será capullo.

—Vale. Allí estaré. Gracias.

Toc, toc. Llamo indecisa a la puerta de Jameson.

—Adelante —dice con voz potente.

Abro la puerta hecha un manojo de nervios. Jameson está sentado detrás de su mesa. Solo. Me mira a los ojos.

—¿Querías verme?

—Sí, siéntate.

Me desplomo en la silla y junto las manos con una fuerza sobrehumana.

—¿Qué tal? —me pregunta mirándome a los ojos.

—Bien, gracias.

Miro al escritorio. No pienso mirar esos ojazos azules. Es como la serpiente de *El libro de la selva:* miras una vez a esos cabrones hipnotizantes y se te han caído las bragas.

—Por favor, mírame —ordena.

—¿Qué quieres, Jameson? —espeto—. No tengo tiempo para tus jueguecitos.

—Quiero que me mires.

Inspiro y lo miro a los ojos a regañadientes.

—¿Por qué no quieres mirarme?

Parpadeo.

—Porque ahora mismo me apetece mucho… pegarte.

Sonríe con suficiencia y se recuesta en la silla. Está claro que eso le ha hecho gracia.

—Ah, ¿sí?

—Sí. —Echo un vistazo a su despacho—. ¿Podemos hablar de trabajo?

—Luego. Ahora quiero hablar del pollo que me montaste el viernes.

—Pues yo no.

—Es mi masajista.

—Tú mismo lo dijiste: no es asunto mío —espeto fulminándolo con la mirada.

—Te iba a llamar anoche.

Ahora me toca a mí pasármelo bien.

—No pierdas el tiempo. No te habría contestado.

Se toca el labio inferior con el pulgar sin dejar de mirarme, como si estuviera fascinado.

—¿Por qué eres tan mordaz?

—No soy mordaz. No voy a aguantar tonterías de un idiota con ínfulas. Puede que aquí seas el director ejecutivo, pero…

Se reclina y alza el mentón como si estuviese enfadado.

—Acaba la frase.

—No. Ya está.

Aprieto los dientes para no seguir hablando.

—Puede que aquí sea el director ejecutivo, pero ¿qué? —exige saber mientras gira en su asiento.

—No me enfadé contigo cuando nos acostamos. Me fui en mitad de la noche porque estaba confusa sobre un montón de cosas. Quería hablar contigo cuando volviese a pensar con claridad para no ponerme melodramática.

Nos miramos a los ojos.

—Entonces me presenté aquí y me trataste como a una puta barata a la que te cepillaste la noche anterior.

Aprieta la mandíbula.

—No soy la puta de nadie, Jameson, y menos la tuya. Ningún trabajo vale mi dignidad.

Saltan chispas.

—Así que perdona si ya no me entusiasma chuparte tu querida pollita.

Sigue tocándose el labio inferior sin dejar de mirarme a los ojos.

—¿Estaba en el equipo de debate, señorita Foster?

—¿A qué viene eso? —le suelto, molesta.

—Se le da bien argumentar —dice, y se humedece el labio inferior mientras trata de disimular que le ha hecho gracia mi alegato—. Impresionante.

Pongo los ojos en blanco. «Sarcástico de pacotilla». Me saca de quicio. Me imagino subiéndome al escritorio y dándole puñetazos en la nariz lo más fuerte posible hasta que se le quitase esa sonrisa de chulito de la cara. No es broma: me apetece pegarle de verdad.

—Por favor —mascullo por lo bajo.

—Por favor, ¿qué?

—Por favor, no insultes mi inteligencia. Acaba ya con la reunión para que me pueda ir a trabajar. Me estás haciendo perder el tiempo.

Toc, toc.

—Adelante —dice Jameson.

Tristan asoma la cabeza por la puerta y nos mira a los dos.

—¿Entramos ya?

Tengo la sensación de que Jameson les ha dicho que nos dejasen diez minutos a solas y que después se uniesen a nosotros.

—Sí, pasad —responde con absoluta tranquilidad mientras mueve de sitio unos papeles en la mesa.

Entran todos de golpe. Me pongo recta. No estaba preparada para ver a estos cuatro hombres juntos. Cuánta belleza.

—Hola —saluda Tristan con una sonrisa—. Emily, te presento a Elliot y a Christopher, nuestros hermanos.

Me levanto para estrecharles la mano.

—Hola —dicen Elliot y Christopher con una sonrisa.

—Hola.

—Sentaos —ordena Jameson—. Haz los honores, Tristan.

—Está bien. Tal y como quedamos el viernes, hemos contratado a un detective privado corporativo para que se incorpore a tu planta y llegue al fondo de este asunto.

—Vale —asiento mientras los voy mirando a todos.

—Aun así, queremos que sigas enviando artículos falsos.

—¿Por qué? —pregunto.

—Porque cuantos más artículos falsos haya pululando por ahí, más fácil nos resultará localizarlos.

Molesta, vuelvo a sentarme.

—Y como ves… —prosigue Tristan.

Jameson levanta la mano.

—Espera. —Se dirige a mí—: ¿Qué pasa, Emily?

Lo miro fijamente.

—¿Quieres decir algo?

Los miro a todos.

—Con el debido respeto, señor Miles, no solicité el trabajo de mis sueños para acabar redactando artículos falsos.

—Bien visto —reconoce mientras se roza el pulgar con las yemas de los dedos.

—¿Qué va a pasar cuando todo esto acabe? —pregunto.

—Volverás a trabajar como siempre.

—Lo quiero por escrito —espeto.

Elliot sonríe con suficiencia y agacha la cabeza.

—Muy bien —dice Jameson, mirándome a los ojos. Se vuelve hacia Tristan y añade—: Sigue, por favor.

—El detective se incorporará el lunes que viene. Nos gustaría que tú fueras sus ojos en tu planta.

—No quiero estar involucrada en esto —digo tajante.

—Te involucraste nada más entrar por esa puerta —replica.

Agacho la cabeza.

—Estaría muy bien si pudieses traernos algunos artículos falsos el lunes.

—De acuerdo. ¿Sobre qué queréis que escriba?

—Quiero que el primero trate de una red de prostitución falsa —dice Jameson, con la mirada clavada en la mía.

Frunzo el ceño con gesto inquisitivo.

—Y al cabecilla lo llamas «puta barata».

No me lo puedo creer.

—Vale —respondo con una dulce sonrisa—. Tengo material con el que empezar a trabajar.

—Perfecto —dice Tristan—. Tú ponte con eso y el lunes por la tarde hablamos.

—Vale, de acuerdo —asiento mientras me levanto y me dirijo a la puerta—. Me parece bien.

—Me gustaría hablar contigo un momento, Emily —dice Jameson con calma.

Me detengo de golpe. ¿En serio?

Los chicos salen en fila.

—Adiós, Emily —dicen.

—Adiós.

En cuanto cierran la puerta, Jameson se levanta y se pone detrás de mí.

Noto el calor que emana su cuerpo. Derrocha poder. Nunca he sentido nada igual.

Se enrolla mi coleta en los nudillos tres vueltas y me ladea la cabeza para tener acceso a mi cuello. Lentamente, me lame desde la clavícula hasta la mandíbula con su lengua húmeda y poderosa.

—No te había saboreado aún —me susurra al oído.

Cierro los ojos mientras la excitación me corre por las venas a la velocidad de la luz. Se me pone la piel de gallina.

Me giro para mirarlo. Me coge la mano y se la lleva a su erección.

El aire se carga de electricidad mientras nos miramos a los ojos. Me cuesta respirar.

—¿Quedamos esta noche? —musita.

Aprieto ligeramente su entrepierna y se me contrae el sexo, agradecido.

—No, Jameson.

Giro sobre mis talones y salgo de su despacho con el corazón desbocado.

Entro en el ascensor, pero mi cuerpo me pide a gritos que vuelva. Cada molécula de mi cuerpo desea a ese hombre.

Pero es un idiota y yo no soy más que otra de sus admiradoras.

Lo nuestro es imposible.

Es sábado por la noche y estamos haciendo cola para entrar en el Sky Bar. Estoy con Ava y Renee. Es el tercer local al que vamos. Es casi medianoche. Me lo estoy pasando en grande. Hemos reído, hemos bailado y hemos calentado a todos los tíos de Nueva York.

—¿Por qué estamos haciendo cola otra vez? —pregunto—. ¿Qué tenía de malo el último sitio?

—Nada. Pero este es mejor, aunque solo se anima a partir de las once.

—Ah —musito y me encojo de hombros.

Madre mía, no sé nada de la vida nocturna de Nueva York. El portero retira el cordón rojo que bloquea la puerta y nos hace pasar. Me quedo sin habla.

¡Ahí va! El bar está en la planta cincuenta y, desde la terraza, se ve toda la ciudad iluminada. Hay una pista de baile y un montón de bares de copas. Las chicas tenían razón: aquí los hombres son otra historia.

Me doy un repaso, nerviosa. Espero estar presentable. Me he dejado el pelo suelto y me he puesto un vestido ajustado de color crema. Las mangas son largas y el escote, pronunciado. He tirado la casa por la ventana y me he comprado un vestido nuevo para esta noche. Quería estar guapa.

Y ha valido la pena. Nunca en la vida me habían mirado tantos hombres. Es increíble lo que un vestido ajustado y un poco de escote pueden hacer por una chica.

Pedimos algo para beber y buscamos un rincón en el que quedarnos de pie mientras miro a mi alrededor, asombrada. Es el local más espectacular en el que he estado.

—Qué pasada de sitio —les digo sonriendo.

—¿Verdad que sí? —dice Ava y me guiña el ojo—. Los hombres de aquí están solteros.

—Y forrados —añade Renee.

—¿A quién le importa si son ricos? —pregunto con una sonrisa de suficiencia.

Doy un sorbo a mi bebida.

—A mí —contestan las dos a la vez.

—Si vas a estar con un tío, mejor que sea rico. Al menos, eso opino yo. Paso de estar con alguien que no tenga donde caerse muerto. Para eso ya estoy yo. Además, los polos opuestos se atraen —dice Ava.

Me río al escucharlas.

—A ver quién hay por aquí hoy —comenta Ava mientras escanea su alrededor.

—¿A qué te refieres? —pregunto al ver cómo analiza la sala.

—Aquí vienen muchos famosos.

—¿En serio? —digo y echo un vistazo—. Creo que no sabría que son famosos.

Nos pasamos la siguiente hora bailando y riendo mientras Ava me explica con pelos y señales quién es quién. Por lo visto, todos son unos portentos, pero ninguno es mi tipo.

Un chico guapísimo emerge de entre la multitud y me toca los muslos.

—¿Quieres bailar? —me pregunta. Es rubio, corpulento y está invadiendo mi espacio personal, pero con ese cuerpo no me voy a quejar.

—Sí quiere, sí —tartamudea Ava mientras mira embobada al dios que tenemos delante.

El tío me da la mano y me lleva a la pista. Me despido de mis amigas con miedo y los ojos muy abiertos.

Ava me lanza un beso y se menea de la emoción.

—¿Cómo te llamas? —pregunta mientras me rodea con los brazos.

Le pongo las manos en los hombros y lo miro fijamente.

—Emily. ¿Y tú?

—Rocco.

Le sonrío. Qué nombre más raro. Dios, estoy achispada. Tengo que parar de beber.

—¿Es la primera vez que vienes? —me pregunta como si ya conociera la respuesta.

—¿Cómo lo sabes? —digo con una sonrisa de suficiencia.

—Si te hubiese visto antes, me acordaría.

Sonrío tímidamente.

Baja las manos hasta mi culo, pero se las vuelvo a poner en la cintura.

—Muy deprisa quieres ir tú, Rocco.

—Sé lo que quiero cuando lo veo.

Sonrío mientras se acerca a mi oreja y me susurra:

—Y te quiero a ti.

Capítulo 10

Jameson

—Mmm, no está mal —murmura Christopher cuando una pelirroja muy atractiva pasa por nuestro lado.

La observamos mientras se acerca a la barra. Lleva un vestido negro ajustado y tiene un culo escultural. Arrugo la nariz en señal de desagrado.

—Del montón.

—No es del montón —dice sin despegar los ojos de su trasero—. Para nada.

—No me entusiasma.

Suspiro en mi copa mientras paseo la mirada por el local atestado de gente. Es raro que una mujer me llame la atención últimamente, sin contar doña mordaz. No me canso de ella... aunque sea una rebelde.

Recuerdo la conversación que mantuvimos el lunes en mi despacho y exhalo con fuerza.

Es complicada como ninguna.

Estaría bien que pudiese cerrar la boca cuando la veo. No sé por qué, pero siempre acabo exigiéndole cosas y agarrándola del pelo. Es como si mi cuerpo actuase por su cuenta y dejase a mi cerebro fuera de la ecuación.

Cada vez que Emily se va de mi despacho enfadada, me flagelo por no haber sabido manejarla.

Conozco a las mujeres. Sé cómo piensan y, normalmente, consigo que hagan lo que quiero. Con ella... no tanto.

Christopher se humedece los labios mientras observa a la pelirroja.

—Voy a entrarle.

Se dirige a la barra con paso decidido y le dice algo. Entonces, ella sonríe.

Doy un trago a mi bebida mientras lo observo en acción. Le encantan las mujeres... Todas. Diría que es cosa de familia. Los cuatro estamos cortados por el mismo patrón.

Sin embargo, algo ha cambiado en mí últimamente. Ya no me apetece tanto variar. Me pasa algo y no sé qué es. Veo a Tristan y a Elliot hablando con dos chicas en la sala. Están muy animadas y se ríen de todo lo que dicen ellos.

Mucho cuerpo, pero poco cerebro.

Doy otro sorbo a la bebida y miro a mi alrededor.

—Eh —me dice Tristan mientras se planta a mi lado—. Mira quién ha venido.

—¿Quién? —mascullo, indiferente.

—Vestido color crema, pelo suelto y guapa que te cagas.

Frunzo el ceño mientras miro hacia donde señala.

Es ella. Es Emily.

—Bueno, bueno. Esta noche promete —digo y sonrío de oreja a oreja.

Tristan se ríe entre dientes.

—Si no os matáis primero, claro —puntualiza mientras me da una palmadita en la espalda—. Me voy a la barra.

—Vale, ve.

Está con dos mujeres a las que no he visto nunca. Sin embargo, me suenan. A lo mejor son compañeras de trabajo. Hablan y ríen. Emily lleva un vestido ajustado de manga larga color crema que enseña mucho escote. Resalta las curvas de su cuerpecito. Se me pone dura. Lleva el pelo suelto y se lo echa a un lado mientras habla. Solo con ver la curva de su cuello desnudo, siento un nudo en el estómago.

Joder, qué buena está.

Nunca había tenido una reacción física tan fuerte con una mujer. No me canso de su cuerpo. Cuanto más me acuesto con ella, más la deseo. Solo que ojalá no fuera la persona más mordaz que he conocido en mi vida.

Aunque, a lo mejor, ahí reside su encanto.

La mayoría de las mujeres caen rendidas a mis pies; en cambio, ella parece decidida a apartarme de su lado. Mmm... Me da que pensar. Pero, si soy sincero, debería alejarme de ella. Trabaja para mí, es dinamita y quién sabe cómo reaccionará si volvemos a discutir. Sonrío con suficiencia. Sé que volveremos a discutir, es nuestro destino. Me cabrea como nadie.

Suena una canción que evidentemente le gusta y, al instante, empieza a bailar. Mueve el culo poco a poco, dejándose llevar por el ritmo tántrico de la canción, y no puedo hacer otra cosa que mirar embobado a la diosa que tengo ante mis ojos.

No tiene ni la más remota idea de lo *sexy* que es.

—New York Sour —me dice Tristan mientras me pasa una bebida.

—Gracias —digo y la acepto.

—Eres consciente de que tu forma de mirarla es ilegal en algunos países, ¿no?

Contemplo cómo mueve las caderas y me la imagino moviéndolas así sobre mi cuerpo. Inhalo bruscamente cuando noto que mi erección incipiente.

—¿Alguna vez te has sentido tan atraído físicamente por alguien que no puedes pensar cuando está cerca?

—No. Y menos mal —contesta Tristan mientras la mira bailar—. Aunque con ese culo, me la imagino…

—Como te atrevas a mirarle el culo, te doy una patada en el tuyo —lo corto.

Se ríe entre dientes.

—Pero bueno, qué posesivo —exclama, y da un sorbo a su bebida con cara traviesa—. Pues era a mí a quien quería enseñarle el artículo.

Lo miro con el rostro inexpresivo.

—Pues me lo dices. Como te acerques a ella, te mato.

Echa la cabeza hacia atrás y se ríe a carcajadas.

Se le acerca un tío rubio, le dice algo y ella le responde con una sonrisa.

—Eh, tú, cuidado —me pica Tristan—. Competencia a la vista.

Observo cada vez más inquieto.

Le toca los muslos y aprieto la mandíbula. Bebo sin dejar de mirar.

Él dice algo y ella se parte de risa. La toma de la mano y la saca a bailar.

¿En serio?

Tristan se gira y se echa a reír al verme la cara.

—Esto se pone interesante.

El rubio lleva las manos a su culo y ella se las vuelve a poner en la cintura.

La ira me ciega. «No la toques, cabrón». Él dice algo y ella se ríe a carcajadas.

Me trago el nudo que se me ha formado en la garganta.

Así que a esto ha venido. A ligar. Estoy cada vez más furioso.

—Que te están quitando terreno —dice Tristan con una sonrisita.

—O te callas o te callo a hostias —espeto sin quitarles los ojos de encima.

El rubio le da un beso en el cuello. Se me remueve algo por dentro y, antes de darme cuenta de lo que estoy haciendo, estoy a su lado.

—Ya puedes largarte, cabrón —gruño.

Emily se vuelve hacia mí y el semblante le cambia de inmediato.

—Jameson —tartamudea.

Le rodeo la cintura y la aparto de él.

—Ella está conmigo.

Emily

Madre mía, ¿qué hace Jameson aquí? Me alejo del dios rubio, pero este me agarra y me atrae hacia él.

—Vete —espeta.

—Vete tú —gruñe Jameson. Me aparta del chico y me estrecha entre sus brazos—. Te he dicho que está conmigo.

El chico me mira y yo asiento ligeramente. No quiero problemas; que se vaya y punto.

—Estoy con él —susurro.

Mira a Jameson, me mira a mí y se va a la barra echando humo. Me vuelvo hacia Jameson Miles, el idiota pesado, y me zafo de su agarre.

—¿Qué te crees que haces?

—¿Qué coño te crees tú que haces? —gruñe.
—No me hables así.
—¿Has venido a ligar?
Pongo las manos en jarras, indignada.
—He venido a bailar. ¿Y tú?
—A pasar el rato con mis hermanos.
—Pues vete a aguarles la fiesta a ellos —digo, y resoplo.
Me dispongo a dar media vuelta cuando me rodea los brazos, me lleva a un rincón de la pista y me estampa contra la pared.
Se cierne sobre mí. Noto su erección en la barriga. Nos miramos fijamente y el ambiente cambia al instante.
—No —susurro.
—¿No qué?
—No quiero que me hipnotices con tu polla mágica.
Me guiña el ojo con descaro.
—Al revés, bonita. El hipnotizado soy yo —susurra mientras se inclina hacia mí.
Me mete la lengua entre los labios. Vuelve a besarme succionando en la medida justa. Me flaquean las rodillas.
Madre del amor hermoso, cómo besa este hombre.
—Jameson —musito—. No deberíamos hacer esto.
Me toca de arriba abajo. Chispas de placer.
—No me discutas esto —murmura mientras me clava en la pared usando las caderas.
—No puedo.
—Puedes y lo harás. ¿Por qué privarías a tu cuerpo de lo que tan desesperadamente necesita de mí?
Dios, tiene toda la razón. Mi cuerpo necesita su cuerpo… y mucho.
Pasamos a besarnos con frenesí. Le acaricio el pelo. Sé que es una locura, pero lo deseo… No solo su cuerpo, todo.
Nos pasamos un buen rato besándonos como si fuéramos las dos únicas personas que quedan en el planeta. Escondidos en un rincón, arrimándose a mí. Dos cuerpos que buscan su propio placer en medio de la oscuridad.
—Te necesito —murmura rozando mis labios.
Ahogo un grito cuando se lanza a por mi cuello con la boca abierta. Madre mía, me toca de una forma que…

—Jameson.

—Ya.

Me pega todavía más a la pared y noto su pene palpitante. Madre mía, está a punto. Sí que me necesita, sí.

—En mi casa —dice con la voz entrecortada.

—En la mía —replico.

—No, en la mía —exige.

Lo aparto para verle la cara.

—En mi casa o nada. Lo tomas o lo dejas.

Tensa la mandíbula. Está claro que no soporta perder una discusión… sea cual sea.

—Vale —dice, y me toma de la mano—. Vamos.

—No —digo mientras me zafo de su agarre—. No quiero que nos vean juntos.

Frunce el ceño con gesto inquisitivo.

—Eres mi jefe —le recuerdo—. Y he venido con unas amigas del trabajo.

Pone los ojos en blanco.

—Vale, despídete de ellas. Te espero abajo. Como no estés en dos minutos, vengo y te saco a rastras.

Me da un beso largo y apasionado y, cuando me giro, me da un cachete en el culo.

La adrenalina me corre por las venas mientras vuelvo con mis amigas.

Ha venido. Me voy con él. Esto marcha.

No quepo en mí de gozo, pero intento aparentar tranquilidad.

—¿Y el dios? —pregunta Renee.

—Ah —digo, frunciendo el ceño—. Era un capullo —miento.

Ava pone los ojos en blanco.

—Típico. Un hombre tan guapo no podía haber sido bendecido también con un cerebro.

Esbozo una sonrisita. Sé de alguien que ha sido bendecido con ambos dones, pero me lo guardaré para mí. Miro a lo lejos y veo que Jameson toma el ascensor para bajar. Me mira con cara de que me dé prisa. Sonrío. Cómo me gusta.

—Chicas, me marcho.

—¿Qué? —dicen con el semblante descompuesto—. ¿Por qué? La noche es joven.

—Ya. Me lo he pasado genial, pero los pies me están matando. Estos zapatos son una tortura. El próximo fin de semana os lo compenso con algo, lo prometo. Cogeré un taxi abajo.

—Vale.

Ponen los ojos en blanco y me dan un beso en la mejilla.

—Mándame un mensaje cuando llegues —dice Ava.

—Vale —respondo con una sonrisa. Qué bien que no les haya molestado—. Gracias por proponerme que viniera.

Se acercan dos tíos y Ava y Renee sonríen de oreja a oreja. Aprovecho la ocasión para irme.

—Adiós —grito de camino al ascensor.

—Adiós —se despiden ellas.

Me meto en el ascensor.

—¿A dónde? —pregunta el empleado.

—A la planta baja.

Pulsa el botón y empezamos a bajar. El corazón me va a estallar. Jameson Miles me pone cardíaca. No recuerdo haber estado tan emocionada por estar a solas con un hombre jamás.

«Tú finge indiferencia, finge indiferencia».

Se abren las puertas del ascensor, salgo y miro a mi alrededor. ¿Dónde está?

Cruzo el vestíbulo y me asomo a la calle atestada de gente. No lo veo. ¡No me digas que se ha ido sin mí!

—¿Has perdido algo? —dice una voz grave a mi espalda.

Me giro y veo a Jameson apoyado en la pared. El corazón me da un vuelco. Me acerco a él y me estrecha entre sus brazos.

—En realidad sí —respondo con una sonrisa.

A diferencia de lo que hacemos normalmente, nos besamos con delicadeza, con ternura, con dulzura. Es como si él también deseara estar a solas conmigo.

—Vamos a casa —susurra.

Sonrío. Me parece estupendo.

—Vale.

Salimos a la calle y Jameson para un taxi. En diez minutos, estamos delante de mi casa.

—Gracias —digo a punto de bajar del taxi.

Me giro y le doy veinte dólares a Jameson, pero niega con la cabeza como si estuviera molesto.

—Pago yo —dice.

Salimos del taxi y cruzamos el vestíbulo de la mano y en silencio.

—¿Dónde están los porteros? —pregunta mientras mira a su alrededor.

—No hay porteros.

—¿No hay seguridad en este edificio? —pregunta con el ceño fruncido por la sorpresa.

—Sí que hay —digo mientras señalo el telefonillo—. No se puede entrar sin permiso.

Frunce el ceño mientras lo considera.

—Podría colarse cualquier pervertido.

—Esta noche eres tú el pervertido —replico con una sonrisita.

Se ríe entre dientes mientras me abraza.

—Ese soy yo.

Subimos a mi planta y cruzamos el pasillo. El corazón me late con fuerza. Es distinto de las otras veces que hemos estado juntos. Normalmente, estamos tan cegados por la pasión que ni recordamos cómo hemos llegado a la puerta. Abro y lo invito a entrar. Contengo la respiración mientras analiza la estancia.

Mi apartamento es minúsculo; cabría entero en su dormitorio.

—Es bonito —dice.

Me entra la risa tonta.

—Qué mal mientes.

Se ríe por lo bajo y me estrecha entre sus brazos.

—A tu lado cualquier sitio es perfecto.

Nos miramos a los ojos y algo cambia en el ambiente. La ternura ha reemplazado a la ira y el rencor.

Este es el hombre que conocí en la escala en Boston.

—¿Tienes hambre? —pregunto—. Podríamos pedir algo en Uber Eats. Tarta de queso con caramelo, por ejemplo.

—¿Qué dices? Dime que no pides en Uber Eats —exclama, escandalizado.

—Siempre —respondo y me encojo de hombros.

—¿En serio? —tartamudea—. ¿Dejas que unos desconocidos toquen tu comida?

—Son repartidores. ¿Por qué no iba a hacerlo?

—Ven que has pedido solo para uno. Te echan Rohypnol en la comida, esperan media hora para que te la comas y estés inconsciente. Entonces vuelven, fuerzan la entrada y hacen lo que quieren con tu cuerpo. —Finge que se limpia las manos—. Bum, el crimen más sencillo del mundo.

Se me descompone el gesto.

—¿Cómo?

Dios, no se me había ocurrido.

—No me lo invento —dice mientras se pasea por mi casa—. Si yo fuese un violador, haría eso.

—No sé si me aterra o me impresiona que pienses cosas tan macabras.

Se vuelve hacia mí y relaja la expresión.

—Te impresiona, quedémonos con que te impresiona.

Me entra la risa tonta mientras me abraza.

—Vale —murmuro—. Pues me impresiona. ¿Por qué la has tomado conmigo esta semana? —pregunto con dulzura mientras le paso los dedos por el pelo.

—Porque me discutes —susurra—. Y no me gusta.

Se apodera de mis labios y, con delicadeza, me mete la lengua.

—Ahora no.

—Y mira lo guapa que estás —dice con ternura mientras me acaricia las mejillas.

Nos besamos con más intensidad. Lo quiero desnudo. En mi cama y desnudo. Le quito la camisa y le desabrocho los pantalones. Incapaz de despegarse de mí, no deja de besarme en el proceso.

Su pecho es ancho y con algo de vello. Se le notan los abdominales, pero lo que de verdad destaca es su miembro viril.

Lo tiene como un toro. Me pregunto si se le bajará algún día, porque yo nunca lo he visto relajado del todo.

—Túmbate en la cama —susurro mientras me lo como con los ojos.

—Es lo mejor que me has dicho nunca —añade con una sonrisa de oreja a oreja.

Me lleva hasta la cama de la mano y, con un solo gesto, me desabrocha el vestido y me lo baja poco a poco.

Me ayuda a salir y me mira de arriba abajo con avidez.

—Qué guapa eres, joder.

Me hincho de orgullo al ver cómo me mira.

Me tumba y me separa las piernas. Se la acaricia despacio sin dejar de mirarme. Me retuerzo, ansiosa por sentir su cuerpo sobre el mío. Se mete un pezón en la boca y arqueo la espalda. Desliza la mano hacia abajo. Sisea en señal de aprobación al notar lo húmeda que estoy. Respiro de manera entrecortada. Es tan…

Jameson Miles sabe tocar a una mujer.

Ahora mismo está todo magnificado, hasta el punto de que podría llegar al orgasmo solo con el fuego de su mirada.

Me deja un reguero de besos que sabe a gloria y me besa en los muslos internos con la boca abierta. Lo agarro de la nuca. Me abre más las piernas y me introduce esa lengua tan gruesa y fuerte.

Arqueo la espalda de placer y cierro los ojos.

—Dios mío.

Me lame, lento al principio, pero después, como si no pudiera controlarse, me devora. Me quema con la barba mientras le restriego el sexo por la cara.

—Qué gusto, Dios —gimoteo.

Se pone mis piernas en los hombros. El cambio de postura hace que tiemble de necesidad.

—Jim —lloriqueo mientras lo agarro fuerte del pelo.

—Ven para que te saboree —gime desde ahí abajo.

Me entran espasmos y me estremezco por dentro mientras me aferro a él. Me rebaña como si fuera su última cena. Se aparta, abre un condón y me lo pasa. Le doy un besito en la punta y se lo pongo.

Sin dejar de mirarme a los ojos, se coloca mis piernas en la cintura y, con una fuerte embestida, me penetra.

Ahogamos un grito.

—Joder, qué gusto —susurra mientras nos miramos a los ojos.

La saca y la vuelve a meter despacio. Se me relaja la boca al sentir cómo me posee.

Nadie me folla como Jameson Miles… Nadie.

Podré negar mi apego emocional por él todo lo que quiera, pero el físico… No puedo.

Se queda merodeando ahí dentro y luego me la vuelve a clavar. Doy un grito. Entonces me penetra a base de estocadas profundas y castigadoras. Mi cama choca con la pared con tanta fuerza que parece que se vaya a caer.

—Joder, joder, joder —gime con la cara enterrada en mi cuello.

Me sube una pierna y ya no aguanto más. Me contraigo con su miembro dentro, y él sisea cuando nos corremos juntos.

Nos quedamos abrazados, jadeando. Sonrío en su mejilla mientras la euforia me corre por las venas.

Jameson Miles es mi nueva droga.

Y yo soy una adicta a él.

Cuando despierto, está a mi lado, respirando tranquilamente. Me doy la vuelta y sonrío. Duerme bocarriba. Esta noche nos lo hemos pasado de miedo.

He vuelto a ver al chico amable e ingenioso, y ni rastro del jefazo idiota.

Me apoyo en un codo para observarlo. El pelo le tapa la frente, tiene los labios un poco separados y se le mueven las pestañas mientras respira. Tiene un brazo detrás de la cabeza y el otro en la barriga.

Es precioso. Físicamente es precioso. Pero anoche vi que quizá también lo sea por dentro. «Para, Emily».

«Te estás encariñando de él».

Jameson no es alguien de quien te puedas encariñar.

Se despierta inhalando profundamente. Abre los ojos despacio y me mira.

—Hola, preciosa —susurra con voz ronca mientras me toca la cara.

Sonrío y lo beso.

—Buenos días, Jameson.

—Llámame Jay.

Frunzo el ceño con gesto de sorpresa.

—Mis amigos me llaman Jay.

—Entonces ¿somos amigos?

—No, eres mi feladora profesional —dice mientras me acerca a su cuerpo.

Sonrío y lo beso en el pecho.

—¿Qué planes hay para hoy? —pregunta.

—Nada.

Frunce el ceño como si tratara de enfocar la mirada y se pellizca el puente de la nariz.

—Llamaré a mi chófer para que nos recoja y nos prepararé el desayuno en mi casa.

Me apoyo en un codo y lo miro.

—¿Qué le pasa a mi casa? Aquí también puedes preparar el desayuno.

—Nada. Pero estoy más a gusto en mi casa. Pasaremos el día allí.

—Pues yo estoy más a gusto aquí, Jameson —replico, algo molesta.

—¿Cómo? —dice, haciendo una mueca—. ¿Y eso?

Me incorporo, ofendida.

—¿Y eso qué significa? —espeto.

—Ya estamos otra vez —dice y pone los ojos en blanco.

—¿Y eso qué significa?

—Has preguntado lo mismo dos veces —replica en tono seco—. ¿Tienes que discutir cada puta cosa que hacemos?

—No estoy discutiendo. Lo único que digo es que quiero pasar el día aquí. Tu piso será muy sofisticado y todo lo que tú quieras, pero no me impresiona.

Se me queda mirando.

—Y para que conste, no lo discuto todo. Me molestó que tu masajista te escribiera con tanta familiaridad.

—Ya estamos otra vez —dice y vuelve a poner los ojos en blanco y se los tapa con el brazo.

—¡Deja ya de decir eso! —exploto. Salgo de la cama y me pongo la bata—. Estaba aquí tumbada pensando en lo guapo que eres hasta que has abierto la boca y te lo has cargado todo.

—Estaba pensando justo lo mismo —me suelta mientras sale de la cama—. Y deja de calentarme la cabeza con Chloe, que no es una relación.

Me quedo helada. ¿Cómo que no es una relación?

—¿A qué te refieres con eso? ¿Os acostáis?

Me ignora y recoge sus pantalones del suelo.

—Jameson —digo con las manos en jarras.

Se pone los vaqueros y se los abrocha.

—A veces.

—¡¿Os habéis acostado?! —digo, y ahogo un grito.

—Quedo con ella los martes y los jueves. El sexo no es el motivo, pero a veces surge. Entre que me toca y estoy embadurnado de aceite… pues surge.

Se me desencaja la mandíbula.

—¿Te acostaste con ella la semana pasada? ¿Desde que estás conmigo?

Pone los ojos en blanco.

—Deja de hacer eso con los ojos —espeto.

—No. Esta semana no me he acostado con ella.

—¿Te ha hecho tus dos masajes de siempre?

—Sí.

—Vamos, que has tenido a otra sobándote de arriba abajo —digo, echando chispas.

—Pues como tú anoche en el bar. Deja de buscar pelea, me pone de mal humor.

—Y tú a mí. Vete.

—¡En eso estoy! —brama.

—Eso, ve a que te den un masaje, cerdo.

Niega con la cabeza, asqueado.

—¿Sabes qué te digo? Que lo de escribir artículos falsos te va como anillo al dedo. Te encanta el drama.

Se pone la camiseta con brusquedad y se sienta en la cama para calzarse los zapatos.

Furiosa, agarro uno de sus zapatos y lo arrojo a la otra punta.

—Qué dura —dice, y resopla.

Entorno los ojos. Me hierve la sangre.

—Sí, como la vagina de tu Chloe. ¿A cuántos clientes se tira por semana?

—No es mi Chloe.

—¿Sabes qué te digo? Que me parece genial que sea tu Chloe. No quiero comerme sus babas.

—¿Y eso qué significa?

—Significa que o te acuestas conmigo y solo conmigo, o sales de mi vida.

Pone las manos en jarras, indignado.

—No busco una relación.

—Vale, con eso me lo has dicho todo. Vete.

—Esto de que te pongas a lo doctor Jekyll y señor Hyde me corta mucho el rollo.

—¡Y a mí me lo corta tener que compartir tu pene! —grito—. Eres un insulto a mi inteligencia, Jameson. Vete a tu casa de lujo con tu coche de lujo y acuéstate con quien te dé la gana. —Me arrebujo en la bata con cara de asco—. De todas formas, soy demasiado buena para ti.

Me fulmina con la mirada.

—¿Por qué eres tan cabrona?

—Porque eres un capullo egocéntrico. ¡Lárgate, anda! —grito y le tiro una almohada.

Pasa por mi lado como una exhalación.

—¡Nadie me trata tan mal como tú, Emily! —brama mientras se dirige a la puerta hecho una furia.

—¡Pues te lo mereces! —aúllo—. Menos mal que estás forrado, Jameson. Te va a hacer falta. Porque nadie te aguantaría gratis.

Se gira y me lanza una mirada asesina.

—Eso ha sido un golpe bajo.

Finjo una sonrisa.

—Que te vaya bien, idiota.

Me meto en el baño y echo el pestillo.

Que le den.

Capítulo 11

Giro la cuchara, me la meto en la boca y chupo la Nutella mientras miro la tele embobada.

Son las cuatro de la tarde y sigo en pijama. Hoy ha sido una mierda. Después de despertarme como en una nube junto al hombre más atractivo del planeta, el jefe idiota ha tenido que hacer acto de presencia y cargarse el momento.

Si soy sincera, me arrepiento de no haber ido a desayunar a su casa, pero, al mismo tiempo, me alegro porque de lo contrario no me habría enterado de lo de Chloe.

Follan.

Detesto que me moleste. Detesto estar encariñándome cuando es obvio que él no siente lo mismo por mí.

Vuelvo a meter la cuchara hasta el fondo del bote de Nutella. El chocolate se me deshace en la boca y me distrae momentáneamente.

Miro la tele como si estuviera en trance. Estoy viendo una peli de miedo. Las comedias románticas, mi género favorito, están tachadas de la lista. Recuerdo cuando conocí a Jameson y me dijo que no creía que las comedias románticas reflejasen la realidad.

¿Me estaría advirtiendo? ¿Seré una romanticona con la cabeza llena de pájaros?

¿Sentirá algo por Chloe? ¡Y qué más da! Es idiota.

Déjalo ya. Deja de pensar en él. Es un mujeriego narcisista que se acuesta con quien le da la gana cuando le da la gana. Echo un vistazo a mi pisito y me invade la tristeza. Si yo le gustase, le daría igual dónde estuviéramos; querría estar conmigo aquí y en cualquier parte. Pero le ha faltado tiempo para irse corriendo.

Repaso mentalmente la discusión de esta mañana.

«Nadie me trata tan mal como tú, Emily».

«¡Porque te lo mereces! Menos mal que estás forrado, Jameson. Te va a hacer falta. Porque nadie te aguantaría gratis».

«Eso ha sido un golpe bajo».

¿Me habré pasado? ¿Habrá sido un golpe bajo? Probablemente, pero ¿qué esperaba? Y no me creo que nadie lo trate tan mal como yo. Si trata a las demás como me trata a mí, dudo mucho que lo aguanten. No serán tan tontas, ¿no?

«No busco una relación».

Indignada, golpeo el cojín que tengo en el regazo. Nunca cuatro palabras me habían humillado tanto.

El lunes por la mañana, tomo el ascensor para ir a la última planta. Fijamos esta reunión la semana pasada para conocer al detective privado, pero es lo último que me apetece hacer ahora mismo.

Lo que en realidad me apetece es olvidar a Jameson Miles, olvidar que llegué a conocer al bueno de Jim… o Jay, o como narices quiera que lo llame. Me he dado cuenta de que van juntos en un lote y, por desgracia, no puedo tener a Jim sin Jameson, aunque solo quiera a Jim. Así que voy a hacer lo mejor para mí: voy a cortar lazos. Me niego a tener una relación sin compromiso con Jameson solo para ver cómo Jim asoma la cabeza de vez en cuando.

Sería fácil… Demasiado fácil.

Pero sé que mi corazón no lo soportaría. No estoy hecha para el sexo esporádico.

Yo no soy así.

Voy a ser profesional e intentar concentrarme en el trabajo. Si no tuviese que verlo sería mucho más fácil, pero es lo que hay. Tengo que aprender a lidiar con ello. Él no se va a ir a ninguna parte y a mí me encanta mi puesto.

Joder, Emily, ¿por qué siempre eliges el camino difícil? ¿Por qué siempre te enamoras del tío equivocado? El anterior no tenía motivación, y este tiene demasiada. A ninguno les he importado lo bastante como para hacer un esfuerzo por mí. A lo mejor tengo las expectativas demasiado altas por culpa de los chicos que salen en las novelas que leo. A lo mejor Jameson tenía razón en eso. Pero, jo, yo también quiero mi cuento de hadas.

Se abre la puerta del ascensor y paso por recepción.

—Buenos días, Emily —dice Sammia.

—Buenos días —respondo con una sonrisa.

—Preséntate sin más.

—Gracias.

Cruzo el pasillo y llamo a su puerta.

—Adelante —dice con voz grave.

Cierro los ojos y me mentalizo. Relajo los hombros y abro la puerta. Me quedo helada. Mierda.

Cuántos hombres.

—Pasa —dice Jameson sin emoción en la voz—. Siéntate.

—Gracias.

Nerviosa, me acomodo en la otra punta de la mesa.

Jameson se sienta a la cabeza, y Tristan, Elliot, Christopher y un hombre mayor están a su izquierda. Hay seis hombres más. No los he visto nunca.

—Os presento a Emily Foster —dice Jameson sin dejar de mirarme a los ojos.

—Hola —me saludan todos.

Sonrío incómoda y miro a mis acompañantes.

—Emily, te presento a mi padre, George —dice mientras señala al hombre mayor.

—Hola —susurro nerviosa.

—Hola, guapa —dice mientras me sonríe con cariño.

Tendrá más de sesenta años. Es como estar viendo a Jameson y Elliot de mayores: es apuesto, distinguido y con unos ojos azules que te atraviesan.

—Estos son Martin, Gerrard, Max y Barry —los presenta Jameson y los va señalando—. Y esos del fondo son Calvin y Jake.

—Hola —digo con una sonrisa forzada.

No me voy a acordar de todos.

—Te presento al equipo de investigación corporativa —prosigue Jameson—. Jake será los ojos en tu planta, y los demás evaluarán los datos que recopile.

Me fijo en que habla sin emoción en la voz. Se me parte un poquito el corazón. Mi presencia no le afecta lo más mínimo... La nuestra.

Ya no hay un nosotros.

—Vale —digo con una sonrisa mientras miro a todo el equipo—. Encantada de conoceros.

—Vamos a empezar fuerte desde el principio —prosigue—. Emily, tú te encargarás de enseñarle las instalaciones a Jake y luego le presentarás tus propuestas a Tristan.

Asiento con el alma rota. Miro a Tristan, que me sonríe con cariño.

Él sabe por qué ha decidido que trabaje con él. Me entran ganas de dejarme caer al suelo y ponerme a lloriquear.

—Gracias. Me parece perfecto —miento.

Me paso los siguientes quince minutos con el culo en la silla y mirando embobada al director ejecutivo mientras repasa las actividades del día con indiferencia y contención. Es firme, estricto y tremendamente inteligente. Todos están pendientes de cada una de sus palabras.

Y se folla a su masajista los martes y los jueves.

No sé cómo me he metido en este lío, pero tiene que acabarse.

Bueno..., ya se ha acabado, así que ya no hay motivo de preocupación.

—Gracias, eso es todo. Quiero un informe en mi mesa cada tarde a las cuatro y media —les dice a los hombres de la agencia de investigación.

—Sí, señor —contestan mientras se levantan todos.

Me quedo esperando al fondo. No sé si irme o no.

—Un momento, Emily —dice Jameson.

El corazón me da un vuelco.

—Sí.

—Baja con Jake a tu planta y di que es nuevo y que estáis haciendo prácticas juntos.

Lo miro a los ojos.

Me mira impasible, con una mirada fría como el hielo.

—Claro. —Me vuelvo hacia Jake y sonrío—. ¿Estás listo?

—Por supuesto —me indica Jake en tono jocoso—. Después de ti.

Me doy la vuelta y salgo del despacho con el corazón destrozado. Supongo que este es el fin.

Él ha pasado página. Ojalá yo también lo hiciera.

Pero lo conseguiré. Siempre lo consigo.

Estoy en la cafetería, en el banquito que hay junto a la ventana, mirando la limusina que hay enfrente de Miles Media. Ha sido una semana larguísima, y hoy en concreto ha sido muy monótono.

Es jueves, día de masaje.

Me imagino a Jameson lleno de aceite tumbado en una camilla y a otra tocándolo de arriba abajo; se me encoge el estómago solo con pensar en ello. Mi mente retorcida me enseña el peor escenario posible de porno en la vida real.

Jim… con otra tocándolo.

¿Estará vestida mientras lo masajea? ¿Hablarán? ¿Se reirán como nosotros?

Tengo que parar o solo conseguiré hacerme más daño. Quiero a un hombre que ni siquiera existe.

El chófer abre la puerta de la entrada y observo a Jameson Miles salir poco a poco: traje azul marino, postura perfecta, pelo oscuro… Emana poder.

Todo el mundo deja lo que está haciendo para observar cómo se mete en la limusina. El chófer le cierra la puerta y, lentamente, se pierden en el horizonte.

Miro el sándwich tostado de jamón y queso que tengo delante: mi cena. Qué bajón. Ya no tengo hambre.

Es viernes y son las tres de la tarde. Contemplo el artículo falso que tengo delante. Qué ironía, me he mudado a Nueva York para acabar inventando noticias para un mierda, su empresa de mierda y sus hermanos de mierda.

Aporreo las teclas con fuerza. Cabrón, cabrón, cabrón de mierda.

Tantos años de carrera para esto. Mis padres estarán orgullosos. Cuando se me presentó esta oportunidad, pensé que sería emocionante y que tendría ocasión de demostrar mi valía. Quizá me equivocaba.

—Al fondo —oigo decir a alguien.

Levanto la vista y veo a un hombre con una bolsa de papel marrón.

—Uber Eats para Emily Foster.

—¿Cómo? —Miro a mi alrededor, avergonzada—. Pero si no he pedido nada.

Lee el resguardo.

—Aquí pone que... —Hace una pausa mientras lee y frunce el ceño como si estuviera confundido—. Aquí pone que esta entrega de Uber Eats ha superado los controles de calidad y es apta para el consumo humano.

Me quedo mirándolo y acepto la bolsa.

Él entorna los ojos mientras sigue leyendo el resguardo.

—No tiene sentido...

—¿El qué?

—Azúcar para endulzarte.

Abro la bolsa y veo una tarta de queso con maracuyá en todo su esplendor. Sonrío a la cámara. ¿Está jugando?

—¿Quién la envía? —pregunto.

—Según esto, el remitente es un tal señor Majo.

Lo miro con cara de póquer.

—¿Señor Majo?

—Sí. Raro, ¿no?

—Gracias.

Me esfuerzo al máximo por no sonreír. Sé que está mirando.

Molly y Aaron echan un vistazo dentro de la bolsa.

—¡Toma ya! —chilla Aaron—. Voy a por platos.

Se dirige a la cocina de la planta.

—Tarta de queso, menos mal —exclama Molly, emocionada.

Él ha dado el primer paso. ¿Qué hago yo ahora?

Saco el móvil y le escribo.

Querido señor Majo:
Gracias.
Aunque deberías saber que ya soy lo bastante dulce.

Le doy a «enviar» y espero. Contesta al instante.

No lo dudo. ¿Quedamos para cenar esta noche?

Me echo hacia atrás, sorprendida ante su propuesta. Menudo dilema. Quiere que me una a su harén de *follamigas,* y yo lo quiero para mí solita. Le contesto.

Creo que ya nos lo dijimos todo el domingo por la mañana.

¿Por qué no podrá ser como todos? Su respuesta no se hace esperar.

Tengo una propuesta para ti.

Me quedo mirando el mensaje. No contesto. ¿Una propuesta? ¿Qué será? ¿Quiere que sea su nueva masajista?
Me hierve la sangre solo de pensar en ella. A los diez minutos, me llega otro mensaje.

Escucha lo que tengo que decirte, por favor.

Por favor. Ha escrito «por favor». Uf, vale. Contesto.

Está bien.

Espero.

Te recojo a las siete.

—Ten —me dice Aaron y me ofrece un plato con el trozo de tarta más grande que he visto en mi vida.

Le da otro a Molly y se sienta con el suyo.

—Qué bueno está esto, madre mía —murmura Molly con la boca llena.

Aaron gime complacido.

—Joder, qué orgasmo para el paladar.

Le doy un mordisco mientras me concentro en no sonreír mucho por si está mirando.

Bien jugado, señor Miles… Bien jugado.

A veces, en lo más profundo de tu ser, sabes que no deberías hacer algo. El desenlace ya está escrito en las estrellas, y tendrías que ser más fuerte y decir que no. Pero ¿y si no puedes?

Soy incapaz de obligar a mi cuerpo a no ir. La masoquista que hay en mí quiere verlo. Y que me tire en su cama de lujo y me folle hasta que olvide mi nombre. Ha sido una semana larga y solitaria. Pero esta noche tengo que ser fuerte. Si cedo ahora, el esfuerzo de la última semana habrá sido en vano.

Mantengo lo que dije el domingo. Soy demasiado buena para él en comparación con cómo es él ahora, y no pienso compartirlo. Me da igual el dinero.

Si no va a dar un paso al frente, que se aparte.

Suena el timbre y la emoción se apodera de mí.

—¿Sí?

—Uber Eats —dice con voz de terciopelo.

—¿Qué me traes? —pregunto con una sonrisa muy amplia.

—Salchicha italiana.

—Mmm… ¿Vas a ponerme droga en la salchicha y te vas a aprovechar de mí cuando me quede inconsciente? —digo, vacilona.

—Por supuesto.

Sonrío y abro el portal. Me paseo inquieta moviendo los brazos.

«Finge indiferencia, finge indiferencia, finge indiferencia».

Toc, toc.

Corro a abrir la puerta y ahí está él, con su camisa gris, sus vaqueros negros y sus ojos azules y centelleantes.

—Hola —musita con una sonrisa *sexy*.

—Hola —susurro mientras contemplo al hombre tan atractivo que tengo ante mí.

Me apetece arrojarme a sus brazos; la atracción es demasiado fuerte.

Me da un beso en la mejilla mientras pasa por mi lado y entra en mi apartamento.

—¿Estás lista? —pregunta.

—Sí —contesto mientras cojo el bolso.

—Estás preciosa —dice tras darme un repaso de arriba abajo.

—Gracias —musito.

—Pues venga, vámonos.

Me tiende el brazo y yo entrelazo el mío con el suyo.

Bajamos en el ascensor en un silencio incómodo. Él está pensativo y yo, nerviosa a más no poder.

Fingir indiferencia, tranquilidad y aplomo es horrible. Me recuerdo que no debo beber mucho esta noche. Salimos del edificio y veo la limusina aparcada cerca del bordillo.

Me abre la puerta y entro. Recuerdo la primera vez que estuve en este asiento. Pienso en la palabra «guarrilla».

Me echo a un lado y él se sienta junto a mí. Entrelaza nuestras manos y se las pone en el regazo. Vale, está muy tocón. ¿Por qué?

No sé ni qué decir ni cómo encaja esto en lo de hacerme la dura, pero me reconforta tanto que me toque que se lo permito. La limusina atraviesa la ciudad. Miro por la ventanilla mientras pienso en un millón de cosas.

Esta noche es importante: o llegamos a un acuerdo o lo dejamos aquí. No podemos seguir discutiendo por cualquier tontería.

El coche se detiene y el chófer nos abre la puerta. Salgo y entramos de la mano en un lujoso restaurante llamado Lucino's.

—Tengo una reserva a nombre de Miles —dice mientras me aprieta la mano.

—Por aquí, señor —indica el camarero con una sonrisa mientras nos acompaña a una mesita de lo más acogedora en una esquina. Me retira la silla y me siento.

Jameson se acomoda enfrente. El restaurante está oscuro; hay velas en las mesas y guirnaldas de luces en el techo. Es muy romántico.

«No te emociones. Lo más seguro es que simplemente sea casualidad».

—¿Desean beber algo? —pregunta el camarero.

—Sí, una botella de Salon S, por favor —pide mientras cierra el menú y se lo entrega al camarero.

Me quedo mirándolo. «Ya estamos otra vez».

El camarero se va y Jameson me mira a los ojos. Vuelve a cogerme de la mano.

—Hola —saluda sonriendo con ternura, como si al fin se hubiese relajado.

No discutas por la bebida. ¡Qué más dará quién pida!

—Hola —digo con una sonrisa.

Me acaricia los nudillos con el pulgar sin dejar de mirarme a los ojos.

—¿Qué tal?

—Bien.

Su roce me hace flaquear. Quiero decirle que no es verdad, que he tenido una semana de mierda y que es el rey de Cabrolandia.

Nos miramos fijamente. Es como si ninguno de los dos quisiera hablar por miedo a romper el momento.

—¿Y tu propuesta?

Contrariado por mi tono, se echa hacia atrás.

Lo vuelvo a coger de la mano.

—No lo he dicho con mala intención. Solo quiero saber en qué piensas —explico con dulzura—. Deja de ponerte a la defensiva conmigo.

Se relaja un poco. El camarero regresa con la botella de champán. La abre, echa un chorrito en la copa y Jameson lo prueba.

—Está bien.

El camarero nos sirve las copas y nos deja solos.

—He estado pensando en lo que dijiste el domingo.

—¿Y?

Da un sorbo a la bebida.

—Anulé los masajes de esta semana.

No puedo evitar esbozar una sonrisa. Guardo silencio.

—El problema soy yo... —Se queda callado.

Espero a que hable, pero como no lo hace, le doy un apretón en la mano para animarlo a continuar.

—Estoy casado con mi trabajo, Em.

Frunzo el ceño.

—Cuando dije que no buscaba una relación, no quise decir... —Se encoge de hombros como si se hubiera quedado sin palabras.

—¿No quisiste decir qué?

—No quise decir que no quisiera verte. Quería decir que soy un adicto al trabajo y que sé que muy pocas mujeres llevan bien que trabaje tanto.

—Jameson, me da igual que trabajes mucho. Lo que me importa es no ser una de tantas.

—¿A qué te refieres? —pregunta enarcando una ceja.

—No estoy hecha para tener un rollo de una noche. Yo no soy así. Pero tampoco busco una relación seria y profunda. Me entendiste mal.

—Entonces ¿qué quieres?

—Quiero tener una amistad con un hombre y saber que soy la única persona con la que se acuesta.

Jameson escucha atentamente.

—Pero lo que más quiero es no tener que compartirte con tu puñetera masajista.

Pone los ojos en blanco.

—Y que no me pongas los ojos en blanco cada dos por tres.

Tensa la mandíbula. No parece convencido.

—Cuidado con el tono —me advierte.

—¿Ves? —digo.

—¿Qué?

—Estás a la defensiva. Esto no puede seguir así. No podemos discutir por cualquier tontería.

—Pero si tú eres igual —replica.

—Ya, por eso intento contenerme. Ahora mismo, por ejemplo. Has pedido mi bebida sin preguntarme qué quería y me he callado.

—Estoy acostumbrado a tener el control —espeta.

—Y yo, y será siempre así.

Me mira a los ojos y se recoloca la servilleta pensativo.

—No te estoy pidiendo que seas mi novio —susurro—. No se trata de eso. Conectamos muy bien en la cama y eso me gusta. Quiero disfrutarlo…, pero no puedo, no puedo si sé que también disfrutas con otras. Necesito ser la única.

—Vale, pues no me acostaré con otras —espeta, exasperado.

—¿Y? —añado.

—Y podrás pedir lo que te dé la gana —exclama con los ojos en blanco.

Capítulo 12

Me entra la risa tonta.

—Esto no es por las bebidas.

—Entonces ¿por qué es? Y dímelo clarito.

—Quiero que dejes de estar a la defensiva conmigo.

—No lo estoy.

—Sí, sí lo estás —susurro mientras le acaricio la mano.

—Y tú.

—Lo sé, pero porque siento que me pisotearás si no lo estoy.

—Yo nunca te pisotearía —dice con el ceño fruncido.

—No a propósito.

Por cómo tensa la mandíbula, sé que estoy en lo cierto.

—Quiero al chico que conocí en el avión. El que se dejaba llevar.

—No sé ser ese chico todo el tiempo, Em. Es una parte muy pequeña de mi personalidad —dice, mirándome a los ojos.

—Pues resérvate esa parte para mí —musito.

Sonríe con ternura sin dejar de mirarme. Bebe un poco de champán.

—Y ya que estamos, ¿qué tenía de bueno el tío del avión?

—Me hizo reír. —Sonrío al recordarlo—. Y fue el mejor polvo de toda mi vida.

—¿De toda tu vida?

—Sí.

Sonríe orgulloso de sí mismo.

—Entonces, ¿hay trato? —pregunto.

—A ver si lo he entendido bien: quieres que seamos amigos con derecho a roce, pero solo entre nosotros.

—Sí.

—Y si estoy todo el día trabajando o de viaje y tú sales y…

Lo deja ahí.

—Entonces te llamaré para decirte que te necesito.

Me mira a los ojos.

—Y hablaremos largo y tendido o esperaré a que vuelvas.

Se toca el labio inferior con el pulgar, como si estuviera fascinado.

—No quiero acostarme con otro, Jameson. No soy de esas. Eres el único con el que he tenido un rollo de una noche.

Me da un apretón en la mano, satisfecho.

—Me he acostado con cuatro tíos en mi vida, y tú eres uno de ellos.

Se apoya en una mano y me sonríe con aire distraído.

—¿Qué pasa?

—¿Sabes cuántas veces al día pienso en follarte? —dice.

Me quedo pasmada. No me esperaba esa pregunta.

—¿Cuántas?

—Siempre. Soy como un chico de dieciocho años deslumbrado por tu belleza.

—Pues cualquiera lo diría.

—¿Por qué?

—Esta semana parecía que me odiabas. Puedes ser muy frío cuando quieres.

Se endereza.

—No me gusta que me desafíen porque sí. El domingo pasado discutiste conmigo solo para demostrar que tenías razón. Eso me cabreó.

—No. El domingo pasado discutí contigo porque quería pasar el día en mi casa, y tú diste por sentado que la tuya era mejor que la mía. No me impresiona tu dinero, Jameson. Me da lo mismo tu apartamento de lujo. El mío es igual de bueno.

—¿Ahora vamos a discutir por qué discutimos? —replica y pone los ojos en blanco.

Sonrío. Tiene razón, qué tontería.

—No. Se acabaron las discusiones. —Tomo su mano y me la llevo a la mejilla—. Ahora vamos a cenar, y luego volveremos a tu casa y haremos eso que tanto te gusta —susurro.

Inhala bruscamente. Los ojos le hacen chiribitas.

—Cómo me pones, joder.

Me meto su pulgar en la boca y lo chupo lentamente sin dejar de mirarlo a los ojos.

—Como su entregada feladora, señor Miles, me tomo mi trabajo muy en serio —susurro en tono amenazante—. Sus deseos son órdenes para mí, señor.

—Ahora nos entendemos —dice con una sonrisa *sexy*.

Dos horas después

Cubierta por una ligera capa de sudor, me balanceo sobre su miembro. Jameson tiene la espalda apoyada en el cabecero de la cama. Con una mano, me sujeta la cadera, y con la otra, me acaricia un pecho.

Es tan corpulento que noto hasta el último centímetro de él en lo más profundo de mi ser. El primero ha sido brusco y rápido: yo de rodillas y él detrás. Nos veía en el espejo. Su torso se contraía con cada embestida, y sus ojos oscuros no abandonaban los míos.

Ha sido lo más *sexy* que he visto en mi vida.

Me agarra con fuerza de la cadera mientras me la mete y me la saca con ímpetu. Nos miramos a los ojos. Es uno de esos momentos en los que ninguno habla porque sobran las palabras.

Envuelve mi pelo con la mano y me atrae hacia él. Se apodera de mi boca y me besa. Me mete la lengua en el ángulo perfecto.

—Sube las piernas —susurra mientras me levanta las rodillas hasta ponerme en cuclillas.

Titubeo.

—¿Qué pasa?

—Ten cuidado.

—Sabes que no te haría daño —me tranquiliza.

Me besa de nuevo succionando en la medida justa. Mi cuerpo sabe quién manda aquí. Puede que Jameson Miles me deje pedir a mí las bebidas, pero está claro que nunca me dejará mandar en la cama.

Aunque tampoco me quejo; así es perfecto.

Me levanta, al principio despacio y con cuidado, y encontramos la velocidad adecuada. Me mira boquiabierto.

—Ah —gimo—. Qué… placer.

Pone los ojos en blanco a medida que me sube y me baja con más fuerza. Pongo las manos en sus hombros; noto cómo se le tensan los músculos.

Gime mientras me estrella contra él. Su cara es de éxtasis puro y duro.

Echo la cabeza hacia atrás cuando llego al orgasmo y me estremezco por dentro.

—Joder —grita, todavía dentro de mí.

Noto el inconfundible tirón y se vacía en mi interior.

Me mira a los ojos y, lentamente, me acaricia la cara y acerca mis labios a los suyos.

Nos besamos sin prisa, con ternura. Es un beso íntimo; nada que ver con la relación de amigos con derecho a roce de la que hablábamos antes.

Está conmigo en esto. Sé que lo está.

—Qué guapa eres, joder —murmura cerca de mis labios mientras me acerca a él.

Me tumbo en su pecho y sonrío contra su piel mientras lo abrazo. Oigo su corazón, tan acelerado como el mío, y me siento segura y querida.

Sé que solo deberíamos ser amigos con derecho a roce, pero lo nuestro es algo más.

¿Qué clase de más? No lo sé.

Noto que me dan un cachete en el culo.

—Despierta.

Pongo mala cara y me giro hacia él.

—¿Qué pasa?

—Va, espabila.

—¿Eh?

Me estiro y abro los ojos. Las cortinas están descorridas y un sol cegador entra por los ventanales. Medio dormida, miro a mi alrededor.

—¿Qué hora es?

—Las ocho. Levanta, que nos vamos a correr a Central Park.

—¿Quiénes? —pregunto, confundida.

Lleva una toalla alrededor de la cintura y se acaba de duchar.

—Tú y yo.

Me rasco la cabeza.

—¿Te has duchado para salir a correr?

—Es que olía a sexo —dice con una sonrisa de suficiencia. Se agacha y me besa en los labios.

Lo rodeo con los brazos y lo acerco a mí.

Se zafa de mi agarre.

—Venga.

—No tengo ropa aquí. ¿Qué zapatillas me pongo?

—¿Qué pie calzas?

—Un 38 o 39.

—Mmm... —Pone las manos en jarras y piensa—. También te puedo dejar unas.

—¿Para caerme y romperme la crisma?

—Mmm, vale.

Se mete en el vestidor y sale con unos pantalones cortos de color negro y una camiseta azul de la marca Nike.

Esbozo una sonrisita cuando lo veo.

—¿Qué pasa? —dice.

—¿Te patrocina Nike o qué?

Se mira y sonríe.

—No, es que es cómodo.

—Igual que esta cama —comento, y sonrío adormilada mientras me acurruco bajo las sábanas.

Se sienta para ponerse las zapatillas y me quedo mirándolo.

—Entonces, ¿esto cómo va? —pregunto.

—¿Cómo va el qué?

—Pues... —Callo un momento para intentar expresar lo que quiero decir sin parecer necesitada—. Nunca he tenido una relación esporádica. —Me encojo de hombros tímidamente—. ¿Cómo lo hacemos? ¿Cuándo nos vemos?

—Pues... —Se agacha para atarse la zapatilla—. Vamos improvisando, supongo.

Frunzo el ceño. Y si no me llama, ¿qué? Estaría toda la semana esperando. No me gusta cómo suena eso.

—Creo que prefiero que fijemos días concretos.

—¿Cuántos días? —pregunta.

Me encojo de hombros. Mierda, ¿le habré parecido desesperada?

—Un día por semana —propongo para quitar importancia al asunto.

—Quiero verte más de una vez por semana —contesta entre risas.

—Ah, ¿sí?

Sonríe. Sabe perfectamente lo que estoy haciendo. Se levanta y se inclina para darme un beso.

—Sí, tres veces por semana.

Intento que no se me note que estoy sonriendo.

—¿Qué días?

—¿Tenemos que fijar días?

—Eso creo.

—¿Por qué?

Me encojo de hombros mientras retuerzo la manta con los dedos; me avergüenza lo mucho que lo necesito.

Me pone un dedo debajo de la barbilla y acerca mi rostro al suyo.

—¿Por qué, Emily?

—Porque odio esperar, y así sabemos que esos días no podemos hacer otros planes.

—Vale —dice con los brazos en jarras—. ¿Cuándo quieres verme?

—Quizá dos veces entre semana y una vez los fines de semana —propongo dudosa mientras observo su reacción—. Pero solo unas horas cada vez, claro.

—No.

Mierda. Me he pasado con las exigencias.

—Dos noches enteras entre semana y una noche y medio día el fin de semana.

—Medio día —musito con una sonrisa.

—Sí, empezando desde ya. Quiero mi medio día hoy.

—¿Hoy? ¿Por qué hoy?

—Porque mientras yo salgo a correr, tú puedes volver a dormir. Y cuando regrese, nos duchamos juntos y te preparo el desayuno.

Sonrío mientras doy saltos de alegría por dentro. Me parece genial.

—Entonces, volvemos a la cama y te follo como si no hubiera un mañana para sobrellevar mejor estos días que voy a estar sin ti. —Me acuna el rostro con las manos—. ¿Vale?

Cuando es majo, es monísimo. Asiento mientras trato de no sonreír como una tonta.

Cierra las cortinas, me tumba, me tapa y me da un besito en la sien.

—Va, vuélvete a dormir —susurra.

Cierro los ojos y sonrío contra la almohada mientras lo oigo marcharse.

Me tumbo bocarriba y contemplo el techo de lujo.

Este hombre es un dios.

Me paso la siguiente hora durmiendo. Me despierto cuando Jameson entra en la habitación. Está sudoroso y jadea. Me apoyo en los codos mientras lo miro.

—Pero ¿a dónde has ido? ¿A la Antártida?

Aún sin aliento, se ríe entre dientes y niega con la cabeza.

—Corres mucho, ¿no?

Asiente mientras se lleva las manos a las caderas.

—Cuanto más corro, mejores son los efectos.

—¿Efectos en qué? —pregunto con curiosidad.

—En mis niveles de estrés.

Se mete en el baño y abre el grifo de la ducha.

Esto es nuevo. ¿Está estresado? Bueno, no me extraña. Al fin y al cabo, tiene mucho trabajo.

—¿Vienes? —grita.

—Sí —digo mientras me levanto a mi ritmo.

Él ya está en la ducha; tiene la cabeza empapada. Poco a poco, vuelve a respirar con normalidad. Nada más entrar, me abraza y me da un besito.

—Buenos días —susurro.

—Buenos días, mi Em —saluda mientras me roza los labios con los suyos.

Sonrío como una tonta.

—¿Qué pasa?

—Me gusta que me llames así.

—Ah, ¿sí? —dice con una sonrisa.

—Tu princesa Em —añado, batiendo las pestañas para demostrárselo.

Se ríe entre dientes mientras se dispone a enjabonarme.

—No me cabe la menor duda de que debajo de toda esa mordacidad se esconde un amor de persona —dice.

—Pero si no he sido mordaz ni una sola vez —exclamo tras ahogar un grito.

Sonríe mientras me coloca un mechón detrás de la oreja.

—Y mira lo guapa que estás.

Me entra la risa tonta y me apoyo en su pecho. Me frota la espalda, los hombros, los pechos y las piernas. Miro lo concentrado que está. Entonces, pasa a la entrepierna. Me mira a los ojos mientras me toca ahí abajo.

Nos miramos fijamente. No parece algo sexual, sino un gesto íntimo.

Me pierdo en esos ojazos azules que tiene y juro que este no es el hombre que dirige Miles Media. El hombre con el que estoy ahora es dulce y tierno. Todo lo contrario de Jameson Miles.

—Mi turno.

Le arrebato el jabón, hago espuma y le paso las manos por el pecho, por los hombros, por los bíceps, por los abdominales y por las ingles. Se me retuercen las entrañas mientras le enjabono esa zona. Se agacha y me da un besito en la sien como si supiera que me falta poco para abalanzarme sobre él. Esto de estar todo el día haciéndolo ya pasa de castaño oscuro; tiene que acabarse.

La atracción sexual es tan fuerte que no nos cansamos del otro.

—Me has convertido en una ninfómana —susurro.

Me sonríe mientras me roza los labios con los suyos.

—A juzgar por nuestra primera noche juntos, creo que ya padecías esa dolencia antes de que nos conociéramos.

—No me he sentido así nunca.

—¿Así, cómo?

—Contigo sale a la luz un lado de mí que siempre había permanecido oculto. —Y añado, mirándolo a los ojos—: No te pareces a los tíos con los que he estado.

Nos mojamos. No sé por qué le he dicho eso. Noto que me estoy encariñando de él. No sé cómo dejar de soltar lo primero que se me pasa por la cabeza. Voy a estropearlo todo.

«Cállate de una vez».

Me acuna la cara y me besa. Mete la lengua en mi boca hasta la campanilla, y es tan erótico, tan tierno, tan… ¡joder! Tan perfecto que no doy crédito.

—Te voy a llevar a la cama otra vez —murmura en tono amenazante.

—Por favor —gimoteo.

Salimos. Nos seca y regresamos a la cama. Me tumba y me separa las piernas.

Observo cómo se pone el condón y se tumba encima de mí. Nos miramos a los ojos mientras se apoya en los codos y se hace un hueco entre mis piernas. Lo agarro del culo, pero me frena.

—Quiero hacértelo despacio —musita.

Madre mía. Se me hace un nudo en el estómago de la emoción.

—Yo te quiero a ti.

Se apodera de mi boca y pasamos a besarnos con frenesí mientras me la mete con calma y hasta el fondo. Arqueo la espalda, complacida con cómo me posee.

Gimo en voz alta, y cierra los ojos de placer.

Nos pasamos veinte minutos admirando el cuerpo del otro, despacio. Es amable, cariñoso y la noto muy hondo. Me recorre la clavícula, el cuello y la mandíbula con la boca abierta. Entonces, llega a mis labios.

—Joder, Emily —susurra—. Me rompes los esquemas.

Si pudiera contestar, lo haría, pero estoy demasiado ocupada haciendo el amor. Esto es el paraíso.

Follar con Jameson Miles es lo más excitante del mundo, pero hacer el amor con él te cambia la vida. No volveré a ser la misma.

¿A dónde narices va una chica después de un polvo como este?

Noto cómo se gesta dentro de mí. Empiezo a temblar. Pero en vez de acelerar como suele hacer cuando llegamos a este punto, se detiene en seco.

—Acéptalo —susurra.

—¿Cómo?

—Quédate quieta y acéptalo. Contráete hasta llegar al orgasmo.

Lo miro a los ojos. La madre que lo trajo. No puedo con este hombre, qué cachonda me pone.

—Fóllame —susurra—. Mueve solo esto, nada más —dice mientras tensa el pene y me lo mete hasta el fondo—. Quiero que me enseñes lo que sientes... Solo a mí.

—Dios mío —gimo.

—Venga —me anima.

Contraigo la vagina y él sonríe.

—Más fuerte.

Contraigo de nuevo y sonríe entusiasmado.

—Así me gusta. —Se le cierran los ojos del éxtasis—. Ordéñame y enséñame a quién le pertenece.

Algo en mi interior se desata cuando me dice que su polla es mía. Le enrosco las piernas alrededor de la cintura y me contraigo.

Jameson sisea en señal de aprobación.

—Qué... gusto —susurro mientras nos miramos fijamente—. Qué... gusto, joder.

Al resto del mundo le parecería que solo nos estamos abrazando, ya que estamos tumbados y quietos, pero con cada contracción, derribo todas las barreras que alguna vez levanté.

Empieza a gemir. Me gusta tanto ese sonido que no lo soporto más. Me contraigo lo más fuerte que puedo y ambos gritamos cuando llegamos al orgasmo.

Entonces, me besa con dulzura, con ternura, y siento que nos embarga la emoción.

Me pego a su cuerpo como si me fuera la vida en ello.

—Hostia puta, eres perfecta —susurra.

Le acaricio la barba.

—Tú eres perfecto —replico, y le doy un beso—. Así que contrólate.

—¿Por? —dice con una sonrisa.

—Porque creo que podría volverme adicta a ti.

Se ríe entre dientes y, al girarse, me arrastra con él.

—No, quiero que seas adicta a mí.

Me río.

—¿Por qué quieres que sea adicta a ti?

—Porque yo soy adicto a ti y no quiero estar solo en esto.

Me mira a los ojos y se me parte el alma.

—No estás solo en esto, Jay.

—Me alegro —susurra, y me besa en la sien para relajarse.

Nos quedamos enredados y, mientras él duerme, yo empiezo a divagar.

Siento cosas por él, eso lo sé a ciencia cierta. Dos días y ya siento cosas por él. ¿Cómo acabará esto?

Estoy jodida.

Una hora después, me despierta el olor a beicon. Abro los ojos y sonrío. No sé qué universo paralelo será este, pero me gusta. Me pongo un albornoz que había colgado en el baño y me dirijo al salón. Doblo la esquina y veo una pared de cristal con vistas a Nueva York y Central Park. El exceso de lujo y riqueza son como un golpe en toda la cara y me detengo en seco. No puedo creer que todo esto sea suyo.

Este dinero es su dinero.

Miro los suelos, las alfombras, los muebles, la chimenea y el enorme espejo dorado que hay encima. No he visto un apartamento como este en ninguna revista, ya no digamos estar en uno. Me siento fuera de lugar.

—Mira a quién tenemos aquí —dice con una sonrisa cuando me ve.

Esbozo una sonrisa torcida.

Frunce el ceño al verme la cara.

—¿Qué pasa?

Retuerzo las manos, inquieta.

—Tu casa me pone nerviosa.

—¿Por qué?

Me encojo de hombros, avergonzada por mis bajos estándares.

—Es muy sofisticada. Siento que no encajo aquí.

Me abraza.

—¿Y eso qué significa?

Dudo.

—¿Por eso no querías venir el fin de semana pasado?

—Sí —digo, asintiendo con la cabeza.

—Explícame por qué.

—Cuando estoy aquí, recuerdo lo diferentes que somos.

—¿Y eso te preocupa?

Asiento con timidez.

Frunce el ceño como si le costase entenderlo.

—Eres la primera que lleva mal que tenga dinero.

—Me corta mucho el rollo.

—¿En serio? —balbucea.

—Preferiría que fueses pobre y todo —respondo con una sonrisa, porque sé lo tonto que suena.

Se ríe entre dientes.

—Habla por ti.

Me lleva a la cocina, donde me espera un desayuno compuesto por una rebanada de pan de masa madre con beicon, huevos y una rodaja de aguacate.

—¡Qué pinta! —exclamo con una sonrisa mientras me siento.

—Que sepas que preparo unos desayunos para chuparse los dedos —dice y se sienta a mi lado, orgulloso de sí mismo.

Se me borra la sonrisa mientras agarro el cuchillo y el tenedor. «Eso es porque prepara muchos desayunos».

Para.

Pruebo la comida. Me pregunto cuántas mujeres se habrán sentado aquí y se habrán comido lo que les haya preparado después de estar toda la noche dale que te pego.

Por el amor de Dios, para de una vez.

—¿Qué vas a hacer hoy? —pregunto para dejar de pensar en cosas negativas.

—Esta tarde jugaré al golf con mis hermanos y luego seguramente iré a cenar con ellos y con mis padres. Vuelven a Londres la semana que viene. —Da un sorbo al café—. ¿Y tú?

Sonrío al imaginarme a los cuatro jugando al golf.

—Tengo que ir a comprar. Saldré a dar un paseo y luego escribiré algunos artículos falsos.

Deja de comer y me dice:

—No hace falta que trabajes los fines de semana.

—Ya, pero me gusta ir adelantada por si surge algún imprevisto.

Asiente y vuelve a comer.

—¿Vas a salir esta noche? —pregunta como si nada.

No, pero no quiero que piense que me voy a quedar en casa lloriqueando por él.

—Sí.

Me mira al instante. Se le mueve la mandíbula como si estuviera enfadado.

—¿A dónde vas?

—A cenar con Molly y Aaron.

—¿Quién es Aaron?

—Un amigo del trabajo. Se sienta a mi lado. Es gay.

—Ah —dice mientras corta la tostada, ya más tranquilo.

Observo cómo come en silencio.

—¿Te molestaría que saliese de fiesta?

Bebe un poco de café para ganar tiempo.

—Bueno, teniendo en cuenta cómo te comportaste la semana pasada, sí, me molestaría.

Sonrío con ternura.

—¿Qué?

—Nada —respondo y me encojo de hombros. Me gusta que le moleste.

Me sube la mano por el muslo y me da un beso en la mejilla.

—No pienso compartirte. No quiero que bailes con nadie.

Sonrío y le acaricio la barba con las dos manos mientras lo miro a los ojos.

—Vale, pues no lo haré.

Una hora después, la limusina se detiene delante de mi casa.

Jameson me besa en el dorso de la mano sin dejar de mirarme a los ojos.

—Hasta el martes.

Sonrío con dulzura al apuesto hombre que tengo delante.

—Hasta el martes.

Le doy un beso en los labios. El chófer abre la puerta del vehículo y me bajo. Me giro y me despido con la mano. Espera a que entre y, entonces, arranca y poco a poco se pierde entre el tráfico.

Exhalo con fuerza mientras me veo pasando lo que queda de fin de semana sola.

Jo, aún falta mucho para el martes.

Estoy tumbada en el sofá de lo más relajada. En contra de lo que me aconsejó Jameson, he pedido en Uber Eats para una persona. Sí, he cerrado la puerta con cadena por si acaso.

El móvil empieza a vibrar encima de la mesa; el nombre «Aaron» ilumina la pantalla.

—Hola —digo con una sonrisita.

—Te vas a cagar —tartamudea—. He hackeado el correo de Paul y se ve que ha quedado con uno esta noche.

Me incorporo.

—¿Cómo?

—Sí, pero hay más.

—¿Más?

—Está en Grindr.

—Madre mía, no puede ser —exclamo tras ahogar un grito—. ¿Está en Grindr?

—Sí. Vístete, que nos vamos de parranda.

—¿Qué? —chillo.

—Ya me has oído. Ponte algo *sexy*. En media hora estoy ahí.

—Pero…

Se oye un clic; ha colgado. Jo, no me apetece salir esta noche.

Me vuelve a sonar el móvil. Es Molly.

—Sí —digo, pues me imagino que Aaron la habrá llamado también.

—¿Que el muy cabrón está en Grindr? —aúlla.

—Eso parece.

—Hazme un favor. Esta noche, cuando veas la mierda de pene que tiene Paul, coges el zapato y lo haces picadillo.

Sonrío.

—Espero no verlo, Molly.

—No me lo creo. Qué fuerte —exclama indignada.

—Ya ves.

—Aaron es demasiado bueno para él.

—Totalmente. ¿Te vienes de fiesta con nosotros?

—No puedo. Tengo a los niños. Átate una GoPro a la cabeza para que vea qué pasa.

—¿No puedes dejarlos con su padre? —pregunto—. Es una emergencia.

—No. Ha salido con una pelandrusca.

Me entra la risa tonta.

—Madre mía, cómo está el patio.

—No veas —responde, cortante—. Vale, te llamo cada hora. Cógelo.

Cuelga.

Una hora después, Aaron me lleva de la mano por el club mientras lo escudriña detenidamente. Es pequeño, oscuro y la música es la típica de las discotecas. El ritmo es tántrico.

—¿Lo ves? —grito.

—No —dice mientras mira a su alrededor con los ojos entornados.

—¿Qué vas a hacer si lo ves? —pregunto.

—Cortar con él.

—¿Y hace falta montar todo este circo? —digo con el ceño fruncido.

—Necesito pruebas.

—El correo es la prueba, Aaron —le indico y resoplo.

—Sabía que andaba metido en algo —dice furioso—. El muy cabrón se ha pasado toda la semana en mi cama y míralo, buscando a quién tirarse en Grindr.

—¿Teníais una relación seria?

—No, me dijo que no quería novio, pero que solo se acostaría conmigo.

Frunzo el ceño. Eso me suena.

—Entonces, ¿le has sido fiel en todo momento?

—Pues claro. No voy por ahí tirándome a lo primero que se menea.

Arrugo la nariz.

—Pues mándalo a paseo.

—Eso haré en cuanto lo vea.

Pongo los ojos en blanco. Noto que el móvil me vibra en el bolso. Lo saco.

—Hola, Molly.

—¿Qué está pasando?

—No lo encontramos —contesto y miro a mi alrededor.

—Sentaos en un rincón donde no os vea nadie y esperad a que lleguen. No os quedéis donde os puedan ver.

—Vale, sí —digo, y tapo el auricular—. Molly dice que nos pongamos en un sitio en el que no nos vea.

—Qué buena idea —exclama mientras me señala.

Me toma de la mano y nos lleva a un reservado.

—Yo me quedaré aquí. Tú ve a por algo de beber —me espeta mientras toma asiento.

Suspiro.

—¿En serio están tus hijos en casa? —le digo a Molly—. ¿Por qué habré accedido a hacer esto?

Molly se ríe.

—Llamaré en una hora —promete y cuelga.

—¿Qué quieres beber? —pregunto.

—Un flamenco rosa.

Lo miro con cara de póquer.

—Es el nombre de cóctel más gay que he oído nunca.

—¿Quizá porque soy gay? —comenta con los ojos como platos, exasperado; no está de humor para mis chistes—. Tú tráemelo y ya está.

Me dirijo a la barra y me pongo a la cola.

—Hola, Foster —oigo que me dice un hombre a mi espalda. Me giro y veo a Jake, del equipo de investigación.

—Ay, hola —saludo con una sonrisa—. ¿Qué haces aquí?

—Beber —responde mientras me enseña su copa.

—Claro —asiento con una sonrisa.

Me da un repaso de arriba abajo.

—Madre mía, qué *sexy*.

Sonrío tímidamente. Qué incómodo.

—Gracias.

—¿Quieres bailar?

—Eh... —musito frunciendo el ceño. Ay, madre—. No, gracias. Estoy con Aaron.

—¿Y dónde está? —pregunta mientras mira a su alrededor.

Mierda, ya he metido la pata.

—Está en un reservado, al fondo.

—Voy a saludarlo —dice, y se va hacia allí.

Estupendo. Ahora tendremos que actuar con normalidad, cuando solo queríamos criticar a Paul y espiarlo.

Vuelvo a la mesa con nuestras bebidas y veo a Aaron y a Jake enfrascados en una conversación sobre el trabajo.

Mmm... Esto me hace pensar. ¿Creerá que Aaron está involucrado y estará tratando de sacarle información? Le doy un sorbo a mi bebida mientras hablan y lo analizo. La verdad es que es bastante guapo. Tiene el pelo rubio, mandíbula cuadrada, hoyuelos, y te ríes mucho con él. No me había dado cuenta hasta ahora porque, al estar en la misma sala que Jameson, cualquier hombre queda en segundo plano.

—Voy a por una copa y vuelvo —anuncia mientras se pone de pie—. ¿Quieres una, Foster?

—No, gracias —respondo y esbozo una sonrisa.

—¿Y tú, Az?

—No, estoy bien —contesta Aaron.

Se va a la barra.

—Madre mía, loco —dice Aaron en tono de burla—. No he venido aquí a hablar de trabajo. ¿Y de qué va el memo este poniéndonos motes? No soy su colega.

—Sí, ¿verdad? —asiento y pongo los ojos en blanco.

—¿Por qué le has dicho dónde estaba?

—No sé —tartamudeo—. Me ha pillado desprevenida.

—Pues qué bien. Ahora a aguantar al imbécil este.

—¿Nos vamos ya? —susurro—. Que nos está saliendo todo como el culo.

—No. Nos vamos a quedar aquí hasta que se enciendan las luces.

Me llevo las manos a la cabeza. Me llaman.

—Hola, Molly —digo, molesta con ella porque se ha ahorrado este calvario—. Aún no ha pasado nada.

Lunes, diez de la mañana

Me suena el teléfono del escritorio.

—Hola, Emily —saluda Sammia—. El señor Miles desea verte en su despacho ahora mismo.

Me invade la emoción.

—Vale, ahora subo.

Me arreglo el pelo, me retoco el pintalabios y voy al ascensor casi corriendo. Ojalá me eche de menos y esto sea una excusa para verme. Llego al último piso y atravieso el vestíbulo a grandes zancadas.

—Hola, Sammia.

—Hola, Emily. Pasa.

—Gracias.

Ya puedo cruzar el pasillo tranquila porque por fin me he comprado unos zapatos con suela de goma. No se oye ni un taconeo. Llamo a su puerta.

—Adelante —susurra con voz grave.

Abro la puerta y la cara me cambia al instante. Jake está sentado delante de la mesa de Jameson.

—Hola —digo con una sonrisa.

¿Qué hace este aquí? «Lárgate. Me toca a mí estar con él».

Jake se vuelve hacia mí y se le ilumina la cara.

—Hola, Foster.

Jameson mira a Jake a los ojos.

—Parecéis muy amiguitos, vosotros dos.

—Ah, es que el sábado por la noche salimos de fiesta juntos, ¿verdad que sí, Foz? —exclama de lo más contento.

Jameson me mira. Le da un tic en la mandíbula. Está enfadado.

Mierda.

Capítulo 13

—Eh —tartamudeo, nerviosa—. Simplemente nos encontramos, nada más.

Jameson arquea una ceja; no parece convencido.

—No seas tímida, Foster. Nos llevamos muy bien —dice el idiota de Jake.

Me estoy poniendo pálida. «Cállate ya, pesado».

Me vuelvo hacia Jameson con la esperanza de cambiar de tema.

—¿Quería verme, señor?

—Sí —responde, y pasa a mirar a Jake—. Quisiera saber qué pistas tiene, señor Peters.

—Llámeme Jake.

Jameson lo fulmina con la mirada, pero guarda silencio. Madre mía, qué incómodo es esto. Aprieto el bloc de notas a más no poder. ¿Por qué habrá tenido que decir que salimos juntos?

No salimos juntos. Estoy sudando.

—Al grano —exige Jameson.

—Bueno, tengo algunas, pero nada concreto. Aún es pronto para eso.

—¿Aún es pronto? —repite Jameson—. Señor Peters, ¿es usted consciente de la importancia que tiene que solucionemos este asunto cuanto antes?

—Sí, señor, pero…

—Nada de peros —gruñe—. Nuestras acciones han bajado cuatro millones de dólares hoy. Y lo mismo pasa todos los días. —Da un manotazo en la mesa que nos hace brincar del susto—. Ni se le ocurra decirme que aún es pronto —brama.

Jake y yo nos encogemos. Nunca había visto a Jameson tan enfadado. Sí que está estresado, sí.

Me pregunto si habrá ido a correr esta mañana. Supongo que no.

—Señor Miles —interrumpo.

Jameson me manda callar con un gesto.

—Emily, quiero cuatro artículos esta semana.

—Sí, señor.

—Que sean ingeniosos, pertinentes y, sobre todo, identificables.

Asiento con la cabeza.

—De acuerdo.

—Ya puedes salir —dice Jameson, cortante—. Eso es todo.

Frunzo el ceño y miro a uno y a otro. ¿A quién se lo ha dicho?

—¿Yo? —pregunto, señalándome.

—Pues claro —espeta—. ¿Quién, si no?

Me estoy empezando a enfadar.

—Muy bien.

Agarro el bloc de notas y me levanto.

—Quiero cada artículo a las cuatro en punto.

—Muy bien —repito de camino a la puerta.

—Dile a Tristan que venga —me ordena en tono brusco.

«No soy tu puñetera secretaria».

Abro la puerta y esbozo una sonrisa.

—Enseguida —musito con los dientes apretados mientras cierro la puerta.

¡Será cerdo! ¿Quién se cree que es? Cierro los ojos por el pobre de Jake. Se lo va a comer con patatas.

Jameson Miles es un borde de mil demonios cuando está estresado. Ahora entiendo por qué corre… Para no ir a la cárcel. A saber qué pasaría si no hiciera ejercicio.

Paso por recepción y me dirijo a la otra punta de la planta. Llamo a la puerta de Tristan.

—Adelante —responde.

Sonrío al darme cuenta de lo mucho que se parece a su hermano. Abro la puerta.

—Jameson me ha dicho…

Hago una pausa para pensar en cómo decirlo de un modo más amable.

—¿Quiere verme? —dice Tristan con una sonrisita.

—Sí.

Se levanta.

—¿Va todo bien? —pregunta como quien no quiere la cosa de camino a recepción.

—Está... —empiezo, y me encojo de hombros mientras pienso en cómo decirlo—. Inquieto.

—Mmm... —murmura y frunce el ceño por la preocupación—. Tiene muchas cosas en la cabeza, pero eso tú ya lo sabes.

—Sí —digo mientras sonrío y lo miro a los ojos. ¿Lo sabrá?

—Adiós —se despide guiñándome un ojo y se va por el pasillo que conduce al despacho de Jameson.

¿Y ese guiño? ¿Era su manera de decirme «sé que te lo estás tirando»? ¿Sabrá que hemos vuelto?

Mierda.

Como la recepcionista no está, aprovecho para mirar la puerta del despacho. Ay, ¿qué estará pasando ahí dentro?

La puerta se abre de repente. Mierda, no quiero que me vean. Me escondo detrás del mostrador de recepción. El tono de Jameson me hace estremecer. Jake pasa por mi lado hecho una furia, se mete en el ascensor y pulsa el botón con fuerza.

Se cierran las puertas y, con los ojos como platos, salgo de detrás del escritorio. ¿Qué le habrá dicho?

Jameson

Respiro hondo por la nariz para intentar tranquilizarme.

—Madre mía, Jameson, afloja un poco —espeta Tristan—. El pobre lo está haciendo lo mejor que puede.

—Y una mierda. Este tío es un inútil. Lleva aquí una semana y no tiene ni idea de lo que pasa. Le interesa más ir detrás de las chicas.

Me sirvo un *whisky* y contemplo la ciudad por la ventana.

—Son solo las diez —señala Tristan en tono seco mientras me mira.

—¿Y? —digo, cortante.

Doy un sorbo al *whisky;* noto cómo me quema la garganta.

—Esa chica que mencionas no será Emily Foster, ¿no?

—No empieces —replico mientras pongo los ojos en blanco. Estoy que me subo por las paredes. ¿Cómo ha podido salir con él?—. ¿Tienes el informe de gestión? —pregunto para cambiar de tema.

—No, está en mi despacho —contesta y se dirige a la puerta—. Voy a buscarlo.

No aparto los ojos de la ciudad.

—Hola —oigo que dice una vocecita a mi espalda.

Suspiro sin dejar de mirar por la ventana.

—Vuelve al trabajo, Emily.

—¿Estás bien? —pregunta mientras se acerca a mí.

—Sí, estoy bien —musito apretando la mandíbula para no mirarla.

Me quita el *whisky* y lo tira por el desagüe.

—¿Qué haces? —exclamo enfadado.

Me sonríe y me abraza por la cintura por dentro de la chaqueta.

—Cuidar de mi hombre.

—Pues no me tires la copa.

—Pues no bebas porque estás estresado. Estás jugando con fuego, Jameson.

—No eres mi madre.

Sonríe de forma sensual y se pone de puntillas para besarme.

La fulmino con la mirada.

—Estoy muy enfadado contigo.

—Lo sé —susurra, y vuelve a besarme—. El sábado no iba a salir, pero entonces tuvimos que espiar al novio de Aaron porque había quedado con uno de Grindr. Entonces apareció Jake. Y madre mía, qué pesado, no se callaba.

Le lanzo una mirada asesina.

Ella sonríe y se arrima a mi pecho.

—Te he echado de menos este fin de semana.

Por primera vez desde que la dejé en casa el sábado, estoy tranquilo.

—No me eches de menos, Em —suspiro.

—No puedo evitarlo —dice y, haciendo caso omiso de lo que le digo, me besa en los labios—. Si estás estresado, te vas al gimnasio o vienes a verme. ¿Qué tal el kárate? He oído que va muy bien.

Pongo los ojos en blanco.

—Hacer kárate y convertirme en el puto Kung Fu Panda no aliviará mi estrés. Es ridículo que pienses que sí.

—Vale, pues sal a correr, pero no quiero que te pases todo el santo día bebiendo.

Incapaz de controlarme un segundo más, le paso el brazo por la cintura.

—Y yo te dije que no quiero que salgas con otros hombres. Y menos con él.

Me acaricia la barba con la punta de los dedos mientras sonríe con dulzura.

—Tú eres mi único hombre —susurra—. Solo pienso en ti.

Siento que poco a poco se me pasa el cabreo mientras nos besamos.

—Te necesito esta noche —me dice bajito.

Madre mía, y yo a ella. «No, cíñete a las reglas».

—No es martes.

—Me da igual.

—¿Tiene que desobedecerme en todo, señorita Foster?

—Y porque aún no ha visto lo traviesa que voy a ser esta noche, señor Miles —musita mientras la presiono contra mi cuerpo para que note mi erección.

—Ejem —carraspea una voz desde la puerta.

Alzamos la vista, sobresaltados.

Emily se aparta de mí con brusquedad.

—Tristan —balbucea—. Solo estaba... —Nos mira a uno y a otro—. Vamos, que...

Tristan se ríe entre dientes.

—¿Queréis que os deje solos?

—No —tartamudea—. Yo ya me iba —dice, y se dirige a la puerta casi corriendo—. Pues eso, adiós.

No puedo evitar sonreír cuando veo lo roja que se ha puesto. Tristan ya lo sabe: nos lo contamos todo.

—Adiós, señorita Foster. Pasaré a recogerla a las siete.

Ella asiente avergonzada y se va pitando. La miro sonriendo.

—Es buena para ti —me dice Tristan, mirándome a los ojos.

—Eso es discutible.

Emily

Una vez en el ascensor, sonrío de oreja a oreja. Ha funcionado. Quería calmarlo y ha funcionado. Es un espejo. Si yo estoy tranquila, él también.

Tal vez si soy sincera con él, él también lo sea. No sé qué implicará eso en mi plan de hacerme la dura, pero supongo que no tardaré en descubrirlo. Diría que no le ha molestado que le haya dicho que lo echaba de menos; es más, parecía aliviado. O quizá solo que me estoy haciendo ilusiones. Examino detenidamente la planta cuarenta mientras vuelvo a mi mesa.

Alguno de mis compañeros es un ladrón que está robando a la familia Miles. Las acciones de la empresa están cayendo en picado, y mi Jay está estresadísimo.

Ojalá pudiese contárselo a Molly y Aaron. Seguro que si pusiésemos nuestras ideas en común, llegaríamos más lejos que Jake.

Pero no puedo. Prometí que no se lo diría a nadie. Me siento en mi mesa.

—¿Qué tal ha ido? —pregunta Aaron.

—Bien —miento.

—Es obvio que le molas —dice Molly con una sonrisita.

—¿Por? —pregunto.

—Nosotros no hicimos el programa ese de prácticas —explica y, al instante, mira a Aaron—. ¿Verdad que no?

—No —contesta Aaron sin despegar los ojos de la pantalla—. Dime que cuando subes es para chupársela en secreto.

Esbozo una sonrisita, pero no digo nada.

—¿Se la chupas? —me pregunta Molly con los ojos muy abiertos.

Me encojo de hombros. No quiero mentirles, pero tampoco voy a entrar en detalles.

—¡Qué cojones! —susurra Aaron mientras se acerca con su silla; Molly hace lo propio—. ¿Habéis quedado?

—Puede.

—¡¿Qué dices?! —susurra Molly—. ¿Cuándo?

—Un par de veces, pero el viernes por la noche fue la última vez que quedamos.

Aaron se santigua y hace ver que reza.

—Gracias, Señor.

—Pero no digáis nada —susurro—. No es algo serio, no hay por qué emocionarse aún.

—¿Estás de coña? Tirarse a Jameson Miles es motivo para emocionarse. ¿Tú lo has visto? —exclama Molly, emocionada.

Tanta euforia me hace sonreír de oreja a oreja.

—Me estoy haciendo la dura, pero subo porque estoy trabajando en un proyecto con Tristan, no para ver a Jay.

Eso es verdad, no he mentido... Bueno, a medias.

—Madre mía, me va a dar algo: ¡que lo llama Jay! —jadea Aaron, que se lleva la mano al pecho.

—Me muero —suspira Molly con aire distraído—. ¿Has ido a su casa?

—Sí, y él se ha quedado a dormir en la mía.

Los dos abren un montón los ojos.

—¡¿Que ha ido a tu casa?! —grita Aaron.

—Shhh —susurro mientras miro a nuestro alrededor—. No hables tan alto. No se lo digáis a nadie, y menos a Ava, que ya sabéis cómo es.

—Madre mía, ¿te imaginas? —dice Molly, poniendo los ojos en blanco—. Como se entere de que estás con él, querrá ser tu nueva mejor amiga. Se te pegará como una lapa con tal de llegar a sus hermanos.

Chasqueo la lengua.

—Pues que se vaya olvidando de Tristan —digo mientras enciendo el ordenador—. Es demasiado majo para ella. —Me encojo de hombros—. De todas formas, creo que ya está ocupado.

Nos ponemos a trabajar cuando le suena el móvil a Aaron.

—Es Paul —tartamudea presa del pánico.

—Ignora la llamada —le digo sin mirarlo.

—Es que necesito saber qué quiere —masculla, y coge el teléfono. Pero entonces, Molly se lo quita y cuelga.

—El muy cabrón está pidiendo un polvo a gritos en Grindr y tú ahí llorando por él. Mándalo a paseo, joder —le suelta.

Aaron se encoge de hombros con aire triste.

Le froto la espalda para animarlo.

—Se te pasará.

—Sí, cuando le quememos el escroto —susurra Molly, enfadada.

Me río.

—«Cuando le quememos el escroto». Qué bien hablas, Molly.

—¿A que sí? Por algo soy periodista —dice, y se pone de pie—. Voy a preparar café. ¿Queréis?

—Sí.

Aaron, hecho polvo, suspira.

—Mira a ver si hay pastel también, que seguro que es el cumpleaños de alguien.

Molly mira a su alrededor.

—Es verdad. ¿Dónde está el tío de Uber cuando se lo necesita? —se pregunta, y entonces me mira—. Ay, madre, no me digas que fue Jameson quien envió la tarta de queso la semana pasada.

Sonrío de oreja a oreja.

Aaron agacha la cabeza y finge que se pega contra la mesa.

—Hasta envía tarta de queso. Ese hombre es un puto dios, en serio.

Llaman al timbre.

—Hola —contesto con una sonrisa.

—Hola, señorita Foster. Soy Alan, el chófer del señor Miles.

Se me cambia la cara.

—Oh, ¿pasa algo?

—No, el señor Miles me ha pedido que la lleve a su casa. La teleconferencia se ha retrasado, pero estará con usted en breve.

—Vale, ahora bajo.

Cojo la bolsa que he preparado para pasar la noche fuera y, tras echar un último vistazo a la casa, bajo.

Salgo a la calle y veo al chófer con su traje negro de siempre junto a la limusina.

—Hola —saludo nerviosa mientras me acerco a él.

—Hola.

—Soy Emily —musito mientras le extiendo la mano, avergonzada por no haberme presentado antes.

—Yo soy Alan —replica, y me estrecha la mano mientras me sonríe con cariño—. ¿Estás lista?

—Sí.

Me abre la puerta y me siento en la parte de atrás. Cierra la puerta y nos adentramos en la noche. Esto no parece real: yo en la parte de atrás de una limusina y el chófer de Jameson llevándome a su casa.

Llegamos a su edificio. Aparca en la zona designada para ello y me abre la puerta.

—Ya la llevo yo —dice, y hace ademán de cogerme la bolsa.

—No es necesario, ya puedo yo. Pero gracias de todos modos.

Frunce el ceño. Parece desilusionado.

—A no ser que quieras llevarla tú —balbuceo.

—Gracias —exclama, y me la coge con una sonrisa—. Lo prefiero.

Vaya, le ha ofendido que no le dejase llevarme la bolsa. ¿Qué universo paralelo es este?

Entramos en el ascensor. El empleado ya sabe a qué planta voy. Debe de conocer a Alan.

Nerviosa, contengo la respiración mientras subimos en silencio. Llegamos a su planta. Indecisa, sigo a Alan, que se dispone a abrir la puerta.

—El señor Miles no tardará mucho en llegar. Sigue en la oficina. La reunión está durando más de lo esperado.

—Gracias —digo con una sonrisa.

—¿Necesita algo más?

—No, estoy bien.

Inclina la cabeza con educación, cierra la puerta y me deja sola. Me giro y me fijo en que la disposición de las lámparas crea un lienzo impresionante para los ojos. Nueva York iluminada es sencillamente espectacular. Saco el móvil para hacer fotos. Sería incapaz de ponerme en plan fanática con él aquí.

Entro en el dormitorio y dejo la bolsa en el vestidor vacío. Entonces, me meto en el suyo. Los trajes y las camisas que usa para ir a trabajar están dispuestos en fila, y hay hileras y más hileras de zapatos caros y lustrosos.

Paso la mano por las mangas de los trajes mientras miro a mi alrededor. Abro el cajón superior de la cómoda. Me hace gracia lo maniático del orden que es. Las corbatas están enrolladas y se exhiben como si estuviésemos en una *boutique* de lujo para hombres. También hay relojes. Los cuento: diez relojes carísimos colocados en fila. Entonces, veo algo enrollado al lado. Se me para el corazón cuando leo las iniciales.

E. F.

Mi bufanda.

La ha guardado.

Y no solo eso, sino que se encuentra entre sus cosas especiales. La cojo y me quedo mirándola. Cierro los ojos e inhalo profundamente; aún huele a mi perfume.

Entonces no fueron imaginaciones mías. Sí que estuvimos juntos. Con una sonrisa de oreja a oreja, dejo la bufanda donde estaba y cierro el cajón con cuidado.

No sé qué hacer al respecto, pero estoy muy contenta con mi hallazgo. Se me acelera el corazón.

La ha guardado.

Me paseo por su casa mirándolo todo. Paso la mano por las encimeras de mármol de la cocina. Cuánto lujo hay en esta casa. Sonrío.

Me pregunto si habrá comido.

Abro la nevera, pero, para mi sorpresa, está prácticamente vacía. Hay pollo y algunos ingredientes. Abro la despensa y encuentro otras cosas. Echo un vistazo en la nevera de vino y frunzo el ceño: está llena.

Cómo no.

¿Con qué frecuencia cenará líquido el señor Miles?

Mmm, tengo que quitarle el estrés.

Me sirvo una copa de vino, saco los ingredientes y revuelvo en los armarios hasta dar con una olla, una sartén, una tabla de picar y un cuchillo. Busco Spotify en el móvil y pongo música relajante.

Corto el pollo con una sonrisa tonta en la cara.

Ha guardado mi bufanda.

Cuarenta y cinco minutos después, oigo que la puerta principal se abre.

—¿Em? —pregunta.

—Estoy en la cocina.

—Mmm, qué bien huele. —Me besa y me abraza por detrás—. ¿Qué estás preparando?

—Estofado de conejita feladora profesional.

Se ríe a carcajadas; qué sonido más bonito. Me conmueve.

—¿Tu madre sabe que eres caníbal? —susurra y me besa en la mejilla desde atrás.

Sonrío mientras remuevo el contenido de la olla.

—No, no se lo digas.

—No hacía falta que cocinaras. Había pensado llevarte a cenar fuera —dice mientras se sirve una copa de vino.

—Es lunes —comento.

—¿Y? —Bebe un poco de vino.

—Que mañana hay que madrugar.

—Yo salgo todas las noches.

—¿Cómo? —pregunto sorprendida—. ¿Cenas fuera cada día?

—Sí, ¿por?

Se me desencaja la mandíbula.

—Jameson Miles, estás malgastando el dinero. ¿Cómo te vas a relajar cenando fuera cada día? —exclamo con una mano en la cadera.

—Pues sentándome en un restaurante a comer —repone mientras se encoge de hombros—. Es bastante fácil, la verdad.

Fastidiada, pongo los ojos en blanco sin dejar de remover.

—¿Tienes hambre?

—Sí, mucha —dice mientras me abraza y me mira fijamente—. ¿De verdad me has echado de menos este fin de semana?

Me pongo de puntillas y le doy un beso en esos labios tan bonitos y carnosos.

—Sí.

Me abraza con fuerza.

—Ahora es cuando me dices que tú también me has echado de menos —mascullo con la cara enterrada en su hombro.

—Yo no echo de menos a nadie.

—Uf —resoplo mientras me zafo de su agarre y vuelvo a remover la cena—. ¿Te importaría dejarme sola un momento para que pueda echarle droga a tu plato? Pienso quedarme con tu casa.

Se ríe entre dientes.

—Solo si prometes aprovecharte de mi cuerpo mientras esté inconsciente.

Me río.

—Trato hecho.

Sirvo la cena y nos sentamos en la encimera de la cocina. Contengo la respiración mientras Jameson prueba su plato.

—Mmm, qué bueno —canturrea.

Sonrío orgullosa.

—Una conejita que cocina —musita, y sonríe tras meterse el tenedor en la boca.

—Me encanta cocinar. Es mi pasatiempo.

Me mira sorprendido.

—Nunca he conocido a nadie como tú, Emily.

—¿Por?

—No sé. No sabría decirte. No te... —Hace una pausa para dar con la palabra exacta—. Afecta.

—¿No me afecta el qué? —pregunto con una sonrisita mientras mastico.

—Nueva York —dice y se encoge de hombros.

—¿Tus novias no te han hecho nunca la comida?

—Solo he tenido una relación seria, y estaba tan obsesionada con el trabajo como yo —explica—. Volvíamos muy tarde a casa. Comer fuera era lo más sencillo.

Doy un sorbo al vino mientras lo miro fijamente. Me encantaría acribillarlo a preguntas sobre su ex..., pero me voy a contener. Me haré la indiferente.

Se estira para tomar la botella y hace una mueca.

—¿Qué te pasa?

—Me duele la espalda. —Se levanta y gira el torso—. Alguien insistió en que despidiera a mi masajista.

—Ah, sí, esa —me burlo—. No me estropees la noche. Te conseguiré otra mañana.

Se gira un poco más.

—Sí, por favor.

—¿Cómo es que se te tensa tanto la espalda?

Vuelve a sentarse.

—Se me tensa si me altero.

—¿Y qué más te pasa si te alteras?

Mastica con aire pensativo.

—Me pongo de mala leche.

Sonrío de oreja a oreja.

—¿Qué pasa? —pregunta con una sonrisita.

—Y yo todo este tiempo pensando que eras un idiota cuando en realidad estabas estresado.

Se ríe entre dientes.

—¿Y cuál es tu excusa para ser tan mordaz?

Tomo un sorbo de vino.

—Ninguna. Soy así.

Brindamos. Mira las copas con ternura.

—Gracias por la cena. Está buenísima. —Me besa—. Como tú.

De pronto, me acuerdo de algo.

—Ah, te alegrará saber que he traído ropa deportiva para correr contigo mañana.

—¿En serio? —pregunta sorprendido.

—Sí.

—Pues yo corro rápido.

—Perfecto, porque yo camino despacio.

Unas horas más tarde, estamos a oscuras y riéndonos a carcajadas.

—Dime que no hiciste eso.

Me entra la risa tonta.

—Sí lo hice, sí.

Es tarde. Estamos tumbados en la cama, hablando cara a cara después de hacer el amor.

—Madre mía. —Me toca la barriga y luego un pecho mientras me escucha. Pone cara de diablillo—. ¿Por qué?

—Bueno… —Me lo pienso un momento—. Era mi primer coche y solo hacía una semana que lo tenía. Estaba con una amiga y hacía un calor que te mueres. Íbamos al mercadillo a comprar vaqueros baratos, y el indicador de temperatura empezó a subir.

Escucha con una sonrisa.

—Paramos en una gasolinera y llamé a mi padre. Me dijo que le echase gasolina. —Me encojo de hombros—. Pero no sabíamos dónde iba, por lo que supusimos que iba en el agujerito por donde se mide.

—¿Te refieres a donde está la varilla del aceite? —dice con un grito ahogado de incredulidad—. ¿Cómo narices la echaste por ahí?

Me río. Es la historia más tonta que he oído nunca.

—Pedimos que nos dejasen un embudo para echarla por ahí. Se nos derramó por todas partes. —Niego con la cabeza. Lo recuerdo como si fuera ayer—. Pensábamos que estaba bien y nos pusimos en marcha. Entonces, la gasolina que se había derramado en el motor se prendió fuego.

Abre los ojos de par en par.

—¿Y qué pasó?

—Pues que mi querido coche de quinientos dólares para el que ahorré durante un año quedó para el arrastre en tan solo una semana; eso fue lo que pasó.

Los dos nos reímos hasta quedarnos callados.

Me apoyo en un codo y contemplo al glorioso adonis que yace a mi lado.

—Tú también habrás cometido alguna estupidez en tu vida, Jameson Miles.

Me sonríe con dulzura.

—Sí, una.

—¿Cuál? —digo con una sonrisita de suficiencia.

Me acuna la cara y me acaricia el labio inferior con el pulgar.

—No pedirte el número.

Capítulo 14

—¿Vienes o qué? —me grita Jameson varios metros por delante de mí.

Me estoy dejando la vida por seguirle el ritmo. Estoy jadeando. Madre mía, este hombre quiere matarme.

—¿A qué viene tanta prisa?

Se gira y corre hasta mí.

Lo miro frunciendo el ceño.

—Cuánta energía de buena mañana.

Se ríe y se va haciendo un esprint. En cambio, yo voy arrastrando los pies. Da un rodeo para no perderme de vista y vuelve a meterle el turbo.

—¿Cómo lo haces para ir tan deprisa?

Corre de espaldas hasta ponerse delante de mí y seguimos hablando.

—Me imagino a alguien persiguiéndome con un hacha.

Apenas le falta el aire.

—¿Cómo? —exclamo—. ¿Estás de coña?

Niega con la cabeza y me sonríe con descaro.

—Así que tu forma de relajarte es imaginarte a alguien persiguiéndote con una maldita hacha.

Se ríe mientras corre de espaldas.

—Pues funciona. Así voy mucho más rápido.

—Ahora todo tiene sentido —replico, resollando—. Ahora todo encaja.

—¿Qué encaja?

—Te duele la espalda porque tu masajista te la deja siempre hecha polvo para tener una excusa para volver a follar contigo.

Sonríe burlón.

—Tu técnica para relajarte es imaginarte que te van a matar con un hacha.

Se ríe.

—Y sales todas las noches. Es normal que estés estresado.

Me sujeta de la camiseta y me besa en los labios.

—Menos mal que te tengo a ti para echar un polvo y relajarme, ¿no?

—Exacto —jadeo.

Tenemos que dejar de hablar. No puedo correr y hablar a la vez. ¿Qué clase de atleta olímpica se cree que soy?

—¿Qué ejercicio me recomendarías hacer? Para relajarme, digo —pregunta mientras aminora el paso y corre a mi lado.

Tras pensarlo un momento, digo:

—Aerobic acuático.

—Ja, ja. No soy tan viejo.

—Un poco viejo sí que eres —bromeo entre jadeos.

—¿Quieres que echemos una carrera?

—No.

—¿Por qué no?

—Porque la persona que te persigue me ha clavado el hacha en los pulmones y voy a morir en cualquier momento. Espero que sepas reanimarme.

Se ríe entre dientes.

—Qué floja eres.

Echa a correr a toda pastilla y yo arrastro los pies y lo veo dar vueltas por Central Park con una sonrisa. En ningún momento me pierde de vista.

Jameson Miles no solo está en forma, sino que, además, está buenísimo.

Y por suerte para mí, soy su conejita feladora.

Espero a Ava y a Molly en el vestíbulo para ir a almorzar. Molly está hablando con un guardia de seguridad. Creo que le hace tilín.

—¿Te apetece salir este fin de semana? —pregunta Ava.

—Mmm… Es que aún no sé lo que voy a hacer. A lo mejor voy a ver a mis padres.

No quiero volver a salir con ella. Solo le interesan los hombres si tienen dinero. Eso no va nada conmigo. No lo soporto.

Se abre un ascensor y Tristan y Jameson salen de él. Los acompañan dos hombres. Entre el traje azul marino y la camisa blanca almidonada, es el culmen de la belleza. Pelo oscuro, mandíbula cuadrada y ojos azules penetrantes. Cuesta creer que hace solo seis horas me la estuviera metiendo en la ducha. Después de salir a correr, lo hemos hecho dos veces. Este hombre es una bestia y su pene es de otro mundo.

He muerto y he ido al cielo de los directores ejecutivos.

—Ay, madre —susurra Ava—. Mira quién viene por ahí.

Jameson está enfrascado en una conversación con los hombres, que cruzan el vestíbulo atestado de gente a grandes zancadas. Todo el mundo deja lo que está haciendo para mirarlos. Me quedo quieta cuando pasa por mi lado y, en el último segundo, alza la vista y me ve. Trastabilla y le hago un gesto muy sutil con la cabeza. No quiero que nadie se entere de lo nuestro. Me devuelve el saludo y retoma la conversación. Los vemos salir por la puerta y se van calle arriba.

Irán a almorzar.

Ava suspira.

—En serio, ¿dónde encuentro a uno como los hermanos Miles?

—Eso digo yo.

Miro hacia donde se han ido.

—Algún día —susurra—. Algún día.

Me pregunto si Jameson habrá bebido durante el almuerzo, si habrá durado mucho y, más importante aún, si habrá traído pastel. Se acerca ese momento del día en que me apetece muchísimo algo dulce para acompañar el café.

—Eh, Emily, ¿tienes ya los artículos de mañana? —pregunta Hayden.

Le sonrío. «Mmm...».

—Pensaba que tenía hasta las cuatro; son solo las tres.

Yo le envío las noticias a Hayden, y él es quien decide si pasan la criba o no.

—Ya, pero me gusta adelantar trabajo —dice como quien no quiere la cosa.

¿Adelantar trabajo de qué? ¿Será él quien vende los artículos? ¿Por eso los quiere antes, para venderlos al mejor postor?

—Pues no los tengo todavía.

—Ah, vale —responde con una sonrisa—. Envíamelos cuando los tengas.

—Claro —contesto mirándolo a los ojos.

Vuelve a su mesa y charla con la persona que se sienta a su lado.

«Te vigilo, cabrón».

Echo un vistazo a la oficina con renovada determinación. «Os vigilo a todos. A todos y cada uno de vosotros».

Ya son las cuatro. Le envío un correo a Jameson.

> Hola:
> Te he pedido hora para que te hagan un masaje. Estará en tu casa a las siete. Espero que no interfiera en tus planes.
> Besos y abrazos,
> CF

Me contesta al momento.

> Querida CF:
> ¿Quién?
> Besos,
> J

Pongo los ojos en blanco. Imaginaba que me lo preguntaría.

> Querido señor J:
> Un fisioterapeuta profesional le va a realizar un masaje sin sexo de por medio. Está especializado

en los dolores de espalda y cobra un pastón.
Besos y abrazos,
CF

Al rato me llega su respuesta.

CF:
Vale. ¿Te importa recibirlo tú? Le diré a Alan que te recoja a las seis y media. Quedamos ahí. Tardaré unos quince minutos.
Besos y abrazos,
J

Esperanzada, sonrío de oreja a oreja. Le contesto.

¿Vamos a quedar esta noche?

Me contesta.

Sí. La semana que viene estaré fuera, así que voy a pasar las citas de esa semana a esta. Nos vemos luego.
Besos y abrazos,
Jay

Probablemente debería hacerme un poquito la dura y fingir que tengo planes… pero no me sale. Le contesto.

Jay:
¿Qué querrás para cenar?
Besos y abrazos,
CF

Su respuesta no se hace esperar.

Lo único que quiero comerme esta noche eres tú. Y ahora a trabajar o te tumbaré encima de tu mesa.
Besos y abrazos.

Cada vez más colorada, esbozo una sonrisita y cierro el correo. Es, sin duda, el hombre más *sexy* del mundo.

Me siento toda una chef en su cocina de lujo. Ya son las siete. Pongo una olla con agua en el fuego. Me gusta tener la cena lista para él. Sé que no está acostumbrado, pero precisamente por eso me parece algo especial.

Llaman al timbre y miro a mi alrededor. Mierda. ¿Dónde está el telefonillo?

Veo un teléfono y una pantalla cerca de la puerta principal. Lo cojo.

—¿Diga?

—Hola, soy Matthew, el fisio. Vengo por el masaje terapéutico.

Miro la pantalla con una sonrisa. Matthew es guapo, tiene un rollo escandinavo.

—Sube.

Le abro la puerta y veo que se mete en el ascensor. Poco después llama a la puerta.

—Hola —saludo con una sonrisa.

—Hola.

Va con un uniforme blanco y lleva una camilla de masaje plegable.

Madre mía, qué bueno está. Quizá le pida un masaje para mí también.

—¿Dónde me pongo? —pregunta.

—Pues… —Frunzo el ceño mientras miro a mi alrededor. ¿Dónde lo meto?—. Un momento.

Me asomo a los cuartos del pasillo. En el del fondo hay una cinta de correr y un banco de pesas.

—Al fondo, por favor.

Cruza el pasillo con una actitud de lo más sensual y empieza a prepararse. De pronto, recuerdo que así estaba Jameson con Chloe…, salvo que ellos además se acostaban juntos. Se me revuelve el estómago al pensarlo.

Para.

—Estaré por aquí por si me necesitas.

Nerviosa, vuelvo a la cocina. Mierda, ¿haré bien dejándolo solo? A lo mejor tendría que vigilarlo.

Le echo un ojo al pasillo para asegurarme de que no sale a cotillear. Madre mía, ¿qué protocolo hay que seguir con los desconocidos en una casa así?

La puerta principal se abre y entra Jameson.

—Hola —dice sin emoción en la voz.

—Hola —respondo con una sonrisa. Lo abrazo—. ¿Cómo está mi hombre?

—Bien. —Pasa por mi lado como una exhalación.

Vaya. Frunzo el ceño. Ese no es el saludo que esperaba.

—¿Ha llegado ya?

—Sí, está en la habitación del fondo.

—Voy a darme una ducha rápida. Dile que no tardo nada, por favor.

—Vale.

Se mete en el dormitorio y yo cruzo el pasillo.

—Jameson se va a dar una ducha rápida. Será un momento.

—Vale, gracias —dice Matthew con una sonrisa.

Regreso a la cocina y remuevo las verduras que estoy cociendo. A lo mejor tendría que haberme quedado en casa esta noche. No parecía muy contento de verme.

Al cabo de diez minutos, me abraza por detrás y me besa en la sien.

—Hola, preciosa —susurra con ternura.

Me giro y lo veo con una toalla blanca atada a la cintura.

—¿Va todo bien?

—Sí, es que estoy muy cansado —murmura, y exhala con pesadez—. Lo último que me apetece es un puto masaje —susurra con la mejilla apoyada en la mía.

—Te sentirás mucho mejor después —digo—. Masaje, cena y cama.

Pone los ojos en blanco y cruza el pasillo a regañadientes.

Escucho con una sonrisa. Cada vez que Jameson inspira, se le escapa un ligero ronquido. Estoy en pijama en el sofá viendo una peli, y él tiene la cabeza en mi regazo y duerme como un bebé.

No sé por qué, pero me parece una situación… normal.

Hablaba en serio cuando ha dicho que estaba cansado. Está más que cansado; está agotado.

Creo que su cansancio es más mental que físico. No quiero ni imaginar lo que debe de soportar en el trabajo todos los días. Desde muy joven, ha tenido que lidiar con la presión de dirigir Miles Media. Y seguro que de pequeño lo educaron para desempeñar ese papel. Pero el director ejecutivo Jameson Miles es un simple mortal y siento la imperiosa necesidad de protegerlo.

Le acaricio el pelo con aire distraído y disfruto de este momento tan íntimo que compartimos.

No creo que mucha gente tenga ocasión de verlo así de relajado.

—Jay —susurro con ternura.

Gime mientras duerme.

—A la cama, Jay —susurro.

Inhala mientras se estira y parpadea como si no supiera dónde está.

Le atuso el pelo.

—A la cama —digo sonriendo con dulzura.

Apago las luces y la tele y me lleva de la mano a su cuarto. Se cepilla los dientes y se mete en la cama.

Me preparo para irme a dormir y me tumbo a su lado. Me abraza y me susurra:

—Buenas noches, princesa.

Y me besa en la frente. Estamos pegados. Nunca me había sentido tan unida a él.

—Buenas noches —digo, y me acurruco contra su pecho.

No ha habido sexo, y aun así ha sido una noche normal y curiosamente íntima.

Podría acostumbrarme a esto.

Me despierto con la sensación de que unas manos fuertes me separan los muslos. Jameson está entre mis piernas y me pasa la lengua por el clítoris. Echo la cabeza hacia atrás. Estoy muy excitada, lo que me indica que lleva ahí un buen rato.

—Dios mío —gimo—. Buenos días, Jay.

Gira la cabeza y me besa en la cara interna del muslo.

—Buenos días.

Me muerde en el clítoris y yo cierro los ojos. La madre que lo trajo. Se nota que está despierto y en todo su esplendor. El placer se apodera de mí a medida que va chupando. Me mete tres dedos a lo bruto y me estremezco. Esta es la especialidad de Jameson: introducirme los dedos con tanto ímpetu que llego al orgasmo antes de follar siquiera.

Nunca he estado con un hombre que me satisfaga de tantas maneras distintas.

Me acaricia con toda la mano. Estiro las piernas. Madre mía.

—Dios…, qué gusto —musito.

Estoy tan húmeda que resuena por todo el cuarto cómo mete y saca los dedos.

Este hombre es increíble. Hace diez minutos, estaba profundamente dormida.

Me mordisquea de nuevo el clítoris y el orgasmo llega entre espasmos. Me sacudo hacia delante, pero él me inmoviliza contra la cama.

—Shhh —susurra para tranquilizarme. Y añade, mirándome a los ojos—: Otra vez.

—No.

Me incorporo como un resorte y lo agarro del hombro para atraerlo hacia mí. Nos besamos mientras nos desplomamos de nuevo en el colchón. Le rodeo la cintura con la pierna.

Madre mía, qué manera de despertar.

Nos besamos de forma apasionada. Noto su erección cerca de mi sexo, pero de pronto se frena.

—No pasa nada, tomo la píldora —musito mientras acerco su rostro al mío.

Cierra los ojos un instante e, incapaz de relajarse, va a la mesita y abre un condón. Se lo pone.

Vuelve a tumbarse encima de mí y en menos que canta un gallo, me la mete hasta el fondo. Grito mientras se me contrae el sexo alrededor de su miembro.

—Espera —gruñe.

¿Cómo me voy a esperar? Ni que eso fuera posible.

Me mira. Suda un poco y le brillan los ojos. Sonrío maravillada al bello espécimen que tengo delante… y dentro de mí.

Separa las piernas y se pone de rodillas. Me coge de los tobillos y me embiste con golpes secos y contundentes. Mira boquiabierto el punto donde se funden nuestros cuerpos.

Veo cómo se le contraen los músculos del torso con cada empellón. ¡Madre mía! Ver follar a Jameson Miles es el mejor porno del mundo. Acelera el ritmo y me la mete a toda velocidad. Noto que estoy a punto de llegar al orgasmo. Me aferro a las mantas.

El ruido que hacen nuestros cuerpos al chocar resuena por toda la habitación. Jameson cierra los ojos por el éxtasis y gime mientras se entrega al máximo.

—Casi —gimoteo.

—Espera —brama sin dejar de meterla y sacarla.

—Jameson.

Me junta las piernas y las lleva a un lado. Le brillan los ojos de lo excitado que está. Sus acometidas se tornan más lentas y pausadas.

¡Ah! A mi hombre le gusta lo intenso.

Contraigo la vagina y él echa la cabeza hacia atrás con brusquedad. Vuelvo a contraerme. No puede más. Se queda ahí dentro y, justo antes de eyacular, noto el clásico tirón. Se vacía. Entonces, sabiendo que no puedo correrme en esta postura, se cierne sobre mí y me besa con ternura mientras nos dejamos caer.

Me encanta esto. Así es como más me gusta que lo hagamos: con ternura, con dulzura. Se apoya en los codos y me besa mientras me da justo lo que necesito.

A él, lo necesito a él.

Nos miramos a los ojos. Qué momento más bonito. Me besa de forma apasionada, pero es su mirada lo que me vuelve loca.

Me estoy enamorando de él y él de mí.

Esto no es sexo esporádico; no es sexo, siquiera. Es hacer el amor elevado a la enésima potencia.

—Jay —jadeo mientras lo miro a los ojos.

—Lo sé —susurra.

Me aferro a sus hombros y a su miembro, que está en lo más profundo de mí.

Se apodera de mis labios y me besa despacio, sin prisas. Nunca me han besado así.

Se toma su tiempo para hacerme alcanzar el orgasmo. Se tumba a mi lado y me pone encima de él.

Nos miramos. Tanta intimidad es abrumadora.

Miro esa cara tan bonita y sonrío con dulzura.

—Creo que…

—No —me interrumpe.

—¿Qué pasa? —pregunto extrañada.

—No lo estropees.

No entiendo a qué se refiere.

—¿Que no lo estropee?

—No te enamores de mí.

¿Qué acaba de decir?

—¿Por? —digo, mirándolo sorprendida.

—Porque no somos de esos. Mételo en la cabeza.

Se levanta a toda prisa, se mete en el baño y cierra la puerta con un golpe seco.

Me tumbo bocarriba y miro al techo. Iba a decir que este es el mejor despertador del mundo.

Lo del amor se me ha ocurrido después.

Capítulo 15

Salgo de la cama y entro en el baño hecha un basilisco. Se está duchando.

—Para que lo sepas —espeto—, iba a decirte que estaría bien que me despertaras así todos los días.

Entorna los ojos con ira.

—Yo diría que el único que piensa en amor aquí eres tú.

Pone los ojos en blanco mientras se enjabona la ingle.

Qué rabia me da que haga eso con los ojos.

—¡Así que no tergiverses las cosas y no me apartes porque te estás enamorando de mí!

No sé qué más decir, así que salgo echando humo. Cojo mi bolsa y me voy a duchar a otro baño. Paso de ducharme con él. Idiota...

Media hora después, entro en la cocina y veo al director ejecutivo Miles: el traje gris, la camisa blanca, la cara de pocos amigos y el férreo control sobre sí mismo han vuelto.

—¿Estás lista?

—Espera —digo mientras miro a mi alrededor—. Voy a por mis cosas.

Entro en el dormitorio y me miro en el espejo. Llevo su conjunto favorito y no se ha dado ni cuenta. Él se lo pierde.

El obseso del control me está haciendo enfadar.

Me cuelgo la bolsa de viaje del hombro y salgo.

—Vámonos.

Frunce el ceño cuando me ve.

—¿Qué haces con la bolsa? Ya la cogerás luego.

—No, será mejor que me la lleve ya —replico mirándolo a los ojos—. Tengo mucho que hacer esta semana.

Aprieta la mandíbula y me fulmina con la mirada.

—Como quieras.

Da media vuelta y sale. Sonrío con suficiencia.

«Le he dejado llevar las riendas estos días, señor Miles, pero no se confunda: que sea obediente no quiere decir que sea débil».

No pienso suplicarle a ningún hombre que me quiera. Me da igual que sea director ejecutivo, esté forrado y tenga los ojos azules.

«No lo estropees».

Sé que le dije que quería que fuéramos amigos con derecho a roce… Pero las reglas han cambiado.

Al menos para mí.

Entramos al ascensor y yo mantengo la vista al frente. Jameson rezuma hostilidad por los cuatro costados. Una parte de mí detesta dejar que se altere antes incluso de que empiece la jornada, pero que le den. Me niego a pasarme la vida midiendo mis palabras para que no se estrese.

Cruzamos el vestíbulo y salimos a la calle. Alan nos espera junto a la limusina.

—Hola —saludo con una sonrisa mientras me acerco como si nada.

Alan sonríe y me devuelve el saludo.

Jameson guarda silencio. Me hace un gesto para que pase yo primero. Entro y me echo a un lado para que suba él.

Hay un periódico doblado en el asiento. Lo cojo y me pongo a leerlo.

Por cómo me mira Jameson, sé que era para él. Mala suerte, lo he pillado yo antes. Paso diez minutos leyéndolo en silencio. Ni rastro de mi noticia hoy. Mmm… Me pregunto si será porque ayer no se las envié a Hayden a tiempo. Pienso en ello un momento. Hoy pondré a prueba mi teoría. A ver qué pasa si le envío un artículo antes de las tres.

—¿Qué haces esta noche? —pregunta.

—Saldré con Ava —miento mientras le paso el periódico.

—Te dije que no quería que salieras con ella.

Sonrío. Qué controlador.

—Lo que haga cuando no estoy contigo no es asunto tuyo.

—¿Me vas a montar un pollo ahora?

Niego con desesperación.

—Para ya —le espeto.

—¿Parar de qué?

Lo miro a los ojos.

—No estoy enamorada de ti, así que deja ya de preocuparte. Me gusta estar contigo, pero tienes un problema: confundes el cariño con el amor. —Hago una pausa—. Si te soy sincera, se me hace un poquito cuesta arriba.

Por cómo aprieta la mandíbula, sé que por dentro está que trina.

—¿Qué significa eso?

—¿El qué? —pregunto.

—Que se te hace cuesta arriba.

—Significa que te busques a otra que no se enamore de ti —respondo y me encojo de hombros—. Me parece bien.

—¿Te parece bien? —susurra enfadado—. Entonces si cogiese y me acostase con otra esta noche, ¿te parecería bien?

Frunzo el ceño mientras lo miro fijamente. ¿Qué mosca le ha picado? Me paso una mano por la cara.

—Joder, Jameson, ¿qué quieres de mí?

—No lo sé —espeta.

—Vale —digo, y exhalo con fuerza—. Pues dejémoslo así.

—¿Qué significa eso?

—Madre mía —exclamo, exasperada—. Para ser tan inteligente, deberías entenderlo. No puedo ayudarte a descubrir lo que quieres de mí.

Se me queda mirando.

—Primero me dices que no estropee lo nuestro enamorándome de ti, y luego me dices que no quieres que salga sin ti.

Ofendido, se echa hacia atrás.

—Quiero un amigo íntimo con el que echar un polvo de vez en cuando. Ya lo hemos hablado. Para mí, el único que está incumpliendo las reglas aquí eres tú. ¿Qué haces pensando en amor siquiera?

—No me eches la culpa a mí ahora —susurra enfadado.

—Muy bien —digo, tajante—. ¿Serías capaz de mirarme a los ojos y decirme que no sientes nada por mí?

Niega con la cabeza en señal de fastidio.

—¿Serías capaz?

—Claro.

—Pues hazlo —lo reto mientras lo miro directamente a los ojos.

—¿El qué?

—Dime que no sientes nada por mí. Dime que no has pensado en mí ni una sola vez este año y que no te quedaste mi bufanda.

Entorna los ojos con ira.

Resoplo.

—Lo imaginaba —digo, y vuelvo a mirar por la ventanilla.

—Me preguntaba cuánto tardarías en sacar a la zorra de lengua viperina que llevas dentro —masculla por lo bajo.

—Ja —exclamo—. Al menos ella sabe lo que quiere.

—¿Y qué quiere? —pregunta con desprecio.

—Un hombre; eso es lo que quiere. Alguien que acepte sus sentimientos.

—Vete a la mierda —susurra—. Cállate. Tanta tontería me estresa. Si quisiera una psiquiatra, saldría con una.

Sonrío con suficiencia mientras miro por la ventanilla.

—No estamos saliendo, Jameson. Follamos y punto. A ver si te enteras.

—Tú sal de ligoteo con Ava esta noche y no haremos ni eso.

—¿Perdona? —estallo. Me hierve la sangre—. Tú no me mandas.

—Claro que sí. Acabo de hacerlo —dice, mirándome a los ojos.

—Jameson. —Trato de hablar con calma e inteligencia—. Nunca me acostaría con alguien a tus espaldas, y lo sabes. Pero no puedes decirme a dónde ir y a dónde no. Incluso aunque me quisieras, que no es así, no te permitiría que me dijeras lo que puedo hacer y lo que no.

—Lo digo en serio.

—Vete a la mierda.

El coche se detiene en la esquina de mi casa y abro la puerta a toda prisa.

—Nos vemos esta noche —espeta mientras salgo de la limusina.

Me apoyo en el coche.

—Pues espera sentado, que llegaré cuando las ranas críen pelo —replico, y cierro de un portazo.

El chófer arranca y pone rumbo al edificio de Miles Media. Respiro hondo en un intento por calmar a mi corazón, que late con fuerza.

Idiota.

—¿Y esto? —exclama Molly, que frunce el ceño mientras lee una noticia en el ordenador.

—¿Qué pasa? —pregunto sin dejar de teclear.

—Aquí pone que hoy habrá una junta urgente en Miles Media y que la semana que viene habrá más en Londres.

Se me cae el alma a los pies: Jameson se va a Londres la semana que viene.

—¿Cómo?

Gira la pantalla para que lea el artículo sobre cómo ha caído el precio de las acciones de Miles Media. Apoyo la cara en la mano mientras leo.

Madre mía, qué pesadilla. Levanto la vista y veo a Jake tan tranquilo riéndose con una chica. ¿Qué hace el tonto este? ¿Está investigando, acaso?

Uf, de verdad que no es el indicado para el puesto. Seguro que no está investigando nada pero que tiene los números de todas las chicas de la planta. ¿Le digo lo que pienso de Hayden? No, solo es una corazonada y no tengo pruebas. Pero hoy comprobaré si mi teoría es cierta.

Que le den. Al final ya veo que tendré que averiguar quién es el traidor yo solita. Porque este tío no tiene ni puñetera idea.

Por el rabillo del ojo, veo que la gente vuelve corriendo a su mesa. Miro y veo que Jameson y Tristan están en nuestra planta. Tristan sonríe y habla con la gente mientras camina. En cambio, Jameson está serio y de mal humor; pero, eso sí, tan guapo como siempre.

Parece enfurecido, pero me apetece tanto besarlo que duele.

«Estás enfadada con él, ¿recuerdas? No mires, no mires».

Vuelvo la atención a la pantalla, pero, entonces, veo de soslayo ese traje gris tan familiar. Levanto la vista y Jameson está junto a mi mesa.

—Hola, señor Miles —digo con una sonrisa falsa.

—Hola —contesta con los ojos clavados en los míos.

—¿Puedo ayudarlo en algo, señor?

—¿Dónde está Jake? —pregunta con los dientes apretados.

—Estará coqueteando con alguna. Busque a una mujer atractiva y lo encontrará —murmuro en voz baja mientras lo señalo con el boli.

Jameson inhala con fuerza y fulmina con la mirada a Jake, que charla con una rubia, ajeno a todo. Jameson mira a Tristan y ambos mueven ligeramente la cabeza.

—Tristan, ¿puedo pasarme un momento por tu despacho luego? —pregunto.

—Sí, claro. Ven en media hora.

Jameson se me queda mirando más tiempo de lo normal, como si esperara a que dijera algo. Oculto mi rabia tras una sonrisa amable. Puede que tenga razón y en el fondo sea una zorra.

—Adiós.

—Adiós —dice mientras se da la vuelta y se dirige hacia Jake.

Jake ve que se le acerca y pega un bote. Sonrío. Jameson le dice algo y se lo lleva al ascensor.

Ojalá lo echen. No se está tomando en serio el caso, y es grave.

Cuarenta minutos después, llamo a la puerta de Tristan.

—Adelante.

—Hola —digo con una sonrisa.

—Hola, Emily —responde, y señala su mesa—. Toma asiento.

Me acomodo en la silla.

—Quería que supieras algo que me pasó ayer y que me pareció muy raro.

—Vale —dice con el boli entre las manos—. ¿De qué se trata?

—Hayden me pidió los artículos antes de hora.

Tristan frunce el ceño mientras me escucha.

—Me pareció raro que los quisiese tan pronto, así que... mentí y le dije que aún no los tenía.

—¿Y?

—Y no ha habido noticias falsas hoy.

Entorna los ojos.

—A lo mejor me estoy agarrando a un clavo ardiendo, pero creo que las noticias falsas solo se publican si se mandan antes de cierta hora.

—Interesante. Muy buen trabajo. —Se queda pensativo un momento—. Envíale el artículo tarde para ver si la teoría es cierta. Yo buscaré información sobre Hayden. Bien hecho.

Me levanto.

—¿Va todo bien? —pregunta.

—Sí, ¿por?

Por cómo me mira a los ojos, sé que Jameson le ha contado algo de la discusión de esta mañana.

—Solo quería asegurarme.

—Todo va muy bien.

—Me alegro.

—Adiós.

Salgo del despacho dando saltitos como si me importase todo un bledo.

Es viernes. Es tarde y miro la tele embobada con la cabeza hecha un lío. No he sabido nada de Jameson desde la discusión del miércoles por la mañana. Lo he visto de pasada en el trabajo, pero nada más.

Quizá eso sea todo; quizá no vuelva a verlo nunca.

El miércoles, la romántica empedernida que llevo dentro estaba convencida de que Jameson sentía algo por mí y que volvería suplicando. El jueves, llegué a la conclusión de que este hombre tiene graves carencias emocionales si no ve que siente algo por mí.

Hoy me pregunto si signifiqué algo para él. A lo mejor lo he estado viendo todo de color de rosa y él me ha estado enviando señales y yo, como una ingenua, las he ignorado.

Creo que se va a Londres el lunes, aunque vete tú a saber si ha cambiado de planes.

Recuerdo el vuelo en el que nos conocimos y, ahora que conozco qué tipo de vida lleva, ya lo entiendo todo.

No me pidió el número porque no quería nada; él mismo me lo dijo.

Pero nunca pensé que no quisiera nada realmente. Pensé que había un motivo y que esa fue la mentira que usó para ocultarlo. Quizá haya gente hecha para no querer más. O quizá es que todavía no ha conocido a la persona adecuada.

Demasiados quizá.

Llaman al timbre. Frunzo el ceño y pulso el botón.

—Hola.

—Hola.

Se oye mal.

—¿Quién es?

—Yo —dice jadeando.

—¿Jameson?

—¿Esperabas a otro? —pregunta, claramente molesto.

Sonrío, le abro la puerta y corro al dormitorio a cambiarme el camisón andrajoso manchado de chocolate caliente. Meneo los brazos presa del pánico y cojo una toalla del estante. Me envuelvo el torso con ella y hago como si acabara de salir de la ducha. Mucho mejor que un camisón sucio con ositos de peluche bailando. Por qué mi abuela cree que necesito ositos bailando es algo que nunca entenderé.

Llama a la puerta y me lanzo a abrirla. Ahí está. Con esos ojos azules y penetrantes. Está sudado y jadeando.

Me cambia la cara.

—¿Has venido corriendo?

Asiente. Rezuma melancolía por los cuatro costados.

—¿Estás bien? —pregunto.

Se encoge de hombros y me mira a los ojos.

—Jay —susurro con el corazón en un puño.

Lo abrazo fuerte. Se aferra a mí como si su vida dependiera de ello.

Nos quedamos en los brazos del otro un buen rato. No hacen falta palabras; solo le hago falta yo.

—¿Te ha perseguido el asesino del hacha hasta aquí? —susurro con la boca en su mejilla.

Sonríe y me estruja más fuerte.

—Puede.

—Le pagué para que lo hiciera.

—Bruja —dice con una sonrisita.

—Vamos a ducharte, va.

Lo llevo de la mano al baño, abro el grifo de la ducha y le quito la camiseta por la cabeza.

Se le oscurecen los ojos. Le bajo los pantalones poco a poco.

—Han sido los peores días de mi vida —murmura.

Asiento mientras le bajo los calzoncillos.

—Lo sé. Pronto se acabará esta pesadilla del trabajo.

—No ha sido por el trabajo.

—Entonces ¿por qué ha sido?

Me mira a los ojos y se traga el nudo que se le ha formado en la garganta.

—Por ti.

Se me deshace el corazón y sonrío con ternura.

—¿Me has echado de menos?

Asiente sin decir nada.

Lo beso y le acuno la cara.

—Yo a ti también.

—Pero dijiste que…

—Shhh, no te preocupes por lo que dijo esa zorra mordaz. Está fuera de sus cabales. No le hagas caso.

Sonríe mientras me toca el culo.

—¿Que está fuera de sus cabales? ¿Qué narices significa eso?

Sonrío.

—Cuando a las zorras mordaces se les va la olla es que están fuera de sus cabales.

Se ríe entre dientes, me abraza más fuerte y me huele el pelo como si estuviese aliviado.

—No sé qué tenemos. —Hago una pausa para buscar las palabras adecuadas—. Pero puedes confiar en mí. No tengas miedo de lo nuestro, porque yo no lo tengo.

—Pues deberías —replica.

—¿Por qué tendría miedo de alguien que me hace sentir lo que tú me haces sentir?

Relaja la cara y me pasa el pulgar por el labio inferior.

—Estos días han sido muy largos sin ti.

Sonrío con dulzura. Me encanta cuando es así.

—Métete en la ducha, quítate los restos de la última semana y quédate conmigo.

Me besa con más pasión. Noto cómo se le pone dura en mi barriga. Me quita la toalla de un tirón, me mete en la ducha con él y me empotra contra la pared.

Nos besamos como si tuviéramos hambre del otro. Mi hombre, mi Jim, por fin ha vuelto. Siento que hemos salvado el escollo invisible que nos separaba.

No sé muy bien qué tenemos, pero creo que si logro sacar a Jim el tiempo justo como para que empecemos algo serio, a lo mejor también consigo que Jameson concilie vida laboral y vida personal.

Lunes por la mañana

Jay me estrecha entre sus brazos para despedirse. Se marcha a Londres una semana. Y va a estar hasta arriba de reuniones. Ha sido el mejor fin de semana del mundo. Hemos estado todo el rato en mi casa. He cocinado para los dos, hemos hecho el amor, hemos visto pelis y hasta hemos salido a correr. Ni rastro del director ejecutivo cascarrabias. Anoche pasamos por su casa para que hiciese la maleta y, aun así, hemos dormido en la mía. Me da la sensación de que en mi casa deja de ser el director ejecutivo Jameson Miles y pasa a ser un hombre normal. Mi hombre. Por un instante, se olvida de quién es y de lo que se espera de él.

La dinámica entre nosotros ha cambiado.

Me estoy enamorando de él y no sé cómo evitarlo.

Siento que estoy cayendo en su embrujo, en el embrujo de Jameson Miles.

—Esta vez no hagas escala, ¿vale? —susurro.

Sonríe mientras nos besamos.

—Ni hables con chicas a las que hayan subido a primera clase.

Me agarra del culo.

—Calla un poco, anda.

Lo abrazo más fuerte.

—No quiero ni pensar en estar una semana sin ti —confieso.

Vuelve a besarme, pero se queda callado.

—¿No vas a decir nada? —susurro—. Va, dime algo bonito para animarme.

Me acuna las mejillas y acerca su rostro al mío.

—He metido tu bufanda en la maleta.

Sonrío con dulzura.

—Tampoco es algo nuevo. La he llevado en todos los viajes que he hecho desde que nos conocimos.

No me esperaba eso. Me invade la emoción y se me llenan los ojos de lágrimas. Parpadeo para que no las vea.

—¿En serio? —susurro.

Asiente y me besa sin soltarme la cara. Es un beso tierno, perfecto, y madre mía, me entran ganas de decirle que quizá sí le quiera de verdad.

Pero no lo haré, no quiero estropear esto.

Sea lo que sea esto.

Me tumbo en la cama y me pongo a mirar Instagram, pero pienso en todo menos en mi perfil. Toda mi atención está en Jameson. Lo he echado de menos estos días, pero sé que él a mí también. No ha dejado de estar en contacto conmigo a pesar de estar estresadísimo y hasta arriba de reuniones. Ojalá que cuando vuelva entendamos qué está pasando entre nosotros. Me suena el móvil y la letra J aparece en la pantalla.

—Hola —digo con una sonrisa.

—Hola —susurra con voz grave y aterciopelada.

—¿Cómo está mi hombre?

—Bien, ocupado. ¿Qué tal tú?

—Solita.

Hemos hablado todos los días desde que se fue. Dos veces al día, para ser exactos.

Se ríe por lo bajo.

—Pues no se te veía muy solita anoche cuando hablamos por Skype.

Me ruborizo. Nos hemos estado enviando mensajes subidos de tono todas las noches, y ayer le hice una breve exhibición con el vibrador. Puso una cara de placer puro y duro. Contraigo la vagina solo de pensar en cómo se tocaba mientras me miraba.

Madre mía, qué pervertidos.

—¿Qué vas a hacer hoy, preciosa? —pregunta.

El corazón me da un vuelco cada vez que me llama así; no me cansaré nunca.

—Trabajar. —Procuro no hablar de trabajo con él. Quiero separar lo personal de lo profesional lo máximo posible—. ¿Y tú?

—Dentro de nada me voy a cenar con Elliot. Ha conocido a una chica y quiere presentármela.

—¿En serio? —digo con una sonrisa—. ¿Ha caído en sus redes?

—Qué va. Este solo cae en la lujuria cada semana.

Me río.

—¿Vas a salir esta noche?

Pongo los ojos en blanco.

—No, Jay, cálmate.

Vaya, sí que lo traumatizó verme bailar con aquel dios rubio.

—Cuesta calmarse cuando sé lo guapa que eres y lo sola que estás ahora mismo en la otra punta del mundo.

—Bueno, en cuatro días ya estarás aquí. —Miro qué hora es—. Uf, me voy, que pierdo el bus.

—Vale, vete tranquila. Que tengas un buen día —se despide, y suspira.

—Igualmente —susurro.

No cuelga.

Hasta en la otra punta del mundo me puede. Está esperando a que diga que lo echo de menos; siempre hace lo mismo.

—Te echo de menos —digo con una sonrisa.

—Y yo a ti.

—Hablamos por la noche.

—Vale. Adiós.

Molly me lleva a casa después de que hayamos cenado juntas. Su móvil suena por el Bluetooth del coche. El nombre «Michael» aparece en la pantalla.

—Hola —dice ella.

—Bua, Molly, ayúdame.

—¿Qué pasa? —tartamudea ella mientras disminuye la velocidad.

Michael es su exmarido. Abro mucho los ojos mientras escucho.

—He tomado algo, he cogido el coche y de repente he perdido el conocimiento y he chocado con el quitamiedos.

—¡¿Cómo?! —grita Molly al tiempo que para en la cuneta.

—Qué mareo…

—¡Dime dónde estás!

—En la interestatal que hay cerca de la gasolinera a la que vamos siempre.

—Vale, voy para allá.

Da media vuelta y pisa a fondo el acelerador.

Va como alma que lleva el diablo, y yo me agarro al asiento como si me fuera la vida en ello.

—¿Sabes hacer el boca a boca? —pregunto.

—No —contesta sin perder de vista la carretera—. Un poquito. Tal vez. ¿Puedes buscar en internet «perder el conocimiento»?

Abro el navegador.

—¿Llamamos a una ambulancia?

—Quizá deberíamos —dice Molly mientras me mira a mí y luego a la carretera.

Llama a Michael.

—Hola —responde él con un hilo de voz.

—¿Estás bien?

—Sí.

—¿Quieres que llame a una ambulancia?

—No —espeta—. Ven y ya está.

Cinco minutos después paramos detrás de su coche. Está despatarrado en el asiento de delante. Corremos hasta él.

—Menos mal que has venido —balbucea cuando ve a Molly. Entonces, me ve a mí y le cambia la cara.

—No pasa nada. Te presento a Emily —dice Molly—. ¿Qué ha pasado?

—No se lo digáis a nadie —suplica mientras nos señala a las dos.

—¿Eh?

Sale del coche y las dos miramos abajo. Tiene una erección de campeonato.

Molly ahoga un grito.

—¡¿Pero qué diablos...?!

—He quedado con una de Tinder esta noche, así que me he tomado una Viagra, pero como parecía que no funcionaba, me he tomado dos más.

Me tapo la boca con las manos, horrorizada.

Molly abre los ojos de par en par.

—¡¿Que te has tomados tres Viagras?!

Michael asiente. Está tan empalmado que se le va a agujerear el pantalón.

—Eres el tío más estúpido que me he conocido.

—Sin duda. —Asiente con una mueca.

Prueba a moverse, pero le entra un mareo y tiene que agarrarse al coche para no perder el equilibrio.

—Sube al coche —le ordena Molly—. Te llevo a urgencias.

—¿Qué? —tartamudea Michael—. No.

—¡Que no te riega la sangre, idiota! —grita Molly.

Michael se lleva las manos a la cabeza y me entran ganas de reír. Me muerdo el labio para contenerme mientras miro a uno y a otro.

—¿Y qué me van a hacer en urgencias? —lloriquea él.

—Aparte de reírse de un tío de mediana edad que ha tomado Viagra para quedar con una de Tinder, nada. Sube al coche, joder.

Se dispone a caminar, pero se cae al suelo. Lo sujetamos entre las dos y lo llevamos al asiento del copiloto. Yo me pongo detrás.

Los ojos de Molly se van a Michael, que, dolorido, se recuesta en el asiento. Yo guardo silencio, no sé qué decir. Cuando lleguemos a urgencias, cogeré un taxi. No quiero molestar.

Molly niega con la cabeza mientras conduce.

—A ver si lo he entendido bien. ¿Te has tomado tantas molestias para satisfacer a una pelandrusca a la que no conoces de nada?

Michael la mira y aprieta la mandíbula como si supiera lo que se avecina.

—¡Y conmigo te daba pereza hacerlo! —grita Molly—. ¿Cómo crees que me hace sentir eso, eh?

—¡Porque no te gustaba! —replica Michael.

—¡Porque me la metías dos veces y ya!

Me quedo pasmada. Madre mía, no quiero estar aquí. Me tumbo para que no me vean.

—¿Por qué crees que tengo que tomar la cosa esa, eh? —exclama Michael a voces—. Porque sabía que era un puto desastre.

Molly abre los ojos de la rabia.

—No eras un desastre. Eras un vago y te la sudaba.

—¡Claro que no! —grita Michael—. Perderte ha sido la mayor cagada de mi vida.

Me llevo las manos a la cabeza. Me pregunto si se darían cuenta si saltara del coche.

Molly lo fulmina con la mirada y se le va el coche a un lado. Me estremezco.

—Molly, vista al frente —susurro.

Endereza el coche.

—¿Y por qué no le has pedido a ella que viniese a buscarte, eh?

—Porque no le quería contar nada sobre mí.

Suspira y apoya la cabeza en la mano, claramente molesto.

—¿Por qué no? —dice Molly gritando.

—¡Porque ella no es tú!

Se hace el silencio. Se me llenan los ojos de lágrimas. Michael la sigue queriendo.

Qué triste.

Poco después, llegamos al hospital. Lo ayudamos a bajar del coche y lo llevamos a recepción. Molly se dirige al mostrador.

—Tienen que ver a mi marido.

—¿Qué le pasa? —pregunta la mujer que nos atiende.

Baja los hombros y se prepara para decirlo en voz alta.

—Le he dado demasiada Viagra sin querer.

Michael le estrecha la mano en señal de agradecimiento y yo sonrío con ternura.

Lo está ayudando para ahorrarle el bochorno.

—Vaya —dice la mujer, a quien le cambia la cara.

Va a buscar una silla de ruedas y, junto a Molly, se lo lleva por el pasillo.

Me siento y respiro hondo mientras recupero la fe en la humanidad.

Esta noche he aprendido una lección: existen muchos tipos de amor.

Jameson

Toco la pizarra que tengo delante mientras me pongo en pie y repaso los temas que vamos a tratar.

—Este pronóstico se basa en el ambiente actual. No obstante, puede que todo cambie cuando haya elecciones.

Zzz. Tengo el móvil encima de la mesa y vibra. Miro a los hombres. «Deja que suene». Elliot mira la pantalla a la vez que yo para ver quién llama.

CF.

Quiero oír su voz. No va a pasar nada por ausentarme dos minutos.

—Tengo que cogerlo. Elliot, ¿te importaría explicar la estrategia publicitaria que seguiremos el mes que viene mientras contesto la llamada?

—Claro.

Elliot se levanta y toma el mando. Descuelgo, abandono la sala y me meto en el despacho de Christopher, que está aquí al lado.

—Hola.

—Hola —dice Emily, radiante de felicidad.

—Hola —respondo con una sonrisa tonta mientras me planto delante de la ventana con vistas a Londres.

—¿Interrumpo algo? —pregunta.

Sonrío con satisfacción. «Nada, solo una junta con doce miembros del personal directivo».

—No, qué va.

—Llamaba para decirte que me he comprado zapatillas nuevas.

—¿En serio? —pregunto con una sonrisa.

—Sí, sí. Y motorizadas, además. Así que a partir de ahora ya verás, te voy a machacar cuando vayamos a correr al parque. He pensado que debías saberlo.

Esta chica es un soplo de aire fresco. ¿Cuándo me ha llamado una mujer para decirme que se ha comprado zapatillas nuevas?

—Lo dudo mucho.

—Madre mía, no te vas a creer lo que pasó anoche —prosigue—. El exmarido de Molly se tomó tres Viagras y se desmayó mientras conducía porque toda la sangre se le había ido a la picha, así que tuvimos que llevarlo a urgencias.

Me río a carcajadas.

—¡Qué dices! Pero ¿eso es posible?

—Parece que sí. ¿Quién lo iba a decir?

Abro mucho los ojos. Joder.

—Pues voy a tener que dejarla —bromeo.

Emily se ríe.

—No, no pasa nada. Ya sé qué hacer. Nos arriesgaremos a que te desmayes. Valdrá la pena. Tú sigue tomándola, que con que te haga un torniquete ya tiramos.

Nos echamos a reír y, de pronto, nos quedamos callados.

—Tres días —murmuro.

—Tres días —repite ella.

Madre mía, nunca había tenido tantas ganas de volver a casa.

—¿Qué vas a hacer ahora? —pregunto.

—Estoy a punto de ponerme una mascarilla y darme un baño con rodajas de pepino en los ojos. Vaya espectáculo te vas a perder.

—Ya ves —respondo con una sonrisa.

Esta mujer tiene un encanto natural. No intenta ser algo que no es. Eso me encanta.

Me gustan muchas cosas de ella...

—Entonces, ¿has añadido pepino a tus sesiones de belleza? —pregunto.

—Sí, en teoría sirve para quitar las ojeras.

—El pepino va bien para muchas cosas. A lo mejor también deberíamos añadirlo a nuestras sesiones de sexo —propongo con una sonrisa de oreja a oreja.

Se parte de risa.

—Es usted un pervertido, señor Miles.

—Siempre me dices lo mismo.

—No te entretengo más.

Esbozo una sonrisita mientras miro por la ventana.

—Adiós, Emily.

—Adiós, Jay —susurra.

Cuelga. Vuelvo a la sala de juntas y me siento.

Ahora está hablando Christopher. Me pongo al lado de Elliot, que me susurra:

—¿Tienes a un entrenador de fútbol en marcación rápida o qué?

—¿Eh? —digo sin entender nada.

—CF. Son las siglas de un club de fútbol, ¿no?

Frunzo el ceño hasta que comprendo que se refiere a Emily. CF significa «conejita feladora», no club de fútbol. Sonrío con suficiencia y me pellizco el puente de la nariz mientras se me escapa la risa.

—¿Qué te hace tanta gracia? —susurra Elliot.

—El entrenador se ha comprado zapatillas motorizadas.

Elliot pone los ojos en blanco.

—No me extraña. Seguro que está como una cabra.

Tomo un taxi mientras pienso en un millón de cosas. Hemos pasado por mucho juntos. Voy a ver a mi ex, al supuesto amor de mi vida.

Hace mucho que no veo a Claudia. La última vez que estuve en Londres, ella estaba en Estados Unidos. Que los dos seamos adictos al trabajo siempre ha jugado en nuestra contra: el tiempo juntos es muy valioso.

Llamo a la puerta y exhalo; estoy nervioso. No tardo en ver su preciosa cara. Sonríe de oreja a oreja y me rodea el cuello con los brazos.

—Menos mal que has venido —susurra contra mi cuello—. Te he echado de menos.

Capítulo 16

—Hola —digo con una sonrisa mientras me coge de la mano con cariño. Me resulta… familiar—. ¿Qué tal?

—Ahora que has venido, bien.

Me abraza y le sonrío. Nos une un vínculo irrompible. Cuando me percato de lo que estoy haciendo, me zafo de su agarre y me aparto. Estar en sus brazos no entraba en mis planes hoy.

Se le descompone el gesto, pero lo disimula rápido.

—¿Hay novedades sobre el sabotaje?

—No, todavía no.

Me mira a los ojos con perspicacia.

—Te preocupa algo. ¿Qué es?

—He conocido a alguien.

—No sigas.

Me da la espalda, se va a la cocina y pone agua a hervir.

—No he podido evitarlo.

Me pongo detrás de ella y alargo la mano para tocarla, pero cambio de opinión y la aparto. Retrocedo.

—No me digas que no has podido evitarlo cuando ambos sabemos que sí podías.

—Me atrae mucho.

—¿Físicamente? —pregunta sin emoción en la voz.

Escondo los labios sin dejar de mirarla. En cualquier momento, va a perder los papeles.

—Al principio sí, pensé que solo era algo físico.

—¿Cuánto hace que la conoces?

—Doce meses.

La furia le contrae el rostro.

—¿Llevas doce meses saliendo con alguien?

—No —espeto—. La conocí en un vuelo hace un año, hicimos escala, pasamos la noche juntos, y me la volví a encontrar hace poco.

—Qué casualidad. Anda que no te has tirado a mujeres en este tiempo que nos hemos dado —replica enfadada.

—Esto es diferente —musito en voz baja.

Pone los ojos en blanco en señal de fastidio y me vuelve a dar la espalda.

—No me la sacaba de la cabeza —explico, y hago una pausa porque no sé hasta dónde revelar—. Y de repente fue como si...

Me callo y me quedo mirándole la espalda mientras espero a que diga algo.

—¿Como si qué? —pregunta al fin.

—Como si me hubiese hecho volver a mi vida.

Se gira de golpe.

—¿Qué quieres decir?

—Llevaba mucho tiempo pensando en ella y, entonces, bum, se presentó en mi despacho.

Pone los ojos en blanco. No parece convencida.

—Pues claro, eres Jameson Miles.

—No sabía quién era cuando nos conocimos. Le di un nombre falso.

—Entonces ¿a qué has venido? —exige saber.

Me trago el arrepentimiento y lo suelto:

—He venido a romper contigo.

—No —replica mientras me apunta con el dedo—. Ni se te ocurra tirar por la borda todos nuestros esfuerzos por seguir juntos.

Tiene los ojos llorosos.

—Claudia —digo, y emito un ligero suspiro—. No nos va bien juntos. Estamos enganchados al trabajo, vivimos cada uno en una punta del mundo y, a no ser que despidan a uno de los dos, eso no va a cambiar. Solo puedo estar en Nueva York.

—¿Y si vuelvo allí? —propone.

—¿Y renunciar al trabajo de tus sueños? —Suspiro—. No te dejaría hacer eso por mí. Sé lo mucho que te has esforzado para conseguir ese puesto.

Me mira fijamente y la abrazo.

—Tienes que enamorarte de alguien que te apoye en tu trabajo.

—Ya lo he hecho —susurra mientras me abraza más fuerte.

Cierro los ojos y le doy un beso en la sien.

—Dos personas cortadas por el mismo patrón no están destinadas a durar. Tenemos que estar con alguien opuesto a nosotros. —La estrujo un poquito más—. Dos adictos al trabajo no pueden estar juntos. Estamos demasiado centrados en nuestro trabajo y demasiado estresados para querer cuidar del otro.

Por cómo me mira sé que, en el fondo, sabe que tengo razón. Se le llenan los ojos de lágrimas.

—¿Y qué pasa con lo que habíamos planeado para dentro de cinco años? —susurra.

—Sobre el papel estaba bien, pero cuando nos dimos un tiempo ambos supimos que había una gran probabilidad de que no lo llevásemos a cabo.

—Volveré a Estados Unidos —dice en tono suplicante.

La miro a los ojos. Se lo diga como se lo diga, le va a doler.

—Ya es tarde. Siento algo por Emily. Me gusta.

La ira le hace contraer el rostro.

—Conque Emily, ¿eh? —exclama con desprecio.

Aprieto la mandíbula sin dejar de mirarla.

—¿Quién es? ¿A qué se dedica?

—Es una chica normal de las afueras.

Pone los ojos en blanco en señal de fastidio.

—¿Tú… con una chica normal? Ja. Apuesto a que cocina, limpia, está todo el día encima de ti y te la chupa cuando se lo mandas, ¿a que sí?

Respiro hondo para aplacar mi furia.

—Es buena para mí.

—Yo soy buena para ti —replica.

—Como compañera de trabajo o empleada, sí. Como pareja…, no tanto.

Se le vuelven a llenar los ojos de lágrimas.

—No soy bueno para ti —digo mientras me encojo de hombros—. Estoy tan ocupado que tampoco puedo estar a tu lado. Mereces a alguien que te mime, y yo no puedo hacerlo desde Nueva York, sabes que no puedo. Este momento tenía que llegar. Nuestras vidas han tomado rumbos distintos. Dos directores ejecutivos no pueden seguir con su carrera y mantener una relación a distancia. Es misión imposible. —Callo y pienso en lo que quiero decir—. Hasta que la conocí, no me di cuenta de lo que nos estábamos perdiendo los dos. Tanto tú como yo.

Me mira a los ojos.

—Ojalá fueses tú la que me dijera que ha conocido a alguien, así no tendría que decirte esto. Te quiero. Eres la última persona a quien querría hacer daño. Preferiría que me lo hicieras tú a mí.

Se va al sofá y se deja caer mientras asimila lo que le he dicho.

La observo en silencio.

—¿Y ahora qué? —pregunta.

—Le voy a proponer que vivamos juntos.

Le cambia la cara.

—¿Qué?

—Y haré pública nuestra relación.

Agacha la cabeza con pesar.

—¿A qué viene tanta prisa?

—Ya me conoces, soy todo o nada.

Contrae el rostro, llorosa.

—¿Te vas a casar con ella?

Guardo silencio.

—Me pediste matrimonio a las cuatro semanas de conocernos. ¿Estás…?

El dolor le impide continuar.

Aprieto la mandíbula para no decir algo de lo que me arrepienta. Agacha la cabeza y se pone a llorar. Tengo que irme antes de que se enfade.

—Me marcho.

Me mira angustiada.

—Te quiero —susurra.

Sonrío con pesar y la abrazo.

—Y yo a ti.

Nos quedamos así un buen rato.

—Sé feliz —susurro con el rostro enterrado en su pelo.

—¿Cómo voy a ser feliz sin ti, Jameson? —susurra—. No te vayas.

—Debo hacerlo.

Me zafo de su agarre y, sin más dilación, salgo de la casa de Claudia. Subo al taxi y, con gesto serio, miro por la ventanilla mientras nos alejamos.

—Adiós, Claudia —susurro y observo el paisaje pasar a toda prisa—. Vuela alto. —Se me forma un nudo en la garganta por todos los buenos momentos que hemos compartido—. Te mereces lo mejor.

Dejo atrás la última manzana. Son las cuatro de la mañana y estoy corriendo por Nueva York.

Me encanta esta ciudad de noche; se respira la paz que no hay de día.

Anoche, en el aeropuerto de Londres, me puse hasta arriba de *whisky* y me he pasado todo el viaje durmiendo, y ahora no puedo estarme quieto. El avión ha aterrizado a las dos, demasiado tarde para ir a casa de Emily… Aunque tampoco es que eso me haya disuadido de venir hasta aquí.

Jadeo a medida que me acerco a su edificio. Miro arriba y me fijo en el interfono. Tanteo el botón. El pecho se me infla y se me desinfla mientras titubeo.

Son las cuatro y mañana trabaja.

«No seas egoísta».

Joder, no puedo evitarlo cuando se trata de ella. La deseo a todas horas.

Me planto en la acera con los brazos en jarras mientras me esfuerzo por respirar. Empieza a chispear y miro al cielo.

Me encanta correr mientras llueve. Empieza a apretar. Me giro y miro el bloque de Emily. Voy planta por planta hasta llegar a su ventana.

Me la imagino durmiendo en la cama con su melena en la almohada, acurrucada como siempre y con esos ojos que podrían convencerme de cualquier cosa.

Mañana… Bueno, hoy, de hecho.

Le sonrío a la ventana mientras me empapo de arriba abajo. Me giro y emprendo el largo camino de vuelta a casa.

Mañana empiezo de cero con Emily Foster.

Emily

Paso el control de seguridad más alegre que unas pascuas. Jameson volvió anoche. Hoy lo veré. Estoy tan emocionada que hasta he madrugado para rizarme el pelo y me he puesto la falda gris.

Nunca una semana se me había hecho tan larga. Subo a mi planta y me siento en mi mesa.

—Hola —saluda Aaron mientras bebe su café.

—Hola —digo con una sonrisa.

—¿Y esa cara? —pregunta con picardía.

—Jameson ha vuelto.

—¿Cómo lo sabes?

—Bueno, eso espero, vamos. Me llamó desde el aeropuerto mientras se trincaba un *whisky*, o varios, así que espero que haya cogido el vuelo.

Veo a Hayden cerca de la fotocopiadora. Está hablando con unas chicas.

—¿Conoces mucho a Hayden? —pregunto.

—Mmm… —murmura con aire pensativo—. No mucho. Molly sí. Trabajaron juntos.

—¿Dónde? —inquiero mientras enciendo el ordenador.

—En la *Gazette*.

Se me van los ojos a Aaron.

—¿Molly trabajó en la *Gazette?*

—Sí, estuvo varios años allí. Hasta que Miles Media le echó el lazo.

«Mierda». Se me acaba de ocurrir una idea horrible. «No, Molly no. No seas tonta. No puede ser. Ni lo pienses siquiera».

Tristan y yo hemos puesto a prueba la teoría esta semana, y cada vez que le enviaba a Hayden un artículo antes de las cuatro, al día siguiente salía en la *Gazette*. No es casualidad, eso está claro. No sé si será Hayden o alguien que esté por encima de él, pero tenemos que averiguarlo.

Tristan me cae muy bien. Es gracioso, inteligente y mucho más delicado que su hermano.

—¿Qué tal con Paul anoche? —pregunto.

—Se presentó —dice, y me mira avergonzado.

—Ay, madre —mascullo en tono seco—. No me digas que te has acostado con él.

—Sí. No puedo resistirme a ese cabrón —admite mientras aporrea las teclas.

—¿Lo has dejado ya?

—No. Quiero pillarlo con las manos en la masa.

—¿Y por qué te lo sigues tirando? —estallo—. Por el amor de Dios, Aaron, no dejes que te utilice.

—Soy yo quien lo está utilizando a él, no viceversa, que conste —puntualiza mientras pone los ojos en blanco y da un sorbo al café.

—Ningún pene merece eso —digo, y resoplo.

—Excepto el suyo —suspira con pesar.

—Qué asco. —Me estremezco—. Tú déjame cinco minutos a solas con ese cabrón y un cuchillo de trinchar y te lo consigo.

Se ríe. Justo entonces suena mi teléfono.

—¿Hola?

—Hola, Emily, soy Sammia.

—Ay, hola.

Me invade la emoción.

—El señor Miles desea verte en su despacho ahora mismo.

Sonrío de oreja a oreja.

—Ya voy.

Cuelgo y me pongo en pie.

—¿A dónde vas?

—Ah, más prácticas —miento.

—Madre mía, dentro de nada vas a estar más cualificada que cualquiera de esta planta.

—Ya ves —exclamo con una sonrisa—. Ahora vuelvo.

Subo con el ascensor a la última planta y se abren las puertas. Apenas puedo mantener la compostura.

Está aquí.

Quiero correr.

—Buenos días, Emily —dice Sammia con una sonrisa—. Pasa.

—Buenos días. Vale, gracias.

Me dirijo al despacho de Jameson y llamo a la puerta.

—Adelante —responde con voz grave y aterciopelada.

Abro la puerta y veo que me mira con la mejor cara de «ven a por mí» que he visto nunca. Me quedo sin aire. Está junto a la ventana y lleva un traje azul marino y una camisa blanca almidonada: el mejor hombre del mundo. Me sigue sorprendiendo lo guapo que es.

Me obsequia con una sonrisa lenta y *sexy*.

—Hola.

—Hola —musito. Tengo que contenerme para no correr hasta él.

El ambiente se caldea. Viene hacia mí, me acuna la cara y me besa con mucha succión y poca lengua. Me flaquean las rodillas.

—Cómo echaba de menos a mi chica —murmura cerca de mis labios.

Sonrío. Se envuelve la mano con mi coleta tres veces y me echa la cabeza hacia atrás de forma inesperada. Se lanza a por mi clavícula y me lame el cuello.

—¿Me has echado de menos? —pregunta mientras me da mordisquitos en el cuello.

Me estremezco. La excitación corre por mis venas como unos rápidos. Madre mía, el director ejecutivo ha vuelto en todo su esplendor.

—Sí, mucho —musito.

Me besa de nuevo y se abre la puerta.

—Hola —saluda Tristan, que al momento se calla.

—Ahora no, Tristan —le espeta Jameson sin soltarme el pelo y sin dejar de mirarme a los ojos. Los suyos se han oscurecido.

Su forma de mirarme me acelera el corazón. Está distinto, más… intenso.

—Perdón —dice Tristan, que da media vuelta y cierra la puerta al salir.

Jameson vuelve a besarme y tira de mi cabeza hacia atrás.

—Quiero intentarlo.

—¿El qué? —musito.

—Lo nuestro.

—Creía que ya estábamos juntos —murmuro frunciendo el ceño.

—No. Antes follábamos. Ahora quiero más.

Gimoteo cuando me muerde en el cuello.

—Lo quiero todo de ti —añade mientras me agarra del culo y me atrae hacia él para que note lo dura que la tiene.

Madre mía, bienvenido a casa.

Lo beso en los labios.

—Vale.

Me acaricia las mejillas y me mira fijamente mientras me quedo sin aire.

—Esta noche. En mi casa —musita.

Sonrío con ternura mientras mi sexo palpita expectante.

—Vale.

—¿Te apetece cenar fuera?

—No, me apetece cocinar. ¿Tienes comida en casa?

Frunce el ceño.

—Le diré a Alan que vaya a comprar.

—No —digo enseguida—. Quiero ir yo a hacer la compra.

Me toca de arriba abajo como si no supiera por dónde empezar.

—Ve con la limusina.

Tuerzo el gesto.

—No voy a ir al súper en limusina.

Me toma la mano y se la lleva a la enorme erección que tiene en los pantalones. Le brillan los ojos cuando se la agarro.

—Te necesito —musita mientras me muerde el labio inferior.

—Y yo a ti. —Me zafo de su agarre entre jadeos—. Tengo que volver al trabajo.

Jo, con lo bien que estaría quedarme aquí y tirarme al jefe.

—Le diré a Alan que te dé el coche. Cógelo a partir de ahora.

—¿El coche? —pregunto sorprendida. ¿Tiene coche?

—Cógelo como si fuera tuyo.

Me acerca a él. Está como absorto de lo cachondo que está.

—Solo me hace falta para ir a comprar hoy. No molestes a Alan. Lo cogeré en tu casa.

—En nuestra casa.

Me muerde en el cuello y siento que me está devorando de verdad. Se me pone la piel de gallina.

—¿Eh?

—Te vas a venir a vivir conmigo.

—¿Cómo? —Me zafo de su agarre y, por un segundo, me olvido de lo excitada que estoy—. ¿Qué has dicho?

Los ojos le hacen chiribitas.

—Si lo hago, lo hago bien, con un par.

Me quedo mirándolo. Pero ¿qué dice?

—Yo no me ando con chiquitas. Si estás conmigo, estás conmigo.

—Jameson —susurro—. ¿Te has vuelto loco?

—Si no fuera porque hoy estoy hasta arriba de reuniones, te tumbaba en mi mesa ahora mismo. —Me gira y me da un cachete en el culo—. A trabajar o te tumbo en la mesa.

Miro la puerta entre jadeos. Me imagino tumbada en su mesa con las piernas abiertas. ¿Cómo voy a hilar dos pensamientos seguidos después de lo que me acaba de decir?

—Sí, señor —digo, y me dirijo a la puerta.

—Ah, y Emily —me llama con tono autoritario.

Me vuelvo.

—Hoy anunciaré que estamos saliendo.

Frunzo el ceño mientras lo miro embobada. No entiendo nada.

—¿Por qué?

—Porque no soporto que la gente especule. —Hace una pausa y añade, mirándome a los ojos—: Y quiero que todo el mundo sepa que eres mía.

Me quedo pasmada. ¿Cómo?

Suya.

No tengo palabras, me ha dejado sin habla.

—Ah —alcanzo a decir sin apartar la mirada de él—. ¿Vale? —Me giro y me dirijo al vestíbulo—. Adiós —murmuro con aire distraído.

O Jameson Miles se ha vuelto majara o yo vivo en un mundo paralelo.

Dos horas después, miro embobada la pantalla del ordenador. Cuando esta mañana he vuelto de estar con Jameson en una dimensión desconocida, estaba demasiado en *shock* como para hablar de ello. Me he pasado todo este tiempo dando vueltas a lo que me ha dicho.

He llegado a la conclusión de que, obviamente, tiene un desfase horario descomunal y que está sufriendo alucinaciones. Me vibra el móvil encima de la mesa y veo mi letra favorita.

J.

Respondo con una sonrisa.

—Hola, señor Miles.

—¿Cómo está mi chica? —susurra con voz *sexy*.

—¿Estás bien? —pregunto.

—Sí, muy bien. ¿Por?

—Es que estás muy… —Hago una pausa para dar con la palabra adecuada—. Raro.

Se ríe. Sus carcajadas me llegan al alma.

—Pues yo no me noto raro.

—Te comportas de una forma muy extraña.

—Llamaba para decirte que mañana por la noche nos vamos de cena.

—¿Qué cena?

—La de los Media Awards —contesta con calma.

—Los Media Awards —repito.

—Sí, eso he dicho.

Miro a mis dos compañeros, totalmente ajenos a los disparates que me está diciendo el tío con el que salgo a correr.

—¿Dónde es?

—En Nueva York. Irá mi familia al completo. Podrás conocerlos a todos.

Abro los ojos, horrorizada.

—¿Y cómo hay que ir?

—De etiqueta.

Me quedo pálida.

—No tengo vestidos de noche aquí —tartamudeo. Ni aquí ni en casa, pero no tiene por qué saberlo.

—No te preocupes. Esta noche me llegarán algunos a casa. Elige el que más te guste.

Me rasco la cabeza, confundida.

—Ya iré a la próxima —propongo—. Te esperaré en la cama. Total, los Media Awards no me van mucho.

—Emily —dice con calma.

—¿Sí?

—Me vas a acompañar.

—Jay —susurro al tiempo que se me hace un nudo en la garganta.

—Nos vemos luego. Llegaré un poco tarde porque tengo una conferencia telefónica. Le he pedido a Alan que te espere en la entrada lateral a las cinco con las llaves del coche y del apartamento.

—Vale —acepto, e inflo las mejillas—. Hasta luego.

Cuelgo y me llevo las manos a la cabeza.

—¿Qué pasa? —pregunta Molly.

—A Jameson se le ha ido la olla.

—¿Por?

—Quiere que vaya a unos premios mañana por la noche y que conozca a toda su familia.

Molly y Aaron abren los ojos como platos.

—¡¿Cómo?!

—Y me ha dicho que coja su coche, pero ni siquiera sé dónde hay un súper grande en Nueva York.

—Ah, pues ve al de la Quinta Avenida.

—¿Y cómo se va? —pregunto presa del pánico.

—Me pilla de camino. Si quieres te acompaño y cojo el metro allí.

—¿Estás segura?

—Sí, total, esta semana estoy sin niños. No tengo nada que hacer.

Nuestra jornada laboral acaba a las cinco.

—¿Dónde ha dicho que estaría? —pregunta Molly, que pasa su brazo por el mío mientras salimos de Miles Media por las puertas principales.

—En la salida lateral.

—¿Qué vas a cocinar? —pregunta.

—Mmm... Entrecot con salsa de champiñones, zanahorias glaseadas con miel y broccolini.

—Mmm, qué rico. Capullo con suerte. Ojalá me prepararan eso a mí también.

—Ya ves.

Doblamos la esquina y nos detenemos en seco.

—¡Qué cojones...! —susurro.

Alan está junto a algo parecido a una máquina del tiempo. Abro los ojos, horrorizada.

Negro y con el suelo bajo, el coche más deportivo que he visto en mi vida. Solo las llantas de magnesio costarán más que un coche normal.

Alan sonríe con cariño.

—Hola, Emily.

Me fijo en el coche y luego en la gente que lo mira embobada al pasar.

—Hola.

Me entrega la llave y una tarjeta.

—Esto es para el coche, y esto es la llave del apartamento.

Me quedo mirándolas.

—¿Este es el coche? —susurro cada vez más pálida.

Mi reacción le hace reír entre dientes.

Molly se tapa la boca con las manos y se empieza a reír con nerviosismo. Había olvidado que estaba ahí.

—Te presento a mi amiga Molly —digo.

—Hola —saluda ella con una sonrisa.

—El señor Miles me ha pedido que saque tiempo un día para ayudarla con la mudanza.

Por poco se me salen los ojos de las órbitas.

—¡¿Cómo?!

—¿El sábado por la mañana le va bien? Llamaré a una empresa de mudanzas.

Se me van los ojos a Molly, que me mira con la boca abierta. A ver, ¿qué diantres está pasando aquí?

—Ya te diré algo.

—Vale —dice con una sonrisa amable. Abre la puerta del coche—. Supongo que sabe conducir un coche con cambio manual.

—¿Me esperas un momento? —digo mientras levanto un dedo—. Solo un momento.

Les doy la espalda y llamo a Jameson.

—Hola —susurra con voz *sexy*.

—¿Qué coche es este? —susurro.

—Un Bugatti.

—¿Y eso qué es? —pregunto mientras me giro y lo miro.

—Un Bugatti Veyron. Es edición limitada.

—No puedo conducirlo —susurro enfadada.

—¿Por qué no?

—Pues porque... —Miro a mi alrededor, nerviosa—. No se me da bien conducir. Me la voy a pegar seguro.

Se ríe; sus carcajadas me hacen sonreír.

—Te aseguro que puede conducirlo cualquiera. Si prácticamente va solo. Tranquilízate. No te va a pasar nada.

—Cuando me dijiste que tenías coche pensé que te referías a un Toyota, que es lo que tiene todo el mundo —tartamudeo—. ¿Y si me la pego?

—Mientras no te hagas daño, me da igual.

—Jameson —susurro.

—Estoy con veinte personas ahora mismo. Compra lo que necesites. Nos vemos en casa —dice con calma.

—Ay, madre —grito cuando me imagino a todo su personal escuchándonos—. Adiós.

Y sin más dilación, cuelgo.

Vuelvo con Alan y Molly, que esperan a que diga algo.

—Al parecer Jameson ha perdido la chaveta —susurro mientras miro la máquina del tiempo.

Alan se ríe por lo bajo y Molly mira el coche sin dar crédito.

—Pensaba que sería un Toyota —musito con una mueca.

Alan sonríe y abre la puerta del conductor.

—El señor Miles no es de Toyota.

Entro. Molly se acomoda en el asiento del copiloto.

—¿A dónde vais? —pregunta Alan.

—A Las Vegas —responde Molly entre risas—. Nos vamos a Las Vegas. ¿Cuánto vale este coche, Alan?

—Diría que unos dos millones de dólares.

—De puta madre —exclama Molly—. Alan, sube, que nos vamos a Las Vegas.

Dejo caer la cabeza encima del volante y me echo a reír.

—No me lo creo.

—No va a pasar nada. —Alan arranca el coche entre risas. El motor ronronea como un gatito—. Intermitente, freno y marcha atrás —dice mientras va señalando los botones—. Tú tranquila. Será como ir volando.

Cierra la puerta y pongo el intermitente.

Me incorporo al tráfico poco a poco con Molly gritando y riendo emocionada de fondo. En cuanto dejo de ver a Alan, me echo a reír yo también.

—¿Qué demonios está pasando aquí? —grito.

Dos horas después, aparco en el *parking* subterráneo del edificio de Jameson. Ya sé por qué va en limusina: en esta ciudad no se puede aparcar. Al final le he dicho a Molly que me esperase en el coche mientras yo compraba lo necesario. Luego la he llevado a casa. Me daba un miedo horrible que me lo robasen. Alan me espera para indicarme dónde meterlo.

—Gracias —digo con una sonrisa mientras saco la comida del maletero—. Es un coche pretencioso —tartamudeo.

Sonríe con suficiencia mientras me ayuda con las bolsas. Nos dirigimos al ascensor.

—¿Lo has cerrado bien? —me dice a modo de recordatorio.

—Sí, claro. —Acciono el mando y el coche se ilumina un segundo. Ahora sí. Me entra la risa tonta—. Uy.

Entramos en el ascensor. Alan guarda silencio y mira al frente.

—¿Cuánto llevas trabajando para Jameson? —pregunto.

—Diez años.

—Vaya —exclamo sorprendida—. Eso es mucho tiempo.

—Sí, me trata muy bien —explica con una sonrisa.

Llegamos a la última planta. Alan abre la puerta y deja las bolsas en la encimera.

—¿Algo más? —pregunta—. El señor Miles sigue reunido. Tardará media hora como mínimo.

Lo miro a los ojos. Quiero saberlo todo del misterioso señor Miles.

—¿Sueles hablar con él a lo largo del día? —pregunto.

—No —dice. La idea le hace sonreír—. Estoy permanentemente en contacto con su asistente personal.

—Ah.

—Su masajista vendrá a las siete. —Se mira el reloj—. ¿Quieres que la espere?

—¿La? —pregunto, frunciendo el ceño.

—Ay, que ahora es un chico, ¿no? —se corrige.

Sospecho que Alan sabe mucho más del señor Miles de lo que dice.

—No, no pasa nada. Ya le abriré yo —digo con una sonrisa falsa—. Gracias.

Lo acompaño a la puerta.

—Llámame si necesitas algo —dice con una sonrisa.

—Vale, gracias.

Vuelvo a la cocina para guardar las cosas cuando suena el timbre.

—Hola —digo por el interfono.

—Hola, soy el masajista.

—Sube.

Abro la puerta y espero a que llegue en el ascensor.

—Hola —saluda con una sonrisa—. ¿En el mismo sitio que la otra vez?

—Sí, por favor.

Enfila el pasillo para prepararse.

Poco después, la puerta se abre y Jameson entra. Cada vez que lo veo trajeado recuerdo perfectamente quién es: el poder en persona.

—Hola —dice con una sonrisa mientras me abraza.

—Hola. —Me roza los labios con los suyos y me derrito—. Tu coche es una pasada —añado con una sonrisa.

Se ríe por lo bajo mientras me acuna la cara. Me besa con pasión y le rodeo el cuello con las manos.

Vuelven a llamar al timbre.

—Vaya, esto parece un aeropuerto —susurro molesta porque me han interrumpido el beso.

—Son las estilistas con tus vestidos.

—Tu masajista está en el cuarto del fondo.

Me besa de nuevo.

—Ábreles y elige lo que quieras.

—Jay —susurro mientras lo miro a los ojos. Su cambio de actitud me tiene descolocada.

—Quédate unos cuantos —susurra mientras me agarra del culo—. Voy a darme una ducha rápida.

Enfila el pasillo y yo voy a abrir la puerta.

Me quedo pasmada cuando veo a dos bellezones empujando un perchero enorme lleno de vestidos preciosos.

—Hola.

Una es alta y tiene el pelo largo y oscuro, y la otra es rubia y guapa. Se las ve muy modernas y muy seguras de sí mismas.

—Hola. El señor Miles nos ha pedido que trajéramos algunos vestidos —explica la rubia—. Yo soy Celeste y ella es Saba.

—Pasad, por favor —susurro, avergonzada—. Yo me llamo Emily.

Nos estrechamos la mano.

Madre mía, no me digas que van a ver cómo me pruebo todo esto. Qué vergüenza, por Dios.

—Aquí.

Las acompaño a la sala de estar e, incómoda, veo que empiezan a sacar zapatos y complementos. Esto es demasiado.

—Ahora vuelvo —digo con una sonrisa.

Salgo escopeteada y me meto en el baño del dormitorio. Jay se está duchando.

—¿Qué narices pasa aquí? —susurro presa del pánico.

—¿Eh? —pregunta. Es obvio que no se entera de nada.

—Ahí fuera hay dos supermodelos con un montón de vestidos que no son para nada mi estilo, he conducido una puta máquina espacial y ahora resulta que me voy a mudar contigo. Es que alucino, vamos —grito casi sin respirar.

Sonríe con suficiencia mientras cierra los grifos.

—Sal y elige lo que quieras. No le des tantas vueltas.

—Que no le dé tantas vueltas, dice —susurro—. Ya está más que volteado.

—Eso no tiene sentido —dice como si nada mientras se seca.

—La madre que… —tartamudeo. Cómo me altera que no me haga ni caso.

Salgo hecha una furia y vuelvo con las estilistas.

—Perdonad —me disculpo mientras me pongo al lado del perchero.

Nerviosa, entrelazo los dedos y los retuerzo.

—Háblame de tu estilo —dice la rubia con una sonrisa—. ¿Con qué te sientes lo más?

Me quedo mirándola. ¿Qué acaba de decir?

—Pues… —musito mientras ojeo los vestidos.

—¿Qué hace que te sientas viva y *sexy?* —pregunta la morena muy motivada—. ¿Qué hace que digas «este es el mejor momento de mi vida»?

Esto no, por Dios.

—Voy a… —digo mientras señalo el perchero— ver qué me gusta.

Empiezo a pasar perchas. Hala, qué bonitos son.

—¿Te gusta alguno, preciosa? —susurra Jameson con voz grave detrás de mí.

Me giro y lo veo con una toalla blanca atada a la cintura. Tiene el pelo mojado y se le marcan los músculos. Está para chuparse los dedos.

A las *barbies* se les van a salir los ojos.

—Hola, señor Miles —tartamudean las dos a la vez mientras se les van los ojos hacia abajo.

—Hola —dice Jameson con una sonrisa *sexy*.

Lo miro con cara de póquer. ¿Va en serio?

—No sé. Me gusta todo —replico, cortante, mientras me vuelvo hacia el perchero.

En toalla… ¿Qué será lo próximo?

Puaj.

Se pone detrás de mí y me agarra de la cadera mientras pasa las perchas.

—Nos quedamos este, este… y este. —Mira los demás—. Y todos estos.

—Sí, señor —dicen las dos emocionadas.

Jameson mira los zapatos y la lencería que han colocado en la mesa de centro.

—De lencería nos lo quedamos todo y en cuanto a los zapatos, los que elija Emily —ordena mientras me mira. Sonríe y me besa—. Listo.

Las dos mujeres contienen el aliento mientras lo observan.

Me agarra fuerte del culo.

—Encantado —se despide, y se va a recibir su masaje con calma.

Me vuelvo hacia las chicas, que, anonadadas, lo observan mientras se marcha.

La madre de Dios.

Creo que acabo de conocer al verdadero Jameson Miles… en todo su esplendor.

Capítulo 17

Revuelvo la salsa de champiñones con la cabeza a mil por hora.

Jameson está distinto... Pero distinto a lo marciano. No sé si es algo bueno o el principio del fin de nuestra relación. Justo cuando me estaba acostumbrando a las extravagancias de su antiguo yo, va y me sale con esto.

El masajista se acaba de ir y Jameson se ha vuelto a meter en la ducha para quitarse el aceite. No voy a entrar porque acabaremos haciéndolo y la cena ya casi está y... quiero hablar con él sin que el deseo me nuble la mente.

Y eso me pasa a menudo con él.

Sale del baño envuelto en una toalla y me mira. Me regala una sonrisa lenta y *sexy*.

—¿Podrías hacer el favor de dejar de pasearte en toalla cuando tenemos visita? —suelto.

Él sonríe con suficiencia.

—Seguro que las *personal shoppers* ahora están en sus casas dándole al vibrador mientras te imaginan en toalla. —Pongo los ojos en blanco—. Teniendo... —Y uso los dedos para enfatizarlo—... el mejor momento de su vida.

Se ríe entre dientes y se acerca.

—¿Estás celosa?

—Pues mira, sí. No me gusta que otras te miren. Aparecen mis instintos asesinos —espeto mientras revuelvo la salsa—. Y ya vale de ir por ahí sonriendo a otras mujeres.

Me besa en el cuello mientras me abraza por detrás. Noto una presión en el culo. Se le ha puesto dura.

—Vamos a la cama.

—No, primero tienes que cenar —digo y señalo la encimera—. Siéntate.

Los ojos le hacen chiribitas. Obedece y le pongo el plato delante.

—Mmm, qué buena pinta —exclama con una sonrisa.

Me siento a su lado y lo observo comer un momento.

—¿Por qué le has pedido a Alan que traiga mis cosas aquí?

—Porque quiero que vengas a vivir aquí —contesta mientras mastica el filete.

—¿Desde cuándo? No lo hemos hablado.

—Sí —dice, y después de tragar añade—: Esta mañana.

—¿Cuándo? —pregunto, frunciendo el ceño.

—Cuando te he dicho que quería intentarlo y me has dicho que tú también.

Me quedo mirándolo con un cacao mental descomunal.

—Jameson, en mi mundo intentarlo significa salir e ir de la mano en público. Quizá conocer a la familia del otro.

Me mira con el ceño fruncido.

—¿A qué viene este cambio repentino? La semana pasada te enfadaste conmigo por haberme enamorado de ti. No podía ni mirarte sin que me la liases.

Bebe un poco de vino, claramente molesto.

—Me dijiste que no me querías. ¿Acaso ahora sí?

—Esa no es la cuestión. Ya sabes a lo que me refiero.

—Quiero apostar por lo nuestro —dice mientras se encoge de hombros—. Por eso he seguido adelante con mis planes.

—¿Planes? —inquiero, sorprendida—. No soy un acuerdo comercial, Jameson. No vas a llevar a cabo tus planes sin hablar conmigo antes. No son solo tuyos, ¿sabes?

Tensa la mandíbula y me mira a los ojos; no parece convencido.

—Somos dos en esta relación, Jay, y el hecho de que te quiera no te da derecho a hablar por mí.

—Ya lo sé —dice—. Entonces ¿ahora me quieres? Aclárate, chica.

—Deja de cambiar de tema. ¿Entiendes lo que te digo?

—Sí, Emily. —Asiente y suspira como si el director del colegio le echase un sermón.

—Es que no sé a qué viene este cambio de actitud de repente —digo, encogiéndome de hombros—. Es raro.

—No es mi actitud lo que ha cambiado, sino las circunstancias.

—¿Qué significa eso? —pregunto.

Jameson exhala con pesadez.

—Fui a ver a Claudia a Londres.

Ay, no, su ex. Se supone que no sé quién es. Será mejor que me haga la tonta.

—¿Quién es Claudia?

—Mi ex.

Frunzo el ceño y me muerdo la lengua con todas mis fuerzas. «Calma, respira».

—He roto con ella.

Abro los ojos como platos, horrorizada.

—¿Que qué? —exploto—. ¡¿Seguías saliendo con ella?!

—No, pero nos prometimos que no saldríamos en serio con nadie.

Me estoy empezando a asustar. «Mantén la compostura».

—¿Por qué?

—Porque teníamos pensado volver al cabo de unos años.

Lo sabía; desde el principio supe que había gato encerrado. ¿Cómo no lo vi venir? Me bebo el vino de un trago sin dejar de mirarlo. Esto sí que son noticias. Malas noticias.

—Le dije que sentía algo muy fuerte por ti.

—¿En serio?

Una brizna de esperanza se aloja en mi pecho.

Sonríe y me coloca un mechón de pelo detrás de la oreja.

—Sí.

—¿Qué más le dijiste? —pregunto con calma. Me apetece acribillarlo a preguntas sobre ellos.

—Que habíamos terminado.

—¿La querías?

—Sí. —Calla un momento para meditar lo que acaba de decir—. A mí manera, sí. Al echar la vista atrás, me doy cuenta de que la relación que tuvimos no fue normal. A diferencia de la nuestra.

Lo miro. No sé qué decir. Agradezco que al fin sea sincero, pero me da miedo que su vínculo fuese tan fuerte como para soportar una relación abierta. Yo no podría aguantarlo ni muerta.

—¿Crees que nuestra relación es normal? —pregunto.

Él sonríe y me besa con ternura.

—¿Tú no?

—No. Para mí, nuestra relación es emocionante, maravillosa e inusual —explico mientras lo miro a los ojos—. Lo normal enseguida se vuelve aburrido.

—Le dije que quiero construir un futuro contigo.

¿Ves? Eso ya está mejor. Esbozo una sonrisa.

—También le dije que siento algo por ti desde el día en que nos conocimos y que eres la única con la que quiero estar a partir de ahora.

No puedo evitar sonreír como una tonta, de oreja a oreja.

—¿Le contaste que me he comprado zapatillas motorizadas? —susurro.

Se ríe entre dientes. Hay un brillo especial en sus ojos mientras me acuna el rostro con la mano.

—Sí.

—¿Qué significa eso, Jay? —pregunto, mirándolo a los ojos—. Para nosotros, digo.

—Significa que soy todo tuyo —musita encogiéndose de hombros—. Si quieres.

¿Cómo? ¿Todo mío?

Parpadeo varias veces, estupefacta.

—¿Me has estado ocultando esto todo este tiempo?

—Sí, pero ya no puedo más.

—¿Qué significa eso… para nosotros?

—Significa que quiero que vengas a vivir conmigo y que vayamos a saco.

—¿Por qué tanta prisa? —pregunto mientras trato de digerir todo esto—. ¿No podemos ir despacio?

Me besa con dulzura.

—No me ando con chiquitas, Emily —dice con sus ojos clavados en los míos.

—¿Y qué significa eso? —susurro.

—Significa que mi pareja lo es todo.

Lo miro sin aliento.

—Trabajo muchísimo, pero amo con más intensidad.

El corazón me va a explotar. ¿Esto es real?

—Estoy enamorado de ti, Emily Foster —susurra y me da un beso lento y apasionado. Mueve la lengua con tanta ternura que se me forma un nudo en la garganta—. No puedo evitarlo. Lo he intentado y no he podido. Creo que te quiero desde nuestra primera noche en Boston. Me dejaste huella. Me esforcé y, a pesar de eso, no pude olvidarte. Me paseo con tu bufanda desde hace más de un año como un tonto enamorado.

Lo miro fijamente.

—Así que perdón por querer ir a saco. No se trata de ningún arrebato. Llevaba tiempo dándole vueltas y, ahora que puedo ser consecuente, no perderé ni un minuto más. Te quiero conmigo. A mi lado.

Lo miro mientras me esfuerzo por seguirle el ritmo. ¿Qué...?

Madre mía.

Coge el cuchillo y el tenedor.

—Ahora me voy a comer esto tan delicioso que has preparado y luego te llevaré a la cama y te haré olvidar aquello que te dije de que no debías enamorarte de mí. Y luego, con suerte, me demostrarás que tú también sientes algo parecido por mí.

Sonrío. No quepo en mí de gozo.

—¿De acuerdo? —pregunta antes de dar otro bocado.

—De acuerdo.

Bebo un poco de vino; me tiembla la mano. Miro la cena y sonrío emocionada.

Salsa de champiñones, mi nueva pócima de amor.

Abracadabra.

Jameson Miles me ha roto todos los esquemas.

Me giro y alargo la mano. Frunzo el ceño. Jameson no está en la cama. Miro el reloj: las 3:33. ¿Dónde estará?

Me levanto de la cama y camino por el pasillo en busca de mi hombre. La luz de la cocina está encendida.

Pero no hay rastro de Jay.

Voy a la otra punta de la casa y veo que sale luz de su despacho. Me acerco de puntillas.

Jameson está en su silla. Se pasa la uña del pulgar por el labio inferior mientras mira la pantalla del ordenador, la única luz de la estancia.

Me quedo en silencio junto a la puerta y lo miro. Frunce el ceño, concentrado.

¿Qué lo tendrá despierto a estas horas? ¿Qué le preocupa?

Me paso varios minutos contemplándolo en silencio. Rezuma preocupación por los cuatro costados. Ya no aguanto más.

—Eh —susurro.

Alza la vista, sorprendido.

—Hola, preciosa —susurra con una sonrisa tierna.

Me acerco a él y miro la pantalla por encima de su hombro. Hay un gráfico con una línea roja que desciende progresivamente.

«Valor de las acciones de Miles Media».

Mierda.

Me siento en su regazo y lo beso en los labios con delicadeza.

—¿No puedes dormir?

—Estoy bien —repone mientras me acaricia la espalda.

Pero no es cierto: las acciones de su empresa están cayendo en picado. ¿Cuántos millones habrá perdido su familia hoy?

—¿Alguna novedad? —susurro mientras miro el gráfico en la pantalla.

—¿Sobre qué?

—Sobre el caso.

Niega con la cabeza. Se le tensa la mandíbula de la rabia cuando vuelve a mirar el gráfico.

Es una mezcla de furia y preocupación; casi puedo sentir su dolor. Necesito que lo olvide por un instante. Lo beso en el cuello. Sonríe mientras le doy mordisquitos por la clavícula.

Me agacho y me coloco entre sus piernas. Me toca el pelo sin dejar de mirarme. Hay un sentimiento, una electricidad que no puedo explicar.

—Te he echado de menos cuando estabas fuera —susurro mientras le bajo los bóxeres poco a poco.

Él sonríe con ternura mientras le doy un beso en el pene, que se tensa complacido.

—He echado de menos a mi hombre —susurro mientras me lo meto en la boca lentamente—. Mi cuerpo te ha echado de menos.

Tengo que hacerle olvidar quién es y dónde está. El estrés debe desaparecer. Me apetece ser la mujer espontánea que conoció hace doce meses, la que le rompió los esquemas.

Inspira con fuerza y separa las piernas para darme acceso.

Nos miramos a los ojos mientras le chupo la parte más íntima de su cuerpo, la que nadie puede ver. La tiene gruesa y dura, y se le marcan las venas de lo hinchada que está. La lamo de abajo arriba y le doy toquecitos con la lengua en la punta. Casi oigo el deseo corriendo por sus venas.

—Fóllame la boca —susurro mirándolo.

Se le oscurecen los ojos.

—Cógeme del pelo y fóllame la boca —murmuro con su miembro en mi boca.

Me mira rebosante de deseo, me agarra del pelo con las dos manos y empuja.

Me bendice con una explosión de líquido preseminal. Cierro los ojos y gimo.

Me la mete hasta el fondo y empiezo a hacer ruiditos con la boca. A saber qué pinta tengo aquí debajo, desnuda y a gatas. Me empiezo a excitar y separo las piernas. Me embiste de verdad y gime. Coloco la mano alrededor de su miembro y, con brusquedad, la subo y la bajo.

A mi novio le gusta que sea bruta.

Veo cómo se le contrae el abdomen cuando se tensa. Le separo más las piernas y le agarro las pelotas.

—Joder —gime.

—Va, córrete —susurro—. Quiero tragármelo todo.

Pone los ojos en blanco y se entrega a mí.

Sonrío con su pene en la boca. Me encanta desarmarlo. Es como si estuviese flotando en el aire y lo mirase desde arriba con una indiferencia especial.

Un solo espectador: el mejor porno del mundo.

Se le contrae el abdomen. Sonrío cuando eyacula en mi garganta. Procuro que no me entren arcadas. Es difícil con un miembro de semejante tamaño, pero, cuando abre los ojos, centellean, y todos mis miedos desaparecen.

Esto me encanta. Me encanta amar a Jameson con la pasión incontrolable que él mismo despierta en mí. Nunca he sido así, pero con él… es espontáneo. Como si fuese el eslabón perdido de mi vida sexual. Ya nos hemos acostado hace unas horas, un encuentro íntimo y tierno. Todo lo contrario a este, pero igual de importante.

Sigo ayudándome de la mano y la boca hasta que me trago la última gota. Entonces, me levanta y me sienta en su regazo.

Me besa en los labios y gime cuando se saborea a sí mismo en mi boca.

Me separo para mirarlo. Entre nosotros saltan chispas.

—Te quiero —susurro, mirándolo a los ojos.

Sonríe y me estampa un beso en los labios. Nos besamos con pasión. Se levanta y me lleva en brazos a la cama.

Tenemos un vínculo fuerte.

Muy fuerte.

Por primera vez en mi vida, siento que estoy en casa.

Veo que Hayden viene a la cafetería donde estamos. Lleva el maletín. ¿Por qué va a almorzar con el maletín? Qué sospechoso.

—¿Cuánto hace que conoces a Hayden? —le pregunto a Moll.

Aaron da un sorbo con la pajita mientras nos escucha y mira a Hayden.

Hemos venido a comer a nuestro local favorito y nos hemos sentado en el banco que hay junto a la ventana.

Molly hace un mohín con los labios.

—Unos ocho años.

—Aaron me dijo que coincidisteis en tu antiguo trabajo.

—Sí —dice mientras mastica su sándwich tostado y lo mira—. Los dos trabajamos en la *Gazette*.

—Creo que trama algo —murmuro tras echarle otro vistazo.

—No me extrañaría —repone Molly, que se limpia la boca con la servilleta.

—¿Y eso? —pregunto.

—Lo echaron de la *Gazette*.

—¿Por? —pregunta Aaron con el ceño fruncido.

—No estoy segura, pero se rumoreaba que pinchaba teléfonos. Fue un escándalo.

—¡¿Cómo?!

—Bueno, en teoría —explica, poniendo los ojos en blanco—. No está confirmado, pero se ve que lo pillaron pinchando el teléfono de una compañera para robarle información.

—¿En serio? ¿A quién? —pregunto.

—A Keeley May.

—Ah, sí, la pelirroja —señala Aaron—. Está que te cagas.

Molly y yo lo miramos.

—¿Desde cuándo piensas que las chicas están buenas? —pregunta Molly.

—Soy gay, no ciego. Sé apreciar la belleza femenina —resopla.

Las dos nos miramos sorprendidas.

—¿Por qué crees que trama algo? —pregunta Molly.

Ay, ¿se lo digo? No, antes tengo que hablar con Tristan. No voy a traicionar su confianza.

—El otro día le hablé de uno de mis artículos y luego lo presentó como si fuera suyo —miento.

—Menudo trepa el cabrón.

—Aunque tampoco tengo pruebas —añado—. Tenía curiosidad por su reputación, nada más.

—Por mi experiencia, yo no confiaría en él —dice Molly en tono seco.

—Otro Paul —repone Aaron con desprecio.

—Madre mía, ¿qué ha pasado ahora? —pregunto.

—Nada —suspira—. Que es un capullo, ya está.

Molly se muestra indignada.

—Deja ya de hacerte la víctima, joder. Sabes que se está tirando a todo lo que se menea y aun así te acuestas con él. Una cosa es que te pongan los cuernos, y otra es volver por voluntad propia a por más cuando ya sabes lo que hay. Eso ya es ser penoso.

Aaron pone los ojos en blanco.

—No hacía falta ser tan cabrona.

—Sí hacía falta. Te comportas como una damisela en apuros. No tenéis hijos en común. Ni hipoteca. Ni trabajáis juntos. No debería ser tan difícil romper con él. Mándalo a tomar por saco y pasa página —dice con escarnio—. Es duro cortar con alguien, pero aguantarte lo es aún más.

—Hablando de pasar página, Jameson me ha pedido que me vaya a vivir con él —intervengo para cambiar de tema.

Aaron resopla y se le mete la bebida por la nariz.

—¡¿Qué dices?!

—Bueno, aún no está decidido —musito mientras me encojo de hombros.

—¿Y este cambio radical? —pregunta Aaron, sorprendido.

—Fue a ver a su ex mientras estuvo en Londres.

—¿Se la folló? —inquiere Aaron mientras mastica su pajita.

—No, Aaron, follar a lo loco no es un comportamiento normal —responde Molly, cortante—. A ver si se te mete en esa mollera tan dura que tienes. Tu percepción de la realidad es errónea.

—Joder, tía, hoy estás muy cabrona, eh —espeta Aaron.

—Tu novio y su afán por compartir su polla con todo el mundo me tienen harta —replica.

Aaron y yo nos miramos. Molly está muy irritable hoy.

—Me ha contado que Claudia y él tenían planeado volver, pero le dijo que quería estar conmigo y rompió con ella.

—Joder —susurra Aaron.

—Me ha dicho que me quiere.

—¿En serio? —grita Molly—.

—Pero... —digo, encogiéndome de hombros.

—Pero ¿qué? —susurra Aaron—. No debería haber peros en esta historia.

—Estamos yendo muy rápido. ¿A qué viene tanta prisa? Me da miedo que actúe así porque está muy estresado.

Los dos me escuchan atentamente.

—Me ha dicho que sentía algo por mí desde que nos conocimos, y que llevaba tiempo pensando en pedírmelo.

—Es posible —comenta Molly.

—Sí —asiento, y doy un sorbo al café—. O puede que sea parte de su plan de adquisición.

—¿Qué plan de adquisición? —pregunta Molly.

—Jameson Miles siempre consigue lo que quiere —explico—. Si ha decidido que me quiere...

—Que así ha sido —interrumpe Aaron.

—Se las ingeniará para tenerme. No sé. —Me encojo de hombros—. Es demasiado bonito para ser cierto. Y lo de Claudia me mosquea un poco. ¿Cómo puedo estar segura de que cortarán toda comunicación a partir de ahora?

Molly pone los ojos en blanco.

—Y ya estamos otra vez. ¿Se puede saber qué os pasa hoy? —dice mientras arruga la servilleta con todas sus fuerzas—. Deja de ser tan negativa. Si no te hubiese dicho que te quería, te habrías mosqueado. Te lo dice y crees que oculta algo —exclama mientras levanta las manos, indignada—. Bajad de las nubes, anda. —Se pone en pie—. Venga, a trabajar.

Se va hecha una furia. Aaron y yo la vemos cruzar la calle.

—Esta necesita echar un buen polvo —masculla Aaron—. Qué mala leche tiene, la virgen.

Me río mientras la veo entrar en el edificio.

—Puede que tengas razón.

Observo mi reflejo en el espejo y exhalo con pesadez. Me miro por detrás. Llevo el vestido dorado de Chanel que Jameson eligió ayer. Me he rizado el pelo y me lo he recogido por detrás de la oreja. He optado por un maquillaje sofisticado y un pintalabios rojo brillante.

Estoy de los nervios. Será la primera vez que vaya a algún sitio elegante con él como su pareja oficial y, cómo no, toda su familia estará allí para presenciarlo.

La que se puede liar…

«Tú no te manches el vestido ni te pases con el champán, que acabarás haciendo el ridículo», me recuerdo.

Madre mía, no sabría qué hacer.

Lo peor es que, cuando estoy tan nerviosa, me apetece beber más.

—¿Estás ya, conejita? —me llama Jameson. Se asoma a la puerta y me dedica una sonrisa lenta y *sexy* mientras me da un repaso de arriba abajo—. Dios, qué guapa.

Me aliso la falda, nerviosa.

—¿Voy bien así?

—Muy bien. —Me estrecha entre sus brazos y me da un beso en la mejilla—. El pintalabios es lo único que no me gusta.

Mi expresión cambia de repente.

—Vaya...

—Porque no podré besarte sin que nadie lo sepa.

Sonrío mientras me abraza. Hoy volvemos a estar distintos. Nuevo día, nueva dinámica.

Me siento muy cerca de él. El hecho de que ayer se abriese conmigo ha permitido que derribe mis muros. Molly tiene razón: estoy siendo muy negativa, pero no puedo evitarlo. Me da miedo que me rompa el corazón.

Si me dejase, no sabría qué hacer.

Ya me han hecho daño en el pasado y, aunque sé que Jameson juega en una liga totalmente distinta a la de mis anteriores parejas, la posibilidad me aterra.

Me dolería en lo más profundo de mi ser.

Lleva un esmoquin negro y una pajarita. Le brillan los ojos y el pelo le enmarca el rostro.

Nunca he salido con alguien que me aterre tanto como Jameson Miles. Él es todo lo que nunca supe que necesitaba.

—¿Estás lista? —pregunta mientras me coge de la mano.

—Sí.

Me pongo la otra mano en el corazón para intentar calmarlo.

—¿Qué pasa? —indaga en voz baja.

—Estoy nerviosa.

—No te preocupes, irá bien —dice con una sonrisa *sexy*.

—No dejes que beba más de la cuenta, ¿vale?

—De acuerdo —acepta con una sonrisita de suficiencia mientras nos dirigimos a la puerta.

—Si ves que bebo mucho, quítame la copa.

Frunce el ceño.

—En serio, Jay, en dos tragos paso del cuatro al diez.

Sonríe con superioridad y, tras considerar lo que acabo de decir, echa la cabeza hacia atrás y se ríe a carcajadas.

—No se ha dicho nunca mayor verdad que esa.

Finjo escandalizarme y lo miro boquiabierta.

—¡No me refería a la mamada!

—Yo sí —dice, y me besa en la mano—. Y para que conste, pasaste del diez al veinte.

Sonrío con timidez. Me besa en el cuello, en el hombro y, finalmente, en el pecho, por encima de la tela.

—Cuanto antes nos vayamos, antes volveremos —susurra, y me da un cachete en el culo.

Media hora después, llegamos a la zona de aparcamiento y veo que todo el mundo va muy elegante. Cuando los nervios empiezan a comerme por dentro, Jameson, ajeno a mi crisis interior, me besa en el dorso de la mano.

«¿Qué le digo a su madre? ¿Y a su padre? Madre mía, ¿quién me mandaría a mí venir?».

Alan abre la puerta. Jameson sale y me ayuda a bajar. Con ternura, me pone la mano en la parte baja de la espalda.

—Gracias —le dice a Alan.

—Gracias —digo con una sonrisa.

Nos dirigimos a las enormes puertas de entrada cogidos de la mano. Algunos nos miran dos veces, y el resto no nos quita ojo. Contengo la respiración mientras pasamos entre la multitud.

—Hola, Jameson —saluda alguien.

Él asiente con educación, pero no se para a hablar. Cruzamos las puertas dobles y me lleva directamente a una mesa que hay en la parte delantera. Es redonda, el mantel es de lino blanco y los cubiertos están dispuestos en fila y son de plata. El centro está decorado con flores blancas y velas.

Mierda, ¿con qué se come primero? Creo que tendré que ir al lavabo para buscarlo en internet. El padre de Jameson está sentado con una mujer mayor. Ella tiene el pelo oscuro y por encima de los hombros. Le sienta muy bien ese corte. Es muy atractiva y lleva un vestido negro de manga larga la mar de elegante.

—Mamá, papá, os presento a Emily —dice Jameson con orgullo—. Estos son mis padres, Elizabeth y George.

—Hola —saluda su madre, que se levanta a darme dos besos y me mira de arriba abajo guardando las distancias—. Pero bueno, qué chica más mona —añade con una sonrisa amable.

Vaya, qué maja. Sonrío nerviosa. Su padre me aparta de su madre y me besa en la mejilla.

—Hola, Emily. El otro día no tuvimos ocasión de hablar como es debido. Encantado de conocerte.

—Lo mismo digo —susurro.

Jameson me ofrece una silla y tomo asiento. El corazón me va a mil. Noto que me estoy poniendo roja; me quiero morir. «No te pongas roja ahora, mujer». Me imagino a mí con cara de remolacha sentada al lado de don perfecto. Jameson me sirve una copa de champán y me la ofrece.

—Gracias —susurro y la acepto. Lo miro a los ojos con cara de «ayúdame».

Me hace un guiño *sexy* y pasa el brazo por el respaldo de mi silla.

—¿Y Tris? —pregunta como si nada mientras echa un vistazo a su alrededor.

—Ya viene —contesta su padre.

Me fijo en el montón de gente que hay. Todos son famosos, pero no recuerdo el nombre de ninguno. Yo voy tirando con lo que Aaron y Molly me han preparado. Dos directores que he visto en mis visitas a la última planta llegan con sus parejas.

—Hola.

Se saludan estrechándose la mano. Entonces, los hombres fruncen el ceño al verme.

—¿Conocéis a mi novia, Emily? —les pregunta Jameson.

—¡Ah, sí! —dicen, sonriendo de manera exagerada.

—Hola, Emily —balbucean los cuatro. Me estrechan la mano y se sientan en nuestra mesa.

Jameson está justo a mi lado, luego su padre enfrente de él, después su madre y, por último, los otros cuatro. Hay dos asientos a mi izquierda; serán para Tristan.

—Hola —saluda Tristan a mi espalda. Suena de lo más contento.

Me giro y veo que ha venido con la chica rubia.

—Hola —gritan todos.

—Emily, te presento a Melina —dice Tristan.

—Hola —exclamo mientras le estrecho la mano.

—Hola —responde con una sonrisa mientras toma asiento a mi lado y mira a la gente de la mesa—. Es que no sabía qué ponerme. ¿Qué tal?

Enseguida se ponen todos a hablar.

Melina es guapa y segura de sí misma. Parece una modelo de alta costura en vez de una... ¿A qué se dedicaba?

Miro al otro lado y veo que Jameson le pone los ojos en blanco a su padre y viceversa. «¿A qué ha venido eso?».

Tristan empieza a hablar con alguien de la mesa de al lado y se ríe a carcajadas. Qué simpático es.

Melina saca el móvil y pone morritos para hacerse una foto. Se cierne sobre mí y me dice:

—Ponte, que te etiqueto.

Me zafo de su agarre y me aparto.

—No, gracias —digo sonriendo—. No tengo redes sociales.

Melina ahoga un grito.

—¡¿Cómo?! —exclama mientras me mira de arriba abajo con cara de pasmo—. ¡¿Por qué no?! ¡¿Qué pasa contigo?!

Menuda tía más borde.

—No me gustan las redes sociales, punto —repongo encogiéndome de hombros.

—¿Qué es lo que no te gusta? —pregunta mientras sigue haciéndose fotos.

La miro con cara de póquer.

—Que sean una falsa interpretación de la sociedad y que se publiquen imágenes poco realistas que representan un estilo de vida falso y plagado de ideales inalcanzables —contesto mientras tomo un sorbo de vino. «No me toques las narices, anda».

Jameson sonríe con suficiencia mientras mira al frente y traza círculos en mi hombro con el dedo.

—Madre mía —se lamenta Melina, que pone los ojos en blanco y se hace otra foto.

Levanto la vista y veo que la madre de Jameson me sonríe con satisfacción y me guiña un ojo.

El corazón me retumba. «Eh, tú, deja de portarte como una zorra mordaz», me recuerdo. «Sé maja por una vez».

Jameson y su padre se ponen a hablar y yo guardo silencio. Un camarero se acerca a rellenarme la copa.

—No, gracias —le digo con una sonrisa.

Melina habla con los demás comensales. Se ríe a carcajadas y le encanta llamar la atención. No es para nada la clase de mujer que pensaba que le gustaría a Tristan.

—Emily, tienes que venir a vernos a los Hamptons —me dice la madre de Jameson.

—Gracias —respondo con una sonrisa—. Me encantaría. —Y añado para tratar de entablar conversación—: ¿Vais los fines de semana?

—Casi siempre estamos ahí —explica—. Aún conservamos los pisos de aquí, claro, pero nos sienta muy bien cambiar de aires.

—Ah —exclamo con una sonrisa. ¿Cuántos pisos tendrán aquí? Madre mía, venimos de mundos completamente distintos—. Qué bien.

—Jameson nos ha dicho que eres de California.

—Sí —asiento. ¿Les ha hablado de mí?—. Solo llevo un mes aquí.

—¿Y qué te parece Nueva York?

—Me encanta —sonrío—. Es una pasada.

Jameson me toca el hombro para darme apoyo moral mientras habla con su padre.

—Jameson nos ha contado que os conocisteis hace más de un año —prosigue Elizabeth.

—Sí. —Asiento de nuevo con una sonrisa forzada. Madre mía, ¿cómo les habrá dicho que nos conocimos? Por favor, que no les haya explicado que nos sentaron juntos en un avión, nos pusimos como cubas, tonteamos como si llevásemos siglos sin tener sexo y luego follamos como conejos durante las doce horas que duró la escala mientras yo intentaba chuparle hasta la última gota de sangre del cuello. Apuro la copa y le doy una patada en el pie a Jameson.

«Ayúdame, cabrón».

Sonríe como si supiera en lo que estoy pensando.

Tristan se sienta por fin y Melina le da un beso.

—Vayamos a socializar.

Tristan frunce el ceño mientras prueba el *whisky*.

—No, ve tú, yo me quedo aquí.

Melina saluda a una mujer que hay al fondo y se pone de pie.

—Ahora vuelvo. —Sonríe a las personas de la mesa y prácticamente se va corriendo a dar dos besos a la mujer sin llegar a tocarla—. ¡Cariño! —grita, y fingen con emoción que les interesa la otra.

Miro a Jameson a los ojos, que esconde los labios para no reírse. Es como si me leyese la mente.

Qué pava es.

Jameson alza la barbilla y se pasa la lengua por los dientes como si estuviese enfadado. Sigo su mirada y veo que un grupo de hombres y mujeres llega a la mesa de delante. Se me van los ojos a sus padres, que miran en la misma dirección.

—¿Quiénes son? —susurro.

—La familia Ferrara.

Frunzo el ceño con gesto inquisitivo.

—Son los dueños de la *Gazette* y de Ferrara Media.

—Ah —digo con los ojos muy abiertos.

Los observo tomar asiento. Tres hijos, una madre y un padre con aspecto de italianos. Guapos, pelo oscuro y ojos marrones. Solo un hijo está acompañado; los otros vienen solos. El hijo mayor levanta la vista y sonríe cuando nos ve. Nos saluda y agacha la cabeza. Jameson le devuelve el saludo con educación pero, a la vez, con frialdad.

—¿Quién es? —susurro.

—Gabriel Ferrara —contesta Jameson mientras da un sorbo a su bebida. Rezuma desprecio por todos los poros de su piel—. El director ejecutivo.

Proceso la información que me acaba de dar. Apostaría a que no se pueden ni ver.

Director ejecutivo contra director ejecutivo.

—¿Emily? —pregunta una voz femenina a nuestra espalda tras ahogar un grito.

Nos damos la vuelta y vemos a una mujer. La conozco.

—Athena.

Sonrío mientras me pongo en pie. Athena tiene sesenta y tantos años y es una mujer de mundo. La adoro.

—Madre mía —exclama ella, sorprendida, y me abraza—. Jameson Miles, ¿cómo es que conoces a Emily Foster?

Él se ríe por lo bajo.

—Emily ha hecho prácticas conmigo tres veranos seguidos —explica Athena entre risas.

George nos mira como si estuviera impresionado.

—Pero no se mudaría aquí para trabajar en mi empresa —añade ella con una sonrisa mientras me acaricia el brazo.

—¿Qué quieres decir? —pregunta George.

—La mejor periodista que he tenido —repone Athena—. Cada año le ofrecía un puesto, pero siempre lo rechazaba. Decía que solo se mudaría a Nueva York para trabajar en Miles Media.

Sonrío tímidamente. «No digas más, que estoy intentando aparentar indiferencia».

—¿En serio? —inquiere George, sonriéndome—. Pues ya se ha hecho un hueco ahí.

Athena mira la mano de Jameson en mi espalda.

—Ya veo —musita sonriéndome—. Ven, quiero que saludes a alguien. —Y añade, mirando a Jameson—: ¿Puedo robártela un momento?

—Claro.

Me besa en la mano y me suelta. Se queda mirándome y yo le sonrío con ternura.

Es tan…

Athena me conduce a la otra punta de la sala.

—Madre mía —balbucea mientras pasamos entre las mesas—. Estás saliendo con Jameson Miles.

—Sí —digo y no puedo evitar sonrojarme.

—Es el hombre más guapo del mundo. —Se gira y, con una sonrisa, añade—: Pero también el más gruñón.

No puedo evitar sonreír mientras me lleva con un grupo de hombres y mujeres que hay cerca de la barra.

—Mira quién ha venido, Lauren. Emily Foster.

—Qué fuerte —grita Lauren entre risas mientras me abraza. Lauren y yo hicimos prácticas juntas en segundo. Lauren pasó a trabajar en su empresa—. ¿Qué haces aquí? —pregunta sonriendo, entusiasmada.

—Ahora vivo en Nueva York. Trabajo en Miles Media.

—¿En serio?

—Sí —respondo con una sonrisa.

—Qué fuerte, tenemos que ponernos al día.

—Sí. —Estaría bien tener una amiga que no trabajase conmigo—. Luego nos damos los teléfonos.

Miro a mi alrededor y veo que todo el mundo está bebiendo.

—Voy a por otra copa de champán.

Alguien me agarra del codo por detrás. Me vuelvo. Me quedo de piedra: es el italiano alto, el director ejecutivo de la *Gazette*.

—Hola —me dice con una sonrisa *sexy*.

—Hola.

—¿Quién eres? —pregunta.

Frunzo el ceño. Se me van los ojos a mi mesa. Jameson está hablando con Tristan.

—Emily —contesto, nerviosa.

—Yo me llamo Gabriel Ferrara —se presenta, y me da un beso en el dorso de la mano.

—Ah.

—Y me gusta hacerme con todo lo que posee Jameson Miles.

Abro mucho los ojos.

—Incluidas las mujeres —puntualiza mirándome a los labios con ojos oscuros.

Capítulo 18

—¿Disculpa? —exclamo frunciendo el ceño mientras me zafo de su agarre—. ¿Qué acabas de decir?

—Solo quería dejar claro que eres preciosa. No te asustes —dice con voz *sexy*.

—Pues no sigas —espeto.

Sonríe mientras da un sorbo a su bebida. Es evidente que mi reacción le ha hecho gracia.

—¿Quién eres?

—Alguien cuya inteligencia se ha visto insultada por tu descaro. Adiós, señor Ferrara. *Ciao.*

Le doy la espalda y me siento en la barra.

—Encantado de conocerte, Emily. Volveremos a vernos. Me aseguraré de que así sea —me susurra al oído. Su aliento me hace cosquillas en el cuello y me pone el vello de los brazos de punta.

—No te molestes —replico con desprecio, enfadada por cómo ha respondido el traidor de mi cuerpo a su presencia.

El corazón me va a estallar. No me extraña que Jameson esté tan estresado: ¡está rodeado de víboras!

Me estoy poniendo de los nervios.

Cojo la copa y vuelvo con Lauren, pero tengo la cabeza en cualquier parte menos en la conversación.

Ese cabrón está saboteando la empresa de Jameson y no se corta un pelo a la hora de tirar la caña a sus mujeres.

Mujeres…

Me siento ofendida. Quiero ir y contarle a Jameson lo que acaba de pasar, pero no quiero estresarlo todavía más. Quizá sea eso lo que busca Gabriel: una guerra abierta.

Madre mía, qué caos.

Desde la barra, veo que la gente se acerca a saludar a los Miles por puro interés, como si buscasen su aprobación. Tristan es todo sonrisas y felicidad, pero Jameson y su padre se limitan a ser educados. Es evidente que no se van a dejar seducir o engañar por sus falsos saludos y sus buenos deseos.

Tras mantener la conversación más larga del mundo, vuelvo con Jameson. Me siento a su lado y él se lleva mi mano a su muslo.

—¿Te cae bien la gente de aquí? —pregunto en un susurro.

—Me cae bien la gente de esta mesa —dice, mirándome a los ojos.

Observo a mi alrededor, nerviosa.

—¿Qué pasa? —pregunta al notar que algo va mal.

—Nada —susurro, y le doy un beso en los labios—. Es que no me cae bien esta gente.

—Ni a mí. Solo me importa caerte bien a ti —murmura.

Le sonrío a mi hombre y le digo al oído:

—Me caes más que bien.

—Dos horas y podremos irnos de aquí —dice mientras me aprieta la mano con suavidad.

—Genial.

Ya hemos cenado y ahora es el turno de los postres. La entrega de premios está a punto de empezar.

Han bajado la intensidad de las luces y un foco ilumina el escenario a medida que anuncian las categorías. Supongo que empezarán por los premios de menor importancia.

Jameson se endereza y mira fijamente el escenario mientras me coge de la mano. Su rostro no muestra ninguna expresión; quién sabe en qué estará pensando.

Se le da muy bien controlar sus emociones. Tristan ríe y habla de las categorías con los demás ejecutivos de la mesa. Está totalmente relajado y disfrutando de la velada.

¿Cómo pueden dos hermanos ser tan diferentes?

Tristan es abierto y alegre, y Jameson es cerrado y serio… Al menos, de puertas para afuera.

Sin embargo, sabiendo que Tristan se dedica a las adquisiciones en la empresa, él también tiene que ponerse serio en algún momento. Quizá hasta más que el resto porque él se encarga de comprar empresas y disolverlas. Me quedo pensando en ello mientras miro a Jameson. No, no puede ser: no hay nadie más serio que Jameson. Se me van los ojos hacia su padre, que mira el escenario con la misma dureza. Puede que solo George lo supere.

Pienso en la infancia que tuvo Jameson y en que lo mandaron a un internado en el extranjero con sus hermanos. ¿Cómo vas a aprender a ser tierno y cariñoso cuando estás en un ambiente escolar tan frío? Me pregunto si por eso tiene esta actitud de todo o nada conmigo.

¿Tendrá que permitirse a sí mismo sentir antes de poder hacerlo físicamente?

Tendría sentido. Desde que me dijo que me quería, hemos avanzado a pasos gigantescos. Con cada caricia siento que me deja acceder un poco más a él. ¿Es porque al fin es capaz de expresar sus sentimientos?

Exhalo con pesadez mientras aplaudo cuando anuncian un premio. Tengo la cabeza en otra parte: en el hombre complejo del que me he enamorado y cuyos demonios internos trato de desentrañar.

Quizá Jay necesite hablar de la empresa. Tal vez necesite a alguien con quien no tenga que fingir que lo tiene todo bajo control.

Es el director ejecutivo de Miles Media. Su familia acude a él en busca de orientación. Esperan que arregle la situación.

No me extraña que esté estresado.

La periodista que llevo dentro quiere resolver este asunto, encontrar al topo y pelear por volver a estar en lo más alto.

La romántica que llevo dentro quiere coger a Jay y llevárselo a una isla en las Bahamas para que disfrute de una vida tranquila y relajada, donde lo único de lo que tenga que preocuparse sea de columpiar a sus hijos.

Sus hijos.

Noto una opresión en el pecho cuando me imagino el futuro con Jameson.

¿Soportarán sus hijos tanto estrés? ¿Notarán que su padre está preocupado cuando los toque?

Sé que lo harán, porque es lo que me pasa a mí.

Tengo que conseguir que desconecte para que sea capaz de lidiar con todos los frentes que tiene abiertos. Pero ¿cómo? Me detengo a pensarlo mientras aplaudo en la entrega de otro galardón.

Necesita salir de Nueva York. Eso es. Pasar un fin de semana fuera. En algún sitio muy diferente. Sonrío a medida que la idea cobra forma en mi cabeza.

—Y a continuación, el premio más importante de la noche —anuncia el presentador—. El Premio Diamante a la mejor cobertura mediática es para...

Redoble de tambores.

Abre el sobre y sonríe al tiempo que menea la cabeza.

—Vaya, vaya, parece que las tornas han cambiado.

El público enmudece.

—¡Ferrara Media!

El público aplaude y la mesa de los Ferrara estalla en vítores. Jameson tensa la mandíbula y da un sorbo a su bebida.

—Joder —masculla Tristan por lo bajo.

Nuestra mesa guarda silencio mientras vemos a Gabriel Ferrara subir al escenario para recoger el premio. Lo alza en el aire y la gente se ríe y lo aclama. Coge el micrófono.

—Gracias —dice, mirando a su alrededor—. Significa mucho para mí. Lo siento por Miles Media, que llevaba dieciséis años consecutivos haciéndose con el galardón. —Le lanza un beso con descaro a Jameson y saluda a nuestra mesa.

Jameson lo fulmina con la mirada. Se pasa la lengua por los dientes mientras rezuma desprecio por los cuatro costados.

—Creo que puedo decir sin temor a equivocarme —prosigue Gabriel, sonriendo con ironía— que si hemos liderado el mercado estos últimos doce meses ha sido gracias a nuestras exclusivas. —Levanta un dedo y añade—: Somos los medios de comunicación más importantes del mundo.

El público aplaude y vitorea.

Él alza el trofeo.

La mesa de los Ferrara está extasiada.

—Es broma, ¿no? —exclamo con escarnio, incapaz de contenerme.

La familia Miles mira con odio a Gabriel. Sé lo enfadados que están porque yo me siento igual. La ira se extiende dentro de mí como una enfermedad.

Una cosa es que te quiten el título, y otra muy distinta es que se lo lleve un ladrón que se está apropiando de tu trabajo.

Gabriel hace una reverencia y vuelve a su sitio. Besa el trofeo para que las cámaras lo capten. Esta victoria mañana será portada en todo el país.

Nuestra mesa se sume en un silencio furioso. Nadie abre la boca.

Miro a Gabriel y me entran ganas de borrarle esa sonrisita de la cara.

Y lo haré.

«Prepárese, don Gabriel Ferrara, porque lo voy a machacar».

Sin aliento, veo cómo Jameson me deja atrás. Son las seis y amanece en Central Park. Hoy está corriendo especialmente rápido, pero no me voy a quejar.

Ahora lo entiendo: sus responsabilidades no se acaban al final del día. Me sabe mal por él. Por mucho que me cabrease, lo que pasó anoche fue una valiosa lección sobre su competencia.

Carecen de miedo y de principios, y eso los convierte en jugadores muy peligrosos.

Jameson se gira y viene hacia mí haciendo un esprint. Siempre intenta no perderme de vista.

Cuando volvimos a casa anoche, estaba callado y sumido en sus pensamientos. Nos duchamos e hicimos el amor, y por fin se relajó un poco. Preparé algo para picar y pasamos un rato viendo una película abrazados en el sofá. Nos acostamos tarde, pero necesitábamos ese tiempo juntos para desconectar.

No mencionamos nada sobre la entrega de premios. No hablamos de eso; no hay nada que decir.

Es lo que hay. Hablar no cambiará el hecho de que Ferrara Media ha recibido un premio gracias a mentiras. Si a mí ya me revienta por dentro, no quiero ni imaginar cómo se sentirá Jameson.

Frena en seco delante de mí. Le cuesta respirar.

—Qué lenta vas hoy —me chincha.

—Y tú qué rápido. El hacha debe de ser grande.

Se ríe entre dientes y me besa.

—Grande de cojones.

Nos damos la vuelta y bajamos el ritmo para regresar a casa.

—Le pediré a Alan que vaya a recoger tus cosas este fin de semana. ¿Te parece bien? —pregunta sin dejar de correr.

—Respecto a eso…

—¿Sí? —jadea, todavía no se ha recuperado del esprint de antes.

—Tengo una propuesta para ti.

—¿Cuál? —dice y deja de correr.

Me giro y lo tomo de las manos.

—Me iré a vivir contigo con una condición.

—¿Cuál? —vuelve a preguntar. Parece molesto porque quiero hacer un trueque.

—Me iré a vivir contigo si los fines de semana nos vamos de la ciudad.

—¿Qué?

—A ver, no todos los fines de semana —explico mientras me encojo de hombros—. Pero lo justo como para que nos relajemos.

—Nueva York es mi hogar. Estoy relajado. ¿Tú ya quieres irte?

Sonrío y empiezo a correr.

—¿Qué pasa? —pregunta tras darme alcance.

—Aquí es imposible relajarse. Es una ciudad frenética. Hasta en la luna verían la energía que hay aquí. Durante toda la noche se oyen sirenas, hay coches, tráfico y un montón de gente yendo de acá para allá a toda velocidad.

Me escucha sin dejar de mirarme.

—No hace falta que nos vayamos muy lejos. Ya he reservado una escapada sorpresa para este fin de semana.

—¿Cuándo has hecho eso?

—Ayer. —Estoy mintiendo como una bellaca, pero me da igual—. Piénsalo. Durante la semana vivimos en tu piso y trabajamos sin descanso, y los fines de semana desconectamos. Sin móviles ni internet. Solo nosotros.

—¿Cómo? —pregunta, frunciendo el ceño—. Imposible. Necesito estar conectado en todo momento.

—No —jadeo sin dejar de correr—. Lo que necesitas es reponer fuerzas para ser el mejor director ejecutivo posible. Un tú cansado y estresado no dará la talla.

Corremos hasta llegar a la calzada y miramos a ambos lados antes de cruzar.

—Además —digo—, así tendría lo mejor de los dos mundos.

—¿A qué te refieres?

—Estoy enamorada hasta las trancas de Jim, el hombre que conocí en el avión.

Jameson me escucha con atención.

—Y estoy aprendiendo a querer al director estresado que lo posee a veces.

Jameson, que al fin ata cabos, sonríe sin dejar de correr.

—Así… —jadeo. La Virgen, ¿quién me mandará hablar mientras corremos?—. Así pasaría tiempo con mis dos hombres.

Me coge de la mano y me acerca a él. Se apodera de mis labios mientras me rodea la cara con ambas manos. Me mete la lengua y succiona de forma apasionada. Es electrizante. Nos besamos sin parar. Llevo las manos a sus caderas. Me pregunto qué pinta tendremos, liándonos aquí en la esquina.

—¿Hay trato? —susurro, mirándolo a los ojos—. ¿Me voy a vivir contigo?

—Creo que podremos llegar a un acuerdo respecto a los fines de semana —responde mientras me acaricia la mejilla.

Sonrío.

—Pero solo porque a tus dos hombres les encanta follarte —puntualiza mientras me agarra de las caderas y las acerca a las suyas.

Me río cerca de sus labios, frente con frente.

—Estás enfermo, Miles —susurro.

Me toca el culo con descaro y alguien toca el claxon.

—¡Idos a un hotel! —grita un hombre.

Nos reímos y cruzamos la carretera corriendo. Le sonrío mientras corremos.

—¿Qué? —inquiere con una sonrisita de suficiencia.

—Nada. —Le doy un cachete en el culo y añado—: Te echo una carrera hasta casa.

Y salgo disparada.

—Te ganaría hasta con las piernas atadas —dice, riéndose a mi espalda—. Es más, como te gane, te ato.

—No si te ato yo a ti primero —grito mientras corro a toda velocidad.

Me entra la risa tonta cuando oigo que se acerca. Ahora sí que tengo un motivo para ir rápido.

Llamo a la puerta de Tristan. Toc, toc.

—Adelante —dice con voz grave.

Me asomo a la puerta y veo que Tristan está sentado al otro lado de la mesa.

—Em, pasa —me invita con una sonrisa.

Em.

Sonrío y me siento delante de él. He decidido que voy a mantener a Tristan al corriente de absolutamente todo. Quiere a Jameson, por lo que él sabrá lo que le conviene saber a Jay y lo que no.

—Te metiste a nuestros padres en el bolsillo en la cena —dice mientras me mira a los ojos con ternura.

—¿En serio? —pregunto con una sonrisa.

—Mi madre se ha pasado la mañana halagándote —me cuenta sonriendo mientras sostiene la pluma en una mano y se balancea en su silla.

—Venía a informarte de algunas cosas.

—Vale —asiente y frunce el ceño ligeramente.

—Voy a separar mi relación con Jameson del trabajo. Creo que necesita descansar.

—Sí, estoy de acuerdo.

—Así que quería comentarte algunas cosas.

—Vale, dispara.

—Recuerdas que sospechábamos de Hayden, ¿no?

—Sí —dice con el ceño fruncido.

—Molly me ha contado, aunque solo es un rumor, que echaron a Hayden de la *Gazette* por un escándalo de escuchas telefónicas.

—¿Que qué? —exclama y se echa hacia delante.

—Se ve que pinchó el móvil de Keely May para robarle los artículos, pero si te soy sincera, no tengo ni idea de si es cierto, pero Molly dice que eso se rumoreaba por aquel entonces.

—¡¿Cómo?! —explota—. Es broma, ¿no?

—No.

—Joder, qué bien. Con esto tengo munición de sobra —murmura con los ojos muy abiertos.

—¿Munición para qué?

—Para buscar en sus ordenadores. Aún no le hemos pinchado la línea.

—Ojalá nos sirva de algo —respondo. Me alegro si esto puede ayudar a Miles Media.

—Bien hecho, Em —me dice mientras da una vuelta en su sillón de dirección y apunta algo.

Me quedo mirándolo.

—Hay algo más.

Alza la vista.

—No le he contado nada a Jameson, pero Gabriel Ferrara me tiró la caña anoche.

Le cambia la cara.

—¿Que hizo qué? —espeta.

—No te alteres —tartamudeo.

—¿Qué te dijo?

Frunzo el ceño mientras hago memoria.

—Se acercó a la barra y me preguntó quién era. Pensé que era majo, así que le dije que Emily.

Tristan frunce el ceño mientras me escucha.

—Entonces me besó en el dorso de la mano y me dijo: «Yo me llamo Gabriel Ferrara y me gusta hacerme con todo lo que posee Jameson Miles».

Tristan abre mucho los ojos.

—Y añadió: «Incluidas las mujeres».

—¡Qué cojones! —estalla Tristan—. ¿Lo dices en serio?

Se levanta como un resorte.

—Pero no sé si lo entendí mal o… —tartamudeo—. No quiero hacer de un grano una montaña de arena, pero me pareció un comentario fuera de lugar.

—¿Qué le dijiste? —pregunta Tristan, echando chispas.

—Le dije que estaba insultando a mi inteligencia y que se marchase —digo, haciendo un mohín de fastidio—. Me pone los pelos de punta.

—Joder, qué locura.

Tristan suspira mientras se vuelve y se mete las manos en los bolsillos. Mira por la ventana con aire meditabundo.

—No le he contado nada a Jameson porque me da la sensación de que eso es lo que Gabriel pretendía.

—Quiere empezar una guerra —masculla con la mandíbula tensa por la rabia.

—Eso es lo que pensé yo, no queda otra —susurro.

—Está intentando sacarlo de quicio atacándolo donde más le duele.

—Ya. —Suspiro. Pobre Jay—. Me he pasado toda la noche pensando si debía contártelo.

—No se lo digas a Jameson —me indica mirándome a los ojos.

—Vale.

—Que quede entre nosotros.

Suspiro.

—Estoy preocupado por Jameson —dice—. Cualquier día le va a dar un telele.

—Lo sé. Voy a intentar sacarlo de la ciudad los fines de semana para que desconecte. Haré todo lo que esté en mi mano para que se relaje.

—Buena idea —murmura y asiente con la cabeza, todavía sumido en sus pensamientos—. Si le hubieras dicho lo de Gabriel, ahora mismo estaría estrangulando al muy cabrón.

—Lo sé —exhalo y me pellizco el puente de la nariz.

—Has hecho bien. —Sonríe—. Gracias por contármelo.

—Detesto no decírselo a Jameson, pero prefiero ahorrarle el disgusto. Gabriel solo intenta sacarlo de quicio.

—Sí, estoy de acuerdo —repone—. Gracias, ahora me pongo con esto. ¿Me haces un favor? Averigua todo lo que puedas de la vida personal de Hayden: por dónde sale, si tiene pareja... Ese tipo de cosas.

—Vale, me pongo con ello.

Me levanto y me dirijo al despacho de Jameson. Llamo a la puerta.

—Adelante —dice con voz grave y aterciopelada.

Abro la puerta y veo a mi hombre sentado detrás de su mesa. Me sonríe y se da palmaditas en el regazo.

Echo el pestillo de la puerta, me siento en su regazo y lo beso en los labios.

—Hola, jefe.

Me acaricia el muslo y se lanza a por mi cuello. Sonrío y entonces lo veo.

Un vaso de *whisky* medio vacío encima de su mesa. Me miro el reloj.

—Solo son las once.

Pone los ojos en blanco y me aparta con brusquedad.

—Necesitaba relajarme. No empieces.

—Vale —susurro—. ¿Estás bien?

—Sí —responde cortante mientras se gira hacia su mesa.

—Tres días para nuestra escapada de fin de semana —susurro.

Lo llaman por teléfono. Mira la pantalla.

—Me muero de ganas. Tengo que cogerlo. Nos vemos luego.

Le doy un beso y contesta la llamada. Enseguida adopta el tono autoritario que usa con los demás.

Me quedo en la puerta y lo miro mientras escucha. Da un sorbo al *whisky* sin pensar y habla.

Se me cae el alma a los pies.

Muchos ejecutivos estresados han tocado fondo por culpa del alcohol.

«Que el mío no sea uno de ellos, por favor».

Miro a mi alrededor con sentimiento de culpabilidad y luego a mi móvil. Busco «escapadas fin de semana presupuesto».

—Madre mía —exclamo y suspiro—. ¿A dónde lo llevo?

—¿Aún estás con eso? —pregunta Aaron.

Molly acerca su silla para mirar por encima de mi hombro.

—Quiero llevarlo a algún sitio que no se compre con dinero. —Hago una mueca mientras pienso—. Tiene que ser algo especial.

Aaron se ríe entre dientes.

—Puede que tu concepto de especial y el de Jameson Miles difieran un poco.

—La cuestión es que cuando está en mi casa, se olvida de quién es. Quiero que se dé cuenta de que no necesitamos vivir en un pisito pijo para ser felices.

—Estás como una cabra —dice Molly, que suspira—. Lo que daría yo por vivir en su pisito pijo... Cualquiera estaría más feliz que una perdiz allí. A ver cuándo nos invitas.

—Eso, eso —pincha Aaron entre risas.

—Mmm... —murmuro con los ojos entornados mientras pienso.

—¿Y si os vais de acampada? —sugiere Molly.

La miro.

—Pero no tenemos ni tienda ni nada, y no me da tiempo a comprarla.

—Yo sí. Te presto la nuestra. Michael y los niños acampan a menudo.

—¿Crees que habrá ido de acampada alguna vez?

—Mmm... Rotundamente, no —dice Aaron, que abre mucho los ojos para enfatizar sus palabras—. Nadie va de acampada por gusto.

—¿En serio? ¿Nos prestas vuestra tienda? ¿No te importa? —pregunto entusiasmada.

—Qué va. Llévatela. Michael y los niños se van a Dallas el viernes para visitar a sus padres y estarán fuera una semana. No la van a usar.

—Puede que funcione —musito sonriendo a medida que la idea cobra forma en mi cabeza—. Pero el coche... —pienso en voz alta.

—Llévate a Bessie. Es la camioneta de Michael. Enséñale a Jameson cómo se vive en un pantano.

—¿En serio? —pregunto con una sonrisita al imaginarme a Jameson en una camioneta.

—Sí, está hecha mierda, pero funciona.

Aaron niega con la cabeza, indignado.

—¿Intentas ahuyentarlo a propósito?

—No, intento que baje de las nubes —replico sonriendo de la emoción.

—Pues vaya torta se va a pegar —dice Aaron con una sonrisita de suficiencia.

Me río mientras me pongo a buscar *campings* en internet.

—Qué bien nos lo vamos a pasar.

El viernes por la tarde entro en el aparcamiento subterráneo del bloque de Jameson con una gran sonrisa. He pasado todo el camino desde casa de Molly riéndome. He llamado a Jay y le he dicho que lo recogeré en la puerta.

Doblo la esquina y lo veo esperando con Alan y las bolsas. Nada más verme, le cambia la cara.

Toco el claxon mientras voy dando botes y me planto a su lado con Bessie, la camioneta.

Se acerca con cara de espanto. Bajo la ventanilla.

—¿Te vienes? —pregunto.

Él ahoga un grito.

—¿Qué cojones es esto?

—Es Bessie —digo y sonrío con orgullo.

Alan se tapa la boca para no estallar en carcajadas.

—¿Cómo? —pregunta Jameson frunciendo el ceño mientras mira la enorme y destartalada camioneta azul claro. Me mira.

—Sube, Miles —le insto con una sonrisa y muevo las cejas—. Nos vamos de acampada.

Capítulo 19

Me mira sin saber qué decir.

Alan agacha la cabeza y se ríe por lo bajo.

Jameson me mira fijamente y… sus ojos destilan horror.

Menuda cara tiene. Pongo la camioneta en punto muerto, salgo de un salto y meto las bolsas en la parte de atrás.

—No lo dirás en serio —balbucea Jameson.

—Muy en serio.

Observa detenidamente la vieja camioneta destartalada.

—Este coche ni siquiera es apto para circular.

—No es un coche, es una camioneta —puntualizo con una sonrisa mientras cierro la parte de atrás—. Se llama Bessie.

Jameson pone los brazos en jarras. Mira a Alan, que ya no puede aguantarse la risa.

—No tiene gracia, Alan —espeta—. Yo no acampo, Emily. Pero seguro que ya lo sabías. ¿Se puede saber en qué pensabas? Esto no me relaja nada. Noto que me está subiendo la tensión.

Alan agacha la cabeza y empieza a reír a carcajadas.

—Perdóneme, jefe, pero esto es lo más divertido que he visto en mi vida. ¿Puedo hacer una foto para Tris? —pregunta.

—Ni hablar —exclama Jameson, que resopla—. No digas nada más o nos acompañas.

Alan se muerde el labio inferior para dejar de reírse.

—¿Por qué hay que ir en este…? —Hace una pausa para dar con el término adecuado—. Trozo de chatarra.

—Porque vamos a desconectar.

—Emily Foster, esto no es desconectar; es una forma segura de morir.

Me hundo en el asiento y hago pucheros.

—Me lo prometiste. Serán solo tres días. Y cuando vuelva, me iré a vivir contigo.

Por cómo pone los ojos en blanco y se toca las caderas, sabe que lo tengo en el bote. Me lo prometió.

Toco el claxon otra vez y él abre la puerta del conductor.

—¿Qué haces? —pregunto con el ceño fruncido.

—Conducir.

—¿Sabes llevar un coche con el cambio manual?

—¿Con qué? —pregunta extrañado.

Señalo la palanca de cambios del volante.

—¿Es legal circular con esto? —dice con una mueca.

—Sí —contesto entre risas.

—Pues sal. Conduzco yo.

Me saca del coche y me acomodo en el asiento del copiloto.

Se sienta y mira los mandos con una cara de concentración absoluta.

Alan y yo compartimos risas mientras esperamos a que comprenda el funcionamiento.

—Vale, ya lo he pillado —anuncia Jameson Miles, el obseso del control.

—Pues venga —canturreo—. Toca el claxon para Alan.

Jameson me mira con cara de póquer, así que le hago el gesto de «toca el claxon» que hacía a los camioneros de niña.

—No sé lo que significa eso, pero es una manera segura de acabar en el maletero.

Alan se vuelve a reír y yo doy botes de la emoción.

—Adiós, Alan —grito.

Alan me hace un gesto con la mano.

Jameson para y le dice a Alan por la ventanilla:

—Ten el móvil encendido, necesitaremos que nos vengas a recoger cuando esta chatarra nos deje tirados en unos treinta kilómetros, más o menos.

Alan y yo volvemos a reír y, mientras Alan se despide, Jameson sale cual conejito del aparcamiento.

Llegamos a las puertas de seguridad, pero Jameson está tan alto que no puede pasar la tarjeta para que el acceso se abra.

—Me cago en el trasto este —masculla por lo bajo mientras lo pone en punto muerto y se baja para abrir las puertas. Pasa la tarjeta y las puertas se abren poco a poco. Sube y acelera, y la camioneta, cual conejito, responde dando botes por el camino de entrada con un sonido de traqueteo de fondo.

—Joder —murmura Jameson haciendo una mueca—. ¿Y de quién es la chatarra esta? —pregunta mientras nos adentramos en el tráfico de Nueva York.

—De Michael, el marido de Molly.

Me mira con los ojos muy abiertos.

—¿Ese no es el tipo al que tuvisteis que llevar a urgencias porque se había puesto hasta arriba de Viagra?

—El mismo —digo con una sonrisa.

—Con razón —masculla—. Vale, ¿a dónde vamos?

Consulto los mapas en el móvil.

—A ver, hay que ir a la interestatal.

Me mira con gesto inquisitivo.

—Vamos a la reserva natural de High Point, en Nueva Jersey —añado.

—¿Qué? —pregunta—. ¿Y qué narices hay ahí?

—Yo —respondo con una sonrisa, y le doy un beso en la mejilla—. Yo y solo yo.

Sonríe sin despegar los ojos de la carretera y me da un apretón en el muslo.

—Menos mal que eres mi cosa favorita entonces, ¿no?

Sonrío de oreja a oreja. ¡Estamos yendo de verdad!

—Sí, menos mal —digo, y le doy más besos en la mejilla.

—Para, que ya es difícil conducir a Bicha de por sí —me indica con el gesto torcido.

—Se llama Bessie, no Bicha.

—Pues a ver si nos lleva a casa de una pieza —comenta con una sonrisita de suficiencia.

Dos horas más tarde, vemos el letrero de entrada a la reserva natural de High Point. Hay un camino de tierra. Jameson me mira con gesto inquisitivo.

—¿Es aquí?

Me encojo de hombros. De repente, estoy algo nerviosa.

—Sí —asiento, y miro a mi alrededor—. Eso creo.

Necesito que este fin de semana vaya bien. Quiero que nos divirtamos y nos relajemos. En el fondo, sé que existe la posibilidad de que pierda a Jay si no consigue lidiar con el estrés. No aguantaré ese carácter mucho tiempo.

Dejamos atrás la carretera principal y nos adentramos en el sendero. Guardamos silencio mientras seguimos el camino. Miro el mapa en el móvil.

—Aquí pone que hay que ir hasta el final y luego girar a la derecha.

—Vale —murmura mientras la camioneta va dando botes por los baches. Me mira—. ¿Estás segura de que es por aquí?

—Eso parece —digo encogiéndome de hombros.

Los árboles son altos y tapan los últimos rayos de sol.

—Una vez vi un documental que grabaron aquí —me cuenta Jameson sin despegar los ojos del camino.

—¿Cuál?

—*El proyecto de la bruja de Blair* —murmura en tono seco.

Me entra la risa tonta a medida que nos adentramos en el bosque. ¿En qué narices pensaba? Me estoy acojonando hasta yo.

Mientras bajamos la colina, vemos un *camping* a la izquierda. Hay una tiendecita de campaña y dos chicos están sentados delante de una hoguera. Los miro al pasar.

—Parece que se lo pasan bien —digo con una sonrisa.

—Eso es porque ahora se van a meter en la tienda y se van a turnar para follar —masculla—. La única explicación lógica para que hayan venido.

—¿Te importaría dejar de ser tan pesimista? Son solo tres noches, y estaremos solos, sin nadie que nos moleste —le recuerdo con una sonrisita de suficiencia.

Él asiente con la cabeza hasta que piensa en algo que le hace fruncir el ceño.

—¿Y los baños? —pregunta y me mira—. Tendremos baño propio, ¿no?

—Pues…

Hago una pausa.

—¿Pues qué? —espeta—. No voy a dormir en un sitio que no tenga baño.

—Sí que hay baños. —Giro el móvil para ver a qué distancia están de nuestra tienda—. Ah, sí, aquí están. Hay que caminar un poquito.

—¿Un poquito? —pregunta, inquieto—. Define «poquito».

Madre mía, menuda caminata, pero como se lo diga es capaz de dar media vuelta, así que de momento me lo callo.

—Están cerca, no te preocupes —miento.

Al llegar al pie de la colina, vemos que el sendero se bifurca. En línea recta hay un lago. El sol empieza a ponerse.

—Por aquí a la derecha —indico. Qué emoción.

Gira con cuidado y avanzamos un poco.

—En teoría es por aquí.

—¿Por dónde? —pregunta con el ceño fruncido.

—Aparca donde quieras.

—¿A qué te refieres? —dice sorprendido.

—A que podemos ponernos donde queramos.

—¿En… en el suelo? —exclama mirando a su alrededor con cara de pasmo.

Me río.

—¿Esperabas parqué de roble o qué?

Pone los ojos en blanco y aparca la camioneta. Salgo y recorro la orilla del lago de arriba abajo.

—¿Qué haces? —pregunta.

—Buscar un sitio para instalarnos. Tiene que ser alto y liso.

—¿Por qué alto? —inquiere mientras echa un vistazo a su alrededor.

—Por si llueve.

—Eso ni lo menciones —exclama y me mira con cara de espanto.

—Va, espabila.

—¿Por qué?

—Porque se está haciendo de noche y pronto nos quedaremos sin luz.

—¿Tenemos algo con lo que iluminarnos? —pregunta con la vista en el cielo.

—Una linterna y dos frontales para la cabeza.

—La madre que me parió —espeta mientras se apresura a sacar las cosas de la camioneta—. No me voy a poner una puta linternita en la cabeza para el experimento este del hombre contra la naturaleza. Ya es horrible a plena luz del día, así que imagínate sin ver un pimiento...

Me río mientras saco la tienda de la bolsa. Le doy la escoba.

—Barre la tierra.

Me mira sin entender nada.

—¿Cómo?

—Que barras la tierra para que nos pongamos ahí. No puede haber palos ni nada debajo de la tienda.

—Que barra la tierra dice.

—Sí. Y ya te puedes dar prisa o lo harás a oscuras.

—Madre mía, esto es el colmo —masculla y procede a despejar una zona con la escoba—. ¿Quién cojones barre la tierra?

—Los campistas —replico con una sonrisita de suficiencia mientras abro las instrucciones. Entonces, me cambia la cara. Parecen las instrucciones de un reactor nuclear. Joder, Molly me dijo que montarla era fácil.

«Vale, no pasa nada. Saldrá bien». Me estoy empezando a asustar. «No pienso volver a casa antes de hora».

Estoy estirando la tienda cuando oigo un manotazo.

—Ay.

Concentrada, saco los postes de la bolsa.

Oigo otro manotazo.

—¡Joder! —grita.

—¿Qué pasa?

—Estos bichos parecen salidos de *Parque Jurásico*. —Mueve los brazos para quitárselos de encima—. No existen bichos tan grandes.

Vuelvo a leer las instrucciones. «Vale, aquí pone que hay que meter este poste por aquí...».

—Aaaah —grita mientras se da un golpe en el brazo—. Voy a pillar la malaria, joder.

Pongo los ojos en blanco.

—Deja de portarte como un bebé. —Meto el poste en su sitio—. Coge de la esquina y estira, ¿vale?

Mueve los brazos, sujeta la lona de la esquina y estira. Se está poniendo el sol.

—Échate un pelín hacia atrás —digo.

Se da golpes en las piernas.

—Idos a tomar por culo —susurra mientras mueve los brazos para matar algún insecto.

—Más atrás.

Al retroceder, tropieza con una roca y acaba en un arbusto.

—Aaah —grita.

—Ay, ay.

Me río y corro a ayudarlo.

—¿Qué chalado hace esto por diversión? —balbucea mientras se pone en pie.

—Nosotros —digo entre risas.

—Emily, no tiene gracia —masculla, y resopla mientras se sacude la tierra—. Esto es un infierno plagado de bichos mutantes e hidropónicos. —Le vuelven a picar y se da un golpe en el cuello—. Vete a la mierda —susurra al bicho.

—Oye, damisela en apuros, ve a por el insecticida. Está en la camioneta, en la bolsa de provisiones.

—¡¿Que tenemos insecticida?! —exclama con cara de póquer—. ¡¿Y me lo dices ahora?! ¡¿Después de que me hayan chupado dos litros de sangre?!

Se dirige a la camioneta hecho una furia y oigo que echa insecticida... Y más... Y más... Y otra vez.

—Déjame algo, ¿no? —grito.

—Esto es hombre contra naturaleza; hay que apañárselas solo. ¿No has visto *Supervivientes?* Esta noche voy a votar para que te vayas —me amenaza. Entonces, le da un ataque de tos y mueve los brazos delante de él—. ¿Qué diantres lleva esto, por cierto?

—Veneno —digo, y añado con los ojos muy abiertos—: Para matar bichos.

Se acerca hecho un basilisco.

—Date prisa con la tienda —exige—. ¿Por qué tardas tanto?

—Hazlo tú si sabes tanto —le suelto.

—Vale. —Me quita las instrucciones. Las mira un momento y luego echa un vistazo a la tienda. Da la vuelta a la hoja y gira la cabeza—. Vale, ahora todo tiene sentido.

—Ah, ¿sí? —pregunto frunciendo el ceño—. Pues yo no se lo he visto por ningún lado.

—No son instrucciones para montar una tienda de campaña… Es un mapa para escapar de Alcatraz.

Me parto de risa.

—¿Qué te hace tanta gracia? —brama—. Nada de esto es gracioso.

Pasa la página, retrocede y vuelve a pasarla. Los dos miramos las instrucciones con el ceño fruncido.

—Vale, ya lo entiendo.

—Ah, ¿sí? —digo esperanzada.

—Qué va, no. Nos vamos a un hotel.

—Jameson —le suplico—. Quería hacer algo contigo que no hubieses hecho con tus ex. Quería que hiciésemos algo juntos por primera vez. Sígueme el rollo, anda.

Exhala con pesadez.

Lo tomo de las manos y le digo:

—Sé que no estás acostumbrado a esto, pero quería que salieras de tu zona de confort. Quiero hacer esto, es importante para mí. Así de incómoda me siento yo en tu piso de lujo.

—No me lo creo —dice mirándome a los ojos. Entonces, exhala con gesto derrotado—. Vale.

Vuelve a mirar las instrucciones. Cada vez hay menos luz, por lo que tiene que entornar los ojos para leer.

Saco los dos frontales de la caja de provisiones y le pongo uno a él y el otro a mí. Los enciendo.

Me mira con resignación.

Me tapo la boca para no reírme y él sigue leyendo las instrucciones.

—Vale, pone que los postes están en una bolsa aparte —explica.

—Sí.

—Hay que clavar las esquinas.

—Eso ya está.

Le bajo la mano por la espalda hasta llegar a su culo, pero me la aparta.

—Los postes hay que ponerlos al final y luego levantarlos.

—Vale —asiento, y le beso.

—Emily. —Me mira y, al hacerlo, me deslumbra con la linterna que lleva en la cabeza—. Huelo a vertedero tóxico de veneno para bichos. No me he sentido menos *sexy* en toda mi vida. No me extrañaría que se me hubiese metido insecticida ahí abajo y se me hubiese quedado como un hierbajo.

Me río a carcajadas.

—Para mí, tú siempre estás *sexy*, y tu pene se parece más a un árbol que a un hierbajo.

Enarca una ceja; no parece convencido.

Me río a carcajadas. Qué gracioso está. Me encantaría hacerle una foto para mandársela a Alan, pero sé que se pondría como loco. Está a un paso de perder los estribos.

—Pues venga, manos a la obra. Y luego inflamos la cama —propongo con una sonrisa.

Su expresión cambia radicalmente.

—¿Acabas de decir que hay que inflar la cama?

—Sí, con la boca —bromeo.

Tira las instrucciones por los aires.

—Ya está, me largo.

Me río a carcajadas.

—Que no, que no, que es broma, que hay una bomba.

Pone los brazos en jarras y me mira un momento.

—Jameson —susurro con delicadeza—. Este fin de semana será simbólico en nuestra relación. Esperas que renuncie a todo lo que conozco para vivir en un mundo que me es completamente ajeno.

Me mira a los ojos.

—Solo te pido tres días. —Y añado, dando saltitos—: Por favor. Hazlo por mí.

Por cómo se pellizca el puente de la nariz, sé que lo he convencido. Le doy un beso en los labios.

—Te lo compensaré. Lo prometo.

—Vale —repone en tono cortante mientras recoge las instrucciones del suelo y vuelve a leerlas—. Pásame el poste más largo.

Dos horas después, por fin hemos montado la tienda. La cama está lista. Saco dos sillas plegables y digo:

—Siéntate conmigo.

Sonrío mientras descorcho una botella de vino tinto.

Se sienta a mi lado y le paso una copa. He traído dos copas de vino. Sabía que si pretendía que bebiera en un vaso de plástico, ya me podía despedir del fin de semana de acampada.

Se sienta en la silla plegable y acepta la copa que le ofrezco. Sonrío y hago ademán de brindar.

—Por escapar con éxito de Alcatraz.

Sonríe con suficiencia, da un sorbo a la copa y mira a su alrededor.

—Vale, ¿y ahora qué?

—Esto.

—¿Esto? —pregunta, frunciendo el ceño.

—Sí, te sientas aquí y ya está.

—¿Y qué más?

—Y te relajas.

—Ah.

Mira a su alrededor y da otro sorbo al vino. Me muerdo el labio para no reírme. Reina la oscuridad y el bosque empieza a despertar. Se oyen animales a lo lejos.

Jameson se hace el fuerte, pero estoy segura de que por dentro está cagado. Echa la cabeza hacia atrás, apura la copa y me la tiende para que vuelva a llenársela.

—¿Qué haces?

—Voy a ponerme como una cuba para olvidar que se me va a comer un oso —dice negando con la cabeza—. Es lo único que puedo hacer.

Me río.

—No te va a pasar nada.

—Eso dijo Daniel justo antes de desaparecer —replica y abre los ojos como platos.

—¿Quién es Daniel?

—El de la bruja de Blair. ¿No la has visto? —masculla en tono seco mientras mira a su alrededor.

—No —respondo con una sonrisita de suficiencia.

—Pues no la veas —murmura—. Te resultaría inquietantemente familiar.

Me río mientras me pongo en pie.

—Voy al baño.

—¿Qué? —exclama al tiempo que se levanta corriendo—. ¿Y eso dónde está?

—Por aquí.

Le cambia la cara.

—No puedes ir por ahí sola. Es peligroso.

—No voy sola. Tú vienes conmigo.

—¿Cómo? —pregunta, frunciendo el ceño.

—Venga, Jay.

—No, no vamos a salir del *camping*. No quiero estar por ahí dando vueltas.

Miro el lago y sonrío. La luz de la luna se refleja en la superficie del agua.

—Vale.

Me levanto, me quito la camiseta y me bajo las bragas.

—¿Qué haces?

—Me voy a bañar desnuda.

—¡¿Cómo?! —grita, mirando las aguas oscuras—. No, de eso nada. Te lo prohíbo.

Me quito el sujetador y se lo tiro a la altura de la cabeza. Lo toma al vuelo.

—¡Emily!

Aparto las bragas de una patada.

—¿Estás loca o qué? —susurra.

—Puede.

Mira a su alrededor.

—Podría verte alguien.

Sonrío y corro hacia la orilla.

—¿Vienes, gallina?

Me meto hasta los muslos.

—¿Qué cojones te pasa? —grita desde la orilla.

Salpico en su dirección.

—Ven, no seas cobarde.

Se agarra el cabello presa del pánico.

—Emily, no es seguro.

—Es mucho más seguro que Nueva York, Jay. Vive un poco, anda.

Mira a ambos lados con las manos apretadas a los costados.

—Venga, Jay —digo con una sonrisa mientras me adentro más en el agua—. Yo te protegeré.

Cierra los ojos. Quiere meterse, lo sé.

—Va —insisto entre risas mientras nado—. La temperatura es perfecta.

Niega con la cabeza, pero se quita la camiseta y la tira. Me río mientras floto bocarriba. Empieza a meterse.

—Quítate los pantalones.

—No pienso convertir mi polla en carnaza para anguila —brama.

Camina hasta mí y me abraza. El agua está fresquita. Le rodeo el cuello con los brazos.

La luz de la luna resplandece en el agua. Jameson sonríe mientras me besa con dulzura.

—Estás loca, Emily Foster.

—Loca por ti —musito con una sonrisa. Sé que es una locura, pero una locura de las buenas.

—Más te vale —repone rozándome los labios con los suyos.

Le rodeo la cintura con las piernas y noto que me excito después de un largo letargo. Empezamos a besarnos de forma apasionada.

—Habría que estrenar el lago —le susurro.

—Estás enferma.

Sonrío mientras lo beso y le bajo un poco los pantalones.

—Eso ya lo hemos dejado claro. Ahora fóllame, chico del lago, antes de que te coman la salchicha... Y no me refiero a mí.

Sonríe con suficiencia cerca de mis labios mientras me agarra del culo.

—Calla. Lo estás estropeando.

Ploc. Ploc. Ploc. Ploc.

Pese a estar profundamente dormida, oigo las gotas que impactan en la tienda.

Ploc, ploc, ploc. Está apretando.

—No me jodas —susurra Jameson a mi lado.

Suena un trueno y los dos pegamos un bote del susto mientras el bosque se ilumina de blanco.

—Es broma, ¿no? —masculla.

Estoy de espaldas a Jay mordiéndome el labio para no reírme. Cuando nos hemos metido en la cama, casi le da algo porque no podía dormir con el ruido de los animales.

La tormenta será la guinda del pastel.

Está diluviando y no para de tronar.

—Genial —resopla.

Sonrío y me giro para mirarlo.

—No pasa nada. La tienda es impermeable. Duérmete.

La tienda se ilumina con una luz blanca e iridiscente cada vez que un relámpago estalla en el cielo.

Jameson se incorpora y empieza a palpar la tienda. Se pasa un buen rato buscando algo a gatas.

—¿Qué haces?

—¡Buscar una maldita linterna!

Me río a carcajadas.

—¿Te parece divertido? Porque a mí no me hace ninguna gracia.

Por fin encuentra la luz frontal. Se la pone en la cabeza, la enciende y me mira.

Está despeinado y tiene los pelos de punta. Abre tanto los ojos que parece un loco.

No puedo evitarlo: estallo a carcajadas.

—¿Qué pasa?

—Si te... —Tengo que dejar de hablar porque me estoy riendo mucho—. Si te vieras...

Sonríe con suficiencia, pero entonces cae un rayo tan cerca que parece que haya impactado en el árbol que tenemos al lado.

—Vamos a morir —balbucea cagado de miedo.

La lluvia golpea con tanta fuerza que bajo la cremallera de la tienda. Nos asomamos para ver la tormenta apocalíptica.

Llueve a cántaros. Vuelvo a subir la cremallera.

—No pasa nada. La tienda es impermeable. Habrá que dormir con la lluvia.

—¿Lo dices en serio? —espeta—. ¿Quién podría dormir con la que está cayendo?

—Yo.

Me vuelvo a tumbar y me tapo con el saco de dormir.

Sonrío al recordar que cuando nos hemos acostado, a Jameson casi le da algo al ver que no podía tocarme por el saco de dormir. En una operación que ha durado casi una hora, ha bajado la cremallera de los dos sacos, los ha abierto por completo y ha puesto uno encima y el otro debajo para que pudiésemos dormir abrazados. Qué mono…

El temporal, cada vez más fuerte, agita la tienda de lado a lado.

—Joder, ya viene —murmura Jameson mirando al techo.

Se levanta una esquina por culpa del viento, y él se abalanza sobre ella y la sujeta contra el suelo.

Vuelvo a estallar en carcajadas.

—¡Así no ayudas! —grita.

Salgo de la cama entre risas y me pongo su chaqueta.

—¿Qué haces? —exclama sin entender nada.

—Tengo que volver a clavar las piquetas —digo mientras me coloco el frontal en la cabeza.

—¿Que qué? —pregunta boquiabierto.

—Es la única forma de que no salgamos volando.

—No vas a salir. Es peligroso —susurra enfadado.

—Alguien tiene que hacerlo —repongo mientras cojo el martillo.

—Voy a morir —murmura mientras me quita el martillo de las manos.

Me río.

—Adiós, Emily —se despide mientras baja la cremallera de la tienda—. Ha sido un placer conocerte.

Y se interna en la tormenta.

—Por eso tú eres el jefe.

No puedo evitar sonreír mientras oigo cómo clava las piquetas.

Llueve con intensidad y el viento aúlla con fuerza. ¿Qué probabilidades había? En serio.

«Qué asco de tiempo».

Bajo la cremallera de la tienda y me asomo. Jameson se esfuerza por seguir en pie a pesar del viento mientras, con la linterna aún en su sitio, se agacha a clavar las piquetas. Está lleno de barro y calado hasta los huesos. Me entra otro ataque de risa e, incapaz de contenerme, le hago fotos con el móvil. Algún día se reirá de esto.

A los diez minutos, vuelve a entrar. Está empapado, jadeando y manchado de barro por culpa de la lluvia. Cojo una toalla para secarle el pelo. Rápidamente, le quito la camiseta y le bajo los pantalones de chándal.

—Sécate. Parará enseguida —le prometo para intentar tranquilizarlo.

El sonido de la lluvia es ensordecedor. Jameson se seca.

Rebusco en su bolsa y saco ropa seca. La tienda vuelve a moverse mientras Jameson da saltos medio mojado e intenta vestirse.

La tienda vuelve a levantarse.

—Vete a la mierda —espeta.

Madre mía, qué desastre.

Oímos que la parte superior de la tienda se desgarra y abrimos los ojos como platos.

—Ay, ay, la tienda —susurro—. Que no le pase nada, que es de Michael.

—Ya le compraré una caravana al pobre. Esto es una puta mierda —balbucea.

Ras. La tienda se raja por la mitad.

—¡Ah! —grito mientras el viento se lleva nuestras cosas. Me lanzo al suelo corriendo mientras trato de guardar todo lo posible en las bolsas.

La goma elástica que mantenía cuerdo a Jameson se rompe y, con las manos en las caderas y la cabeza hacia atrás, rompe a carcajadas.

—No tiene gracia. ¡Lleva las bolsas a la camioneta! —grito.

Pero él no deja reírse.

Cojo los móviles como puedo para que no se mojen y corro con las bolsas a la camioneta.

—¡Jameson! —grito—. ¡Haz algo!

Se vuelve hacia mí, me estrecha entre sus brazos y me besa bajo la lluvia. Nuestras linternas se golpean y yo también me río.

—Parecemos tontos —susurro.

—¿Hotel?

—Sí, por favor.

—Hola —digo con una sonrisa a la recepcionista de la oficina de turismo—. ¿Tienen hostales disponibles, por favor? Para dos noches.

La mujer de la mesa empieza a teclear.

Anoche nos alojamos en un hotel espantoso y Jameson se niega a pasar otra noche allí. Me ha dicho que podemos estar todo el fin de semana fuera si encuentro un sitio decente en el que pasar las dos próximas noches. Ha ido a buscar café para los dos.

Ya ha dejado de llover, por lo que en algún momento tendremos que ir a recoger el material de acampada que haya sobrevivido al temporal de anoche. Cogimos lo que pudimos y nos marchamos. De todas formas, tampoco podíamos hacer nada en plena noche y en esas condiciones.

—Solo hay disponible una casa de campo —comenta sin dejar de teclear y leer—. La propiedad se llama Arndell.

Frunzo el ceño mientras la escucho.

—Está disponible las dos próximas noches y, si lo desea, podemos aplicarle un descuento.

Sonrío. Me encanta que piense que nos hace falta un descuento.

—Vale, me parece bien. Gracias.

Le doy la tarjeta de crédito de Jameson y ella empieza el papeleo.

—Tenga, las indicaciones para llegar. —Me entrega un mapa—. Vaya hasta Falls Road y a la derecha verá el camino que lleva a la propiedad.

—¡Vaya! ¿Es muy grande?

—Son ciento veinte hectáreas. El terreno es precioso. La casa está algo destartalada, pero el paisaje es espectacular.

—Qué guay —exclamo con una sonrisa.

Salgo dando saltitos y veo a mi hombre en la camioneta. Por su aspecto, parece que haya vuelto de la guerra, pero, curiosamente, diría que nunca lo había visto tan relajado. Es como si la goma elástica que lo mantenía cuerdo y que se le rompió anoche se hubiese llevado consigo parte de su tensión.

—Dormiremos en una casa de campo.

Me toca el muslo y me pasa el café. Acciona la palanca del volante y arranca.

Sonrío mientras la camioneta se mueve y avanza.

—¿Te has dado cuenta de que no nos hemos cruzado con ningún coche? —pregunta con los ojos fijos en el camino.

—¿A que mola?

—Es diferente —responde encogiéndose de hombros.

Seguimos las indicaciones y, al cabo de diez minutos, nos plantamos ante una gran entrada de piedra con un cartel.

Arndell

—Es aquí.

No puedo dejar de sonreír. El sendero de entrada está bordeado de árboles tan grandes que crean un dosel. El verde de las colinas lo inunda todo.

—Qué sitio tan bonito —murmuro, maravillada—. La chica me ha dicho que el terreno era precioso.

Cinco minutos más tarde, llegamos a lo alto de una colina. Allí encontramos una mansión antigua. Es blanca con una extensa terraza que llega hasta la linde. El tejado es de tejas y tendrá unos cien años.

Jameson me mira a los ojos.

—Ni una palabra —digo con una sonrisita de suficiencia.

Levanta las manos como si admitiese que ha perdido.

Salimos de la camioneta, abrimos la puerta principal y nos asomamos al interior. Sonrío de oreja a oreja. Amplios suelos de madera, chimenea enorme y grandes ventanales con vistas. Se ven kilómetros y kilómetros desde aquí. Los muebles son algo anticuados, pero no importa.

Doy un paseo por la casa de la mano de Jay. En la planta baja hay un salón enorme, un comedor elegante, una cocina muy grande, un baño y un dormitorio. Subimos al piso de arriba por la vieja escalera de madera y vemos que hay cinco dormitorios y otro baño.

Me vuelvo hacia Jameson y le rodeo el cuello con los brazos.

—¿Esto está mejor, señor Miles?

Sonríe y me besa.

—Servirá.

Estamos tumbados en el césped, sobre una manta, con el sol que nos baña la cara. Es domingo por la tarde y estamos amodorrados.

Anoche fue como estar en el paraíso. Encendimos la chimenea y Jay me siguió el rollo y me ayudó a poner el colchón frente al fuego.

Hoy hemos explorado la propiedad y hemos ido al pueblo a comprar comida en nuestra camioneta azul claro.

Jameson está relajado por primera vez desde que nos conocemos.

Estoy contenta… Muy contenta.

Me giro parar mirarlo.

—Háblame de tu relación con Claudia.

Frunce el ceño y me observa.

—¿Qué quieres saber?

—Todo.

Me pasa el dedo por el labio inferior.

—No se parecía a lo nuestro.

—¿Y cómo era?

—Fuimos amigos durante mucho tiempo. No hubo una atracción inmediata ni… —dice, y de pronto se calla.

—No, sigue —lo animo—. Quiero saberlo.

—Escribió algunos artículos para nosotros y nos fuimos conociendo. Con el tiempo nos hicimos amigos.

Lo observo.

—Creí… —titubea. Toquetea la manta mientras piensa qué decir.

—¿Qué creíste?

—Creí que era el amor de mi vida. Era como yo. Resuelta —explica, encogiéndose de hombros—. Me dio fuerte.

Me muero de celos.

—Estuvimos juntos tres años. Y prometidos, además.

—¿Estuviste prometido? —digo con el ceño fruncido.

No lo sabía. Aparecía en la biografía de ella, pero no en la de él, y tenía la esperanza de que fuese un error.

—Sí.

—¿Qué pasó? —inquiero, mirándolo a los ojos.

Exhala con pesadez.

—Le ofrecieron ser jefa de redacción de la edición británica de *Vogue*. Era un puesto muy importante, y se había dejado la piel para conseguirlo.

Lo observo mientras habla.

—Se mudó y… —De pronto se calla.

—¿Y?

—Intentamos mantener la relación a distancia, pero lo de estar sin sexo me costó. No estoy acostumbrado.

Frunzo el ceño.

—Así que acordamos que saldríamos con otros, pero que volveríamos a intentarlo al cabo de un tiempo. Planeamos volver a estar juntos en cinco años.

Se me cae el alma a los pies. «La sigue queriendo».

—Pero, hace un año, conocí a una chica en un avión.

Sonrío con suficiencia.

—Y era todo lo que no estaba buscando.

Nos miramos fijamente. Saltan chispas entre nosotros.

—Pero no pude ir a por ella por la promesa que le había hecho a Claudia —confiesa mientras me toca la mejilla y me acaricia el labio inferior con el pulgar—. Quería. De verdad que quería. Desde el principio, sentí que había habido una conexión física. Me pasé el vuelo empalmado, y la noche que estuvimos juntos fue una pasada. —Sonríe con ternura—. Esa chica tenía algo que no podía olvidar. No podía sacármela de la cabeza. Desde entonces, comparé a todas las mujeres con las que me acostaba con ella. —Hace una pausa mientras trata de exteriorizar sus pensamientos—. Todas se quedaban cortas… Incluso Claudia.

Sonrío esperanzada.

—Últimamente, he estado pensando mucho en aquella chica, y hasta me puse en contacto con la aerolínea para que me dieran su nombre.

—¿En serio? —susurro. «Esto es nuevo».

Él asiente con la cabeza.

—Me enviaron una fotocopia de tu pasaporte al correo seis semanas antes de que empezaras a trabajar para nosotros. Pensé en ponerme en contacto contigo, pero con la que se estaba liando en la oficina, no encontré el momento. No tenía ni idea de que te incorporarías a Miles Media.

—Eso lo explica todo —digo con una sonrisita de suficiencia.

—¿El qué?

—Por qué no me llamaste. Parezco una delincuente en la foto del pasaporte.

—Cierto —coincide riéndose entre dientes. Me besa con dulzura y añade—: Háblame de tus antiguos amores.

—No puedo —respondo mirándolo a los ojos.

Él frunce el ceño.

—Cuando te conocí comprendí que no me había enamorado nunca.

—¿Y el tío de la *barbie* facilona? —pregunta sonriendo.

Yo también sonrío.

—¿Aún te acuerdas de él?

—Sí —dice mientras me acerca a él y me abraza fuerte.

—Lo que sentía por ellos y lo que siento por ti no se puede comparar.

Nos quedamos un rato en silencio y contemplamos las ramas de los árboles que se balancean sobre nuestras cabezas.

—Te quiero —susurro.

—Me alegro, porque yo no acampo en el infierno por cualquiera —murmura y me da un beso en la sien.

Me río mientras lo abrazo. Este hombre me mata.

Jameson

Contemplamos el fuego embobados. De vez en cuando, crepita. Emily está junto a mí en la cama que hemos improvisado en el suelo. Acabamos de hacer el amor y estamos soñolientos.

Mañana volvemos a casa.

Si soy sincero, me quedaría aquí con ella para siempre.

Con ella, cualquier sitio es un hogar.

Emily sonríe. Su melena oscura está sobre la almohada y sus ojos grandes me consuelan profundamente. Le toco el pecho y bajo hasta la barriga. Le giro la cabeza y la beso en los labios. Nuestras lenguas bailan una danza erótica y lenta.

Estoy enamoradísimo de esta mujer. Cuando estamos a solas, nada más importa.

—Gracias —susurro.

—¿Por qué? —pregunta, mirándome a los ojos.

—Por encontrarme.

Se vuelve hacia mí y me rodea la cara con las manos.

—Estábamos destinados a encontrarnos —susurra—. Eso es lo que hacen las almas gemelas.

Sonrío con suficiencia mientras le coloco un mechón de pelo detrás de la oreja.

—No creerás en esa chorrada de las almas gemelas, ¿no?

—No creía —responde, y me besa con ternura—. Hasta que te conocí.

Nos miramos a la luz del fuego. Si pudiese congelar este momento, lo haría.

Nunca había tenido algo tan sincero y puro en mi vida.

Su amor es una luz… Mi luz.

—Jay —murmura mientras me acaricia la barba y me mira a los ojos.

—¿Sí?

—¿Podemos volver el próximo fin de semana? —pregunta esperanzada.

—¿En serio? —susurro.

—Me encanta esta casa —dice mientras asiente con la cabeza y sonríe con ternura.

Si soy sincero, yo también me siento a gusto aquí.

—Puede.

Se arrima a mi pecho. Noto que se relaja en mis brazos. Al cabo de un rato, su respiración acompasada me indica que se ha dormido. Le huelo el pelo y sonrío mientras contemplo las llamas.

Ya está. Ya puedo dejar de buscar.

La he encontrado.

Capítulo 20

Jameson

Entro en casa a las siete en punto y me llega un delicioso aroma a cocina *gourmet*. Sonrío, dejo la bolsa del ordenador portátil en el suelo y voy a la cocina. Allí me encuentro a Emily, que está bailando de espaldas a mí mientras prepara la cena. La observo desde el umbral de la puerta. Lleva una falda negra y una camisa blanca, se ha hecho una coleta y su bello rostro irradia felicidad.

Me reconforta verla tan contenta.

Si ella está aquí, todo está en orden.

Es la sensación más rara que he tenido nunca. No quiero estar lejos de ella. Cada tarde, a partir de las tres, miro el reloj deseando que llegue la hora de volver a casa.

Toma un sorbo de vino y, al hacerlo, deja una marca de pintalabios perfecta en la copa. Sonrío. Incluso ver una mancha de pintalabios burdeos en su copa me pone tonto.

No volveré a lavarla. Me deslumbra como a un colegial.

Mueve el culo con ritmo y sensualidad, y yo miro absorto a la preciosa mujer que hay en mi cocina. Se gira y esboza una sonrisa *sexy* al verme.

—Hola.

Se acerca y la estrecho entre mis brazos.

—¿Cómo está mi hombre? —pregunta y me besa con ternura.

—Ahora que estoy en casa, muy bien.

Nos besamos una y otra vez. La siento en la encimera y me coloco entre sus piernas sin separar los labios de los suyos.

—¿Habrá un entrante antes de la comida, señor Miles? —murmura cerca de mis labios.

—Eso parece —digo mientras me bajo la cremallera de los pantalones.

Es jueves y hay mucho trajín en la oficina. Estamos preparando los informes para las juntas de mañana. Resulta agradable retomar el tema sin tener que lidiar con la presión de los demás asuntos. Tristan y yo estamos en mi mesa, hablando del nuevo presupuesto publicitario que hemos fijado, cuando alguien llama a la puerta.

—Adelante —digo en voz alta. Se abre la puerta y veo un rostro familiar. Se me descompone el gesto y me levanto al instante—. Claudia.

Tristan abre los ojos de par en par y me mira mientras se pone en pie.

—Hola, Claud —saluda, y va corriendo a darle un beso en la mejilla—. ¿Qué tal?

—Bien, gracias… ¿Y tú? —responde con una sonrisa forzada.

—Muy bien —contesta Tristan, que me mira a los ojos—. Tengo cosas que hacer. Adiós, Claud.

—Adiós. —Se le borra la sonrisa y me mira, nerviosa—. Hola, Jameson.

—Hola —digo, y me acerco a darle un beso en la mejilla. Su perfume me embriaga y frunzo el ceño por los recuerdos que me trae—. ¿Cómo estás?

—He dejado el trabajo en *Vogue* y he vuelto Nueva York —explica mientras se aferra a su bolso.

La miro sin saber qué decir.

—Te he echado mucho de menos, Jameson. No puedo vivir sin ti —susurra.

Se me cae el alma a los pies.

—Claud, no…

—Me dijiste que era por la distancia —musita con los ojos llorosos.

No soporto verla así. Le doy un abrazo como muestra de empatía.

—Ya no es por la distancia —murmuro contra su pelo.

Se abre la puerta y Emily entra muy contenta. Le cambia el semblante al verme abrazando a Claudia. Se detiene en seco.

—Uy, per…

—Pasa, Emily —la invito.

Claudia se zafa de mi agarre y mira a Emily con ojos de loca.

—Claudia, te presento a Emily…, mi novia —digo.

Emily nos mira alternativamente y extiende la mano.

—Hola, Claudia. Encantada —saluda con una sonrisa amable.

Claudia le estrecha la mano.

—Hola —responde, y vuelve su atención a mí.

Emily vuelve a mirarnos alternativamente.

—Os dejaré solos.

—Gracias —susurro sin quitarle el ojo de encima a Claudia. Detesto hacerle daño.

—Adiós —se despide Emily—. Encantada de conocerte.

Cierra la puerta en silencio y a Claudia se le vuelven a llenar los ojos de lágrimas.

—¿Sabe quién soy? —susurra.

—Sí.

—¿Y nos ha visto abrazándonos y le da igual dejarte aquí conmigo? —masculla con ironía.

Me molesta que piense que Emily tiene motivos para desconfiar de mí.

—Sabe a quién quiero —respondo con decisión.

Se le vuelven a poner los ojos llorosos y yo me quiero morir por ser un capullo.

—He vuelto a Nueva York, Jameson. Podemos volver a estar juntos.

—No, no podemos.

Me mira fijamente.

—Me voy a casar con ella, Claud.

—No digas eso —susurra—. Solo te gusta porque no es un reto.

—Te equivocas. Es el amor de mi vida.

—Cabrón —masculla, apretando la mandíbula con rabia.

—Lo siento —digo al tiempo que me aparto de ella—. Pero no se puede decir de otra forma.

—Y si te veo por ahí, ¿qué? ¿Eh? —explota, furiosa.

—Pues me saludas.

—¿Crees que puedes sustituirme tan fácilmente? —balbucea.

La miro, apenado por verla sufrir.

—Te quiero, Jameson. Vuelve conmigo —suplica mientras sostiene mi mano entre las suyas.

—Tienes que irte, Claud.

—¡¿Me estás echando?! —grita.

—No. Te estoy pidiendo que te vayas.

—Es lo mismo.

Exhalo con pesadez. Esto no pinta bien. Como no lo corte ahora, vamos a acabar tirándonos los trastos a la cabeza. Le doy un beso en la frente, me dirijo a la puerta y la abro.

—Adiós, Claudia.

Enfadada, se enjuga las lágrimas y pasa por mi lado hecha una furia. Cierro la puerta y me quedo mirando la moqueta con la sensación de que las placas tectónicas se acercan un pelín más a la meta. Vuelvo a la mesa y llamo a Emily.

—Hola —dice.

—Hola.

—Iba a preguntarte si te apetecía almorzar fuera hoy.

Sonrío. Amo a esta mujer. Ni una pizca de desconfianza en su tono.

—Vale. Quedamos en el vestíbulo a la una.

Emily

Son casi las tres.

Me giro hacia Aaron.

—Qué bien me vendría ahora que apareciese el repartidor de Uber con una tarta de queso.

—Sí, ¿verdad? —murmura entre dientes.

—Voy a preparar café.

Me dirijo a la cocina. Preparo el de Aaron y el de Molly, y cuando estoy con el mío, entra Jake.

—Hola, Emily.
—Uy, hola —digo mientras remuevo el café.
—Prepárate porque mañana habrá un revuelo mediático de la hostia.
—¿Por?
Mira a su alrededor y se acerca a mí, como si no quisiera que nadie escuchara lo que va a decir.
—Tendrías que ver lo que va a publicar Ferrara mañana.
—¿Qué? —pregunto con el ceño fruncido.
—No puedes decírselo a nadie —susurra.
—Descuida.
—Tienen nuevos trapos sucios de Jameson Miles. Se va a montar una…
—¿Qué? ¿Cómo lo sabes? —exclamo con los ojos muy abiertos.
—Nuestro infiltrado nos ha llamado para contárnoslo.
—¿De qué se trata?
Mira a su alrededor.
—Se ve que…
Alguien entra en la cocina y nos separamos con aire de culpabilidad. El tío se pone a hablar de tonterías con Jake. Si me quedo, será muy obvio que estoy esperando a que se vaya para hablar con Jake a solas. Mierda, ahora vuelvo.
Regreso a la mesa con el corazón en un puño. ¿Qué trapos sucios tendrán?
Aaaah, tengo que averiguarlo.
Echo un ojo a la cocina y, en cuanto veo que Jake vuelve a su mesa, voy hacia él. Se le iluminan los ojos al verme.
—Hola.
—Quedamos en la sala de fotocopias —susurro.
—Vale.
Entro y espero. Poco después, él también entra.
—¿Qué narices está pasando? —susurro.
—No te lo puedo decir aquí, es demasiado arriesgado —me suelta mientras mira a su alrededor.
—Dímelo —le pido, casi suplico.
—Quedemos después del trabajo y te lo cuento todo mientras nos tomamos una copa.

Lo miro fijamente.

—¿A qué hora?

—¿A las seis y media?

Me lo pienso un momento. A esa hora aún tendría tiempo de acudir a Tristan si hiciera falta.

—Dímelo ya.

—Ni hablar. Te lo contaré todo esta tarde, es muy largo de explicar.

Joder, no quiero quedar con este tonto, pero si no lo hago, ¿cómo sabré qué trama Ferrara? Si lo averiguo, es posible que consiga una orden para que no publique el artículo.

—Está bien. ¿Dónde?

—En el bar de Harry a las seis y media.

—Vale, allí estaré.

Regreso a mi mesa y miro a mi alrededor con aire de culpabilidad. El corazón me va a mil. ¿Qué trapos sucios tendrán?

Pobre Jameson.

Aprovecho que ni Molly ni Aaron están en su mesa y no oirán que los uso de excusa para llamar a Jay y avisarle de que llegaré tarde.

Marco su número con dedos temblorosos.

—Hola —susurra con voz *sexy*.

—Hola —respondo, y empiezo a sudar al pensar que voy a mentirle—. Esta noche salgo a cenar con Molly y Aaron. —Tuerzo el gesto—. Aaron está de bajón y vamos a intentar animarlo.

—Ah —dice con sorpresa.

—¿Te parece bien? —pregunto, nerviosa.

—Claro.

—Volveré en cuanto acabemos. No tardaré mucho.

—Vale.

—¿Qué vas a cenar tú? —pregunto. No me gusta la idea de no prepararle la cena. Cuidar de Jameson se ha convertido en mi pasatiempo favorito.

—Ya encontraré algo, no te preocupes por mí.

—Vale.

Guardo silencio. La culpa me reconcome.

Como si notase mi desazón, pregunta:

—¿Pasa algo?

—No, nada. Te quiero. Nos vemos luego —me despido, y cuelgo corriendo antes de que confiese.

A las seis y media clavadas entro en el bar de Harry. Ya he estado aquí antes con Aaron y Molly, así que conozco el local.

Jake está en un rincón del fondo y me saluda la mar de contento nada más verme.

Sonrío incómoda y voy hasta su mesa. Hay una copa de vino esperándome.

—Hola —saludo mientras me siento enfrente de él.

—Hola. Qué guapa estás —dice con una sonrisa mientras me mira de arriba abajo. Frunzo el ceño. He ido a casa, me he duchado y me he cambiado. Espero que no piense que lo he hecho por él. Me he cambiado para cuando luego vea a Jay.

—¿Has pedido por mí? —pregunto.

—Sí —contesta, sonriendo con cariño—. Espero que te guste. Es un Cabernet Sauvignon.

—Gracias —musito, y lo pruebo—. ¿De qué va el artículo sobre Jameson?

—¿Comemos algo? —propone mientras abre la carta.

—No tengo hambre, la verdad —contesto. Quiero conseguir la información y largarme.

—Me pediría unas patatas —dice mientras ojea el menú.

—Dime lo que sabes —le pido.

—Es un lío muy gordo.

Doy un sorbo al vino sin dejar de mirar a Jake. Estoy tan nerviosa por lo que está a punto de decirme que me entran ganas de vomitar.

—Se ve que van a publicar un artículo muy fuerte mañana.

Tomo un trago.

—¿Sobre qué?

—Pues… —Hace una pausa—. Creo que me voy a pedir las patatas. ¿Tú también quieres?

—Vale, pídete las patatas —digo en tono brusco.

Como siga mirando el menú, reviento. «Venga, elige algo ya, joder».

—Voy a por las patatas —mascullo mientras me levanto como un resorte—. ¿Ya está? ¿No quieres nada más?

—No.

Voy derecha al mostrador y digo:

—¿Me pone unas patatas y tres salsas, por favor?

Exhalo con pesadez en un intento por calmarme. «Tú tranquila».

—Emily —oigo que me llama una voz a mi espalda.

—¿Nada más? —me pregunta el camarero.

—No, gracias —respondo con una sonrisa mientras me vuelvo hacia la persona que acaba de llamarme.

Jake me coge de la mano y me besa en la boca.

Retrocedo, sorprendida.

—¿Qué haces?

—Besarte —dice con una sonrisa mientras se echa hacia delante para besarme de nuevo.

Me aparto de él de un salto.

—¿A ti qué narices te pasa? No me gustas en ese sentido —espeto mientras me limpio la boca.

—Pensaba que sí, dado que estábamos en una cita...

—¿Cómo? —tartamudeo, horrorizada—. He venido para que me dijeras lo de Jameson.

Sonríe de oreja a oreja y, con descaro, me guiña un ojo.

—No hay exclusiva, ¿no? —pregunto mientras lo fulmino con la mirada.

—Podríamos dar una tú y yo sobre la noche loca que pasamos juntos.

—Tú eres imbécil —espeto—. No me interesas.

—Pues debería —replica mientras me vuelve a coger de la mano.

Lo aparto de un empujón.

—Para.

—Son veintidós dólares —dice el pobre camarero mientras nos mira alternativamente.

—No voy a pagar las patatas de este imbécil —espeto—. Adiós, Jake —me despido mientras me dirijo a la puerta hecha una furia.

—Va, Emily. Haríamos muy buena pareja —grita.

Salgo del bar a trompicones, furiosa y echando humo por las orejas. Tanto estrés para esto.

Para que todo fuese una mentira de Jake para estar a solas conmigo.

Qué asco de tío. Y ni siquiera puedo volver a casa porque le he mentido a Jay sobre dónde estoy.

Me meto en un restaurante tailandés y se me acerca un camarero.

—¿Tienen mesa para uno? —pregunto con pesar.

Cenaré sola y luego volveré a casa con Jay.

No puedo creer que haya caído en la trampa. Qué idiota.

Al menos no hay artículo.

Jameson

Me agacho y le doy un beso a Emily en la frente. El dormitorio está a oscuras y ella duerme.

—Cariño, me voy.

—Mmm. —Me abraza y me atrae hacia ella—. No, no te vayas. Quédate en casa hoy.

Sonrío.

—No puedo. Esta mañana tengo una reunión.

Suspiro. Necesito hacer mucho control de daños. A pesar de que se han acabado las filtraciones de artículos, la batalla con Ferrara está lejos de llegar a su fin. Al contrario, presiento que está a punto de alcanzar un punto crítico.

—Dos días para irnos —le recuerdo.

—Dos días es demasiado, señor Miles. Un día de estos le voy a secuestrar —dice sonriendo con los ojos cerrados.

Nos besamos con ternura, una y otra vez. Noto que me estoy excitando, así que me aparto de ella.

—Tengo que irme —susurro contra su pelo—. Como me quede aquí, te follaré y llegaré tarde.

—Vale —replica con una sonrisita de suficiencia—. Fóllame y llega tarde.

Me río entre dientes cerca de su boca y, tras un último beso que alargamos hasta el infinito, me levanto y la miro. La cama está hecha un desastre. Emily me sonríe y se me ablanda el corazón. Nunca he sentido que algo fuese más perfecto... o más correcto. Incluso con todo lo que está pasando, Emily me transmite paz, como si el mundo entero estuviese en orden porque nos tenemos el uno al otro.

—Te quiero.

—Yo más —responde con una sonrisa mientras se incorpora e intenta por última vez hacerme volver a la cama.

Me cuesta un montón irme cuando se pone así.

Bajo y veo a mi buen amigo Alan junto al coche.

—Buenos días —digo con una sonrisa.

Me sonríe con tristeza.

—¿Pasa algo? —pregunto frunciendo el ceño.

Abre la puerta de la limusina y veo que Tristan, Christopher y Elliot me esperan en el asiento trasero.

—Hola —saludo con el ceño fruncido. Se me van los ojos a Alan y lo miro con gesto inquisitivo—. ¿Qué pasa?

—Sube —contesta Elliot, que suspira.

Los miro alternativamente. Por lo serios que están, sé que se trata de algo grave.

—¿Le ha pasado algo a papá? —pregunto.

—No.

—¿Y a mamá?

—Tampoco. Sube.

Entro y cierro la puerta. Alan se incorpora al tráfico.

—Quiero que sepas que no nos creemos nada y que hemos venido a apoyarte —dice Tristan.

—¿Qué pasa? —espeto con los nervios a flor de piel.

Elliot me pasa el periódico y lo miro fijamente. Tardo unos segundos en asimilar lo que veo.

La portada de la *Gazette* es una foto enorme de Emily besando a Jake, el detective.

Ella lo coge de la mano y sonríe mientras él le planta un beso en los morros. Parece que están en un restaurante o algo así.

Noto una opresión en el pecho.

—¿Qué cojones es esto? —pregunto en tono brusco mientras golpeo el periódico.

Leo el artículo por encima.

Jameson Miles: la caída en desgracia del gurú de los medios

Este podría ser el último clavo del ataúd mediático de Jameson Miles: su prometida, Emily Foster, tiene una aventura. Se los ha visto en varios sitios y hace dos meses las cámaras los captaron de vacaciones en Italia. Los extractos bancarios que han salido a la luz hoy demuestran que Jameson Miles ha estado malversando dinero y transfiriéndolo a una cuenta en el extranjero. Se espera que la junta lo despoje hoy de su cargo como director ejecutivo de Miles Media y que se presenten cargos en su contra. Todo apunta a que Emily Foster abandonó el barco justo a tiempo.

Capítulo 21

Observo a mis hermanos, estupefacto.

Vuelvo a mirar la foto de Emily. Lleva el vestido amarillo…, el que se puso ayer. No puedo evitar fruncir el ceño mientras trato de encontrarle sentido a lo que veo.

—¿De cuándo es esta foto?

—Ni idea, pero tiene que ser reciente porque Emily lleva la pulsera que le regalaste.

Miro su brazo y, efectivamente, ahí está la pulsera de oro y diamantes.

¿Será verdad?

Mil preguntas estallan en mi cabeza. No, mi Emily no.

—Sabemos que no has sido tú —dice Elliot—. Demostraremos que han cometido un delito. Te lo prometo.

—¿Qué? —pregunto, incapaz de verbalizar una frase más elaborada.

Confundido, me obligo a mirar a mis hermanos.

—Hemos detectado transferencias, Jameson. Han usado tu contraseña para llevarse millones de dólares de nuestras cuentas —explica Christopher muy serio.

—¿Que qué? —susurro con los ojos entornados—. No entiendo nada. —Vuelvo a mirar la foto—. ¿De cuándo es?

—Seguro que es un montaje —insiste Tristan—. Emily no haría eso.

—¿Cómo? —pregunto. No puedo creer lo que oigo. Me paso las manos por el pelo y empiezo a sudar, la adrenalina me corre por las venas.

—Esa chorrada no te la crees ni tú —espeta Elliot—. Que la hayan publicado justo ahora no es casualidad.

Observo a Elliot con mirada interrogante.

—¿Emily ha estado sola en tu casa? —pregunta.

Lo miro con la cabeza hecha un lío.

—¿Ha tenido acceso a tus ordenadores, Jameson? —pregunta Christopher, tajante.

Tuerzo el gesto.

—Sí, pero…

Se recuestan como si hubiesen llegado todos a la misma conclusión.

Los miro alternativamente.

—¿Qué pasa? —susurro.

—Creo que Emily trabaja para Gabriel Ferrara. Desde mi punto de vista, todo esto es mucha casualidad. La han enviado para distraerte mientras él pensaba cómo borrarte del mapa.

—¡¿Cómo?! —exclamo—. Menuda tontería.

—Sí —conviene Tristan—. Es una estupidez.

—Piénsalo —espeta Elliot—. Aparece aquí en el momento más oportuno, y a las pocas semanas te tiene cogido por las pelotas.

—¡¿Cómo?! —grito—. Y una puta mierda.

Releo el artículo más furioso que nunca.

—Y esta foto ¿qué? ¿Eh? —dice mientras golpea el periódico con el dorso de la mano.

—Un montaje —interviene Tristan.

Miro la foto. Emily coge de la mano a Jake y sonríe mientras él la besa. Parece que se alegre de estar ahí. Se me van los ojos a Tristan y lo miro con gesto inquisitivo.

No sé qué pensar… ¿Qué demonios pasa aquí?

—Te digo yo que es por el ángulo de la cámara. Sabes mejor que nadie que el ángulo adecuado cuenta una historia completamente distinta —insiste Tristan.

—Y una mierda. Cuando el río suena, agua lleva —gruñe Elliot—. Pero bueno, que Emily Foster nos da absolutamente igual ahora mismo. Ya hablarás con ella luego. Te están acusando de malversación de fondos. Podrías ir a la cárcel, Jameson.

Me toco el pelo mientras trato de concentrarme en los hechos.

Noto un hormigueo en la piel por el subidón de adrenalina.

—¿Qué ha pasado? —pregunto, enfadado. El corazón me late con fuerza.

—No estamos seguros. Se han hecho transferencias de grandes sumas de dinero desde nuestras cuentas y no nos hemos ni enterado —dice Christopher.

—¿Transferencias a dónde? —pregunto con los ojos muy abiertos.

—A una cuenta en el extranjero.

—¿Y cómo diantres estoy metido en eso? —Miro la foto de Emily besando a Jake y me entran ganas de matar a alguien... A Gabriel Ferrara, en concreto—. No entiendo nada.

Me obligo a mirar a mi hermano.

—Al parecer, las transferencias se hicieron desde tu cuenta.

—¡¿Cómo?! —exclamo con una mueca—. Es imposible. Llevo meses sin meterme en las cuentas de la empresa. No tengo motivo para hacerlo.

—Eso he dicho yo —interviene Tristan—. Todos sabéis que quien maneja el dinero soy yo.

—Tenemos una reunión con el equipo jurídico y los contables en la oficina a las ocho —añade Elliot.

Se me van los ojos a él.

—¿Lo sabe papá?

—Sí —exhala con pesadez—. Hemos quedado con él allí.

Aprieto la mandíbula y miro por la ventanilla las calles que dejamos atrás a toda velocidad.

Ira, desconcierto y traición son lo único que veo.

Me paso la mano por la cara y respiro hondo para intentar que el corazón me vaya más despacio. Estoy más desquiciado que nunca.

Mi reputación, mi negocio...

Mi chica.

Miro por la ventanilla y enseguida llegamos al edificio de Miles Media. Solo son las siete y veinte. Subimos a la última planta. Necesito estar solo antes de enfrentarme a esta pesadilla.

Entro en mi despacho, cierro la puerta y me desplomo en el sillón.

La sala está en silencio y... vacía.

Por las ventanas, veo a la bulliciosa ciudad de Nueva York prepararse para un nuevo día. Todo parece tan normal, tan... en orden.

Por dentro, hiervo como un volcán y me falta poco para explotar.

No sé si romper algo o echarme a llorar.

Haga lo que haga, ahora mismo estoy muy inestable.

Apoyo los codos en la mesa y dejo caer la cabeza entre las manos. Respiro para serenarme, pero tiemblo con cada inhalación.

Emily me dijo que anoche iba a salir con Molly y Aaron. Repaso la conversación que tuvimos cuando volvió a casa.

—¿Qué tal con tus amigos? —pregunté.

—Muy bien. Me lo he pasado muy bien con ellos —contestó.

Mintió.

Yo, en casa, echándola de menos, y ella por ahí, con otro.

Se me hace un nudo en la garganta cuando comprendo la realidad.

Yo estaba aquí, enamorándome perdidamente de ella, y mientras tanto, ella salía con otro.

Se abre la puerta con un chasquido y cierro los ojos para no ver a Tristan; sé que es él.

Me conoce mejor que nadie.

Va al bar, pone hielo en dos vasos y oigo que echa *whisky*. Me pone uno delante y, con un esfuerzo titánico, lo miro a los ojos.

Choca su vaso con el mío cuando lo cojo.

—Ya se nos ha jodido el día —dice mientras se sienta frente a mi mesa.

—¿Tú crees? —mascullo mientras doy un sorbo al *whisky*. Me quema la garganta a medida que trago.

—¿De cuándo es la foto? —pregunta.

—De anoche.

Tristan frunce el ceño.

Aprieto la mandíbula mientras miro por la ventana. ¡Qué vergüenza! La mujer a la que quiero está con otro.

—Me dijo que había quedado con Molly y Aaron.

Tristan da un sorbo a su *whisky* y alza las cejas como si le sorprendiera que me mintiese.

—Pensaba que era la definitiva.

Frunzo el ceño. Vuelvo a notar una opresión en el pecho.

—Ya somos dos.

Se hace el silencio.

—Olvidémonos de esto y centrémonos en demostrar que eres inocente.

Suspira y apura el vaso.

Asiento con la cabeza.

Me mira fijamente y, poco después, me pregunta:

—¿Estás bien?

Asiento con la cabeza, ahora mismo soy incapaz de mentirle en voz alta.

—Demostraremos que eres inocente, Jay —me asegura mientras me toca el hombro para tranquilizarme—. Te lo prometo.

Apuro el vaso y voy al bar a servirme otro.

Por cómo me mira Tristan, sé que está meditando cuidadosamente sus palabras.

—Dime que estás bien.

Frunzo los labios y lo miro a los ojos.

—Estoy bien.

—¿Y por qué me da la sensación de que se te va a ir la olla y vas a cargarte a alguien?

—Si quieres salvar a alguien hoy, deshazte de Jake Peters.

—Ya lo he hecho. A las cinco, nada más ver el artículo, lo he llamado para echarlo.

Doy un sorbo al líquido ámbar. Noto la quemazón en la garganta.

Hace una pausa y pregunta:

—¿Quieres que despida a Emily?

—No —respondo mientras contemplo la ciudad por la ventana.

—Estaba pensando que… —continúa.

—Déjame solo —bramo.

—Pero…

—Ya.

Cierra la puerta con un ligero chasquido. Me pongo en pie y me acerco a la ventana para admirar la ciudad.

La adrenalina sigue fluyendo por mis venas. Noto cómo las placas tectónicas se mueven a mis pies. Me bebo el *whisky* mientras una determinación fría e imparcial se hace un hueco en mi alma.

Nadie me jode así y se va de rositas.

Prepárese a morir, señor Ferrara.

Su día se acerca.

Emily

Salgo de casa la mar de contenta y veo a Alan junto a la limusina. Me abre la puerta.

—Buenos días.

—Buenos días —dice y asiente con la cabeza.

Frunzo el ceño y subo al coche. Parece que hoy no está de muy buen humor. Me cierra la puerta y busco el periódico.

Mmm, se lo habrá llevado Jameson esta mañana. Aún tengo sueño y estoy adormilada. Se habla poco de lo bien que sienta hacer ejercicio por la mañana: te da energía para afrontar el día, eso desde luego. Echo la cabeza hacia atrás y cierro los ojos durante el trayecto.

Diez minutos después, o eso me ha parecido, Alan detiene el coche y apaga el motor. Abro los ojos. Estamos delante de mi edificio. ¿Qué pasa aquí?

Alan me abre la puerta.

—¿Qué haces? —pregunto.

—El señor Miles me ha pedido que te deje aquí.

—¿Qué...? ¿Por qué?

—Ha decidido darte el día libre —dice mientras me hace un gesto para que baje de la limusina.

—¿Eh? —exclamo y frunzo el ceño—. Alan, ¿qué pasa?

—No estoy seguro, pero el señor Miles me ha dicho que no quería que fueras a la oficina y que se pondrá en contacto contigo.

Abro los ojos como platos.

—Que se pondrá en contacto conmigo... ¿Qué significa eso? ¿Por qué no puedo ir a la oficina? No entiendo nada.

—Sal del coche, Emily —insiste.

—¿Cómo?

Vuelve a hacerme un gesto con la mano. Me bajo indignada.

—¿Ha pasado algo? —tartamudeo mientras paso por su lado—. ¿Le ha pasado algo a Jameson?

—Eso tienes que hablarlo con él.

—Ahora mismo —mascullo en tono brusco mientras saco el móvil y marco su número.

—Adiós, Emily —se despide Alan, que se mete en la limusina y se va a toda prisa.

El móvil de Jameson no da señal. Vuelvo a llamar y… salta el contestador. Lo ha apagado.

—¡¿Qué cojones?! —susurro, molesta.

Me dispongo a llamar a Sammia, su asistente personal, pero entonces reparo en que solo son las ocho y a esta hora todavía no estará en la oficina.

¿Qué narices pasa? Cruzo la calle y voy al quiosco de la esquina caminando a toda prisa. Veo la portada de la *Gazette* y me quedo blanca: es una foto de media página de Jake y yo besándonos.

—La madre que me parió —susurro.

Leo el artículo.

JAMESON MILES: LA CAÍDA EN DESGRACIA DEL GURÚ DE LOS MEDIOS

> Este podría ser el último clavo del ataúd mediático de Jameson Miles: su prometida, Emily Foster, tiene una aventura. Se los ha visto en varios sitios y hace dos meses las cámaras los captaron de vacaciones en Italia. Los extractos bancarios que han salido a la luz hoy demuestran que Jameson Miles ha estado malversando dinero y transfiriéndolo a una cuenta en el extranjero. Se espera que la junta lo despoje hoy de su cargo como director ejecutivo de Miles Media y que se presenten cargos en su contra. Todo apunta a que Emily Foster abandonó el barco justo a tiempo.

¿Cómo?

Me tapo la boca, horrorizada.

Madre mía, pobre Jameson.

—Idiotas, no soy su prometida —musito con desprecio—. ¿Cuántas veces podéis cagarla en un solo artículo?

Doy media vuelta y me dirijo a mi edificio echando chispas mientras vuelvo a marcar su número a toda prisa.

—¡Eh! —me grita el quiosquero—. ¡Tienes que pagar el periódico!

—Uy, perdón —respondo mientras me acerco corriendo a pagar—. Estaba distraída, lo siento. Gracias.

Vuelve a saltar el contestador.

¿Qué hago, qué hago? Golpeo a un señor con el hombro sin querer.

—¡Eh, tú, mira por dónde vas! —grita.

—Lo siento —tartamudeo.

Marco el número de Tristan.

—Hola, Em.

—Tristan, ¿qué narices está pasando? —digo con la voz entrecortada.

—Estamos en una reunión. Te llamo luego.

—¿Cómo?

Cuelga.

—Aaaah —grito a punto de llorar de la frustración.

Jameson no se va a creer esta historia. Sabe que es mentira, seguro…, pero la foto dice otra cosa.

Marco el número de Molly.

—Eh, nena, ¿te apetece un café? —pregunta muy animada.

—Molly —exclamo aliviada. Por fin alguien que contesta—. Es todo mentira.

Me paro en seco entre la multitud y me acerco a la pared del edificio para hablar.

—¿Qué pasa?

—La *Gazette* —tartamudeo—. Busca la *Gazette* en internet. Salgo en la portada besándome con Jake y pone que tenemos una aventura.

—¿Cómo?

—Me estará siguiendo alguien o… —Niego con la cabeza mientras trato de pensar en una explicación lógica—. ¿Qué demonios está pasando? —susurro, enfadada.

—Madre mía. —Hace una pausa—. Ahora lo entiendo todo. Un momento. ¿Cuándo has besado a Jake?

—Él me besó anoche —tartamudeo—. Pero yo me aparté enseguida. Madre mía, ¿en serio…?

—Espera, que sigo leyendo —me corta.

Me toco la cara mientras espero a que acabe el artículo.

—La madre que me trajo —susurra.

—Alan me ha dejado en mi piso y me ha dicho que no vaya a la oficina hoy.

—¿Cómo?

—Me ha dicho que el señor Miles se pondrá en contacto conmigo más tarde.

—¿Y qué te ha dicho Jameson? —pregunta.

—No coge el teléfono. He llamado a Tristan, pero me ha dicho que estaban en una reunión y que me llamaría luego.

—¿Qué me estás contando? Esto pinta muy mal.

—¿Tú crees? —pregunto llorando.

—¿Qué vas a hacer?

—No lo sé. ¿Qué debería hacer?

—A ver, si Jameson te ha dicho que te quedes en casa, quizá deberías hacerle caso.

—¿Por qué?

—Porque no le conviene llamar más la atención. Aquí pone que lo acusan de malversación.

Me quedo paralizada al imaginar el revuelo mediático que va a despertar el artículo.

—Pero ¿y si se lo cree? —tartamudeo—. No he salido nunca con Jake. No dicen más que chorradas. Quiero a Jameson.

—Ha dicho que se pondría en contacto contigo. Pues eso hará.

La escucho, pero la cabeza me va a mil por hora.

—Vas a tener que esperar.

Tuerzo el gesto.

—¿Crees que no debería ir? —insisto llorando.

—No, por Dios. Tampoco tendría tiempo para preocuparse por ti.

—Pero yo no he hecho nada —digo.

—Lo sé. Iré a su despacho a contárselo todo.

—¿En serio? —susurro esperanzada.

—Como vengas, el edificio entero se te va a echar al cuello.

Horrorizada, me cubro los ojos con la mano mientras me imagino a todos despertándose con la noticia. Voy a ser la enemiga pública número uno de Miles Media.

—Yo ahora mismo voy a la oficina, me entero de qué narices está pasando y te llamo, ¿vale?

Asiento con los ojos anegados en lágrimas. No me creo que esto esté pasando.

—Vale.

—Tú vete a tu apartamento y espera ahí. Te llamo luego.

—Gracias —susurro, y espero a que añada algo más—. Un momento, ¿qué le vas a decir a Jameson?

—La verdad. Te llamo en media hora.

—Vale, gracias —respondo y me hundo en la oscuridad.

Cuelgo.

Salgo de la cocina y vuelvo al salón. Doy media vuelta y deshago el camino. Han pasado cuarenta minutos.

Jameson sigue sin coger el teléfono y Molly no me ha llamado.

«¿Qué diantres pasa ahí?».

Le envío un mensaje a Jameson.

> Jay, no sé qué narices está pasando.
> Esa foto es un montaje.
> Sabes que te quiero y que no haría eso.
> Llámame, por favor.
> ¡¡¡Me estoy volviendo loca!!!

Tiro el móvil al sofá y sigo paseando de un lado al otro. ¿Por qué nadie me llama?

Espero veinte minutos y le mando otro mensaje a Jameson. Me suena el móvil. Lo cojo corriendo. Es Molly.

—Hola.

—Hola.

—¿Qué ha pasado?

—No he podido verlo, estaba reunido con sus abogados —susurra—. Tiene cosas más importantes de las que preocuparse, Em. Podría ir a la cárcel.

Frunzo el ceño. ¿Cómo?

—Madre mía.

—Los jefes se están volviendo locos. Como me pillen hablando por teléfono, me echan.

—¿Cómo? —inquiero con los ojos llorosos. «Yo no he hecho nada»—. Me importa una mierda la empresa ahora mismo. Necesito que Jameson sepa que no he tenido nada con Jake. Que todo es mentira.

—Lo sé. Volveré a intentarlo a la hora del almuerzo. Tú aguanta mientras tanto.

Se me revuelve el estómago y me cubro la boca con la mano.

—En cuanto hable con él, te llamo.

Espero a que añada algo más. Ojalá haya un milagro.

—¿Vale? —pregunta.

—Sí, de acuerdo —susurro, y cuelgo.

Vuelvo a pasear de un lado a otro del apartamento, solo que esta vez más rápido. ¿Y si Jameson se lo cree?

¿Y si la junta se cree que robó el dinero?

¿Y si lo acusan y… va a la cárcel?

Madre mía. Vuelvo a escribirle.

> Lo digo en serio.
> ¡¡Llámame YA!!
> Me estoy volviendo loca.

Pasan treinta minutos y no puedo dejar de dar vueltas. Tanta espera se me está haciendo eterna. Llamo a Molly y salta el contestador. Cuelgo hecha un manojo de nervios y llamo a Aaron. No da señal.

—¡Joder! —grito entre lágrimas—. ¿Qué está pasando?

Le mando otro mensaje a Jameson.

> ¡¡O me llamas ya o me presento en la oficina!!
> Estoy que trino, que lo sepas.

Me suena el móvil y veo que la letra J aparece en la pantalla. Respondo al momento.

—Ay, Jay.

—Hola —dice en tono neutro.

—¿Qué está pasando? —susurro—. Jay, no puedo creer lo mentirosos que son. Me besó una vez y le crucé la cara de un bofetón. Te juro que no salgo con ese asqueroso.

Guarda silencio.

Me estoy asustando. ¿Por qué no dice nada?

—Jay.

—¿Y no se te ocurrió decírmelo?

—Pasó anoche.

—¡Me dijiste que estabas con Molly, joder! —grita.

Se me llenan los ojos de lágrimas al oír lo enfadado que está.

—Lo sé, pero Jake me dijo que tenía información sobre el caso y supuse que no querrías que quedase a solas con él.

—¡Me pregunto por qué! —ruge.

Pongo mala cara.

—No te enfades conmigo —susurro—. Esa foto es... —Niego con la cabeza mientras trato de dar con las palabras adecuadas—. Te juro que está sacada de contexto.

—Tengo que colgar. No quiero verte. No necesito preocuparme por ti también.

—¿Cómo? —tartamudeo.

—Estoy muy liado.

—No cuelgues —suplico—. Tenemos que hablar de esto, Jay. Iré a tu despacho.

—Ni se te ocurra —masculla con desprecio.

—¿A qué te refieres? —pregunto asustada.

—Ahora mismo hay un montón de gente en mi despacho y no tengo tiempo para aguantar tus tonterías —gruñe.

Me estremezco. Nunca lo había oído tan enfadado.

—¿Nos veremos luego? —susurro.

—Adiós, Emily —dice, y cuelga.

Me desplomo en el sofá y me quedo mirando la pared. Me invade una sensación de pavor muy grande. Se lo ha creído.

Me cago en todo.

Ocho de la tarde

Estoy sentada en el sofá con una película de fondo.

No puedo ver las noticias. He tenido que quitarlas. No dejan de hablar de que siguen saliendo a la luz pruebas que demuestran que Jameson ha malversado fondos.

Mi mente vaga lejos de aquí. Jameson no me ha llamado en todo el día y no sé qué pasa en Miles Media; lo único que sé es que se ha montado un circo mediático.

Me debato entre dejarle el espacio que necesita o correr hacia él lo más rápido posible. Decido que voy a hacer lo que me ha pedido y me quedaré aquí quietecita. Me llamará en cuanto pueda. Sé que lo hará. Además, tiene razón: acudir a Miles Media solo añadiría más leña al fuego. No le conviene preocuparse también por mí.

Al fin he comprendido la gravedad de la situación. ¿Y si no dan con la persona que transfirió el dinero?

¿Cuánto tiempo podrá aguantar Jameson la presión?

Camino de arriba para abajo con un nudo en la garganta. La moqueta tiene que estar raída después de haberme pasado el día pisándola. No recuerdo haber estado tan mal en toda mi vida.

Son las once y sigo sin tener noticias de Jameson. Me estoy poniendo mala de lo preocupada que estoy… Literalmente.

He vomitado dos veces.

Decido llamarlo una última vez. ¿Dónde estará?

Marco su número con dedos temblorosos. Hay línea, pero salta el contestador.

Ha rechazado la llamada. Se me cae el alma a los pies y se me llenan los ojos de lágrimas.

«Ha llamado a Jameson Miles. Deje un mensaje», dice la grabación.

—Hola. —Hago una pausa—. Jay —susurro—. Cariño —musito con un nudo en la garganta—. Siento haberte mentido. Intentaba averiguar más sobre el caso, y entonces Jake me besó y… —Callo—. Sé lo que parece, pero tienes que creerme. Ni siquiera me gusta como amigo, ya lo sabes. —Me acerco a la ventana y contemplo el tráfico—. Me estoy volviendo loca aquí… Te quiero. —Me quedo callada, no sé qué decir—. Que no te confundan, Jay. Eres el único que conoce de verdad nuestra relación —susurro entre lágrimas—. Ven a casa, conmigo, a tu hogar. —Hago una pausa con la esperanza de que el mensaje le llegue al alma—. Ni siquiera quiero colgar… Te necesito. Ven, por favor… Te lo suplico.

Se oye un silencio sepulcral al otro lado y contraigo la cara de dolor.

—Te quiero —susurro.

Me interrumpe un pitido. Tiro el móvil al sofá y me pongo a llorar.

¿Qué narices está pasando?

Entro en el edificio Miles Media con el corazón en un puño. Son las ocho y media de la mañana y he venido a trabajar.

Jay no me llamó anoche. No lo culpo.

Lloré hasta quedarme dormida. Bueno, a decir verdad, no he pegado ojo. Tengo una bola de plomo en el estómago que no desaparece.

No puedo culpar a nadie por este lío inmenso, excepto a mí. Mentí al hombre al que amo, me salió el tiro por la culata y ahora se imagina lo peor. Así que aquí estoy, voy a dejarme la piel y compensárselo.

Está dolido, lo sé.

Tiene a todo el mundo en su contra. Estoy muy preocupada por él. ¿Cuánto estrés puede soportar un hombre antes de explotar?

Entro en el ascensor y paso la tarjeta que conduce a las últimas plantas, pero una luz roja se enciende. Frunzo el ceño. No. La vuelvo a pasar y la luz roja aparece de nuevo.

—No, Jay, no me hagas esto —susurro entre lágrimas—. No me apartes, joder.

La paso otra vez y vuelve a encenderse la luz roja.

—Cabrón —susurro enfadada.

Pulso el botón para ir a la planta cuarenta y aparece una luz verde. El corazón me late con fuerza. Me ha bloqueado el acceso a su planta.

Saco el móvil y le mando un mensaje.

¿En serio?
¿Ni siquiera podemos hablar?

Las puertas del ascensor se abren y me dirijo a mi mesa a grandes zancadas mientras me esfuerzo por tranquilizarme.

Sé que ahora mismo está en una situación muy complicada, pero sabe que esto me duele y parece que no le importe.

¿Así funciona él? ¿Me va a apartar de su vida sin dejar que me explique? Me siento en mi mesa y miro al infinito. Muevo la pierna sin parar. ¿Qué hago? ¿Cómo voy a lograr que comprenda que todo ha sido un malentendido si no me habla?

Un grupo de chicas sale del ascensor. Enfilan el pasillo, pero se detienen en seco cuando me ven, como si no diesen crédito. Las miro, y ellas se miran las unas a las otras y sonríen con suficiencia.

—Hola —dice una con una sonrisa falsa.

—Hola —contesto.

Me giro y enciendo el ordenador. Estupendo. Ahora también soy la oveja negra en la oficina. ¿Podría ser peor?

—Eh, has venido —exclama la voz familiar de Molly a mi espalda.

Me doy la vuelta. Le cambia la cara cuando ve la mía.

—Nena —susurra y me abraza—. ¿Estás bien?

—Me ha bloqueado el acceso a su planta —musito contra su hombro.

—¿Cómo? —dice y me acaricia el pelo para consolarme—. Será... —dice, pero titubea—. Uf, no sé ni qué decir.

Miro la pantalla con pesar.

—Pongámonos a trabajar y luego, en el almuerzo, pensamos algo —propone con una sonrisa mientras me frota el hombro.

—Sí, supongo.

Durante la siguiente media hora, todos los empleados que van llegando me miran y se ponen a cuchichear con el de al lado.

No solo soy la oveja negra de la oficina, sino que también soy la zorra. La que engañó al director ejecutivo con el idiota de turno. Estoy avergonzada y abochornada. Qué pesadilla.

Son las cuatro y Jameson no me ha llamado. Creo que me estoy volviendo loca.

Aaron opina que debería darle tiempo. Molly dice que debería aterrizar en su despacho en helicóptero o ponerle una bomba a su planta.

Yo, por mi parte, solo quiero esconderme debajo de una piedra.

Molly vuelve de la sala de fotocopias y me sonríe.

—¿Qué pasa?

—Di «gracias, Molly. Eres mi heroína» —dice con una sonrisita de suficiencia.

Frunzo el ceño.

Me entrega una tarjeta de seguridad y me quedo mirándola fijamente.

—¿Y esto?

—Es la tarjeta que usa Melissa para subir a los pisos de arriba. Se la he mangado.

Madre mía.

—¿Le has robado la tarjeta? —susurro mientras miro a mi alrededor sintiéndome culpable.

—¿Cómo sino esperas ver al jodido de tu novio? —murmura.

Me hacen gracia las palabras que ha escogido.

—Gracias.

Voy al baño y me miro en el espejo.

Mi aspecto deja bastante que desear. Bajo los hombros y respiro hondo para armarme de valor. Allá voy.

Tomo el ascensor y subo a la última planta con el corazón en un puño. No tengo ni idea de lo que me espera ahí arriba, pero me armo de valor para enfrentarme a la situación.

¿Cómo se atreve a no dejar que me explique?

Las puertas del ascensor se abren y a Sammia le cambia la cara al verme.

—Emily —balbucea mientras se pone de pie—. El señor Miles no está aquí.

Paso por su lado hecha una furia, cruzo el pasillo, abro la puerta de golpe y... ahí está, sentado en su mesa, aparentando ser alguien frío y tranquilo.

Elliot está con él. Me mira al instante.

—¿Cómo has subido hasta aquí?

Miro a Jameson a los ojos e incluso desde la distancia veo su dolor.

—¿Nos dejas un momento a solas, por favor? —pregunto.

—No —contesta Elliot con brusquedad—. Vete.

Me hierve la sangre.

—Con el debido respeto, no es asunto tuyo —espeto.

Elliot entorna los ojos y se pone en pie.

—¡¿Cómo te atreves?! ¡Pues claro que es asunto mío!

—Pues claro que me atrevo —replico.

Jameson tensa la mandíbula y Tristan entra en el despacho. Da un traspié al verme.

—Emily —dice con el ceño fruncido mientras nos mira a los tres alternativamente.

—Tristan, necesito hablar con Jameson, por favor —le pido esperanzada.

—Claro —accede forzando una sonrisa—. Elliot, sal.

Elliot me fulmina con la mirada.

—Ahora —insiste Tristan.

Elliot y Tristan salen del despacho y nos quedamos solos. Jameson se pone en pie y se acerca a la ventana. Me da la espalda.

Madre mía, ¿cómo arreglo esto?

—Jay —susurro mientras avanzo hasta él—. Cariño, no ha sido cosa mía... Tienes que creerme. Sé lo que parece.

Guarda silencio.

—Jake me besó y yo le di un bofetón. No sabía que nos estaban sacando una foto —tartamudeo.

Silencio. Veo que tensa la mandíbula mientras contempla Nueva York.

—Dime algo, al menos —imploro—. ¿Por qué me has bloqueado el acceso a tu planta?

Se da la vuelta. Está enfadado.

—Porque no confío en ti.

Retrocedo estupefacta.

—¿Cómo?

—Ya me has oído. No confío en ti. Vete.

Me cambia la cara.

—Jameson, sé que estás sometido a mucha presión.

—¡Esto no tiene nada que ver con la presión, joder! —grita.

Me encojo.

—Puedes confiar en mí, te lo prometo.

—¿Dónde me dijiste que habías estado el jueves por la noche, Emily? —inquiere con desprecio.

—Intentaba conseguir información —contesto mirándolo con lágrimas en los ojos.

—¿Mintiéndome?

Asiento con la cabeza.

—Sé que parece…

—Que no puedo confiar en ti. —Me da la espalda y alza el mentón en gesto desafiante—. Tengo cosas más importantes de las que preocuparme que de la mentirosa de mi novia.

—Jameson —susurro.

—No tenemos nada más que hablar, Emily. Vete —dice con calma.

—No —suplico—. No me voy a ir. Te quiero.

Se da la vuelta y me mira a los ojos con frialdad.

—¿Lo has estado ensayando?

Se me cae el alma a los pies. Está sufriendo mucho, lo sé.

—Jay…

—Si no te vas tú, me voy yo —masculla mientras se dirige hacia la puerta y la abre con cuidado.

Cierro los ojos y tomo aire. Estoy temblando.

«¿Ha roto conmigo?».

Esto no puede estar pasando.

Son las seis y estoy en la cafetería que hay enfrente de Miles Media. El circo mediático se congrega a la espera de que Jameson abandone el edificio.

El escándalo por malversación de fondos es noticia. Bueno, noticia… Un notición. Mientras todo el mundo está en vilo siguiendo la historia, yo me he pasado el día al borde del llanto.

No sé qué hacer ni cómo ponerme en contacto con él. Está a la defensiva, y con la acusación de malversación de fondos, no sé hasta qué punto puedo presionarlo.

No quiero estresarlo todavía más, pero me necesita más que nunca. Me llevo las manos a la cabeza. ¿Por qué tuve que quedar con Jake? ¿En qué pensaba? ¿Cómo pude pensar que sería buena idea?

Repaso esa noche mentalmente y me oigo mintiendo de forma descarada a Jameson al llegar a casa. ¿Por qué? En aquel momento pensé que así lo protegería. Ahora sé que no es así. Se ha montado un lío enorme y no tengo ni idea de cómo arreglarlo. Pienso en el dinero que se han llevado de las cuentas. Todos creen que ha sido Ferrara, pero ¿por qué un hombre que ya gana miles de millones de dólares al año lo arriesgaría todo por cargarse a un rival? No tiene sentido.

Para mí, la persona que ha robado los millones los necesita.

Pero ¿quién es y cómo narices ha tenido acceso a los datos bancarios de Jameson?

Aquí hay gato encerrado.

Molly, Aaron y yo desayunaremos juntos mañana. Espero que demos con un plan. Veo barullo junto a la puerta y veo que Jameson sale escoltado por guardias mientras los periodistas lo rodean, lo llaman a gritos y le hacen fotos. Jameson se dirige a la limusina con la cabeza gacha y no hace declaraciones.

Una vez en el coche, Alan se adentra en la noche y se lo lleva lejos de allí… e incluso más lejos de mí.

La tristeza me abruma y se me mete hasta en los huesos.

¿Cómo puedo ayudarlo?

—He aquí los hechos —expone Molly.

Estamos analizando el desastre en que se ha convertido mi vida mientras desayunamos. Llevo dos noches sin dormir; no podré seguir así mucho más tiempo. Voy por el segundo café y eso que solo son las siete de la mañana.

—Le dijiste a Jameson que ibas a un sitio, pero en realidad saliste a cenar con Jake —dice Molly.

Pongo los ojos en blanco.

—Llegaste a casa y volviste a mentirle a Jameson diciéndole que habías estado en otro sitio.

Suspiro.

—Exacto.

—Ahora —prosigue— la vida de Jameson se está yendo al garete y lo acusan de un delito que no ha cometido.

—Sí —confirmo, y doy un sorbo al café.

—Todos los ojos están puestos en él y tú eres la enemiga pública número uno.

—¿Cómo se supone que me va a ayudar eso? —tartamudeo.

Aaron y Molly se miran.

—La cosa pinta mal —murmura Aaron.

—Lo sé —respondo y me llevo las manos a la cabeza—. No sé cómo ayudarlo. He metido la pata hasta el fondo. Soy la mala de la historia y quiero ser la heroína.

Se hace un silencio mientras tomamos el café.

—¡Lo tengo! —exclama Aaron con los ojos brillantes.

—¿Eh?

—Sé cómo puedes ser la heroína.

—¿Cómo? —pregunto ansiosa.

—Resuelve el caso. Eres periodista, ya lo has hecho antes.

Me enderezo con renovado interés.

—Los detectives privados que han contratado son un hatajo de inútiles que no hacen ni el huevo.

—Eso es verdad —confirmo—. Pero no entiendo mucho de ordenadores. ¿Por dónde empiezo a rastrear las transferencias?

—No sé, pero, en mi opinión, la única forma de sacar a Jameson de este entuerto es que tú misma descubras a dónde ha ido el dinero —dice Molly y se encoge de hombros—. ¿Quieres que te ayudemos?

Le doy vueltas. ¿Por qué no yo? Ya he resuelto casos… E importantes, además.

—¿Sabéis qué os digo? Que tenéis razón. —Una chispa se prende en mi interior—. Voy a averiguar quién está detrás de esto.

Molly y Aaron sonríen.

—Y cuando lo haga —añado—, desearán estar muertos por haberse metido con mi chico.

—Di que sí —exclama Molly y me guiña el ojo.

Ella y Aaron chocan los cinco.

Sonrío mientras me tomo el café y, por primera vez en días, soy optimista. Alzamos las tazas y brindamos.

—Por la Operación Heroína.

Jameson

Corro lo más rápido posible. Tengo la cabeza hecha un lío. Con cada paso que doy me encuentro mejor. Han pasado tres días desde que la vi, tres días en los que he vivido un infierno.

No puedo verla otra vez. No puedo volver a ponerme en esa tesitura nunca más.

Nadie merece sentirse tan mal por… nadie.

Doblo la esquina, dejo atrás una hilera de restaurantes y me meto en un parque. Pese a la oscuridad, diviso a alguien delante de mí.

Su postura me resulta familiar. Entorno los ojos para verlo mejor.

Un sudor frío me baja por la espalda al darme cuenta de quién es. Gabriel Ferrara. Apoyado en su Ferrari negro, habla por teléfono y se fuma un puro. No me ha visto.

Dejo de correr y me aproximo a él jadeando. «Rata asquerosa».

Odio que usara la foto de Emily para la portada de su periódico. Fue un ataque directo hacia mí… Un ataque muy efectivo.

Se da la vuelta y me ve. Le cambia la cara.

—Tengo que colgar —dice, y cuelga.

—Mira quién ha salido de la alcantarilla —mascullo entre jadeos.

Sonríe mientras da una calada al puro.

—Miles.

Lo fulmino con la mirada.

—¿Cómo está tu chica? —pregunta mientras me guiña un ojo—. Tendrías que atarla corto.

Lo miro con odio.

Me lanza el puro y me hierve la sangre.

Doy un paso al frente.

—¿Sabes que me tiró la caña? Parece que la suerte ya no te sonríe en nada: ni en la empresa, ni en las cuentas bancarias... ni en el sexo. ¿Qué tal sienta que tu chica tenga que buscarse a otro para satisfacer sus necesidades?

Solo veo rojo, un rojo cegador.

Pierdo el control y le doy un puñetazo en la cara, y otro y otro, cada vez más rápido.

Se cae junto a su coche y oigo que alguien grita:

—¡Que alguien llame a la policía!

—Mierda...

Lo miro. Está tumbado en el suelo y le sangra la nariz.

¿Qué he hecho?

Me doy la vuelta y me adentro lo más rápido posible en la oscuridad. Corro una manzana y atajo por un parque con el aullido de una sirena de policía a lo lejos.

Mierda.

Cruzo la calle corriendo y, de repente, un coche sale de la nada.

Luces fuertes, bocina, visión borrosa.

Me atropella y salgo volando por los aires.

Oscuridad...

Nada.

Capítulo 22

Emily

Estoy revisando en el ordenador portátil la información que he recopilado hoy. El único hilo del que puedo tirar es Hayden. Tiene un pasado turbio y lo veo capaz de traicionar a Miles Media.

Pero vender artículos dista mucho de robar millones de dólares a una de las empresas más importantes del mundo. No me parece capaz de hacer algo así.

Entonces, ¿por qué el instinto me dice que está involucrado?

Miro el móvil... Ningún mensaje.

«Llámame, por favor».

Me imagino a Jameson solo en su casa y se me parte el alma. He decidido que mañana por la noche iré a verlo y, si es necesario, tiraré la puerta abajo.

No puedo darle el espacio que pide; soy yo quien lo necesita a él.

Llaman al timbre y me levanto de un salto, emocionada. Jameson. Corro al interfono y veo a dos agentes de policía en la pantalla.

—¿Sí? —pregunto tras pulsar el botón.

—¿Es usted Emily Foster?

—Sí.

—¿Podemos subir, por favor?

—¿Qué pasa? —susurro.

Madre mía, ¿qué ha pasado?

—Tenemos que hablar con usted.

—¿Ha pasado algo? —tartamudeo.

—Déjenos entrar, por favor.

—Está bien —acepto, y pulso el botón con el corazón acelerado.

Poco después, llaman a la puerta y abro.

—Hola.

Dos agentes muy serios fuerzan una sonrisa.

—¿Es usted Emily Foster?

—Sí.

Se me acelera el corazón.

—¿Podemos hablar con usted un momento, por favor?

—Claro, pasen —asiento mientras me pongo a un lado.

—Nos gustaría hablar con Jameson Miles, por favor.

Echan un vistazo a la casa y vuelven la atención a mí.

—¿Está aquí?

—No, no está aquí —digo. El corazón me va cada vez más rápido—. ¿A qué viene esa pregunta?

—Lo buscamos para interrogarlo por la agresión que ha tenido lugar esta noche.

—¿Cómo? —pregunto con el ceño fruncido.

—El señor Miles ha atacado a Gabriel Ferrara a las puertas de un restaurante. Se ha emitido una orden de arresto contra él.

—¿Está bien?

—El señor Ferrara tiene heridas importantes en el rostro y se lo han llevado al hospital.

Horrorizada, me tapo la boca.

—¿Cómo ha sido? —pregunto.

—El señor Ferrara estaba subiéndose a un coche cuando el señor Miles se ha acercaado. Se han enzarzado en una pelea y el señor Miles lo ha agredido.

—¿Y dónde ha sido?

—Delante de Bryant Park, frente al Lucina.

—Ay, madre —susurro—. ¿Jameson está bien?

—Unos testigos dicen que ha huido por el parque.

Cierro los ojos, aliviada. Menos mal.

—Se equivocan de persona —tartamudeo—. Jameson no le haría daño ni a una mosca. Es el director ejecutivo de una empresa, no un mafioso. —Mentira cochina. Sé que a Jameson le encantaría hacer papilla a Ferrara—. No sé dónde está —afirmo con renovada determinación.

—¿Podemos registrar su casa? —pregunta uno de los agentes.

—Claro, pero no lo encontrarán aquí —replico mientras les dejo buscar por mi apartamento.

Los policías registran las habitaciones y vuelven al salón. Me dan una tarjeta de visita.

—En cuanto sepa algo de él, llámenos. De no hacerlo, podríamos acusarla de obstrucción a la justicia. Ocultar a una persona de interés es un delito muy grave.

—Está bien —digo mientras me dirijo a la puerta hecha una furia y la abro con brusquedad—. Buenas noches.

Cierro de un portazo.

Horrorizada, me tapo la boca con las dos manos y marco su número.

No da señal. Igualmente, seguro que no iba a contestar.

—Mierda.

Presa del pánico, llamo a Tristan.

—Hola.

—Tristan —tartamudeo—. ¿Y Jameson?

—¿Qué pasa? —pregunta.

—Ha venido la policía a mi casa. Por lo visto, Jameson ha pegado a Ferrara. Han emitido una orden de arresto contra él. ¿Sabes dónde está?

—¡¿Cómo?!

—No me coge el teléfono, y unos testigos han dicho que ha huido por el parque.

—¿En serio?

—¿Qué hago?

—Voy a llamarlo y ahora te digo algo.

—Vale.

Cuelgo y empiezo a pasear arriba y abajo… «¿Dónde estás?».

Poco después, me llama Tristan.

—No contesta. Voy para allá.

—Gracias.

Una hora después, Tristan y yo estamos dando vueltas por Bryant Park. Solo hemos hablado de que tenemos que encontrar a Jameson. Está enfadado conmigo por lo de Jake.

Yo también estoy enfadada conmigo misma.

Es la una de la mañana y me estoy poniendo de los nervios. Echo un vistazo al parque.

—¿Dónde estará? —susurro.

—No sé. Prueba a llamarlo otra vez —propone Tristan.

Marco su número y sigo caminando cuando oímos algo.

Tristan abre mucho los ojos y levanta la mano.

—Shh, escucha.

Oímos un móvil, pero muy bajito. Deja de sonar y vuelvo a marcar su número.

Miramos a nuestro alrededor como locos y entonces vemos una pantalla que se ilumina.

—Ahí.

Corro hacia ese punto y veo un móvil en la hierba. Tristan lo coge, desliza el dedo e introduce el código. La pantalla se ilumina.

—Es el móvil de Jameson —confirma Tristan mirándome a los ojos.

Observamos a nuestro alrededor, el parque está sumido en penumbra y me invade el miedo.

—¿Qué le habrá pasado? —susurro.

Son las cuatro de la mañana y Tristan y yo estamos histéricos. Llevamos horas dando vueltas. Alan, Elliot y Christopher también han salido a buscarlo.

Quizá se esconde de la policía en algún sitio.

—Estará bien —me dice Tristan para consolarme.

No puedo dejar de llorar.

—Todo esto es culpa mía —susurro mientras caminamos—. Si no hubiese caído en su trampa, nada de esto habría pasado.

—¿A qué te refieres con trampa?

—Jake me dijo que tenía información sobre un artículo sobre Jameson que Ferrara iba a publicar al día siguiente y que me lo contaría fuera de la oficina. No quería preocupar a Jameson, así que le mentí y quedé con él. Solo quería tenerme a solas para besarme. Le crucé la cara de un bofetón y me fui, y al día siguiente... —Me encojo de hombros—. Ya viste las fotos.

—Entonces ¿no estabas saliendo con Jake? —pregunta con el ceño fruncido.

—No, tonto —espeto—. Estoy enamorada de Jameson. —Sollozo—. Pero el muy cabrón no me deja explicarme.

—Joder, qué follón.

Lo llaman al móvil y responde.

—¿Sí? —Escucha—. Sí. —Escucha un poco más y ahoga un grito—. ¿Está bien? —Se toca el pecho y dice—: Menos mal.

—¿Qué pasa? —inquiero, articulando solo con los labios.

—Gracias. Voy para allá.

Cuelga.

—¿Qué pasa? —susurro.

—Jameson está en el hospital.

—¿Qué ha pasado?

—Lo han atropellado.

Me cubro la boca, horrorizada.

—Está bien, solo ha sido un golpe en la cabeza.

—Menos mal.

—Voy a buscarlo.

—Voy contigo —digo.

—Em... —Hace una pausa—. No creo que sea buena idea. Estará lleno de *paparazzi* por lo de Ferrara, y Jameson no necesita más publicidad. ¿Quién sabe qué periodistas habrá en el hospital? Jameson preferiría que te mantuvieses al margen. Hablaré con él y te llamaré en cuanto volvamos a casa.

«¿Estará intentando protegerme?», pienso, esperanzada.

—Pero no he hecho nada malo, Tristan. Quiero verlo.

La empatía se hace un hueco en él y me abraza.

—Lo llevaré a casa y te llamaré. —Se aparta y me coge de los brazos mientras me mira a los ojos—. Te prometo que te llamaré. Te dejaré en casa, hablaré con él y te llamaré. Tienes mi palabra —me asegura.

—Está bien.

Caminamos un rato en silencio.

—Averiguaré quién se ha llevado el dinero aunque sea lo último que haga —susurro.

—Emily, no es buena idea. Deja que se ocupen los detectives. Estás cansada y con los nervios a flor de piel. Te llevo a casa.

Asiento con la cabeza. Sé que tiene razón en todo. Odio esta situación.

Jameson

Veo que la enfermera me coge de la mano para tomarme el pulso y respiro hondo. Es mayor y maternal; todo el mundo querría tener una enfermera como ella.

—¿Cómo va la jaqueca? —pregunta.

—Ahí sigue.

Sonríe y me apunta a los ojos con una linterna para comprobar si las pupilas responden.

—Tienes una conmoción cerebral grave. Eres un afortunado por seguir vivo, jovencito.

Oigo que alguien habla fuera y, de pronto, Tristan se asoma.

—Hola.

—Hola —musito con una sonrisa de suficiencia al ver lo preocupado que está.

Se pone a mi lado.

—¿Estás bien?

—Sí.

—No está bien —interrumpe la enfermera—. Lo han atropellado. Podrían haberlo matado. Tiene una conmoción cerebral muy grave.

—Joder —maldice Tristan, que se lleva la mano a la cara.

—Pasará aquí la noche y, si las pruebas que le han hecho salen bien, mañana por la mañana podrá irse.

—De acuerdo, gracias —murmura Tristan mientras se desploma en una butaca que hay junto a la cama.

—Vuelvo en una hora con los analgésicos —dice la enfermera con una sonrisa.

—No hace falta —replico.
—Volveré igualmente.
Pongo los ojos en blanco. Nos deja solos.
—Perdona —susurro.
—Joder, Jay, estábamos preocupadísimos. Nos hemos pasado toda la noche buscándote.
Inflo las mejillas.
—La policía ha ido a casa de Emily. Entonces me ha llamado y hemos encontrado tu móvil en Bryant Park.
—¿Emily? —pregunto, confundido—. ¿Por qué la has metido en esto?
—Está muy nerviosa, Jameson. Quería ayudarme a encontrarte.
—Lo dudo mucho —replico poniendo los ojos en blanco.
—No creo que esté saliendo con ese imbécil. Ha sido un malentendido.
—Calla —lo corto.
—No. Calla tú. ¿Por qué no hablas con ella?
—Porque me mintió y quedó con otro.
No deja de mirarme.
—Y no necesito eso en mi vida. Por si no te has dado cuenta, ya estoy bastante jodido.
—Quiere verte.
—Pues yo a ella no —espeto con decisión.
—Pues corta con ella.
—Vete a casa, anda. Le pediré a Alan que venga a buscarme mañana —mascullo torciendo el gesto con fastidio.
—¿Por qué no quieres hablar de ello?
—Porque no es asunto tuyo. Emily y yo hemos terminado. Nuestra relación acabó en cuanto empezó a mentirme.
La enfermera regresa.
—Estoy cansado —digo.
—Vale —asiente con una sonrisa y, acto seguido, mira a Tristan—. Mañana por la mañana te llamaremos para que vengas a buscarlo.
—De acuerdo —acepta Tristan.
Por cómo me mira a los ojos, sé que sabe que no estoy nada cansado.

La enfermera va al baño.

—¿Y qué le digo a Emily? Le he prometido que la llamaría —susurra enfadado.

—Me importa un bledo lo que le digas, no es asunto mío.

—A veces eres un cabrón egoísta —dice y se pasa la mano por la cara.

—Al grano, por favor.

Se queda mirándome un rato y dice:

—Hasta mañana.

Emily

Me vibra el móvil y respondo al instante.

—Está bien —dice Tristan, y suspira.

—Menos mal —susurro cerrando los ojos, aliviada—. ¿Puedo verlo?

—Tiene una conmoción cerebral grave y estará unos días ingresado.

—¿Qué?

—Me ha dicho que es mejor que no vengas, que no quiere tener a todas las cámaras por aquí rondando.

Se me llenan los ojos de lágrimas. Últimamente, parece que no haga otra cosa.

—Ahora está durmiendo.

—¿Te ha dicho algo? ¿Algo de mí? —Hago una pausa para que quede claro lo que quiero decir—. ¿Cómo puedo llegar hasta él?

Tristan exhala con pesadez.

—No lo sé, Em. Le están pasando un montón de cosas. No creo que piense con claridad ahora mismo. Intentaré hablar con él mañana.

—Vale —susurro con el rostro surcado por las lágrimas—. ¿Me llamarás, por favor? —Madre mía, qué pena doy, pero no sé qué más hacer—. Estoy muy preocupada por él, Tristan.

—Nosotros también. Te llamo mañana. Intenta descansar.

—Vale, buenas noches.

Cuelgo y me meto en la ducha. Lloro de alivio.

Por lo menos está bien. Mañana será otro día. Volverá conmigo. Sé que lo hará.

Me hundo en el asiento mientras contemplo la calle de enfrente. La Operación Espías Como Nosotros está en marcha.

Hayden es mi objetivo. No sé por qué, pero no puedo evitar pensar que está implicado.

He fingido que estaba enferma y no he ido a trabajar. Es posible que este caso sea el más importante de toda mi carrera. Tengo que resolverlo.

Aún no he hablado con Jameson y, con cada día que pasa, pierdo un poco más la esperanza.

Son las siete de la tarde. Llevo una peluca rubia y gafas oscuras, hasta he alquilado un coche. Llevo ocho horas aquí sentada y ni rastro del dichoso Hayden.

Vive en una zona concurrida de la ciudad, en un bloque bastante bonito. La calle está llena de gente. Tengo que concentrarme para no perder detalle.

Ven ya, no tardes.

Me he comido todos los aperitivos. Tengo hambre y me muero de ganas de ir al baño, pero dame una pista o algo, aunque sea pequeñita, lo que sea.

Miro a ambos lados de la calle. Madre mía, a este paso Hayden ya debe de estar camino de Estambul. Eso es lo que haría yo si me echasen del trabajo por robar. Aunque, por lo visto, no tiene ni idea de que lo siguen investigando. Debe de creer que despedirlo es lo peor que pueden hacerle.

Me recuesto en el asiento y suspiro con desánimo. Miro por encima del hombro y veo que Hayden se para a hablar con una mujer en la acera.

Mierda.

Me agacho rápidamente. Vendrán de algún sitio. Parece que estén hablando de algo serio. Ella lleva una bolsa grande colgada al hombro. Saco el móvil y les hago una foto. Activo el zoom de la cámara y hago algunas más. ¿Quién será? ¿Tal vez su novia?

Escribo en el chat de grupo que tengo con Aaron y Molly y les envío la foto.

¿Conocéis a esta chica?

No aparto la vista mientras siguen hablando. Pasan cinco minutos. Entonces, Molly contesta.

La he visto, pero no sé de dónde. ¿Trabaja en una cafetería o algo así?

Mmm... Contesto al mensaje.

No tengo ni idea.

Ahora es Aaron quien escribe.

Sí, trabajaba en Miles Media.

Abro los ojos como platos y contesto.

¿Desde cuándo?

Contesta.

Ni idea, pero hacía tiempo que no la veía.

Mierda. Le mando la foto a Tristan junto con un mensaje.

Tristan, por lo visto esta chica trabajaba para Miles Media.
¿Puedes mirar en Recursos Humanos, a ver quién es?

Su respuesta no se hace esperar.

Claro. ¿Estás bien?

Contesto.

Sí, estoy en una operación de vigilancia.

Contesta.

¿Quieres que vaya a echarte una mano?

Sonrío con suficiencia.

Pensaba que creías que era mala idea.

Contesta.

Así es. Pero no quiero que te pongas en peligro.

Respondo.

Tranquilo. ¿Puedes hablar con Recursos Humanos?

Contesta.

Vale.

Espero, espero y espero hasta que al fin me contesta.

Se llama Lara Aspin.
RR. HH. está buscando qué puesto tenía.
Te mantendré informada.

Sonrío, emocionada. Al menos es una pequeña pista. No tengo ni idea de lo que implica, pero supongo que es algo por donde empezar. Contesto al mensaje.

Gracias.

Miro el móvil... No hay llamadas perdidas.

Arranco y me incorporo al tráfico. El miedo se cierne sobre mí.

La noche es el peor momento del día. Mi cama está fría sin Jameson. Hay un vacío enorme donde debería estar él.

Tengo el alma rota.

Cada vez albergo menos esperanzas de que volvamos a estar juntos. Lo echo de menos.

Estoy tumbada en el sofá mirando la tele. El cojín en el que apoyo la cabeza está empapado de mis lágrimas.

Hace tres días que atropellaron a Jameson.

Hace seis días que lo vi por última vez… Apenas como. Apenas duermo.

Esto es un infierno.

Y para colmo de males, anoche me presenté en su casa y me puse a llorar delante de la cámara de seguridad y a suplicarle que me dejara entrar. Qué vergüenza.

No lo hizo, y, al cabo de media hora, su portero me hizo salir del edificio.

Qué bochorno.

No sé qué hacer… No quiere verme, no quiere hablar conmigo.

Todo el amor y las risas que compartimos, reducidos a nada.

Es como si no hubiese significado nada para él… Y puede que así sea.

Sabía que tenía fama de ser un hombre frío, pero esto… Esto pasa de castaño oscuro.

¿Cómo es posible que me viese sollozar y suplicar delante de la cámara y no me dejara entrar?

Cojo el móvil y le escribo.

Te echo de menos.

Me quedo mirando la pantalla fijamente cuando de pronto veo los puntitos. Me incorporo. Está escribiendo. Se me acelera el corazón. Es la primera vez. Observo cómo aparecen y luego desaparecen.

Un momento, ¿qué ha pasado? ¿Y el mensaje?

Espero.

Vuelven a salir los puntitos y sonrío con lágrimas en los ojos. Sí. Me va a contestar. Espero y espero.

Y los puntitos vuelven a desaparecer.

—Envíalo ya —espeto.

Espero durante media hora. Me hierve la sangre.

Le escribo enfadada.

Al menos ten el valor de decirme lo que piensas.

Contesta al instante.

Pasa página. Yo ya lo he hecho.

Leo el mensaje y lo vuelvo a leer con los ojos llorosos. «¿Cómo?».

¿Que pase página? ¿Así, sin más?

Idiota.

Me levanto y tiro el móvil lo más fuerte que puedo. Se le rompe la pantalla al chocar con la mesa de centro. Estoy tan enfadada que pierdo el control de la situación. Voy al baño, me meto en la ducha y, sin poder evitarlo, lloro... y lloro... y lloro. Sollozos espantosos. Respiro muy rápido mientras me aferro a los azulejos.

Son lágrimas de ira, lágrimas de frustración, lágrimas de angustia.

Sabía que pasaría... En el fondo, todo este tiempo, sabía que pasaría, pero joder, cómo duele.

Jameson

Relajo los hombros en la parte trasera de la limusina mientras me armo de valor para lo que estoy a punto de hacer.

—¿Estás seguro? —pregunta Alan mientras me abre la puerta.

—Sí. Es lo correcto. No me esconderé más —respondo mientras salgo del coche.

Observo el letrero del Departamento de Policía de Nueva York que hay sobre la puerta y entro.

—¿Puedo ayudarlo, señor? —inquiere el agente de recepción con una sonrisa.

—Sí. Me llamo Jameson Miles. He venido a entregarme.

El agente se queda perplejo.

—¿Lo buscan?

—Me peleé a puñetazos con un hombre llamado Gabriel Ferrara y luego acabé en el hospital. Hasta anoche no supe que me estabais buscando. Lamento haber tardado tanto en acudir.

—Gracias por venir —dice con una sonrisa. Abre una puerta que hay junto a recepción y prosigue—: Pase por aquí.

Cinco horas después, estoy delante del edificio de Ferrara y miro los últimos pisos. Marco un número que he tenido durante años pero al que nunca he llamado.

—Gabriel Ferrara —contesta con voz grave.

—Soy Jameson Miles. Estoy delante de tu edificio. Baja.

Cuelgo y respiro hondo. Apoyo el culo en la limusina.

Después de pasarme las últimas cinco horas en comisaría, no estoy de humor para esperar al idiota este, pero si no le digo lo que quiero decirle, me seguirá reconcomiendo.

Le he dicho a la policía que pegué a Ferrara en defensa propia y que mirasen las cámaras de seguridad. No sé si será creíble, pero me dará algo de tiempo. Los agentes se han portado bien y me han dicho que como él me tiró el puro primero, lo más probable es que solo me acusen de agresión y me dejen libre bajo fianza por buen comportamiento.

Sobreviviré.

Gabriel Ferrara sale por la puerta principal flanqueado por cuatro guardias de seguridad.

Tiene el ojo morado y el pómulo hinchado. Sonrío al ver que tiene la cara hecha un cromo.

—Estás hecho un cristo.

—Ya, es que se me abalanzó un loco —masculla en tono seco.

Doy un paso adelante con la sangre hirviéndome de nuevo.

—Sé lo que estás haciendo.

Me fulmina con la mirada.

—No me das miedo. Hasta me hace gracia lo turbio que te has vuelto.

—Vete a la mierda, Miles —replica.

—Si crees que actuar a escondidas como un criminal acabará con Miles Media, te equivocas —espeto con desprecio.

Entorna los ojos.

—Miles Media ha liderado el mercado durante treinta años y seguiremos haciéndolo. ¿Sabe tu padre a qué te has rebajado?

Alza el mentón en un gesto desafiante.

—Que actúo como un criminal, ¿de qué hablas, eh? El golpe te ha afectado al cerebro.

—Sabes perfectamente de qué hablo.

Nos miramos a los ojos. El odio flota en el aire como si estuviera contaminado.

—Sé lo que estás haciendo —susurro.

Me mira a los ojos.

—Y en cuanto lo demuestre, te voy a llevar a los tribunales.

—Inténtalo.

Lo miro y recuerdo el gusto que me dio pegarlo.

—¿Tienes el pómulo roto?

Por cómo me fulmina con la mirada, sé que así es.

—Ah, una última cosa, vuelve a faltarle al respeto a Emily Foster y la próxima vez..., no solo te romperé el pómulo. Te mataré —escupo.

Arquea una ceja como si le sorprendiese mi afirmación.

—¿Es una amenaza, Miles?

—Es una promesa —gruño—. No la metas en esto.

Me doy la vuelta, entro en mi limusina y nos alejamos. Lo veo entrar en su edificio echando humo, flanqueado por su cuerpo de seguridad.

«El día que me cargue a ese imbécil me sabrá a gloria».

Corro. Solo es medianoche. Llevo un tiempo sin pasar por aquí, pero, por alguna razón, hoy me apetece.

El edificio de Emily.

Cuento las ventanas hasta llegar a la suya y me quedo mirándola.

¿Qué estará haciendo?

¿Me echará de menos tanto como yo a ella?

Me imagino llamando al timbre y pidiéndole que me deje subir. Nos abrazaríamos y sería feliz..., como antes.

Pero entonces recuerdo lo dolido que me sentí la semana pasada cuando me mintió, el sentimiento de descontrol que me aborda cada vez que estoy con ella.

Cómo mis enemigos la usan para llegar a mí, cómo les da munición como si fueran caramelos.

Y sé que nada puede destrozarme... Salvo ella.

Ella es mi única debilidad.

Y no puedo permitirme tener debilidades.

Ni ahora ni nunca.

Me quedo mirando las ventanas de su apartamento un buen rato y, luego, con el corazón en un puño, doy media vuelta y regreso a casa, abatido.

Nunca he estado tan solo.

Emily

Contemplo el café que tengo delante. Se me revuelve el estómago al pensar en tomármelo. Hace cuatro días que recibí el temido texto de siete palabras de Jameson.

> Pasa página. Yo ya lo he hecho.

Cuatro días es demasiado tiempo para ir por ahí con el corazón roto. Me siento débil y me cuesta seguir adelante. Sigo esperando y rezando para que Jameson regrese a mí, me lance a sus brazos y esta pesadilla se acabe de una vez por todas.

«Ojalá fuese cierto».

Mi mente está nublada por los recuerdos del hombre que creía conocer. El vacío en mi vida es enorme. No entiendo cómo puedes enamorarte tanto de alguien en tan poco tiempo.

Quizá debería haberme quedado con Robbie, porque, si echo la vista atrás, Robbie no entrañaba ningún riesgo.

No había posibilidad de que me hiriese en lo más profundo... Pero claro, no habría conocido a Jameson y no habría descubierto lo que es estar enamorado de verdad. E, independientemente de cómo ha acabado, no cambiaría ese sentimiento por nada. Aunque solo lo experimentase un tiempo.

Lo único que me impulsa a seguir adelante en este momento son Molly y Aaron. Son estupendos. Me han animado desde la distancia y me han recordado por qué vine a Nueva York. Sería muy fácil volver a casa corriendo con el rabo entre las piernas.

—¿Te lo vas a acabar? —pregunta Molly, señalando mi sándwich a medio comer.

—No, ¿lo quieres? —digo arrugando la nariz.

—Olvida que un día lo conociste —me aconseja Aaron, que suspira—. Ningún hombre merece este sufrimiento.

—Volverá, Aaron. Sé que lo hará —musito con una sonrisa forzada.

—No dejas de repetirlo, pero ¿dónde está el muy cabrón? —replica Molly.

—Está... —Me encojo de hombros mientras trato de articular mis pensamientos—. Perdido.

—No, está idiota —resopla—. Te has librado de una buena. Hasta luego, Lucas.

Jameson no es santo de devoción de Aaron y Molly.

—Puede —murmuro, y suspiro con pesar.

—Va, que tenemos que volver —dice Aaron mientras se pone en pie—. Se acabó el descanso.

Nos dirigimos al edificio de Miles Media cuando Molly se detiene en seco.

—Mierda —susurra.

—¿Qué pasa?

—Mira.

Levantamos la vista y vemos a Jameson que viene hacia nosotros con una mujer. Lleva su traje azul marino habitual y está impecable. Están inmersos en una conversación.

—¿Está trabajando? —pregunto con el ceño frunciendo mientras lo miro. Ni siquiera sabía que ya había vuelto al trabajo. No nos ha visto y habla mientras camina—. ¿Quién es la mujer? —pregunto. De lejos me resulta familiar, pero no consigo ubicarla.

Molly me agarra del brazo con apremio.

—Por aquí —me apremia mientras me mete en una tienda.

—¿Quién es? —repito a medida que se acercan.

—Claudia Mason.

Me falta el aire. Su ex.

¿Está con su ex?

El corazón me late con fuerza y el suelo se tambalea bajo mis pies.

—Va, no puede vernos —insta Molly mientras me vuelve a sujetar del brazo.

Me zafo de su agarre y me planto con firmeza.

Cuando nos alcanza, levanta la vista y me ve. Da un traspié, aprieta la mandíbula y evita mirarme a los ojos.

No puedo evitar las lágrimas al verlo pasar por mi lado.

Se detiene de espaldas a mí y yo contengo la respiración.

«Gírate, gírate».

Un segundo después, reanuda el paso junto a la mujer y desaparece calle arriba sin mirar atrás.

Una punzada de dolor me atraviesa el pecho mientras lucho por contener las lágrimas. Dejo caer la cabeza con tristeza.

Ahí está mi respuesta.

Ya está… Hemos terminado.

Es viernes por la noche. Me agacho en el asiento de mi coche de alquiler mientras miro la calle de enfrente. Me estoy dedicando en cuerpo y alma a resolver el caso, aunque sea para distraerme. Estoy frente al bloque de Hayden, y sé que, seguramente, me esté jugando el cuello por estar aquí, pero ¿qué otra cosa voy a hacer?

Estoy cansada de llorar y mirar la pared embobada. Me llega un mensaje al móvil. Miro y veo la letra J.

Lo leo y por poco se me cae el móvil de la impresión.

> Una última escala.
> Aeropuerto JFK. Sábado, 20 h.
> JFK Clubhouse Bar.
> Necesito verte.
> Besos,
> J

Me incorporo. ¿Cómo?

Necesita verme... ¿Que necesita verme?

La esperanza surge de nuevo en mi interior. Ay, madre. Llamo a Molly al instante.

—Hola —dice.

—Jameson me acaba de enviar un mensaje. ¡Quiere que nos veamos mañana por la noche! —suelto de carrerilla.

—¡¿Cómo?! —exclama en tono brusco—. Lo habrás mandado a la mierda, ¿no?

—No.

—¿Por qué no?

—Porque... —Intento dar con la explicación perfecta—. A lo mejor, ver a Claudia le ha levantado el ánimo, y yo también quiero verlo, Molly. Llevo mucho tiempo deseándolo.

—¿Tú te oyes? ¿Por qué querrías verlo? Ha sido un imbécil de campeonato.

—Lo sé, pero ha estado sometido a mucho estrés, Molly. Necesito hablar con él.

—Creo que es mala idea, que conste —suspira.

Sonrío. Se equivoca, es una idea fantástica. Le contesto.

> Allí estaré.
> Un beso.

Miro por la luna del coche con una sonrisa tonta en la cara y veo a Hayden hablando con la misma chica del otro día, la que trabajaba en Miles Media.

Lara Aspin… Esta también trama algo. Quiero saber más de ella. Por el momento, no tengo nada, ni siquiera una mísera dirección. Acaba de hablar con Hayden y se marcha calle abajo. Los miro a los dos alternativamente. Mierda, ¿qué hago?

Hayden se mete en su edificio.

Sé dónde vive Hayden. Si dejo que Lara se me escape, puede que no vuelva a dar con ella nunca.

Tengo que averiguar dónde vive.

Veo cómo se aleja. Mierda. Salgo del coche, cruzo la calle y me pongo detrás de ella.

Baja las escaleras del metro. Dudo. Es de noche y vete tú a saber a dónde va… Joder.

Baja las escaleras y me mentalizo. Mierda. Tengo que seguirla. Esperamos un rato en el andén, coge el metro y la sigo. Me quedo junto a las puertas y miro por la ventanilla sin perderla de vista.

La adrenalina me corre por las venas. Lo admito: me lo estoy pasando bien.

Tras cinco paradas, se levanta y se pone junto a la puerta. Estamos en Central Station. Suspiro de alivio, al menos ahí no correré peligro.

Bajamos del metro y me quedo detrás para que no sospeche. Caminamos, caminamos y caminamos… ¿A dónde irá?

Desaparece entre la multitud. Salto para ver si la veo. Avanzo más, pero no doy con ella. Se ha volatilizado.

Mierda.

Me doy la vuelta y miro la calle por la que hemos venido. ¿A dónde ha ido?

Retrocedo un poco y la veo en una tienda.

Menos mal.

Me agacho y, al hacerlo, me doy cuenta de que es una casa de empeños. Finjo mirar algo en la parte de atrás mientras ella habla con el hombre del mostrador.

—Bueno, no vale mucho —dice el hombre.

—Quiero quinientos dólares por él. Funciona perfectamente —replica ella.

—Tú alucinas. Ni hablar.

Miro por entre el hueco de una estantería y veo un ordenador MacBook. Mierda, va a vender su portátil.

¿Por qué querrá venderlo?

Pienso en ello mientras regatean el precio. El dependiente de la tienda acaba ganando y le da doscientos dólares. Lara sale por la puerta. Espero un momento y me acerco al mostrador.

—Hola —saludo con una sonrisa como quien no quiere la cosa.

—Hola —murmura el hombre gordo de la casa de empeños mientras cuenta lo que tiene en la caja.

Esta podría ser la mayor locura de toda mi vida, y ya he cometido unas cuantas.

—Me gustaría comprar ese portátil, por favor.

—¿Cuál? —pregunta frunciendo el ceño mientras levanta la vista.

Señalo el que acaba de venderle Lara.

—No, aún no lo he formateado. Elige uno de la vitrina de la izquierda.

—No, tiene que ser ese.

—Aún no está en venta. Vuelve en dos días.

Si vuelvo en dos días, ya lo habrán vaciado.

—Dime cuánto pides —replico, envalentonada.

Se queda quieto y me mira a los ojos.

—Mil dólares —me suelta, arqueando una ceja como si me retase en silencio.

—Acabas de pagar doscientos por él, ¿estás loco? —tartamudeo.

Se encoge de hombros y vuelve a lo que estaba haciendo.

Miro el portátil y, no sé por qué, pero mi instinto me dice que lo compre.

—Vale, está bien. Mil dólares, ahora.

—Como quieras, preciosa —dice con una sonrisa repugnante.

Le paso la tarjeta de crédito de mi madre, la que tengo para emergencias... Lo siento, mami.

Pago los mil dólares, cojo el portátil y salgo por la puerta principal.

Me suena el móvil. El nombre de Tristan ilumina la pantalla. Justo a tiempo.

—Hola —saludo.

—Perdón por no haberte llamado antes. La chica se llama Lara Aspin, y agárrate, trabajaba en contabilidad —suelta de carrerilla.

—¿Qué significa eso? —pregunto frunciendo el ceño.

—Que tenía acceso a los datos bancarios.

—Madre mía, Tristan —susurro mientras miro a mi alrededor sintiéndome culpable—. La he seguido en el metro y la he visto vendiendo su portátil en una casa de empeños, y sé que es una locura, pero lo he comprado por mil dólares.

—¿Cómo? ¿Tienes su portátil? ¿En serio?

—Sí, sí —respondo con una sonrisa de orgullo.

—¿Dónde estás? Voy a buscarte.

Se me va a salir el corazón por la boca. Voy por el aeropuerto arrastrando una maletita de mano como si fuese una viajera cansada... O a lo mejor solo intento convencerme a mí misma de que no es una mala idea.

Porque sé que lo es. En lo más profundo de mi ser, sé que no debería jugar a este juego peligroso con él. Deberíamos sentarnos a hablar como dos adultos.

Pero la desesperación ha sacado a relucir mi debilidad, y espero que esta noche Jameson y yo hablemos, y que se disculpe y retomemos nuestra relación.

No he vuelto a ver a Claudia, así que no sé qué pasa con ella, pero el hecho de que Jameson quisiera verme esta noche me lleva a pensar que no hay nada entre ellos.

Por favor, que así sea... Basta.

Me escondo en el baño para coger fuerzas por última vez. Me retoco el pintalabios —rojo, el favorito de Jameson— y me miro en el espejo. Me he rizado el pelo y lo llevo suelto. He pensado en ponerme un vestido, pero no quería parecer demasiado ansiosa, así que al final he optado por unos pantalones ajustados de color negro y una camisa negra de seda con el botón de arriba desabrochado de manera estratégica. Llevo un sujetador de encaje negro y, según cómo me mueva, se me ve. Me he puesto su perfume favorito. Creo que estoy *sexy* sin querer parecer *sexy*. ¿Es eso posible?

Quién sabe. Supongo que pronto lo descubriré.

«No parezcas necesitada, no te quejes y no te pongas melodramática», me recuerdo. Sé *sexy*, sé sensual; como cuando nos conocimos.

Vale, puedo hacerlo.

Relajo los hombros, respiro hondo y me armo de valor para la noche que me espera. Será decisiva. Tengo que recordarle por qué se enamoró de mí. ¿Cómo puede haberlo olvidado?

Eso es un problema. Cierro los ojos con fastidio. «No le des tantas vueltas».

Enfilo el pasillo hasta el Clubhouse Bar. Está lleno de gente y hay mucho jaleo. Entro y me siento en una mesa para dos que hay en un rincón. Si quiere verme, puede encontrarme. Estoy haciendo escala, completamente ajena a todo lo que me rodea.

Saco el portátil y abro el correo.

—¿Le sirvo algo? —pregunta el camarero tras acercarse a mi mesa.

—Sí, por favor —respondo con una sonrisa mientras le doy mi tarjeta—. Un margarita de primera, por favor.

Sonríe y, tras guiñarme el ojo con descaro, se va. Maldita sea, Jameson Miles me ha vuelto una consentida. Me he vuelto adicta a las cosas de primera, y lo suelto sin pensar.

Me concentro en los correos y finjo que son fascinantes.

No lo son.

Lo que de verdad me apetece es mirar a mi alrededor con ojo de lince. ¿Estará aquí?

El camarero regresa con mi bebida.

—Tenga, un margarita de primera —dice mientras lo deja en la mesa—. El caballero de la barra me ha pedido que le traiga esto —me explica y deja un bol enorme de fresas y otro con chocolate caliente en la mesa.

Miro hacia donde me indica y veo a Jameson sentado en la barra. Lleva unos vaqueros oscuros y la camisa blanca que le compré. Su cabello oscuro está despeinado a la perfección. Nos miramos a los ojos y él alza su copa y le da un sorbo.

Se me hace un nudo en el estómago por la emoción. Hacía tiempo que no me miraba así.

—Gracias —contesto al camarero, completamente distraída por el hombre tan atractivo de la barra.

Doy un sorbo al margarita para que no se me escape una sonrisa tonta y vuelvo a centrarme en el correo para aparentar desinterés.

Fresas con chocolate caliente. Es imposible comérselas sin hacer ruido y parecer un animal.

Sonrío con suficiencia. ¿Será eso lo que quiere?

«Que empiece el juego».

Con los ojos fijos en la pantalla del ordenador, cojo una fresa, la mojo en el chocolate caliente, la chupo y me la meto en la boca con gesto seductor. Saboreo el chocolate y me paso la fresa de un lado a otro.

Doy otro sorbo al margarita y repito la jugada.

Sonrío para mis adentros. ¿Qué diantres estoy haciendo? Me encuentro en el bar de un aeropuerto cuando no voy a viajar a ningún sitio, finjo no conocer a alguien que observa cómo chupo una maldita fresa. Qué cosa más rara.

Si Molly y Aaron me viesen…

El camarero se acerca con otro margarita.

—Cortesía de su amigo de la barra.

—Gracias.

Bajo la vista mientras juego, me niego a mirarlo.

Diez minutos después, doy el último sorbo a mi margarita y los ojos se me van hacia el hombre de la barra que no deja de mirarme. Saltan chispas entre nosotros.

Conozco esa mirada, es la mirada de «te voy a follar… y te va a gustar».

Noto que me estoy excitando y, con los ojos fijos en los suyos, cojo una fresa y la chupo.

Se levanta como si mi lengua lo hubiera convocado. Succiono sin dejar de mirarlo a los ojos mientras se acerca a mi mesa.

—¿Te importa si me siento? —susurra con voz grave y *sexy*.

—En absoluto —contesto. Se me van los ojos al bulto que tiene en los pantalones y arqueo una ceja.

—No me juzgues —replica con una sonrisa mientras se sienta a mi lado—. Acabo de ver el mejor porno con fresas de mi vida.

—¿En serio? —inquiero con una sonrisa.

Noto el calor que emana su cuerpo. Me cuesta horrores no inclinarme hacia él.

—Me llamo Jim —dice y me tiende la mano.

El corazón se me para. «Igual que la primera vez». Le estrecho la mano y la electricidad me recorre el brazo como si me hubiese dado corriente.

—Hola, Jim. Yo soy Emily.

Conque ese es el juego, ¿eh? Fingir que no nos conocemos. Parece una segunda oportunidad. Haré todo lo posible para romper el hielo.

Apoya los codos en la mesa y la barbilla en las manos.

—¿A dónde vas, Emily? —pregunta con un brillo travieso en los ojos.

—A Londres —respondo, y doy un sorbo a mi cóctel—. ¿Y tú?

—A Dubái. Mi vuelo se ha retrasado.

—El mío también.

Bebemos sin dejar de mirarnos a los ojos. Saltan chispas entre nosotros e, independientemente de lo mucho que quiero a este hombre, es innegable que tenemos una química sexual fuera de este mundo.

—Gracias por la copa —susurro sonriendo con ternura.

—De nada —dice con los ojos oscuros y entornados. Desde aquí noto lo excitado que está.

—¿A qué te dedicas? —pregunto.

—Soy guía turístico —contesta sin dudar.

—¿En serio? ¿Qué clase de *tours* haces?

—*Campings.*

Me entra la risa tonta y me atraganto con la bebida.

—Vaya. —Toso—. Entonces ¿eres de los que prefieren estar al aire libre?

—Totalmente. —Da un sorbo a su margarita—. La naturaleza y yo somos uno —explica y cruza los dedos para demostrarme lo unidos que están.

Intento que no se me escape una sonrisa de oreja a oreja, pero no puedo evitarlo.

—Está bien saberlo. Me ponen mucho los cavernícolas.

Los ojos le hacen chiribitas; este juego le gusta.

A mí también.

—¿Y tú a qué te dedicas? —pregunta.

—Soy adivina.

Se ríe a carcajadas. Qué alegría verlo reír de nuevo.

—¿Adivina? —pregunta con los ojos muy abiertos por la sorpresa.

—Sí.

—Entonces..., ¿lees mentes?

—Sí.

—Vale. —Mira a la gente de la barra y señala a una mujer que está bebiendo—. ¿Qué dice esa mujer de ahí?

Echo un vistazo y veo a una señora. Diría que está echando la bronca a su marido por beber cerveza.

—Le está diciendo que se ponga los calcetines de compresión de una vez y que ya ha bebido bastante, que no lo dejarán subir al avión si está borracho.

—Mmm... —murmura con una sonrisita de suficiencia mientras mira a su alrededor—. ¿Y ese?

Veo a un hombre mirando el móvil.

—Está buscando prostitutas en internet para su viaje de negocios.

—¿Y ese?

—Se pregunta si su mujer se está tirando a su jefe.

—Eres buena —comenta con una amplia sonrisa.

—Lo sé —digo ladeando la cabeza.

—¿Y esa?

Veo a una chica que mira el móvil con cara de preocupación.

—Está buscando en internet infecciones micóticas. Le preocupa que su cita del sábado por la noche le haya pegado algo por no usar protección.

Los ojos le brillan mientras mira a la gente de la barra. Entonces, los clava en los míos.

—¿Y yo?

—¿Qué estás pensando?

—Sí.

Nos miramos fijamente. Mierda, me había prometido que no me pondría melodramática esta noche, y esa es la pregunta ideal para acabar haciendo justo eso. Podría ir al grano y decirle que ha sido un idiota, y lo haré..., pero luego.

—¿Ahora? —pregunto.

—Sí —dice con ojos oscuros.

—Que te alegras de verme.

Me brinda una sonrisa lenta y *sexy* y se inclina hacia mí.

—Cierto. —Me toca la mejilla y se me para el corazón—. Pero no era lo único que estaba pensando.

—Ya —musito—. Lo sé.

Sonríe como si estuviera fascinado. Estamos a milímetros de distancia.

—¿Qué tal si me dices en qué más pensaba? —murmura mirándome los labios.

—Te estabas preguntando a qué sabe el chocolate de mis labios —susurro.

¿Cómo voy a hilar dos palabras seguidas si me mira así?

Y entonces, como a cámara lenta, me lame los labios. Mi sexo se contrae en señal de agradecimiento.

Madre mía...

—¿Estás coqueteando conmigo, Jim? —susurro.

Me vuelve a lamer.

—Sí. ¿Qué tal lo hago?

Un escalofrío me recorre la espalda y me trago el nudo que se me ha formado en la garganta.

—Bien.

—¿Solo bien?

Asiento. Apenas puedo articular palabra por su contacto.

—¿Y si hago esto?

Me besa a cámara lenta. Me mete la lengua en la boca y acaricia la mía con ternura.

—Eso podría funcionar —murmuro cerca de sus labios.

—¿Y esto?

Intensifica el beso y, al hacerlo, noto que vuelvo a excitarme.

Cierro los ojos. Me invade la emoción. Esto no es buena señal. Un solo beso y estoy al borde del llanto.

«¿Cómo has podido tratarme tan mal?».

No seas débil. Tengo que dominar mis emociones…, al menos por ahora.

Mañana será otro día, pero esta noche vamos a celebrar que nos queremos.

Me aparto y digo:

—No sé qué clase de mujer crees que soy, Jim, pero te aseguro que ligar con guías de excursiones de campamento en el bar de un aeropuerto no es mi estilo.

Me enderezo, me coloco bien la camisa y doy un sorbo al margarita.

Esconde los labios como si le divirtiera el juego, me coge la mano y se la lleva a los labios. Empieza a besarla, la gira y, con su poderosa lengua, me lame la palma.

Estoy muy excitada. Esto se me está yendo de las manos.

Y muy rápido, además.

Levanto la vista y veo que dos chicas lo miran absortas y con la boca abierta.

¿Qué pinta tendremos? Un hombre guapísimo aquí sentado liándose con mi mano mientras yo finjo indiferencia. «Finjo» es la palabra clave.

—Estás llamando la atención —murmuro sin dejar de mirarlo.

—No puedo evitarlo —musita contra mi piel—. Ha pasado mucho tiempo.

—¿Cuánto? —pregunto.

—Quince días —responde mientras vuelve a besarme la mano—. Quince largos días.

Es el tiempo que llevamos separados. Sabe exactamente cuánto llevamos separados. Él también quiere romper el hielo. Me ha echado de menos, lo sé. De pronto, no me apetece hacerme la dura. Lo deseo… mucho… Ya.

Aparto la mano de sus labios.

—Invítame a otra copa y quizá me plantee acabar con tu sufrimiento luego.

Le brillan los ojos por el morbo y, al instante, levanta la mano para llamar al camarero.

—¿Sí, señor?

—Dos…
—Cuatro —lo interrumpo.
Desanimado, frunce el ceño. Probablemente se deba al tiempo adicional que tardaremos en tomárnoslos.
—Cuatro margaritas, por favor —le dice al camarero.
—Sí, señor.
—Y por favor, dese prisa —añade.
El camarero frunce el ceño al verlo tan desesperado.
—Sí, señor, por supuesto —asiente, y se va corriendo a la barra.
Nos miramos fijamente mientras la electricidad nos rodea. Sobran las palabras. Estamos atraídos por un magnetismo demasiado fuerte como para negarlo.
—Me alegro mucho de verte —susurra.

Una hora más tarde, enfilamos el pasillo del hotel de la mano. Caminamos en silencio, cada uno en su mundo.
El corazón me late muy deprisa. Sé lo que está a punto de pasar y lo espero con ansias.
Abre la puerta y subimos al ático. Miro a mi alrededor y, al instante, recuerdo con quién estoy. Es un hombre rico, aunque a veces lo olvide. Cierra la puerta y me gira para quedar frente a él. Nos miramos a los ojos. Entonces me abraza con fuerza y entierra la cara en mi cuello. Me aprieta más y más…, como si temiese soltarme.
El amor que nos profesamos es palpable. Hay mucha emoción, mucho arrepentimiento, y antes de que me dé cuenta, se me llenan los ojos de lágrimas.
Quiero decirle que le quiero, que me ha hecho daño y que estoy enfadada, pero prefiero dejar que todo fluya, que lo que sentimos hable por nosotros porque las palabras no llegarán a expresar nuestro amor.
Se aparta y me mira a los ojos.
—Te he echado de menos —susurra.
Llevo mis manos a su cara para acariciarlo y le doy un beso largo y lento, su favorito.

Sonríe cerca de mis labios mientras me desabrocha la camisa poco a poco y la tira. Me quita el sujetador y me coge los pechos. Me roza los pezones con los pulgares. Me desabrocha los pantalones sin dejar de besarme, me los baja y me los quita.

Se pone de rodillas y contengo la respiración mientras me baja las braguitas y me las quita.

Se acerca a mi sexo y respira hondo. Cierra los ojos de placer mientras me besa justo ahí.

Madre mía, cómo lo he echado de menos.

Recuerdo la primera noche que pasamos juntos, cuando hicimos escala, y no se parecía en nada a esta. Por aquel entonces, me tocaba con lujuria; ahora, lo hace con adoración y amor.

Me pasa la pierna por encima de su hombro y me lame en mis rincones más íntimos, los que solo él conoce. Las manos se me van solas a la parte posterior de su cabeza.

Esto es alucinante. No lo he tocado aún y ya está ante mí, de rodillas, completamente vestido y disfrutando uno de los mejores momentos de su vida.

Jameson encuentra el ritmo y mi cuerpo se me mueve por inercia para indicarle a su lengua dónde tocar.

Empiezo a notar espasmos y cierro los ojos para no verlo. Solo lleva ahí abajo unos minutos y ya estoy a punto de alcanzar el orgasmo. «Aguanta».

Me flaquean las rodillas y me estremezco contra él. Noto que sonríe. Me da un lengüetazo y me tumba en la cama. Me dispone a su antojo y me separa las piernas para contemplarme.

—Eres una diosa —susurra para sí mismo.

Se quita la camiseta a toda prisa y se baja los vaqueros. La tiene dura.

Es tan guapo… El hombre perfecto.

Sonrío y veo que saca un condón del bolsillo.

—¿Qué haces? —pregunto, inquieta.

—Quiero hacértelo más de una vez, pero no quiero perder sensibilidad.

Frunzo el ceño mientras veo cómo se lo pone. Qué raro. Antes siempre hacía que se lo pusiera yo, como si él fuese incapaz.

Se tumba a mi lado y me acaricia el pelo sin dejar de mirarme. Esta noche me tiene totalmente descolocada. Está muy… intenso.

—Parece muy sentimental esta noche, señor Miles —susurro.

—Es posible.

Le toco la cara. Lo veo perdido.

—¿Estás bien?

—Esta noche sí.

Me besa y, al hacerlo, noto la emoción que hay en él. Es como si me transmitiera todo su amor a través de los labios. Dejo de pensar con claridad.

Se tumba encima de mí y nuestros cuerpos toman el control mientras se retuercen.

Nos besamos con frenesí. Me levanta una pierna y me la mete hasta el fondo. Noto cómo me estira. Prohibido olvidar lo grande que la tiene. No hay excusas.

Ambos gemimos de placer, y él la saca y me la vuelve a introducir poco a poco. Estoy mojada, muy mojada, y el sonido de mi humedad flota en el aire.

—Joder, Emily —susurra mientras pierde el control y me embiste con tanto ímpetu que me deja sin aire.

No podemos parar. La cama choca con la pared con fuerza. Extasiados, nos miramos a los ojos en silencio. Esto es otro nivel.

Nuestros cuerpos están hechos el uno para el otro. Nosotros estamos hechos el uno para el otro.

Tuerce el gesto como si estuviese sufriendo.

—No aguanto más —dice entre jadeos.

Sonrío. Me encanta que no pueda contenerse.

—Córrete —musito cerca de sus labios—. Tenemos toda la noche. Dámelo todo.

Me doy la vuelta y, al hacerlo, noto un dolor sordo en lo más profundo de mi ser. Me estremezco.

Madre mía, estoy reventada.

Jameson Miles me ha follado toda la noche. Con brusquedad y de todas las maneras posibles. Esto me pasará factura. Me vuelvo hacia él. Está apoyado en un codo, mirándome.

—Hola —murmuro con una sonrisa tierna, avergonzada de lo que habrá visto.

—Hola —musita, y acto seguido me besa y me estrecha entre sus brazos.

—Me duele todo —susurro.

—Ya somos dos —dice con una sonrisa de suficiencia.

Cierro los ojos y descanso la cabeza sobre su pecho. Nos quedamos así, felices y en paz, media hora más, dormitando.

Me levanto para ir al baño y veo el cubo de basura lleno de condones. Mmm, ha tirado de ellos toda la noche. Casi no me había dado cuenta.

Regreso a la cama y me acurruco en su pecho.

—¿Por qué te pusiste condones anoche?

Algo me dice que lo ha hecho a propósito. Se queda callado.

—¿Jim? —inquiero de nuevo mientras me incorporo.

—No —dice mientras intenta que vuelva a tumbarme en su pecho—. Tengamos la mañana en paz.

Me quedo mirándolo.

—¿Por qué te has puesto condones si no los soportas?

Exhala con pesadez, como si estuviese molesto, y sale de la cama.

—No quiero accidentes.

—¿Cómo?

Vuelve a exhalar como si estuviese frustrado.

—¿Crees que me quedaría embarazada para retenerte a mi lado? —pregunto mientras me incorporo.

Pone los ojos en blanco.

—¡Joder! —espeto mientras salgo de la cama de un salto—. ¿Lo dices en serio?

—No estamos juntos, Emily. Solo un idiota no tomaría precauciones.

Me cambia la cara.

—¿Y lo de anoche qué fue?

—Un adiós —contesta mirándome a los ojos.

—¿Cómo? —digo mientras noto cómo se me humedecen los ojos de la impresión.

—No te enfades —balbucea.

—¡¿Que no me enfade?! —grito, desatada—. ¿Me has traído aquí sin la menor intención de volver conmigo?

Me mira fijamente.

—¿En serio? —aúllo.

—No soy el hombre adecuado para ti, Emily —contesta con calma. Es evidente que lo ha ensayado.

Frunzo el ceño mientras noto cómo las paredes se ciernen sobre mí.

—¿Cómo? —susurro.

—Estás enamorada de Jim.

Enfadada, me seco las lágrimas.

—Soy Jameson. Jim no existe. Es un producto de tu imaginación, el hombre que quieres que sea.

—¿Qué acabas de decir? —grito.

—Estás mejor sin mí.

—Si esto es por lo de Jake… —tartamudeo.

—No es por lo de Jake, aunque me cabreó que te cagas que me mintieses.

—Te juro que no pasó nada —grito.

—Lo sé.

—Entonces ¿por qué? —susurro—. No lo entiendo. Estamos hechos el uno para el otro.

—No puedo. —Cierra los ojos y calla un momento como si necesitase armarse de valor para lo que dirá a continuación—. No quiero casarme ni tener hijos. No quiero lo mismo que tú. No estoy hecho para hacer cosas normales. Estoy casado con mi trabajo, y eso no va a cambiar. Lo he pensado largo y tendido.

Horrorizada, me aparto de él. Mi corazón se oye por encima del silencio que nos rodea.

—Siempre te querré —susurra.

Lo miro con lágrimas en los ojos. ¿Qué está pasando aquí?

Me roza al pasar para ir al baño y cierra la puerta. Me quedo mirando un punto fijo en la moqueta, totalmente estupefacta. Con la noche tan bonita que hemos pasados juntos… ¿Y así me lo paga?

Reaparece completamente vestido. Me mira a los ojos y dice:

—¿Te llevo a algún sitio?

—Como salgas por esa puerta, hemos terminado. Para siempre —susurro.

—Lo sé —admite mirándome a los ojos. Se acerca y me da un beso mientras me coge de las mejillas. Nos ponemos mala cara el uno al otro—. Es lo mejor, seguro que encuentras a otro que te hará más feliz.

Retrocedo, furiosa.

—No me vengas con esas ahora.

—¿Quieres que te lleve o no?

—Vete al infierno —escupo.

—Ya estoy allí —replica con cara de angustia.

Se da la vuelta y sale por la puerta, que se cierra en silencio detrás de él.

Sollozo desesperada y me llevo la mano al corazón.

Capítulo 23

Estoy sentada en el suelo con las piernas cruzadas y la espalda apoyada en el sofá. Hago girar el móvil y lo contemplo dar vueltas hasta que se para poco a poco y lo vuelvo a girar.

El día de hoy ha sido muy raro: he entendido muchas cosas y he cerrado un capítulo de mi vida.

No estoy llorando. Ya no me quedan lágrimas para Jameson Miles.

Si soy sincera, estoy enfadada; sobre todo conmigo misma, por quedar con él anoche y convertirme en su marioneta una vez más.

Estoy volviendo a ver *Magic Mike XXL* en Netflix. Qué ironía que nuestra historia de amor empezase viendo esta película y que, ahora que ha terminado, la vuelva a ver.

He estado pensando mucho. Tengo que tomar decisiones, decisiones importantes.

Sobre qué voy a hacer con mi vida y sobre mi carrera profesional y mi futuro en Miles Media.

Ya sé lo que tengo que hacer. Miro la tele y veo a los protagonistas alrededor de una hoguera en la playa hablando de una mujer de la que uno de ellos estuvo enamorado.

«Cuando alguien te muestre quién es…, créele».

Comprendo el significado de esa frase y noto una opresión en el pecho.

Durante semanas me he negado a creer que Jameson Miles fuera un desalmado.

Pero lo es. Da igual la imagen que proyectase el hombre al que creía conocer. Se acabó la farsa.

«Jim no existe», me dijo.

Me suena el móvil y el nombre de Tristan aparece en la pantalla.

—Hola —respondo sorprendida por su llamada.
—Madre mía, Em. Creen que las han encontrado.
—¿El qué? —pregunto mientras me incorporo.
—En el ordenador de Lara Aspin. Hay pruebas de que se usó para iniciar sesión en nuestras cuentas bancarias.
—¿Cómo? —susurro con los ojos muy abiertos.
—Aún no tenemos los detalles, pero los analistas de sistemas informáticos nos han dicho que el historial tiene tela.
—Qué guay —exclamo con una sonrisa.
—¿Quedamos en la oficina mañana por la mañana? Sube a la última planta en cuanto llegues.
—Claro. —Hago una pausa—. Tristan, gracias por avisarme.
—Hasta mañana —se despide. Suena contento.
Cuelgo y me quedo mirando al infinito, sonriendo con pesar. Me levanto, abro el portátil en la mesa de la cocina y empiezo a escribir.
«Te creo, Jameson… Al fin te creo».

—Madre mía, Em, ¿te has enterado? —dice Aaron sonriendo alegremente mientras se gira hacia mí.
Acabo de llegar a la oficina.
—¿De qué? —pregunto tras dejar el bolso en la mesa.
—Ya han detenido a alguien por lo de la malversación de fondos. Aparece en todos los titulares.
—¿En serio? —digo fingiendo una sonrisa—. Qué guay. —Miro a mi alrededor—. ¿Ha llegado ya Molly?
—No, pero estará al caer —me asegura mientras enciende el ordenador.
—Vale, ahora vuelvo.
Saco el sobre que preparé anoche del bolso y paso mi tarjeta para subir al piso de arriba. Mira tú por dónde, ahora sí que va.
Las puertas del ascensor se abren y Sammia me recibe con una sonrisa de oreja a oreja como si se alegrase de verme.
—Buenos días, Emily.
—Hola —la saludo, y añado mirando a mi alrededor—. ¿Está Tristan?

—Sí, está en el despacho de Jameson. Pasa.

Se me cae el alma a los pies.

—Vale, gracias.

Intento concentrarme en el sonido que hago al pisar las baldosas. Ya no hago ruido con los zapatos, pero recuerdo una época en la que sí lo hacía. Me fijo en las vistas y las grabo en mi memoria. Me encanta este edificio. Recuerdo la emoción de mis primeras visitas a esta planta. Llamo a la puerta.

—Adelante —me invita Jameson.

«Allá vamos».

Me trago los nervios y abro la puerta. A Tristan se le ilumina la cara al verme.

—Mira quién está aquí: la heroína del día.

—Hola —digo mirando a Jameson a los ojos.

—Hola —me saluda y agacha la cabeza como si le diese apuro.

—Todas las pruebas están en el ordenador —exclama Tristan con una sonrisa radiante—. Lo has conseguido, Em, has resuelto el caso. No sé por qué la seguiste, pero cómo me alegro de que lo hicieras.

—Un placer haber sido de ayuda.

—Gracias —musita Jameson frunciendo el ceño, como si le doliese—. Agradezco mucho que te hayas implicado tanto para resolver el caso.

Tristan nos mira alternativamente. Debe de sentir la tensión que hay entre nosotros, porque dice:

—Os dejo solos. Hay que celebrarlo... Esta noche —exclama entusiasmado mientras sale del despacho como una exhalación.

Debe de ser un gran alivio para él que se haya resuelto el caso contra Jameson.

Cierro los ojos. Acabemos con esto de una vez. Le entrego el sobre a Jameson y se queda mirándolo en la mano.

—¿Qué es esto? —pregunta.

—Mi carta de dimisión.

Frunce el ceño mientras me mira a los ojos.

—Em, no —dice negando con la cabeza—. No puedo aceptarla.

Me invade la emoción. Pestañeo para no llorar.

—No puedo trabajar aquí, Jameson.

—Te encanta Miles Media, trabajar aquí era tu sueño —susurra.

—No, te equivocas. Te amaba a ti... Tú eras mi sueño. Me voy a trabajar con Athena, donde hice prácticas. Empiezo el lunes.

—Em... —dice mirándome a los ojos.

Se me cae una lágrima y me la limpio con una sonrisa nerviosa.

—Anoche vi *Magic Mike XXL.*

Me escucha con atención.

—Y dijeron una frase que me llegó y que hizo que al fin lo entendiese todo.

—¿Cuál?

—Cuando alguien te muestre quién es..., créele.

Frunce el ceño, no entiende nada.

—Al fin te creo, Jameson.

—¿Creer qué?

—Que eres un cobarde.

Aprieta la mandíbula.

—Que te da demasiado miedo amarme.

Entre nosotros saltan chispas.

—Y merezco a alguien que sepa que vale la pena arriesgarse por mí.

No deja de mirarme.

—No eres lo bastante valiente para amarme.

—No es justo —susurra.

—No —replico y niego con la cabeza ligeramente—. Lo que no es justo es enamorarse de ti. Nunca tuve ni la más mínima posibilidad... y siempre lo has sabido. Guardas tu corazón en un congelador sellado herméticamente a kilómetros de altura. Se mira pero no se toca.

Le cambia la cara. Doy media vuelta y salgo de su despacho. Cierro la puerta con cuidado. Me quedo mirándola mientras reúno el valor para abandonar su despacho por última vez. Irónicamente, esta ha sido la mejor y la peor época de mi vida.

Adiós, señor Miles.

Siempre le echaré de menos.

Jameson

Veo a Emily salir del despacho con el corazón en un puño. La puerta se cierra suavemente y las paredes amenazan con devorarme.

Como si me hubiese activado el piloto automático, me sirvo un *whisky* y me detengo frente a la ventana. Contemplo Nueva York mientras lucho contra una tristeza abrumadora.

Se ha ido.

Toc, toc. Aparece Tristan y sonríe de oreja a oreja al ver mi copa.

—¿Celebrándolo ya?

—Eso parece.

—¿Y Emily? —pregunta, mirando a su alrededor.

—Se ha ido. —Doy un trago al *whisky* y noto cómo me quema la garganta. Me quedo mirando el líquido ámbar—. Ha dimitido. Con efecto inmediato.

—¿Cómo? —pregunta con el gesto descompuesto—. Es broma.

—Es lo mejor.

—¡Qué cojones! ¿Cómo va a ser lo mejor?

—No funcionaríamos y lo sabes. —Hago una pausa—. Siempre habrá un Ferrara dispuesto a pisotearla para derrotarme. No quiero que vuelvan a ensuciar su nombre.

—¿Es eso lo que te dices a ti mismo? —suelta y resopla.

Miro por la ventana.

—Joder, tío, no te entiendo. Estás enamorado hasta las trancas de ella. ¿Por qué la dejas escapar?

Me detengo a pensar la respuesta.

—Merece algo mejor que la vida que puedo ofrecerle.

—¡Vamos, no me jodas! —escupe—. Es imposible que tenga una vida mejor que la que puedes ofrecerle tú. No le faltaría de nada.

—No es dinero lo que quiere —mascullo en tono seco.

—¿Y qué quiere?

—Cosas... —Frunzo el ceño mientras trato de dar con la manera de expresarme—. Cosas... que no puedo darle.

—¿Como qué?

—Tiempo.

Me mira sin entender nada.

—Pues bien que fuiste en serio con Claudia.

Enarco las cejas mientras doy un sorbo al *whisky*.

—¿Qué significa eso? —insiste.

—Me daba igual si Claudia me esperaba en casa. Me daba igual el tiempo que pasaba lejos de ella. Viajaba, trabajaba, me centraba... Era la cuarta o la quinta en mi lista de prioridades y me parecía bien, y ella no esperaba otra cosa. —Exhalo con pesadez. Siento el peso del mundo sobre los hombros—. Era fácil estar con ella.

—¿Porque no la querías de verdad?

Incapaz de poner una etiqueta a mis sentimientos, me encojo de hombros.

Tristan se acerca por detrás y me dice:

—Eres más que un director ejecutivo, Jameson. Tú también mereces ser feliz. ¿Por qué crees que tiene que ser o tú o ella?

Me quedo callado, dolido.

—No dejes escapar al amor de tu vida por miedo a perderla.

—Es inevitable, Tristan. Con el tiempo, se sentiría forzada y acabaría yéndose.

—¿Y qué vas a ser, entonces? —replica en tono brusco—. ¿Un director solitario consumido por el alcohol y el estrés?

Lo miro a los ojos.

—Ah, no, espera —espeta señalando mi copa—. Que eso ya lo eres. —Niega con la cabeza, indignado—. Cuando encuentre a la mujer de mi vida removeré cielo y tierra para estar con ella.

—Vete —musito, y suspiro—. No tienes ni idea de lo que hablas.

—En realidad, me alegro de ver cómo te jodes la vida —grita mientras se dirige a la puerta—. Ahora sé lo que no tengo que hacer.

Doy otro trago al *whisky* cuando cierra de un portazo.

Suena el timbre de mi mesa y pulso el botón.

—Dime, Sammia.

—Han llegado los detectives, señor.

Me acabo la copa. Una distracción, bien.

—Gracias, que pasen.

Emily

—Un brindis —propone Molly con una sonrisa mientras alza su copa.

Aaron y yo chocamos las nuestras con la suya.

—Por los nuevos comienzos.

—Por los nuevos comienzos —repetimos todos.

—Lo vas a hacer genial —asegura Aaron con una sonrisa—. Dentro de nada estarás a cargo de la sección de noticias, ya verás.

Hemos ido a cenar a un bar para celebrar que empiezo mañana. Hace una semana que dejé Miles Media.

Parece que fue hace siglos.

Pensé en visitar a mis padres, pero no estaba preparada mentalmente para ello, así que, en su lugar, me he quedado en Nueva York y me he mimado un poco. Me hacía falta pasar tiempo conmigo misma para lamerme las heridas y dejar que cicatrizasen. He ido a que me den masajes, he hecho reiki para rebajar la angustia, he comido sano y he salido a correr dos veces al día para acabar agotada y que por la noche no me quedase más remedio que dormirme enseguida.

Estoy bien… Vacía, pero bien.

He dejado de leer el periódico para no ver su nombre. Salgo a correr en la otra dirección para no pasar cerca del edificio de Miles Media ni de los restaurantes ni de nada que me recuerde a él o al tiempo que estuvimos juntos.

Él…

Ni siquiera tengo fuerzas para pronunciar su nombre.

Está guardado en una caja fuerte y nadie se atreve a mencionarlo en mi presencia. Es como si nunca hubiese existido…

—¿Qué te vas a poner mañana? —pregunta Molly mientras corta su filete.

—He pensado en el traje azul marino —digo mientras mastico—. Quiero parecer lista y profesional.

—¿Y la falda gris no? —inquiere Aaron con una sonrisa de suficiencia.

—La he tirado —contesto mientras me limpio la boca con la servilleta.

—¡¿Cómo?! —grita Molly—. ¡Me encantaba esa falda! Me la podrías haber dado.

—Era una falda problemática —replico—. Hazme caso, no quieres esa negatividad en tu vida.

—Eso, eso —asiente Aaron mientras alza su copa y volvemos a brindar.

—Michael me ha propuesto que tengamos una cita el sábado por la noche —suelta Molly como si nada.

Se me caen el cuchillo y el tenedor en el plato y la miro sorprendida.

—¿Cómo?

—No sé qué hacer, la verdad —dice y se encoge de hombros.

—¿Te ha propuesto una cena informal? ¿Seguro que es una cita? —pregunta Aaron frunciendo el ceño.

—A ver, sus palabras exactas han sido: «¿Te gustaría tener una cita el sábado por la noche?».

—¿Vas a ir?

—No lo sé —suspira—. Ha llovido mucho desde la última vez que tuvimos una cita. Hace poco que hemos vuelto a ser amigos y a confiar en el otro. No quiero estropearlo.

—¿Tirándotelo? —pregunta Aaron con una sonrisa de suficiencia mientras da un mordisco.

—Bueno, como me lo tire y no se haya tomado dos viagras, me voy a ofender muchísimo, que ya me sé los truquitos que guarda en la caja de herramientas.

Rompemos en una carcajada.

—Uf, qué bueno fue eso —añado tras recordar que se desmayó porque toda la sangre se le fue a su miembro.

—Habla por ti.

Comemos en silencio.

—Suerte mañana —me desea Aaron.

—Gracias —respondo con una sonrisa—. Sois lo mejor de Nueva York.

—Ya ves —murmura Molly—. Y estos margaritas también —dice alzando la copa para reforzar sus palabras—. Entonces ¿qué? ¿Salgo con Mike?

—Claro —exclamamos Aaron y yo—. Sal con él.

—¡Emily! —exclama Athena con una sonrisa mientras me abraza—. Cuánto me alegro de verte. Bienvenida.

—Hola —respondo nerviosa.

—Te va a encantar esto —me asegura mientras me acompaña por la oficina—. Este es tu despacho.

—¿Tengo mi propio despacho? —pregunto, sorprendida.

—Pues claro.

Le echo un vistazo. No se parece en nada a los de los ejecutivos de la última planta, pero me pega mucho. Hay una ventana, un escritorio y un sillón en una esquina. Es acogedor. Miro a Athena y le digo:

—Gracias por contratarme. Te lo agradezco mucho.

Athena sonríe y me frota el brazo. Cuando la llamé para pedirle trabajo, no me preguntó por Miles Media ni por mi relación con Jameson ni una sola vez. Pero sé que sabe que lo más probable es que esté destrozada y no tenga donde caerme muerta, y que volver a casa con el rabo entre las piernas no es una opción.

Es cierto.

Se lo voy a compensar: seré la mejor periodista que haya tenido jamás.

—Te dejo para que te pongas cómoda —susurra con una sonrisa—. A las diez hay reunión de personal para que conozcas a los demás. Serviremos dónuts para darte la bienvenida.

—Perfecto, gracias —respondo con una sonrisa.

Se aleja por el pasillo y yo me siento en mi nueva mesa y me fijo en lo sola que estoy.

Echo de menos a Aaron y Molly y el ajetreo de Miles Media.

Jameson

—Por tanto, se espera un crecimiento del diez por ciento en los próximos dieciocho meses —explica Harrison, del departamento de finanzas, a la junta mientras da golpecitos al gráfico que aparece en pantalla.

Los directivos charlan animados y con entusiasmo. La estrategia para volver después del drama que hemos vivido estos últimos cuatro meses sigue en pie.

Yo, en cambio, estoy a kilómetros de distancia.

No me concentro, no pienso con claridad... Me da la sensación de que me falta el aire.

A lo mejor no estoy bien.

Emily ha empezado hoy su nuevo trabajo. Me apetecía llamarla para desearle suerte.

No he pegado ojo en toda la noche mientras le daba vueltas y hasta he cogido el móvil un par de veces. Dejo caer la cabeza.

¿De qué habría servido?

Me pregunto si habrá salido a correr esta mañana. ¿Se habrá puesto las zapatillas motorizadas? Sonrío para mis adentros cuando recuerdo que Elliot pensó que era Zuckerberg quien se las había comprado.

Tonto...

Me giro para estirar la espalda. Necesito un masaje.

A Emily no le gusta que me den masajes. Me vienen a la cabeza los masajes que me daban antes y parece que fue hace siglos.

A. E. Antes de Emily. «Para».

—Jameson se ocupará de eso por la mañana.

Levanto la vista, perdido. ¿De qué hablan?

Todos los directivos me miran expectantes. Busco con los ojos a Tristan para que me oriente.

—Cuando vayas a Seattle esta noche —me dice, arqueando las cejas para que me acuerde.

—Sí —asiento con la cabeza—. Cierto.

Tristan, consciente de mi estado anímico, me ayuda a salir del paso en la oficina.

La reunión continúa. Bebo un poco de agua para ver si así puedo concentrarme. No es suficiente, Jameson.

Céntrate.

Subo al avión.

—Buenas noches, señor Miles. Su asiento, señor. 1A.

—Gracias —musito mientras me desplomo en mi asiento de primera clase en primera fila.

La gente embarca poco a poco y aprovecho para mirar por la ventanilla. No me disgustaba volar. Ahora lo odio.

Odio que me recuerde a ella..., a cómo nos conocimos. A la noche que pasamos juntos.

A cómo se han acabado torciendo las cosas.

Apoyo el codo en el reposabrazos y me pellizco el puente de la nariz. Me apetece llegar al hotel y meterme en la cama. Estoy cansado y no estoy de humor para tonterías.

—¿Le traigo algo, señor Miles?

—Un *whisky*, por favor.

Un hombre mayor se sienta a mi lado.

—Hola —me saluda con la cabeza.

—Hola —digo con amabilidad.

Por la ventanilla veo a los empleados de la compañía llevando maletas de acá para allá y haciendo pasar a los pasajeros por los controles de seguridad.

Van con carritos, haciendo señas con las luces y agitando banderas.

Me importaría una mierda que nos estrelláramos.

Arder en el infierno sería mejor que esto.

Cuatro días después

Alan me espera en el aeropuerto junto a la limusina.

—Hola, señor. ¿Ha ido bien el viaje?

—Sí, gracias —contesto con una sonrisa mientras subo al coche.

—¿El camino de siempre, señor? —pregunta antes de cerrar.

—Sí, por favor.

—Muy bien —responde con amabilidad.

Cierra la puerta y se incorpora enseguida al tráfico.

Media hora después, cuando pasamos cerca del bloque de Emily, reduce la velocidad y yo miro por la ventanilla.

«¿Estará en casa?».

Hacemos esto todas las noches de camino a casa; es mi estúpida manera de desearle buenas noches. Si no lo hago, sé que luego acabaré corriendo hasta aquí.

¿A quién quiero engañar? Igualmente, vuelvo aquí casi todas las noches. Contengo el aliento mientras pasamos. Ojalá la viese aunque fuese un segundo... Pero no la he visto ni una vez.

El corazón me da un vuelco. No está.

Miro por la ventanilla trasera a medida que nos alejamos calle abajo.

Emily, ¿dónde estás?

Emily

Me siento en el autobús para volver a casa y saco el Kindle. Son casi las seis y ya ha oscurecido. Estoy más contenta..., más fuerte. Llevo tres semanas en mi nuevo trabajo. Me encanta. He hecho lo correcto. Mis compañeros son fantásticos y, por suerte, ya no soy el tema de conversación de la oficina. Además, tengo un puesto más importante que en Miles Media. Sigo quedando con Molly y Aaron para ir a cenar y a tomar algo, y he decidido que iré a casa de mis padres este fin de semana.

Últimamente, salgo mucho a correr. Y, por extraño que parezca, no necesito fingir que me persigue un hombre con un hacha. Estoy tan enfadada que no puedo evitar ir a toda velocidad.

El *footing* alegre ya no está en mi repertorio. El autobús va más despacio. Cierro el Kindle y me pongo de pie mientras espero a que se detenga. Bajo los escalones y me dirijo a mi casa, a dos manzanas de aquí. Hace frío. Me sale vaho al respirar y me arrebujo en el abrigo para entrar en calor mientras camino a grandes zancadas.

Podría pedir comida india para cenar. «No, cíñete a tu presupuesto; hay sobras de anoche en la nevera». Busco las llaves en el bolso cuando me acerco a mi edificio.

—Hola, Em —dice alguien a mi espalda.

Me giro del susto. Jameson está ante mí. De repente noto una opresión en el pecho.

—¿Qué haces aquí?

—Tenía que verte —explica mirándome a los ojos.

Verlo supone una punzada de emoción que no esperaba y que creía dominada. Lo miro con lágrimas en los ojos.

—¿Qué tal? —pregunta acercándose con cuidado.

De pronto estoy furiosa. Agacho la cabeza y busco a tientas en mi bolso. Tengo que alejarme de él. «¿Dónde están las llaves?».

—Bien —espeto.

Encuentro las llaves y me giro hacia la puerta.

—Te echo de menos.

Me detengo y cierro los ojos.

—No podré… —Hace una pausa—. No podré pasar página hasta que sepa que estamos bien.

Frunzo el ceño y me doy la vuelta.

Percibo en su cara que está sufriendo. Parece nervioso.

Nos miramos a los ojos. Los míos están llenos de lágrimas, los suyos, de remordimiento. Se vuelve hacia su coche. Está tan oscuro que no me había fijado en que estaba ahí aparcado.

—Te he traído una cosa.

Va al coche casi corriendo y saca un ramo enorme de rosas amarillas. Vuelve caminando y me las da.

—¿Rosas amarillas? —pregunto mirándolo sin entender nada.

—Simbolizan la amistad —contesta con una sonrisa tierna.

—¿Quieres ser mi amigo?

Asiente con la cabeza.

—¿Hacemos borrón y cuenta nueva? —pregunta, esperanzado.

Algo en lo más profundo de mí se rompe.

—Qué morro tienes —escupo.

Le cambia el semblante.

—¡Me rompes el corazón y vienes aquí tan campante a darme unas rosas de pacotilla! —grito.

Sorprendido por mis palabras cargadas de veneno, da un paso atrás.

—¡No sería amiga de un egoísta como tú aunque fueses la última persona sobre la faz de la Tierra! —grito mientras lloro de la rabia.

Enloquezco por un momento y destrozo las flores: les arranco las cabezas y las chafo. Las tiro al suelo y salto encima y las pisoteo. Quiero hacerles el mismo daño que este idiota me ha hecho a mí.

Jameson observa la escena con cara de angustia.

Noto la adrenalina en mi cuerpo. No contenta con el estado de las rosas, las recojo, me acerco a la carretera y las tiro lo más fuerte que puedo al asfalto. Un autobús les pasa por encima.

—Eso es lo que puedes hacer con tu amistad —espeto mientras paso por su lado hecha una furia.

Abro la puerta y entro en mi edificio sin mirar atrás. Pulso el botón del ascensor con fuerza. Lo veo de soslayo por el cristal de la puerta. Me está mirando. Estoy llorando a mares. Me da rabia que haya visto lo mucho que puedo enloquecer por él.

Las puertas del ascensor se abren. Entro decidida y aprieto el botón.

Las puertas se cierran y no reprimo el llanto y los sollozos.

Ya te vale, Jameson Miles.

Capítulo 24

Hay momentos en tu vida que sabes que recordarás para siempre.

Situaciones desgarradoras que te hacen ser quien eres.

La de anoche fue una de ellas.

¿Qué clase de psicópata destroza rosas con sus propias manos mientras grita como una posesa? Me muero de vergüenza.

A esto… A esto me he rebajado.

Por extraño que parezca, anoche fue la primera vez que dormí bien en semanas. Como si, de algún modo, dejar salir un poco de vapor de la olla a presión hubiese apaciguado mi alma.

No me siento culpable por ser tan cruel. En otra situación lo haría, pero Jameson Miles es un enigma, uno del que ya no me compadezco.

«No sería amiga de un egoísta como tú aunque fueses la última persona sobre la faz de la Tierra», le dije. Bueno, le grité. Estuvo mal, fatal, pero se lo merecía. Las puertas del ascensor de mi edificio se abren, cruzo el vestíbulo y salgo a la calle.

—¿Qué ha pasado aquí? —oigo murmurar por lo bajo a la mujer que tengo delante y que se ha detenido a contemplar la carnicería.

Hay pétalos amarillos por todas partes y capullos aplastados y hechos trizas en la carretera. Y más allá veo lo que queda del ramo con su lazo de satén de color crema.

Madre mía…

Agacho la cabeza y paso junto al destrozo dando fuertes pisotones. Busco las cámaras. Me pregunto si alguien las habrá visto.

Espero que no, qué vergüenza.

Tomo el autobús y abro el Kindle. No estoy leyendo una comedia romántica, mi género preferido. Paso de cursiladas. Para variar, estoy leyendo *Cementerio de animales*. A lo mejor es eso. A lo mejor Stephen King me está llevando por el mal camino. Ese camino en el que no aguantas ni media y te vengas si te regalan rosas amarillas.

Pues bien que hace. ¡Dale caña! Paso página.

A cada cerdo le llega su San Martín.

Jameson

Estoy en la cafetería que hay enfrente de Miles Media tomando un café. He venido aquí los últimos días antes de ir a trabajar porque Alan me dijo que Emily venía aquí con sus amigos. Espero encontrarme con alguno de ellos.

¿Por qué? No lo sé.

No dejo de darle vueltas a lo que Emily me dijo anoche.

«No sería amiga de un egoísta como tú aunque fueses la última persona sobre la faz de la Tierra». Yo, en su lugar, tampoco sería mi amigo.

Nunca la había visto tan enfadada..., ni tan delgada. Ha perdido mucho peso. No soporto haberla hecho pasar por ese calvario.

Doy un sorbo al café cuando noto que alguien me toca el hombro.

—Eh —saluda Tristan mientras se sienta en un taburete a mi lado.

—Hola.

—¿Buscando a Emily? —pregunta como si nada.

—No.

—Mentiroso —replica con una sonrisa descarada—. Eh, los chicos y yo hemos organizado un viaje a Las Vegas para este fin de semana. Ya hemos reservado el *jet*.

Tuerzo el gesto. No se me ocurre nada peor.

—Estará bien. Alcohol, apuestas... y añadir algunos bellezones al Miles High Club. Tienes que animarte y volver a ser el de antes. ¿Qué tal una rubia o dos? Olvídate de las morenas una temporada. Además, tenemos que celebrar que te han declarado inocente. Elliot y Christopher irán el viernes —dice guiñándome el ojo para tentarme.

—Sí, qué plan de mierda —mascullo.

—Me da igual lo que digas. Tú te vienes.

Miro al infinito. Últimamente, no me entusiasma nada.

—Estoy preocupado por ti, Jay —dice, serio.

Pongo los ojos en blanco.

—Todos lo estamos. Este no eres tú.

—Estoy bien —murmuro mientras bebo.

Miro a mi alrededor una vez más, lo que me recuerda a qué he venido.

—Si tanto quieres verla, ¿por qué no vas a su casa? —propone.

—Eso intenté anoche.

—¿Y qué tal?

Inflo las mejillas.

—Perdió los papeles y... —Hago una pausa para intentar explicar la situación—. Le llevé rosas amarillas y se puso a destrozarlas como una loca.

—¿En serio? —inquiere con una sonrisa de suficiencia y, a continuación, sonríe como si estuviese impresionado—. ¿Por qué amarillas y no rojas?

—Pensé... —Exhalo con pesadez—. Pensé que el amarillo era menos arriesgado porque simboliza la amistad, y que así me hablaría. Solo quería hablar con ella.

—Dime que no le dijiste eso.

—Sí.

Niega con la cabeza sutilmente como si pensara que soy idiota.

—¿Y cómo se lo tomó?

—Más o menos ahí fue cuando se convirtió en Hulk.

—Si te soy sincero, no la culpo.

Lo miro con gesto inquisitivo.

—La has jodido un montón.

—No la he jodido —espeto—. Intento protegerla.

—Eh, a ti miéntete todo lo que quieras, pero conmigo no te molestes. Mientes muy mal, fatal.

—Vete a la mierda. Es demasiado temprano para hablar de esto —suspiro.

—Tristan —lo llama la camarera.

Tristan va a recoger su café y me da una palmadita en la espalda.

—¿Te vas a quedar aquí amargado como un tonto?

—Vete a la mierda —gruño.

Él sonríe y se marcha sin decir una palabra más.

Suspiro y miro mi café. Recuerdo lo dolida que Emily estaba anoche y noto una opresión en el pecho. Veo su rostro una y otra vez en mi cabeza. Solo quiero saber que está bien. Tal vez entonces pueda perdonarme y dejar de pensar en ella constantemente. Saco el móvil. Voy a llamarla.

No, me colgará. Mejor le escribo. Pero ¿qué?

Buenos días. ¿No vas a cargarte ninguna rosa hoy?

Pulso «enviar». Me bebo el café sin dejar de mirar el móvil mientras espero a que conteste... Pero no lo hace.

Al cabo de veinte minutos, le vuelvo a escribir.

Tenemos que hablar, por favor.

Pido otro café mientras espero. Son las ocho y cuarto, y sé que aún no está trabajando. También sé que tiene el móvil al lado y que está pasando de mis mensajes a propósito.

A tomar por culo. Marco su número. Da señal. Espero con los ojos cerrados.

Da señal... Y entonces se corta.

Mierda, ha rechazado la llamada.

Le envío un mensaje.

Cógelo o me planto en tu casa ahora mismo.

Qué raro, el mensaje no le llega. La vuelvo a llamar, pero no da señal. ¿Qué pasa? Vuelvo a probar y nada. Me paso diez minutos intentando contactar con ella... sin éxito. ¿Qué pasa?

Busco en internet «¿por qué no puedo enviar un mensaje o llamar a alguien?». La respuesta me duele en lo más hondo.

«Te han bloqueado».

¿Que me ha bloqueado? ¡Joder!

La ira me posee. Nunca me habían bloqueado. Ni mis compañeros de trabajo ni mis amigos o familiares... y menos una mujer.

No quiere ser mi amiga de ninguna de las maneras.

Se me cae el alma a los pies. ¿Cómo es posible que la haya cagado tanto?

Miro el edificio de Miles Media por la ventana y solo de pensar en entrar ahí y hacer como si nada me abruma.

Le mando un mensaje a Tristan.

Me cojo el día libre. Hasta mañana.

Me acabo el café y oigo que suena una canción: «Bad Liar», de Imagine Dragons.

Me paro a escucharla. Tristan me ha dicho que miento fatal e, irónicamente, la letra de la canción me define bastante bien. Salgo de la cafetería maldiciendo mi suerte y, con pesar, me subo a un taxi.

—¿A dónde vamos? —pregunta el taxista.

—A Park Avenue.

El taxi se incorpora al tráfico. Me pongo los auriculares, abro Spotify y vuelvo a escuchar la canción.

«Bad Liar», mi nuevo himno.

Miro fotos de viajes en internet. Me voy a ir a esquiar.

A Suiza, creo.

Tengo que salir de aquí. Nueva York es demasiado pequeña o asfixiante o mortal o no sé bien qué. Da igual, me largo.

«Me ha bloqueado».

Podría trabajar desde Londres una temporada... Sí, ¿por qué no? Tendría sentido.

Y así podría pasar más tiempo con Christopher y Elliot. Me siento fatal cuando caigo en la cuenta de quién más vive en Londres. Estaría más cerca de Claudia, a quien también le volví a romper el corazón el otro día.

Quería que volviésemos a estar juntos, pero le dije que creía que no la había amado nunca. Se enfadó. Vamos, que estoy jodido por todos lados.

No, no puedo trabajar en Londres… Demasiado complicado. Tengo que olvidarme de eso.

¿Cuánto tiempo estaré en Suiza? Repaso las fechas. ¿Un mes, tal vez?

Mmm… Ojeo mi agenda de trabajo. Me deben muchos días de vacaciones, así que creo que me cogeré unos cuantos.

En cuanto entro en casa, me llaman los de seguridad. Contesto.

—Hola.

—Buenas tardes, señor Miles. La señora Miles ha venido a verlo. Está en el vestíbulo.

Cierro los ojos. Mierda.

—Vale, gracias. Que pase, por favor.

Poco después se abren las puertas del ascensor y veo a mi madre. Se le ilumina la cara al verme.

—Hola, cariño.

—Hola, mamá.

Me abraza fuerte, como si presintiese que algo va mal.

—¿Qué haces aquí? —pregunto con una sonrisa mientras me aparto.

—Eso tendría que preguntártelo yo —replica mientras me sigue y se sienta en el sofá.

—Es que… —Dubitativo, hago una pausa para pensar en la mentira que le voy a contar—. Con todo el asunto de la malversación, necesitaba un descanso.

—Me alegro —responde mirándome a los ojos.

—¿Te sirvo algo? —pregunto mientras me pongo en pie. Me sabe muy mal mentirle.

—Un té, por favor.

Voy a la cocina a prepararle el té. Saco la tetera y la taza de porcelana rosa y dorada que usa cada vez que viene. Me sigue a la cocina y se sienta junto a la encimera.

—¿Te ha dicho Tristan que vengas? —pregunto de espaldas a ella.

—Está preocupado por ti.

—Estoy bien.

—Eso lo juzgaré yo misma. ¿Qué pasa con Emily?

—Nada.

—¿Cómo que nada?

—Emily y yo ya no estamos juntos.

—¿Por qué…?

Sigo preparando el té.

—Jameson, mírame.

Me obligo a mirarla a los ojos.

—¿Por qué ya no estás con Emily? —pregunta.

—Emily se merece algo mejor.

Se me queda mirando.

—Ferrara —explico frunciendo el ceño mientras elijo las palabras adecuadas—. No quiero esta vida para ella.

—¿Te refieres a que no quieres que esté con un adicto al trabajo?

Me encojo de hombros mientras le paso el té.

—Entonces has roto con ella… ¿por ella?

Frunzo los labios y guardo silencio.

—Eso lo demuestra todo.

—¿El qué?

—Que es la definitiva.

Frunzo el ceño.

—Llevas haciendo lo mismo desde crío.

—¿Cómo?

¿De qué habla?

—Cuando eras muy pequeño, tendrías unos tres o cuatro años, tenías una camioneta azul claro.

La escucho.

—Te encantaba. Te cabía en la palma de la mano y siempre la llevabas encima. Era la niña de tus ojos.

Sonrío con ternura.

—El caso es que a Tristan también le encantaba. Él tenía la suya, pero la tuya era especial. Y aunque querías a esa camioneta con todo tu corazón, en cuanto Tristan se enfadó por algo, se la diste. No soportabas verlo enfadado y sentías que tenías la responsabilidad de hacerlo feliz.

Frunzo el ceño.

—A medida que te hiciste mayor, te vi hacer lo mismo muchas veces con un montón de cosas. De cara a la galería, eras distante y frío, pero con tus seres queridos te dejabas el alma para hacerlos felices. Tienes más corazón que sentido común.

La miro a los ojos.

—¿Por qué crees que Emily no sería feliz contigo?

Me quedo mirándola fijamente por la emoción.

—Porque a la larga acabaría decepcionándola —susurro.

—¿Por qué, Jameson? ¿Por trabajar con ahínco? ¿Por deberte al negocio familiar? —dice con dulzura.

Cierro los ojos.

—Estoy enamorada de un hombre que es igualito a ti. Lo conoces muy bien. Es tu padre. Otro adicto al trabajo.

—¿Cómo…? —inquiero, frunciendo el ceño—. No sé cómo ser las dos cosas.

—Pues averígualo. Emily te quiere a ti, Jameson. No a tu dinero ni a tu empresa. Te quiere a ti y punto.

Agacho la cabeza.

—Deja de ser tan altruista y haz lo que realmente quieres, hombre.

—Ya no sé qué quiero —susurro.

—Anda ya —espeta—. Si estuvieras en una isla desierta, ¿con quién querrías estar?

—Con Emily —susurro sin dudarlo.

—Estar enamorado es como estar en una isla desierta. Te centras en esa persona y solo en esa persona, y haces que todo lo demás se adapte a ella.

Respiro hondo.

—Si no quieres tener un futuro con ella, no lo tengas. Pero no renuncies a tu felicidad por protegerla.

La escucho con la mandíbula apretada.

—Nunca entenderé cómo un hombre puede ser tan despiadado en el trabajo y tan entregado con sus seres queridos, pero viendo que tú y tu padre sois como dos gotas de agua, sé que es posible. —Me acaricia la mejilla—. El hombre al que quiero y el hombre al que la gente conoce son dos hombres muy distintos, y me gusta que sea así. Me gusta que solo sea tierno conmigo.

Sonrío.

—Soy el mundo para tu padre. Lo ha sabido compaginar con el trabajo. No me he sentido abandonada o rechazada en ningún momento. Siempre he sido lo primero para él.

Proceso lo que dice sin dejar de mirarla.

—El hombre al que Emily ama y el que crees que eres son dos hombres muy distintos. Debes descubrir cómo ser tú mismo con Emily y ser el Jameson Miles que todo el mundo conoce. No es lo que tú crees: no es necesario elegir entre uno u otro. El hecho de que antepongas la felicidad de Emily a la tuya me confirma que es la indicada para ti.

—No me habla —susurro.

Se pone en pie.

—Pues consigue que te escuche —replica, y me abraza—. Ve a por ella, cógela con las dos manos y no la sueltes nunca.

Me da un beso en la mejilla y se va sin decir nada más.

Las sabias palabras de mi madre resuenan alto y claro en mi cabeza.

«Debes descubrir cómo ser tú mismo con Emily y ser el Jameson Miles que todo el mundo conoce. No es lo que tú crees: no es necesario elegir entre uno u otro».

Son las cinco de la mañana y estoy tumbado en el sofá mirando el techo. Aún llevo puesta la ropa de ayer. No he dormido en toda la noche.

No dejo de darle vueltas a lo que me ha dicho mi madre.

Cree que puedo ser tanto el hombre que Emily quiere como el que debo ser.

A mi modo de ver, tengo tres opciones. La primera es irme de Miles Media para ser un hombre con el que valga la pena estar. La segunda es dejar que Emily salga de mi vida para siempre. Se me cierra el estómago al imaginar vivir sin ella.

La tercera es intentar ser los dos hombres… ¿De verdad es posible vivir siendo dos personas?

Me levanto y, por primera vez en mucho tiempo, tengo claro lo que debo hacer.

Lo intentaré y, si no funciona, dejaré Miles Media.

Voy a recuperar a mi chica.

Ella es lo primero.

Capítulo 25

Emily

Cierro el ordenador, recojo mis cosas y me dirijo al ascensor. Soy una de las últimas empleadas en salir. Ha sido un día largo, pero he avanzado mucho. Es rarísimo, pero bloquear a Jameson ha sido lo más satisfactorio que he hecho desde que destrocé sus rosas.

Por alguna razón enfermiza y retorcida, ser mala con él me ayuda a liberar mi ira. Herirlo es la mejor terapia. Debo de estar realmente desquiciada para pensar así; eso, o que, para mi sorpresa, la venganza resulta muy satisfactoria. Anoche vi la película *John Wick* y sonreí todo el rato. Solo eso es un buen indicador de cómo tengo la cabeza ahora mismo.

Bajo en el ascensor y salgo a la calle. Está oscuro y hace frío. Me ciño el abrigo a los hombros para protegerme.

—Emily —dice alguien a mi espalda.

Me paro en seco. Mierda. Jameson. ¿Qué hace aquí? Agacho la cabeza y sigo caminando.

—Emily —repite.

Me giro.

—¿Qué, Jameson? —espeto en tono brusco.

—¿Puedo hablar contigo?

—No. Vete.

Me alejo de él y me dirijo a la parada del autobús hecha una furia.

Me sigue.

—Solo quiero hablar contigo cinco minutos.

Guardo silencio.

Corre para alcanzarme.

—Sé que la he cagado... muchísimo.

Lo fulmino con la mirada mientras me imagino estropeándole su cara bonita. Visualizo cómo se le va la cabeza hacia atrás del puñetazo.

—Por favor —balbucea mientras me persigue corriendo—. Necesito explicarte por qué.

—No me interesa —digo mientras camino con decisión.

Me sigue un rato más como si no estuviera seguro de qué decir.

—Te seguiré hasta que hables conmigo. ¿Tomamos una copa o algo?

—No.

—¿Cenamos juntos?

—Vete.

—No te voy a dejar —balbucea mientras corre para seguirme el ritmo.

—Ya lo hiciste.

Se pone delante de mí y camina de espaldas.

—Me refiero a que no te voy a volver a dejar... nunca.

—Pues va a ser una relación unipersonal porque no quiero tener nada que ver contigo. Nunca más.

Le cambia la cara.

—No digas eso.

Un hombre se choca con él por ir de espaldas.

—Vigila —le suelta el señor mientras pasa por su lado.

—Solo quiero hablar contigo un momento —balbucea.

—No.

Llegamos a la parada del autobús y me pongo en la cola. Él se planta a mi lado.

—Puedo pedirle a Alan que venga a buscarnos —dice tras ver lo larga que es la cola—. No hace falta que cojamos el autobús.

Le lanzo una mirada asesina. No me impresiona. «Niño consentido».

Sonríe.

—Hasta enfadada estás guapa, ¿lo sabías? —exclama en alto, lo que hace que algunas personas nos miren curiosas.

Qué rabia que le dé igual llamar la atención.

—Vete a tu maldita casa —susurro enfadada.

—No —dice cruzándose de brazos como un adolescente enfurruñado—. No me iré sin ti.

Nos está mirando todo el mundo. Saco el Kindle y lo abro. Tengo que hacer cualquier cosa con tal de no verlo.

—¿Qué lees?

Guardo silencio mientras finjo que leo.

Si cree que puede venir aquí y exigirme que quede con él, se equivoca.

—Yo estoy leyendo un libro muy bueno —comenta.

Sigo leyendo.

—Se titula... —Hace una pausa para pensárselo—. Se titula «Cómo recuperar a tu chica después de la crisis de los cuarenta».

Las chicas de detrás se ríen con disimulo.

Retuerzo los labios para que no vea que me ha hecho gracia. «No te hagas el gracioso ahora».

—El primer capítulo se titula «Servicio de autobús» —prosigue.

Me muerdo la mejilla para no reír.

—Sí. Pone que la sigas hasta la parada del autobús y le des la tabarra hasta que se canse tanto de oírte que no le quede más remedio que hablar contigo aunque lo primero que te diga sea «calla». Algo es algo, ¿no?

Paso la página del Kindle para no entrar al trapo y mandarlo callar. Las chicas de detrás vuelven a reírse por lo bajo. Miro el Kindle con odio. No me extrañaría que se rompiese la pantalla.

—¿Qué pone en el segundo capítulo? —pregunta la chica de detrás cuando llega el autobús.

Por poco me abalanzo sobre el vehículo.

—Que subas al autobús —dice a mi espalda.

Entro y me siento al fondo, al lado de la ventanilla. Me sigue y se sienta a mi lado.

No me lo puedo creer.

—Está bien este sitio —susurra—. Me gusta.

—Deja de hablarme —gruño.

—No puedo. ¿Ves? Al final lo he conseguido. Pero necesito que me escuches para que lo arreglemos.

Miro por la ventanilla.

—Porque ya me dirás tú cómo lo vamos a solucionar si no me hablas.

—No lo vamos a solucionar. Esa es la cuestión —mascullo en tono seco.

—No digas eso, CF.

Lo fulmino con la mirada mientras el cielo se tiñe de rojo. No discutas, no le des el placer.

—Me alegro mucho de verte —dice sonriendo con dulzura, ajeno a mi rabia.

Pongo los ojos en blanco y miro por la ventanilla. No hables con él, ni una palabra, no sucumbas.

—Te he echado mucho de menos, Em —susurra.

Se me rompe algo por dentro.

—Ni se te ocurra decir eso —suelto.

—Pero es cierto.

—Cállate, Jameson. Deja de hablar.

El autobús se detiene en mi parada. Me levanto y lo rozo al pasar. Me sigue corriendo mientras camino hecha una furia.

—No me iré hasta que hables conmigo.

Sigo caminando.

—Me quedaré aquí esperando toda la noche si hace falta.

Sigo caminando.

—Va, Em —insiste, y suspira.

Sigo caminando.

—¿Cómo puedes ser tan fría? —exige saber.

Me giro hecha un basilisco.

—Ni se te ocurra llamarme fría, hipócrita. El único frío aquí eres tú.

—Esa es mi chica —exclama con una sonrisa, como si se enorgulleciese de haberme hecho hablar.

Se me descompone el gesto. Qué débil soy.

—Jameson —susurro.

—Bombón —musita mientras me coge de las manos—. Habla conmigo, por favor. Te echo de menos y sé que tú a mí también. Quiero que lo arreglemos. Lo superaremos.

Cuando me toca, no puedo evitar que los ojos se me llenen de lágrimas. Estoy enfadada conmigo misma por dejar que se acerque tanto.

—No puedo —digo, y lo rozo al pasar.

—Em, por favor —me grita desde atrás—. Te lo suplico.

Sigo caminando.

—¿Quieres que me arrodille aquí y ahora? Porque lo haré.

Sigo caminando. Corre para alcanzarme.

—Dime cómo podemos arreglarlo. Dime qué tengo que hacer y lo haré.

Me doy la vuelta.

—Pasa página. Yo ya lo he hecho.

Le cambia la cara.

—Vale, esa me la merecía.

—Yo no —consigo decir pese a las lágrimas mientras lo rozo al pasar y sigo andando.

—Lo sé, Em —grita—. Lo siento mucho. Ese tío... Ese tío tenía que estar loco para dejarte escapar. Estaba como una puta cabra.

Llego a mi edificio y se sitúa detrás de mí mientras abro la puerta. Me abraza por la cintura.

—Por favor —murmura contra mi pelo—. Te quiero.

Cierro los ojos, dolida, al notar su calor. Lo echo de menos.

Me zafo de su agarre.

—No me toques. ¿Qué te hace pensar que puedes venir aquí y decirme eso?

—Porque me quieres, y dos errores no suman un acierto. Si no quieres que lo arreglemos por ser cabezona, que es muy probable... —dice mirándome a los ojos. Hace una pausa para elegir bien las palabras—. Lo lamentaremos toda la vida, y lo sabes.

Me quedo mirándolo mientras pienso en lo que acaba de decir. Me giro, entro en el edificio y cierro la puerta. Me mira por el cristal.

Pulso el botón del ascensor y, al instante, las puertas se abren. Entro y aprieto el botón para cerrar las puertas mientras se me caen las lágrimas.

«Idiota».

Salgo de mi edificio a las ocho en punto. No he dormido mucho y sigo viendo la cara de pena que me puso Jameson cuando lo dejé ahí plantado anoche. Odio que me importe. Me he pasado toda la noche dándole vueltas a lo que me dijo. No lo soporto. No soporto que tuviese razón.

«Porque me quieres, y dos errores no suman un acierto. Si no quieres que lo arreglemos por ser cabezona, que es muy probable… Lo lamentaremos toda la vida, y lo sabes».

Madre mía, qué lío.

—Buenos días —saluda alguien la mar de contento a mi espalda.

Jameson está junto a mi puerta con su traje azul marino, muy elegante y, contra todo pronóstico, muy animado.

—¿Qué haces aquí?

—Esperarte —contesta con una sonrisa mientras me quita la bolsa de deporte y se la cuelga al hombro—. ¿Vamos a coger el autobús hoy?

—Yo sí. ¿Qué vas a hacer tú…? Ni idea —replico con cara de póquer.

—Voy a perseguirte hasta que accedas a cenar conmigo.

—Pues espera sentado.

—Vale —repone mientras se dirige con decisión a la parada del autobús—. En ese caso, me pasaré toda la vida persiguiéndote.

Lo miro fijamente y me dedica una sonrisa lenta y *sexy*.

—Qué guapa estás.

—Para.

—No.

Voy a la parada del autobús con él al lado. Yo guardo silencio y él no se calla ni un momento.

—¿Has salido a correr esta mañana? —pregunta—. Yo sí.

Me quedo mirándolo.

—La verdad es que estoy bastante en forma. La angustia me está haciendo ir más rápido que nunca.

Ya somos dos. Mantengo la boca cerrada. No quiero que sepa que yo también he corrido enfadada.

Subimos al autobús. Yo estoy callada, pero él habla como si fuésemos viejos amigos que hace tiempo que no se ven.

—¿Quieres ir de acampada este fin de semana? —pregunta mientras abre el periódico.

—No. Me voy a casa de mis padres —contesto sin emoción en la voz.

—Uf —exclama con el gesto descompuesto—. Pues va a ser incómodo.

—¿El qué?

—Cuando esté en casa de tus padres.

—No vas a venir a casa de mis padres —espeto en tono de burla.

—Tú espera y verás —contesta con un brillo pícaro en los ojos—. Si no hablas conmigo, voy a perseguirte hasta que lo hagas.

—No quiero que me sigas. Es más, no quiero tener nada que ver contigo.

—No hace falta ser mordaz —dice como si nada mientras pasa la página del periódico—. No está bien.

Lo fulmino con la mirada.

—¿Sabes lo que no está bien? —susurro enfadada—. Los idiotas que les rompen el corazón a las chicas y luego se creen que las volverán a tener a sus pies con solo chasquear los dedos.

—Cierto, estoy de acuerdo. Pero si estaban destinados a estar juntos y él creía que estaba haciendo lo mejor para ella... —deja la frase inacabada con una sonrisa de suficiencia.

—Venga ya —resoplo—. ¿Tú te oyes?

—Cenemos juntos esta noche.

—No.

El autobús se detiene en mi parada. Él se levanta y se cuelga mi bolsa de deporte al hombro. Lo veo enfilando el pasillo para bajar y sonrío para mis adentros. ¿Habrá cogido el autobús alguna vez?

Tonto.

Caminamos en silencio. Me giro y veo la limusina aparcada en la calle de enfrente. Alan, apoyado en el vehículo, me saluda con una sonrisa.

—¿Alan sabe que estás aquí? —susurro muerta de vergüenza.

—Todo el mundo sabe que estoy aquí —dice como si nada mientras me da la bolsa—. No es ningún secreto que quiero que volvamos a estar juntos. He expresado mis intenciones alto y claro.

Lo miro muy sorprendida.

—Hasta luego.

—Jameson —suspiro.

—No me voy a dar por vencido, Em... Nunca —dice sonriendo con ternura—. Estamos hechos el uno para el otro.

Me rasco la cabeza, frustrada.

—Que tengas un buen día —se despide sin dejar de mirarme, con las manos en los bolsillos y manteniendo las distancias.

—Adiós.

Me giro y entro en el edificio. Me llega un mensaje al móvil. Es de un número desconocido.

> Que tengas un buen día.
> Es mi móvil de prepago en caso de emergencia.

«Jameson». Con otro móvil, un número que no he bloqueado.

Entro en el ascensor y me sorprendo sonriendo.

«Para». Es un idiota que te ha hecho mucho daño, que no se te olvide.

Son las tres. Estoy acabando un informe para que lo publiquen esta semana. Me encanta trabajar aquí. A ver, no tanto como en Miles Media, pero esa oportunidad ya pasó, así que vamos a aprovechar esta. Los compañeros son muy agradables y simpáticos y me han recibido con los brazos abiertos.

—Paquete para Emily Foster —oigo.

Levanto la vista y veo que un hombre trae una caja blanca.

—Es ese despacho de ahí —dice alguien.

Llama a mi puerta.

—¿Eres Emily Foster?

—Sí.

—Tengo un paquete para ti —dice mientras me entrega la caja blanca.

—Gracias —respondo y la acepto.

—Eh… —musita con una sonrisa mientras se balancea, nervioso—. Es de Kung Fu Panda.

—¿Cómo?

—Me han pedido que te diga que lo envía Kung Fu Panda.

Intento que no se me escape una sonrisa, pero fracaso estrepitosamente.

—Gracias.

Se marcha. Abro la caja y me encuentro una tarta de queso con caramelo enorme y una tarjeta blanca.

Tarta de queso para mi tarta de queso.
Besos y abrazos

Cierro la caja y sonrío. No soy una tarta de queso. Si se cree que voy a volver a verlo con buenos ojos por ser mono, lo lleva claro.

Kung Fu Panda… ¿Cómo se le habrá ocurrido?

Una chica del despacho de al lado asoma la cabeza por la esquina.

—¿Qué es?

—Tarta de queso. ¿Quieres?

—Sí, claro. Voy a por platos —exclama, y se dirige a la cocina.

Me quedo mirando el móvil un momento. ¿Le envío un mensaje para agradecérselo?

No. Por eso lo ha hecho: para que le diga algo. Sabe que soy educada y que no aceptaría un regalo sin darle las gracias. Estará esperando a que lo llame.

Pues lo siento por Kung Fu Panda.

Él creó a este monstruo. No le pasará nada si no soy educada con él. Jameson está en el congelador.

A las seis de la tarde, cojo el ascensor. Puede que me haya peinado y me haya pintado un poco los labios, pero no pienso admitirlo.

Salgo de la oficina y veo a Jameson apoyado en la pared. Lleva el traje gris que tanto me gusta. El pelo le tapa la frente, y su mandíbula marcada hace que note mariposas en el estómago. Sonríe de oreja a oreja y se separa de la pared cuando me ve. ¿Cuánto llevará ahí plantado?

—Buenas tardes, señorita Foster.

—No sabía que supieras kung-fu —digo mientras paso por su lado.

—Uy, ya te digo —exclama mientras empieza a seguirme—. Hay muchas cosas de mí que no sabes. ¿Te he dicho que me estoy volviendo muy deportista?

Camino en silencio. Me cuesta mucho estar seria cuando se pone así.

—Sí, se me ha ocurrido que podría escalar montañas y acampar ahí y esas cosas. Hacer fuego y todo eso.

No puedo evitarlo y sonrío.

—¿En serio?

—Sí, sí. Me estoy volviendo uno con la naturaleza.

—Tú. Uno con la naturaleza. Me gustaría verlo —mascullo en tono seco.

—Vale. ¿Nos vamos de escalada este fin de semana? ¿Qué tal el monte Kosciuszko?

—Estoy ocupada —contesto sin dejar de caminar.

—Ay, es verdad, que este fin de semana vamos a casa de tus padres.

—Tú no, Jameson.

—Tu madre me ha dicho que sí cuando he hablado con ella antes.

Me detengo en seco y me giro con los ojos muy abiertos.

—¿Has llamado a mi madre?

—No, pero lo haré si no cenas conmigo —me amenaza con una sonrisa de esperanza.

—Jameson, si crees que enviarme una tarta en nombre de Kung Fu Panda y llamarme «tarta de queso» va a hacerme olvidar el daño que me has hecho, estás muy equivocado.

Me coge de las manos.

—No lo creo, Em, pero deja que te diga lo que tengo que decirte..., por favor.

Me quedo mirándolo.

—Y si decides que no quieres volver a verme, dejaré de seguirte —murmura mirándome a los ojos—. Tenemos que hablar, y lo sabes.

Pongo los ojos en blanco.

—¿Por favor? —suplica mientras pestañea para intentar ser majo.

Qué rabia que lo consiga tan fácilmente.

—Vale. Tienes diez minutos —suspiro.

—¿A dónde quieres ir? —pregunta con una sonrisa.

—A donde sea más fácil.

—Vale. —Mira a su alrededor y añade—: ¿Qué tal el restaurante italiano de ahí enfrente?

—Vale. —Intenta cogerme de la mano y yo la aparto—. Ni hablar —espeto.

—Relájate, nena —masculla.

Lo sigo al interior del restaurante y nos sentamos al fondo. Es pequeño y está oscuro, salvo por las velas de las mesas, adornadas con manteles rojos. No se parece en nada al italiano de lujo al que me llevó, pero servirá.

—¿Les sirvo algo de beber? —pregunta el camarero.

Jameson sonríe con suficiencia y me señala.

—Tomaré lo mismo que ella.

Me quedo mirándolo un momento y abro la carta.

—Vale, pues un Henschke Hill of Grace, por favor.

—Enseguida —asiente, y se va detrás de la barra.

Jameson me mira, sonríe con ternura y me coge de las manos.

—¿Sabes lo mucho que te he echado de menos? —susurra.

Se me hace raro mirarlo con tanta indiferencia.

—¿Me has echado de menos?

Me invade la emoción al instante. Me quedo callada mientras lucho con el nudo que se me ha formado en la garganta. Odio que me haga sentir tan débil y vulnerable. Aparto las manos. Necesito poner distancia entre nosotros.

—Em... —murmura frunciendo el ceño. Es obvio que no sabe qué decir—. Cuando vi tu foto besando a Jake...

—Jameson —tartamudeo.

Levanta la mano para que lo deje terminar. Cierro la boca.

—Se me rompió algo por dentro. Me confundía tanto que me molestase, tanto que… —Entrecierra los ojos al recordarlo—. Estaba furioso; primero contigo y, luego, conmigo.

Nos miramos a los ojos.

—En la oficina había un lío descomunal y la última persona en el mundo que pensé que me mentiría eras tú.

Agacho la cabeza, avergonzada.

—Entonces, cuando al cabo de unos días me calmé y comprendí que te habían tendido una trampa, supe cómo sería nuestro futuro juntos.

Arqueo las cejas.

—Siempre habrá alguien como Ferrara dispuesto a pisotearte para hacerme daño.

Se me acaba de parar el corazón.

—Y no quiero eso para ti.

—Jay —susurro con pesar.

—No quiero que te cases con un adicto al trabajo que se pasa el día viajando y que está estresado a más no poder. No quiero que tengas que recordarle a tu marido que no beba tanto o que sea educado con la gente porque está demasiado ocupado como para importarle. No quiero que tengas que recordarle a tu marido que te tiene abandonada.

—Su vino —dice el camarero, que parece salido de la nada.

Descorcha la botella y nos sirve una copa a cada uno.

—Gracias —respondo, y vuelvo a mirar a Jameson a los ojos.

El camarero nos deja solos.

—No quiero que estés por detrás de Miles Media. No quiero que estés por detrás de nada.

—Pero…

—Déjame acabar —pide.

Me echo hacia atrás, me molesta que quiera hablar primero.

—La cuestión es que si estás conmigo, casada conmigo, tu vida será así.

El nudo de la garganta se hace más grande.

—Te quiero demasiado para dejarte llevar esa vida, Em.

«Está rompiendo conmigo otra vez». Se me llenan los ojos de lágrimas.

Me coge de la mano, se la lleva a los labios y la besa.

—No llores. Odio que hayas llorado por mí.

Parpadeo para deshacerme de las dichosas lágrimas.

—Decidí ahorrarte esa vida. Alejarte. Porque sabía que llegaría un día en que serías infeliz... y no podía vivir con eso.

—No era decisión tuya —susurro enfadada.

—Mi deber es cuidar de ti y tomar las decisiones difíciles, esas que no puedes tomar por ti misma.

—Jameson —musito con los ojos llorosos.

—Pero pasó algo mientras estuvimos separados —explica mientras me acaricia la cara con una mano—. Me di cuenta de que yo tampoco quería eso.

Lo miro a los ojos.

—No puedo vivir sin ti, Em. Estaba tan destrozado que era insoportable.

Me da un beso y me mira a los ojos mientras me acaricia el labio inferior con el pulgar.

—Si no me quieres tal y como soy ahora, dejaré Miles Media y nos iremos al culo del mundo a vivir en una puta tienda de campaña, qué sé yo.

Sonrío y lloro a la vez.

—Tonto —susurro.

Sonríe y me vuelve a acariciar la mejilla.

—Te amo tal y como eres. No quiero que cambies.

—¿En serio?

—Pero no... —Hago una pausa para tratar de expresar mis sentimientos—. ¿Cómo voy a olvidar lo mal que me has tratado?

—No lo sé.

—No puedo hacer como si no hubiera pasado. Me has hecho mucho daño.

—Lo sé. No quiero que lo hagas —balbucea—. ¿Qué tal si...? —Se encoge de hombros—. ¿Qué tal si empezamos de cero? Con calma.

Lo miro. Estoy hecha un lío.

—Sé que tardaremos en estar como antes, pero tenemos toda la vida para ello. Podemos quedar y conocernos como es debido.

Me recuesto en la silla para sopesarlo. Doy un sorbo al vino.

—Siempre imaginé que conocería al chico de mis sueños, me enamoraría y un día llegaría un clímax de lo más cursi.

—¿Clímax cursi? Qué mal suena —comenta arrugando la nariz.

Me río al imaginar lo que estará pensando.

—No, me refería a la pedida de mano.

—¿Quieres una pedida cursi? —pregunta frunciendo el ceño—. ¿No prefieres una romántica?

—No necesariamente. Lo que digo es que no esperaba que fuéramos a acabar así.

—Ni yo —dice y me coge de las manos—. Para nada. Soy idiota. Oficialmente. Dame otra oportunidad, Em. Te prometo que no la cagaré.

Lo miro a los ojos.

—Te quiero, y tú a mí —argumenta mientras se encoge de hombros—. Arreglaremos esto y, con suerte, con el tiempo, dolerá menos lo que pasó y serás feliz para siempre con Kung Fu Panda, el amante de las actividades al aire libre —termina con una sonrisa de esperanza.

—Es usted un idiota, señor Miles.

—Un idiota que está perdidamente enamorado de ti —dice, y me da un beso que me estremece—. Te quiero, tarta de queso —susurra.

—No me llames tarta de queso.

Se ríe por lo bajo cerca de mis labios.

—¿Me he pasado?

—Sí.

Capítulo 26

Vamos a mi casa cogidos de la mano. Jameson está exageradamente atento y no calla mientras que yo no digo ni mu. Cenamos juntos una vez y aquí estoy. Qué rabia.

Soy una blanda. Es oficial.

Una facilona.

Le llega un mensaje al móvil. Se lo saca del bolsillo y sonríe.

—Tristan —procede a leer el mensaje en voz alta—: ¿Qué tal ha ido?

Pongo los ojos en blanco.

—Dile: «Aún no estoy fuera de peligro. Aún es posible que encuentren mi cuerpo en una zanja mañana».

Jameson sonríe con suficiencia.

—No, no voy a decirle eso. Si pasa, no quiero que vayas a la cárcel. —Se gira para mirarme y me coloca un mechón detrás de la oreja—. No me matarías —asegura, y me da un beso.

—Ah, ¿no? —digo, mirándolo a los ojos.

Él sonríe y me acompaña hasta la puerta de la mano. Me detengo en seco.

—Buenas noches —digo.

—¿Cómo?

—No vas a pasar.

—¿Por qué no?

—Jameson, sigo cabreada contigo en un ochenta por ciento.

—Lo sé. Déjame compensarte —susurra con una sonrisa enigmática.

Me aparto de sus brazos y me alejo de él.

—Ni el mejor polvo del mundo compensaría cómo me has tratado.

Le cambia la cara.

—Cuando he accedido a volver a intentarlo, me refería solo a eso…, a intentarlo. No prometo nada y no sé qué va a pasar. Si te soy sincera, dudo que podamos volver a estar como antes. Cuando me dejaste después de la segunda escala, rompiste algo. Nunca en toda mi vida había estado tan enfadada. Me destrozaste. Acostarme contigo es lo último que quiero hacer ahora mismo.

—Em —susurra—. No podía hablar contigo porque me mataba apartarte. Era una lucha conmigo mismo.

—Buenas noches, Jameson.

Mira a su alrededor con nerviosismo.

—¿Y cuándo volveré a verte?

—Es jueves y el fin de semana estaré fuera, así que supongo que la semana que viene —digo y me encojo de hombros.

—¿La semana que viene? —resopla—. Para eso todavía faltan cuatro días.

—Ah, ¿sí? —digo sin emoción en la voz mientras busco las llaves en el bolso. En serio, tengo que encontrar un método para guardar las llaves, mi bolso parece el Triángulo de las Bermudas.

—Eso es un montón —balbucea—. Hace un mes que no te veo. Quiero pasar más tiempo contigo.

—Lo tomas o lo dejas —replico.

—¿Em?

Me vuelvo y le doy un beso en los labios, a lo que él responde abrazándome. Nos quedamos unos minutos así, quietos, abrazándonos con fuerza y ansiando estar cerca del otro. Lo he echado muchísimo de menos. No me costaría nada dejarlo entrar en casa.

No. Tengo serios problemas de confianza a los que debo enfrentarme. Y él también.

—Dormiré en el salón —susurra—. No puedo estar lejos de ti una noche más. No me pidas eso.

Me aparto porque, de lo contrario, sé cómo acabará esto si seguimos abrazados.

—Buenas noches, Jameson.

Me mira a los ojos y me suplica en silencio que lo deje subir.

Me obligo a sonreír y abro la puerta. Él se queda en la calle. Me despido con la mano y me meto en el ascensor bajo su atenta mirada. Se cierran las puertas correderas y suspiro aliviada.

Buena chica. Sé fuerte.

Me pinto los labios y me miro al espejo con una sonrisa. Jameson me llamó al llegar a casa para desearme buenas noches. Es raro, pero me gusta que haya vuelto a mi vida. Pero ¿cuánto tiempo seguirá en ella?

Hay una vocecita en mi cabeza que sigue recordándome lo que hizo y lo mal que me trató. Intento escuchar los motivos de Jameson y creer lo que me dice, pero cuesta actuar como si no hubiera pasado nada entre nosotros.

No fue nada, solo fue el apocalipsis. Mi mundo entero se hizo pedazos. No me gusta depender de Jameson Miles para ser feliz.

No volverá a pasar. No lo permitiré. Aunque eso signifique guardar las distancias con él el resto de mi vida… o el tiempo que pasemos juntos.

Ahí están otra vez.

Pensamientos negativos. Uf.

Bajo con el equipaje para pasar fuera el fin de semana, salgo por la puerta y me encuentro a Jameson apoyado en la pared: traje azul marino, rostro angelical y sonrisa arrebatadora… solo para mí.

—Buenos días, preciosa.

—Hola —respondo con una sonrisa.

Me acuna la cara con las dos manos y me besa. Las rodillas me flaquean.

—¿Qué tal ha dormido mi chica? —pregunta mientras me coge de la mano y me quita la maleta.

—Bien, gracias.

—¿Podemos ir a la oficina en algo más decente hoy? —pregunta.

Levanto la vista y veo a Alan con la limusina aparcada en la acera de enfrente.

—Eh… —dudo con el ceño fruncido—. Ve tú con Alan. Yo quiero ir en bus.

Arquea una ceja como si no estuviese muy convencido.

—Vale, pues en bus.

—No hace falta que me acompañes, Jameson. Puedo ir sola.

—Lo sé, pero quiero pasar contigo los veinte minutos que dura el trayecto. No te veré en todo el fin de semana, ¿recuerdas? —puntualiza guiñándome el ojo de una manera muy *sexy*. El estómago me da un vuelco. Qué nervios.

Vamos hasta la parada de autobús cogidos de la mano.

—¿Has sabido algo más de Lara Aspin y Hayden?

—No. Están acusados, pero el juicio no se celebrará hasta dentro de una temporada. No puedo creer que resolvieras el caso. Te lo agradezco mucho, no te imaginas cuánto.

Sonrío orgullosa de mí misma.

—¿Qué te parece tu nuevo trabajo? —pregunta.

—Está guay —contesto encogiéndome de hombros.

—¿«Guay» en plan «muy guay» o «guay» en plan «es lo que hay»?

—«Guay» en plan «me estoy adaptando».

—¿Por qué no vuelves a Miles Media?

—No. A partir de ahora, quiero que trabajemos por separado.

—Mmm… —murmura. No parece convencido—. Ya veremos.

Subimos al autobús. Hoy está lleno. Encuentro un asiento, pero Jameson tiene que quedarse de pie. Está aplastado entre un hombre apestoso y una mujer que parece que tenga la rabia. Me siento y lo observo y me fijo en la cara de espanto que pone mientras observa a las personas que lo rodean. Tengo que morderme el labio para no reírme. Al fin llegamos a nuestra parada. Se baja corriendo.

—Se acabó —afirma con desprecio mientras se limpia el traje como el esnob que es—. A la mierda el autobús. Tenemos que ir a que nos desinfecten. ¿Tú has visto qué clase de gente había ahí?

Me entra la risa tonta.

—Solo ha sido este viaje.

—Lo digo en serio, Emily —espeta—. A la mierda el autobús. Alan será tu chófer a partir de ahora. Antes muerto que coger otra vez el bus.

—Sí, jefe —replico con una sonrisa mientras me coge de la mano y nos dirigimos a la oficina.

—¿A qué hora sale tu vuelo esta noche? —pregunta.

—A las tres.

Le cambia la cara.

—¿Te vas tan pronto?

—Sí. Hoy trabajaré media jornada.

—Iba a llevarte al aeropuerto —musita frunciendo el ceño sin dejar de mirarme—, pero tengo una junta a las cuatro y no puedo escaquearme.

—No pasa nada.

—Joder. A lo mejor puedo cancelarla…

—Jameson, no pasa nada. No vas a cancelar una reunión para llevarme al aeropuerto. No. Me verás cuando me tengas que ver.

Me mira fijamente mientras procesa mis palabras.

—Alan vendrá a recogerte.

—Vale —accedo, porque sé que si no lo hago, acabará cancelando la reunión.

Llegamos a la oficina. Me gira para que lo mire.

—¿Me llamarás en cuanto aterrices?

—No.

—¿Por qué?

—Te llamaré antes de irme a la cama.

Me mira fijamente a los ojos.

—¿Qué vas a hacer este fin de semana? —pregunto.

—Mis hermanos se van a Las Vegas esta noche.

—¿Y tú?

—Yo no.

—¿Por qué?

—Van en busca de alcohol y mujeres.

Me cambia la cara.

—Yo ya tengo a la mía, no me interesa nada de lo que buscan —dice y me abraza.

Le sonrío, sorprendentemente agradecida de que no vaya.

—¿Me vas a echar de menos? —susurra.

—Probablemente no.

—Podrías intentar ser más coqueta en nuestras conversaciones, ¿sabes?

—¿Tú crees? —digo rozándole los labios con los míos.

Aprovecha y me da un beso.

—¿Seguro que tienes que irte? —murmura cerca de mis labios.

—Sí, Jameson.

—Te quiero —susurra.

El corazón se me para al oír esas palabras tan bonitas.

—Que tengas un buen día.

—No era eso lo que quería oír.

—Pero es lo único que tendrás. —Le doy un beso rápido y me zafo de su agarre—. No me presiones más, por favor. Te llamo esta noche.

Se guarda las manos en los bolsillos y esboza una sonrisa *sexy* mientras entro en el edificio.

Me meto en el ascensor con el corazón a mil y las mejillas coloradas.

¿Por qué tiene que ser tan guapo?

Salgo de la oficina poco después de la una y veo a Alan junto a la limusina. Sonríe y abre la puerta de atrás para invitarme a entrar. Sonrío y me acerco a él. No he sabido nada de Jameson en todo el día, por lo que no estaba segura de si Alan vendría a recogerme.

—Hola.

—Hola, Emily. Me alegro mucho de verte —dice.

Entro en la parte de atrás de la limusina y me encuentro una rosa roja en el asiento trasero, esperándome.

Vaya.

Sonrío y la huelo. Un maravilloso aroma inunda el espacio. Alan se incorpora al tráfico. Me acuerdo de cuando pisoteé las rosas amarillas la otra noche. «Loca».

Una parte de mí esperaba que Jameson estuviera en el coche. ¿Tan urgente es que me vaya? ¿No es más importante arreglar las cosas con él?

No.

«Planeaste el viaje antes de que volviese a tu vida tan campante, así que cíñete al plan».

Pero sí que debería llamarlo para agradecerle el detalle. Marco su número.

—Hola —susurra con voz *sexy*.

Noto mariposas solo con oír su voz.

—Hola —musito.

—¿Estás con Alan?

—Sí. Gracias por la rosa.

—¿Roja mejor?

—Eso parece —murmuro mientras me pongo como un tomate.

—Nota mental: no volver a comprar nada amarillo nunca más.

Me río, avergonzada.

—Que tengas un buen fin de semana —acaba diciendo.

—Igualmente.

—No te voy a llamar.

—¿Por? —pregunto.

—Me acuerdo de tus palabras.

—¿Qué palabras?

—Me has dicho que no fuerce las cosas.

Escucho atentamente.

—Voy a recular.

No.

—¿Vas a tirar la toalla?

—No. Todo lo contrario. Estoy haciendo planes para nuestro futuro juntos, pero entiendo que necesitas tiempo. Forzarte a que me perdones antes de que estés preparada no parece lo más inteligente.

Sonrío con ternura mientras escucho, esperanzada.

—Llámame cuando quieras hablar conmigo y ya está.

—Vale.

—Como si lo haces cincuenta veces al día. Esperaré tu llamada como un colegial enamorado.

Sonrío todavía más mientras espero a que hable. Me muero de ganas de verlo este fin de semana.

«No».

—Vale.

—Adiós, Emily.

—Adiós —susurro.

Cuelgo, huelo mi rosa y, sonriendo con pesar, observo cómo atravesamos Nueva York a toda velocidad. Siento que estoy en un subespacio. Atrapada entre dos hombres, cada uno con su propio recuerdo: el cruel rechazo de Jameson Miles y el derroche de amor de Jim el juguetón. Cada vez que siento que me inclino por uno, el otro se mete en medio. No sé cómo ponerle fin a esto, pero tengo que averiguarlo… y cuanto antes, mejor.

Media hora más tarde, llegamos al aeropuerto. Alan me abre la puerta. Me aferro a mi rosa aunque sé que no puedo llevármela.

Alan saca mi maleta del maletero.

—¿Quieres que te la lleve? —pregunta.

—No, gracias. —Miro la rosa. Por alguna extraña razón, me he encariñado con ella y no soportaría que se marchitara—. ¿Podrías poner la rosa en agua, por favor? —le pido.

—Claro —accede con una sonrisa y me la quita de los dedos—. La pondré en agua en casa del señor Miles.

—Gracias —digo. De pronto, me siento tonta—. Adiós, Alan.

—Te veré el domingo cuando vengamos a recogerte.

—Vale —claudico, y me despido tímidamente.

Me dirijo al mostrador de facturación. Para mi sorpresa, hoy no hay cola.

—Hola. Tengo una reserva a nombre de Emily Foster —explico mientras le enseño mi carné de conducir al empleado.

—Hola —saluda, y teclea mi nombre—. Ah, sí, señorita Foster. Veo que ha modificado su reserva y va a viajar en primera clase.

—No —frunzo el ceño.

Vuelve a comprobar los datos.

—Sí, anoche de madrugada cambió sus dos billetes por dos de primera clase.

—¿Dos billetes?

—Sí, se reservó un segundo billete y luego se cambiaron por dos de primera clase.

«Jameson».

—Entiendo. Vale, gracias.

Cojo mi tarjeta de embarque, paso el control de seguridad y me dirijo al bar. Falta poco más de una hora para que salga el vuelo.

—¿Qué va a tomar? —pregunta el camarero mientras me siento.

—Un margarita, por favor.

Le envío un mensaje a Jameson.

Señor Miles, gracias por subirme a primera clase.
Ha sido todo un detalle por su parte.
Pero dígame, ¿el segundo asiento era para usted o para asegurarse de que no se sentara nadie a mi lado?

Me traen la bebida a la vez que me contesta.

Querida señorita Foster, me ofende que me considere tan calculador.
Pues claro que no quiero que se siente nadie a su lado.
Sé lo irresistible que es.
Besos y abrazos

Sonrío mientras le doy un sorbo a la copa. Me llega otro mensaje.

Aunque si no me estuviese haciendo el duro y fuese más insistente, la habría llevado en el *jet* de la empresa y la habría iniciado en el verdadero Miles High Club.
No podría caminar en una semana.
Que disfrute del silencio y el sosiego.
Besos y abrazos

Frunzo los labios para no sonreír y le contesto.

> Adiós, Jameson.
> Me alegro de que sigas tan salido como siempre.
> Me empezaba a preocupar.
> Besos y abrazos

Me llega un mensaje.

> Ni te lo imaginas.
> Y no veas *Magic Mike*, mira *Dos viejos gruñones*.
> Así me verás más guapo luego.
> Besos y abrazos

Doy un sorbo a mi bebida y sonrío como una tonta a la nada. Por primera vez en mucho tiempo, las cosas van bien. Me emociona un poco todo lo que está por llegar.

Veremos qué pasa.

Miro al techo en la oscuridad de mi cuarto. Es medianoche. Para mi sorpresa, mi antiguo dormitorio me reconforta de una manera que no sabía que necesitaba.

Me encanta estar con la familia, pero Nueva York se me antoja muy lejana.

Al contrario de lo que dije, no he llamado a Jameson. De hecho, no he hablado con él en toda la noche.

Rodearme de la gente que me quiere me ha hecho darme cuenta de lo frágil que he sido. En Nueva York estaba destrozada y más sola que la una. Tenía a Molly y a Aaron, pero solo hace tres meses que nos conocemos. No es lo mismo que tu familia, que están contigo en las duras y en las maduras.

No sé cómo qué pasará con Jameson, solo sé que no me apetecía hablar con él esta noche. ¿Por qué?

Puede que nunca me recupere de este dolor, puede que me haya causado un daño irreversible.

A lo mejor soy demasiado buena para aguantarlos a él y a sus chorradas. No, sin el «a lo mejor»; sé que lo soy.

Me vibra el móvil en la mesita de noche y frunzo el ceño al ver que la pantalla se ilumina y aparece la letra J.

Suspiro con pesadez y lo cojo.

—Hola.

—Hola —dice, y calla un momento—. ¿No me ibas a llamar?

—Se me ha pasado.

Silencio.

—Em —musita al fin.

—¿Sí?

—¿Te has ido para alejarte de mí?

Pongo los ojos en blanco, frustrada.

—No, Jameson —susurro, enfadada—. ¿Por qué todo tiene que girar en torno a ti? Reservé el vuelo hace dos semanas.

—Vale, solo preguntaba. ¿Por qué estás tan enfadada?

—¿En serio tienes que preguntarlo? —exclamo con los ojos llenos de lágrimas.

—Tú dirás.

De pronto, un volcán que ni siquiera sabía que existía entra en erupción en mi interior.

—Pues porque estoy enamorada de un egoísta de mierda y no sé cómo dejar de estarlo, y porque presiento que va a pasar algo malo y que te vas a volver a ir —suelto de carrerilla.

No dice nada.

—Y que vuelvas a mi vida tan campante y me exijas que te perdone me cabrea.

Me escucha con atención.

—Podrías estar con la mujer que te diese la gana, las tienes a todas haciendo cola. Así que ¿por qué me haces pasar por este calvario? No quiero sufrir, Jameson.

—¿Eso crees? ¿Que quiero estar con todas?

Se me caen las lágrimas y me las limpio con rabia.

—No sé lo que quieres, Jameson.

—Corta el rollo, Emily —espeta—. Escúchame y escúchame bien. No quiero estar con ninguna otra mujer. He sido un promiscuo desde los dieciocho años. Me he acostado con un montón de mujeres… y cuando digo «un montón», es un montón. Eres la única con la que he conectado. La única a la que he amado tanto. Así que no te atrevas a decirme que quiero estar con otras. ¿Te he dado motivos para dudar de mí, acaso?

—Tu masajista —espeto.

—Joder, pero si eso fue antes de conocerte —gruñe con tono iracundo—. Si no me quieres, vale, me iré. Pero no me tengas ahí esperando e intentando como un loco que esto salga bien cuando es obvio que no quieres que vuelva a tu vida.

Estallo en llanto.

—Tú eres quien tiene que decidir si quieres esto, si quieres perdonarme —me dice.

No respondo.

—¿Quieres alejarte de mí o quieres intentarlo?

No contesto.

—¿Y bien? —exige saber.

—Sabes que quiero intentarlo —susurro.

—Pues deja de pensar en lo malo y piensa en lo bueno que nos une.

—No puedo.

—¿Por qué no?

—Porque me das miedo.

Enmudece.

—¿Te doy miedo?

—Sí —digo entre lágrimas.

—Preciosa —susurra con delicadeza—. No me tengas miedo. No me tengas miedo nunca, por favor. Te quiero.

—Lo intento —musito entre sollozos—. Pero no puedo evitarlo.

Nos quedamos un rato en silencio, cada uno sumido en sus pensamientos.

—Quiero que aproveches este fin de semana para pensar en nosotros. Lo dije en serio: si no quieres vivir en Nueva York, podemos mudarnos. Renunciaré a mi cargo al instante.

—Jameson —suspiro—. ¿Por qué harías algo así?

—Porque quiero que sepas que, para mí, eres lo primero. Todo lo demás, mi dinero, mi casa, mi empleo, Nueva York, no significa nada si soy un puto desgraciado. Y créeme, soy un puto desgraciado sin ti. Si quieres vivir en una tienda de campaña en el culo del mundo, podemos hacerlo.

Me imagino a Jameson viviendo en una tienda de campaña con los mosquitos picándole a todas horas.

—Tonto —digo con una sonrisita—. No quiero vivir en una tienda de campaña. Me encanta Nueva York. Me encanta que dirijas Miles Media. No cambiaría nada de ti. ¿Por qué crees que sí?

—Porque soy consciente de que arrastro mucho conmigo. Una vez me dijiste que amar es ser valiente. Necesito que seas valiente, Emily, y que dejes atrás el pasado. Piénsalo, por favor. Vuelve a Nueva York y vuelve conmigo al cien por cien para que empecemos una nueva vida juntos. Mantener las distancias conmigo no es la manera. No podremos arreglar las cosas si no estamos juntos.

—Lo sé —susurro.

—¿Pensarás en qué quieres de verdad?

No digo nada.

—Por favor, Em.

—Vale, lo pensaré. Te lo prometo. —Nos quedamos callados un momento. Me apetece cambiar de tema—. ¿Qué vas a hacer mañana?

—Comprar.

—¿Comprar? ¿Tú? ¿Y qué vas a comprar?

—¿Dónde venden tiendas de campaña con baño incorporado?

—En el culo del mundo —respondo con una sonrisa.

Se ríe entre dientes. Qué sonido más bonito, me remueve por dentro. Hacía mucho que no lo oía reírse.

—Em, no volveré a hablar contigo hasta que te recoja en el aeropuerto el domingo por la noche. Quiero que pienses en tu futuro y en con quién quieres compartirlo. O vuelves a mí con los brazos abiertos y lo celebramos por todo lo alto, o se acabó.

Un agujero oscuro se abre paso en mi interior.

—Tiene que ser así. Si no te vas a entregar a mí al cien por cien, prefiero estar sin ti.

Lo escucho con el cerebro a toda velocidad. Me está dando un ultimátum.

Todo o nada.

Si soy sincera, no sé si podré dárselo todo. No creo que disponga de ese todo, después de lo que ha pasado.

—¿Nos vemos? —pregunta esperanzado.

—Sí.

—Te quiero.

Cuelga y no se oye nada.

Me doy la vuelta y exhalo con pesadez.

¿Qué quiero para mi futuro? ¿Todo o nada? Al menos, puedo darle lo que queda de mi corazón.

De verdad que no sé qué hacer.

Capítulo 27

Jameson

Doy golpecitos con el pie mientras estiro el cuello para ver el atasco que hay. Mierda.

Pulso el botón para hablar con Alan.

—¿Vamos a llegar tarde? —pregunto.

—No, señor, llegaremos una hora antes. Nos sobra tiempo.

—Quiero estar ahí cuando aterrice. Ve por el camino de atrás.

—Llegaremos a tiempo. Relájese.

Me recuesto en el asiento e intento calmarme. Emily no me ha dicho nada en todo el fin de semana, y estoy casi seguro de que va a cortar conmigo. He corrido mucho, mucho, mucho. La única vez que he experimentado algo parecido a la paz ha sido cuando he pisado con fuerza el suelo de Nueva York.

Me niego a aceptar que no estaré en su vida y ella no estará en la mía. Ni siquiera puedo pensarlo. ¿Cómo he podido ser tan idiota?

He estado pensando en qué le diré si rompe conmigo, pero, por el momento, no se me ha ocurrido nada bueno.

Llegamos al aeropuerto y salgo de la limusina disparado.

—¿Te vas a quedar aquí? —pregunto.

—No, estaré dando vueltas. Avíseme cuando llegue Emily y vuelvo. Aún faltan cincuenta minutos para que aterrice.

—Ya, ya, lo sé —exclamo mientras me palpo los bolsillos y miro a mi alrededor nervioso—. ¿Lo llevo todo?

Estoy alterado y distraído.

—Sí, señor.

Relajo los hombros y exhalo con pesadez.

—Deséame suerte.

Alan sonríe de oreja a oreja y me dice la mar de contento:

—Suerte, señor.

Entro en el aeropuerto y voy a la puerta de llegada de su vuelo. Aún dispongo de cuarenta minutos. Miro al bar, que me atrae como un canto de sirena.

Qué bien me sentaría un *whisky* para relajarme…

No.

Tengo que dejarlo. No he bebido en todo el fin de semana. Emily no se merece a un borracho.

Hecho un manojo de nervios, empiezo a pasearme de una punta a la otra del aeropuerto. Miro el reloj. Faltan treinta y cinco minutos. Y así todo el rato.

No puedo quedarme quieto.

Sobre todo cuando sé lo que me espera.

Emily

Me dirijo con la multitud a la zona de llegadas. Acabo de aterrizar y el corazón me late muy deprisa.

Este fin de semana he indagado en lo más hondo de mi alma en busca de respuestas.

He intentado averiguar qué hacer con mi vida y con quién hacerlo.

Hay una cosa que está clara: lo único que sé a ciencia cierta es… a quién quiero.

No puedo negarlo.

Jameson Miles está grabado en mi corazón y, por mucho miedo que me dé que vuelva a herirme, recuerdo sus palabras: «Amar es ser valiente».

Me voy a tragar mi orgullo y voy a ser valiente. Me voy a dejar llevar. Rezo para que esté haciendo lo correcto porque no soportaría volver a pasar por lo mismo.

Lo veo y sonríe cuando nuestras miradas se encuentran. Entusiasmada, doy un saltito, corro y me lanzo a sus brazos.

Nos aferramos el uno al otro con fuerza, fundidos en un abrazo. No hablamos, no nos besamos; solo nos abrazamos.

Nos aferramos como a un clavo ardiendo a la esperanza de que podamos pasar página.

Mis demonios me abandonan un instante.

—Te he echado de menos —susurra contra mi pelo.

—Y yo a ti.

Me besa en los labios mientras olvidamos dónde estamos. Me mete la lengua despacio y me acuna el rostro mientras nos dejamos llevar. Su beso es tierno y, lo que es más importante, me resulta familiar.

Con él estoy en casa.

Una hora después, entramos en mi apartamento de la mano.

Prácticamente no hemos hablado durante el trayecto. Me he sentado en su regazo y, protegida entre sus grandes brazos, he disfrutado de su cercanía. Me rozaba la sien con los labios mientras me estrechaba con fuerza, como si no creyera que estaba ahí con él.

He echado de menos la cercanía. Nuestra cercanía.

Ya ni siquiera se trata de sexo. Es decir, al principio sí. Pero mi corazón ha eclipsado cualquier necesidad física de mi cuerpo… y sé que a él le pasa lo mismo.

Me gira y, mirándome a los ojos, me dice:

—Em… —Hace una pausa para buscar las palabras adecuadas—. Te juro que a partir de ahora serás mi todo. Nuestra nueva vida juntos empieza ahora mismo.

—Te quiero —digo con una sonrisa mientras se me vuelven a llenar los ojos de lágrimas.

—Y yo a ti.

Nos besamos y, a diferencia de lo tiernos que hemos estado durante la última hora, nos invade la desesperación.

De repente, lo deseo todo de él.

—Llévame a la cama.

Me coge en brazos y me lleva al dormitorio como si fuese una novia. Me deja en el suelo. Se lanza a por mi cuello y yo sonrío al techo mientras se me pone la piel de gallina. Me muerde de una forma que recuerdo muy bien.

Madre mía, cómo lo he echado de menos.

Le quito la camiseta y la tiro al suelo, y él hace lo mismo con la mía. Nos desnudamos a lo bruto, como animales. Nada se interpone entre nosotros. Solo hay piel… y amor.

Me besa en los labios con ternura mientras me tumba en la cama. Sigue por el cuello y, cuando se dispone a bajar, lo freno.

—No, te necesito aquí arriba, conmigo —exijo mientras me aferro a él.

Nos miramos a los ojos. Parece una experiencia de otro mundo. Es un momento especial.

Ojalá pudiese embotellarlo.

—Ahora, Jim —susurro—. Te necesito ya.

Cierra los ojos de placer mientras se tumba encima de mí. Sin dejar de besarnos, separo las piernas y rodeo su cuerpo mientras se restriega contra mí con anhelo.

Me penetra de golpe y con decisión, y ambos gemimos de placer.

—Joder, Em —susurra contra mi cuello.

Me aferro a él mientras me recorre una oleada de placer.

—Lo sé, cariño, lo sé.

La saca y me la vuelve a meter, y yo arqueo la espalda para facilitarle el trabajo.

Las ganas nos consumen y me remuevo.

—Fóllame —gimoteo—. Métemela más.

La saca y me embiste con tanto ímpetu que me deja sin aire. Se pone mis piernas encima de los hombros y, al ver lo mucho que lo deseo, se le oscurecen los ojos.

Acometidas profundas, intensas y castigadoras hacen que la cama choque contra la pared. Y yo no puedo hacer otra cosa que contemplar a este hombre tan perfecto en todo su esplendor.

Jameson Miles es el ser más sexual que he conocido en mi vida.

Todo en él grita «te voy a follar».

Verlo tan apasionado y luchando por tener el control es la mayor fantasía de toda mujer, es como una bomba sexual a punto de explotar. Está sudando, el pelo le cubre la frente y respira de forma entrecortada mientras se esfuerza por retrasar su orgasmo.

Me embiste a toda velocidad, me posee con un deseo tan ardiente que caigo en un pozo sin fondo. Un orgasmo devastador arrasa conmigo y grito.

Me contraigo con fuerza mientras me aferro a él.

—Joder, joder, joder —espeta mientras me penetra una y otra vez.

El ruido que la cama hace al chocar con la pared resuena por toda la casa.

Jameson echa la cabeza hacia atrás, introduce su miembro hasta el fondo y gime muy alto cuando se corre a lo grande en lo más profundo de mí.

A continuación, nos besamos. Mi mundo vuelve a estar en orden, en el lugar que tanto he añorado.

Es un momento tan emotivo que se me llenan los ojos de lágrimas.

—Bienvenida a casa, *conejita feladora* —susurra cerca de mis labios—. Bienvenida a casa.

Una semana después

—Tenemos que publicar un artículo de investigación, algo al estilo «¿Qué fue de…?» —me comenta Athena mientras estamos junto a la impresora.

—Sí, sí, es verdad. Esta tarde en cuanto pueda repaso las notas.

Hoy hay mucho jaleo en la oficina. Acaba de saberse que han pillado a un senador engañando a su mujer con su secretaria, y los teléfonos no paran de sonar.

La gente va de acá para allá en busca de la verdad a la vez que el rumor se extiende como la pólvora.

Si soy sincera, me está costando concentrarme. No dejo de pensar en Jameson. Creo que puedo decir sin temor a equivocarme que he entrado en el Miles High Club.

Esta semana ha sido… mágica.

Estoy total y perdidamente enamorada de este hombre. Este fin de semana me ha ayudado con la mudanza. Mis temores han desaparecido al fin.

Oigo un barullo que me resulta extraño. Athena y yo levantamos la vista y vemos a todo el mundo presenciando la escena. Oigo «The Piña Colada Song» y frunzo el ceño al ver a Jameson entre las mesas.

Lo acompaña Tristan, que sostiene un radiocasete antiguo. La conocida melodía resuena por toda la oficina.

«If you like piña coladas,
And getting caught in the rain».

—¡Qué diantres...! —exclamo frunciendo el ceño.

Jameson sonríe como un niño mientras se acerca a mí. Me mira a los ojos.

Mis compañeros guardan silencio mientras contemplan la escena.

—Emily Foster —dice.

—¿Sí?

Hinca una rodilla en el suelo y toda la oficina ahoga un grito. Me tapo la boca.

—¿Quieres casarte conmigo? —pregunta mientras abre una cajita negra que contiene un anillo de diamantes.

Me quedo mirando a Jameson mientras mi cerebro se colapsa.

«¿Esto va en serio?».

Miro a Tristan. Estoy alucinando.

—Yo soy el DJ —explica Tristan sonriendo de oreja a oreja mientras le da un golpecito al radiocasete, como si estuviese muy orgulloso de sí mismo.

—Estás loco —susurro.

—Esto lo demuestra —masculla Jameson mientras me mira desde el suelo.

Los ojos se me van a salir de las órbitas. No me lo creo.

—Contesta a la pregunta —insiste.

Asiento entre risas mientras «The Piña Colada Song» resuena por toda la oficina.

—Sí.

Jameson me pone el anillo. Es un diamante ovalado engarzado en una fina alianza de oro. Lo miro a los ojos. Sigo sin creérmelo.

Me agacho y nos besamos mientras mis compañeros nos aplauden y ríen. Nos besamos entre risas.

Jameson se levanta y me estrecha entre sus brazos.

—¿Ha sido lo bastante cursi para ti? —me pregunta con una sonrisa.

No puedo evitar soltar una carcajada y abrazarlo.

—Ha sido más que cursi. Ha sido perfecto. Le quiero, señor Miles.

Se acaba la canción y Tristan vuelve a ponerla desde el principio. Todos los empleados vitorean.

Jameson se ríe avergonzado y se dispone a besarme.

—Lo que hago por ti, Emily Foster, lo que hago por ti…

Epílogo

Un mes después

Leo el artículo en el periódico.

> Hoy se ha acusado oficialmente a Hayden Morris y Lara Aspin por la malversación de siete millones de dólares de Miles Media.
> Considerados los Bonnie y Clyde del siglo XXI, llevaban cinco años saliendo y tres cometiendo el delito. Al parecer, el fraude pasó desapercibido hasta que despidieron a Morris de Miles Media.
> Cegados por una sed de venganza, tomaron la estúpida decisión de culpar a Jameson Miles del delito. Irónicamente, esta decisión selló el destino de la pareja, que cumplirá diez años de prisión en diferentes cárceles estatales.
> Se han retirado todos los cargos contra Jameson Miles. Los valores de Miles Media no subían tanto desde abril del año pasado.

Sonrío de oreja a oreja. Parece que haya pasado un montón de tiempo de esto, una eternidad, si soy sincera.

Gracias a Dios que se ha acabado.

Tenemos una boda que organizar. Jameson me ha dado tres meses. Hay mucho que hacer, muchas decisiones que tomar. ¿Dónde nos casaremos? No tengo ni idea. Jameson me ha dicho que elija yo el sitio porque le da igual dónde sea mientras esté yo.

Espero en el bordillo del aparcamiento subterráneo. Es viernes por la tarde.

—¿Qué ha dicho que iba a hacer? —le pregunto a Alan.

—Creo que la sorpresa te va a gustar —responde con una sonrisa amable.

Frunzo el ceño mientras considero las posibilidades. Jameson ha estado muy raro toda la semana. Con cara de satisfecho consigo mismo y llamando por teléfono a mis espaldas. ¿Habrá reservado en secreto el local para la boda?

Ojalá, me vendría muy bien.

Oigo que unos engranajes crujen y levanto la vista. Frunzo el ceño. Bessie se acerca a nosotros dando botes con Jameson al volante. Alan se echa a reír.

Se me desencaja la mandíbula del asombro.

—¿Qué...? —susurro.

Se para a mi lado. Abro la puerta.

—¿Te llevo? —dice con un guiño *sexy*.

Me río a carcajadas.

—¿Qué haces?

—Sacarte de la ciudad unos días.

—¿En serio?

—Tus cosas ya están en el maletero.

—¿En Bessie? —tartamudeo.

—Sí, en Bicha. Se la he pedido prestada a don Viagra. Pero que sepas que te he encargado otro Range Rover. Bessie es un trasto.

—Qué pijo eres —replico entre risas.

Me doy la vuelta y abrazo a Alan con entusiasmo.

Él se ríe.

—Que se lo pase muy bien, señorita Foster —me desea mientras me ayuda a subir al coche.

Me acerco a Jameson y le lleno la cara de besos. Me encanta que haya pedido a Bessie prestada por mí.

Toca la bocina.

—Adiós, Alan —grita mientras se despide con un gesto exagerado.

Verlo tan cambiado me hace muy feliz.

—Adiós, Alan.

Salimos del aparcamiento dando botes. Me besa en el dorso de la mano y me pregunta:

—¿A dónde quieres ir, conejita mía?

—Al culo del mundo —digo sonriendo a mi prometido.

Dos horas después

Jameson se mete en el camino de entrada de Arndell.

—¡¿Vamos a nuestra casa?! —grito emocionada.

—Sí, la he reservado para este fin de semana.

Me desabrocho el cinturón y besuqueo a Jameson mientras conduce y se ríe entre dientes de mi comportamiento infantil. Llegamos a la casa y, antes de que pare el motor, ya he salido del coche y corro hasta la puerta. Me doy la vuelta y contemplo los jardines.

—Jameson, me encanta esta casa —exclamo sonriendo con aire distraído mientras se me acerca por detrás.

—Lo sé —musita y me entrega un llavero con un lacito rojo.

Miro el llavero frunciendo el ceño.

—Por eso te la he comprado.

—¿Cómo? —pregunto asombrada.

—Sí. He pensado que podríamos venir aquí los fines de semana y en vacaciones.

—¿Quieres ser un chico de campo conmigo? —susurro sorprendida.

Se pone en pie y me coge en brazos.

—Emily Foster, puedo ser cualquier cosa… mientras esté contigo.

Agradecimientos

No hay palabras suficientes para expresar lo agradecida que estoy con todo mi equipo.

No escribo mis libros sola. Tengo un ejército.

El mejor ejército del mundo.

Kellie, la asistente personal más maravillosa del mundo.

Eres fabulosa. Gracias por todo lo que haces por mí.

Keeley, no solo eres una hija estupenda, sino que ahora eres una empleada magnífica. Gracias por querer trabajar conmigo. Significa mucho para mí.

A mis maravillosos lectores beta: mamá, Vicki, Am, Rachel, Nicole, Lisa K., Lisa D., Nadia y Charlotte. Gracias. Aguantáis mucho y nunca os quejáis; ni siquiera cuando os dejo con las ganas de seguir leyendo. Nunca sabré qué he hecho para tener la suerte de que aparecieseis en mi vida y poder llamaros amigos.

A Rena, que llegaste a mi vida como un soplo de aire fresco y, en cierto modo, me adoptaste. Gracias por creer en mí. Eres el yin de mi yang, o el ting de mi tang.

Vic, me haces mejor persona. Valoro mucho tu amistad.

Virginia, gracias por todo lo que haces por mí. Lo aprecio muchísimo.

A mis cabroncetes motivados. Os quiero un montón. Vosotros ya sabéis quiénes sois.

A Linda y mi equipo de relaciones públicas de Forward. Habéis estado conmigo desde el principio y estaréis conmigo hasta el final. Gracias por todo.

A mis chicas del Clan Swan. Con vosotras me siento imparable. Gracias por hacerme reír todos los días.

Este año añadiré a alguien a la lista.

Amazon.

Gracias por brindarme una plataforma increíble con la que dar vida a mis libros.

Soy mi propia jefa.

No deja de asombrarme lo mucho que habéis creído en mí y lo mucho que habéis apostado por mi trabajo este último año.

Y a mis cuatro razones para vivir: mi marido y mis tres hijos.

Vuestro amor es mi droga, mi motivación y mi inspiración.

Sin vosotros no tengo nada.

Todo lo que hago es por vosotros.

Gratitud: capacidad de estar agradecido. Disposición para demostrar agradecimiento en forma de bondad.

Confía en el universo.

Siempre cumple.

Sobre la autora

T L Swan fue psicóloga antes que escritora y reconoce que está enganchada a la emoción que le provoca la escritura y se niega a creer que hubiese un tiempo en que no fuese así. Reside en Sídney (Australia), donde vive su cuento de hadas con su marido y sus tres hijos.

Chic Editorial te agradece la atención dedicada a
La escala, de T L Swan.
Esperamos que hayas disfrutado de la lectura
y te invitamos a visitarnos
en www.chiceditorial.com,
donde encontrarás más información
sobre nuestras publicaciones.

Si lo deseas, también puedes seguirnos
a través de Facebook, Twitter o Instagram
utilizando tu teléfono móvil
para leer los siguientes códigos QR:

Newsletter